# La bibliothèque
# des cœurs cabossés

# Katarina BIVALD

# La bibliothèque des cœurs cabossés

ROMAN

*Traduit du suédois
par Carine Bruy*

*Titre original :*
LÄSARNA I BROKEN WHEEL REKOMMENDERAR

© Katarina Bivald, 2013

Pour la traduction française :
© Éditions Denoël, 2015

Sara Lindqvist
7 Kornvägen, 1 tr
136 38 Haninge
Suède

Broken Wheel, Iowa, le 15 avril 2009

Chère Sara,

J'espère qu'*Une jeune fille démodée* de Louisa May Alcott te plaira. C'est une histoire charmante, même si elle est peut-être un soupçon plus moralisatrice que *Les Quatre Filles du docteur March*.

Inutile d'envisager de me le rembourser. J'avais ce livre en double depuis des années. Je suis ravie qu'il ait trouvé un nouveau foyer et qu'en plus, il fasse tout le chemin jusqu'en Europe. Moi, je ne suis jamais allée en Suède, mais je suis sûre que ce doit être un très beau pays.

N'est-ce pas amusant qu'un livre voyage davantage que sa propriétaire ? Je ne sais pas si cela est réconfortant ou inquiétant.

Salutations amicales,

Amy Harris

# Littérature 1 – Vie 0

L'inconnue qui se tenait dans la rue principale de Hope était si quelconque que c'en était
presque choquant. Une silhouette morne et sans
formes vêtue d'un manteau gris de mi-saison,
bien trop chaud pour cet automne. Un sac à
dos gisait à ses pieds et une énorme valise était
appuyée sur une fine poignée télescopique. Aux
yeux des habitants qui avaient assisté par hasard
à son arrivée, négliger à ce point son apparence
était un manque certain de savoir-vivre. Comme
si cette femme se moquait éperdument de leur
faire bonne impression.

Ses cheveux étaient d'un brun indéterminé, ni
franchement clair ni vraiment foncé. Ils étaient
attachés à la va-vite avec une pince et tombaient en
boucles désordonnées sur ses épaules. Là où aurait
dû se trouver son visage, on voyait la couverture
d'*Une jeune fille démodée* de Louisa May Alcott.

Être à Hope semblait vraiment ne lui faire ni
chaud ni froid. Comme si elle avait juste atterri là,
parachutée avec son livre, son barda, ses cheveux
mal coiffés et tout le reste, et aurait tout aussi
bien pu se trouver n'importe où dans le monde.
Elle se tenait dans l'une des plus belles rues de
Cedar County, peut-être la plus belle de tout le sud
de l'Iowa, mais n'avait d'yeux que pour ce livre.

Elle ne devait quand même pas être totalement dénuée de curiosité, car de temps à autre, une paire d'yeux gris émergeaient au-dessus de son roman, tel un chien de prairie qui pointe la tête pour vérifier si la voie est libre.

Elle baissait légèrement le livre, scrutait d'abord à gauche, puis, sans tourner la tête, balayait les lieux du regard aussi loin que possible vers la droite. Enfin, elle relevait l'ouvrage et s'y replongeait de plus belle.

En réalité, à ce stade, Sara avait mémorisé la rue quasiment dans ses moindres détails. Même avec le livre devant ses yeux, elle aurait pu dépeindre le soleil du soir qui se reflétait sur des 4 × 4 rutilants, les frondaisons policées des arbres tout aussi pimpantes, ainsi que l'enseigne aux couleurs patriotiques, des rayures rouges-blanches-bleues, du salon de coiffure situé une cinquantaine de mètres plus loin. Une odeur entêtante de tarte aux pommes tout juste sortie du four flottait sur l'ensemble de la scène. Elle émanait du café derrière elle, où un groupe de femmes d'âge moyen l'observaient lire avec une désapprobation non dissimulée. Du moins Sara en avait-elle l'impression. Chaque fois qu'elle relevait les yeux de son roman, ces femmes fronçaient les sourcils et secouaient légèrement la tête, estimant sans doute que lire sur le trottoir constituait une infraction aux rigueurs de l'étiquette.

Elle prit à nouveau son portable et rappela le dernier numéro composé. Neuf sonneries retentirent avant qu'elle ne raccroche.

Amy Harris était donc un peu en retard. Il y avait sans doute une explication sensée. Un pneu crevé, peut-être. Une panne d'essence. Il était facile d'avoir – elle consulta à nouveau l'écran de son téléphone – deux heures et trente-sept minutes de retard.

Sara ne s'inquiétait pas. Pas encore. Amy Harris écrivait des missives empreintes de sincérité sur du bon vieux papier à lettres à l'ancienne, épais et d'une douce nuance écrue. Il n'y avait absolument aucun risque qu'une personne de ce genre abandonne une amie dans une ville inconnue, ou se révèle être une tueuse en série psychopathe et perverse, quoi que la mère de Sara ait pu imaginer.

— Excusez-moi, chère madame.

Une femme s'était arrêtée près d'elle. Elle avait ce regard faussement patient des gens qui ont déjà posé la même question plusieurs fois.

— Puis-je vous être utile ? l'avait ensuite interrogée l'inconnue.

Un sac de courses en papier brun était en équilibre sur sa hanche et une boîte de soupe à la tomate menaçait d'en tomber.

— Non, je vous remercie, avait répondu Sara. J'attends quelqu'un.

— Tiens donc.

Le ton était à la fois amusé et condescendant. Les femmes à la terrasse suivaient la conversation avec intérêt.

— C'est la première fois que vous venez à Hope ?

— Je vais dans une autre ville, Broken Wheel.

Peut-être était-ce l'imagination de Sara, mais cette réponse ne parut pas du tout plaire à son interlocutrice. La boîte de soupe vacilla dangereusement. Au bout d'une minute, la femme répliqua :

— Je crains que Broken Wheel ne mérite guère le nom de ville. Y connaissez-vous quelqu'un ?

— Je vais loger chez Amy Harris.

Silence.

— Je suis sûre qu'elle ne va plus tarder.

— On dirait qu'on vous a abandonnée ici, ma chère.

Elle lança un regard encourageant à Sara.

— Appelez-la donc.

Sara avait à nouveau sorti son portable à contrecœur et s'était efforcée de ne pas se dérober quand l'étrangère avait plaqué sa joue contre son oreille pour entendre les sonneries.

— J'ai l'impression qu'elle ne répond pas.

Sara rangea son téléphone dans sa poche tandis que la femme reculait de quelques pas.

— Quel est le but de votre visite ?

— Des vacances. Je vais louer une chambre.

— Et voilà qu'on vous laisse tomber ici. Ça commence bien ! J'espère que vous n'avez pas payé à l'avance.

La femme changea son sac de bras et claqua des doigts en direction de la terrasse.

— Hank, lança-t-elle au seul homme, accompagne cette demoiselle jusqu'à Broken Wheel, d'accord ?

— Je n'ai pas bu mon café.

— Eh bien, tu n'as qu'à l'emporter.

L'homme lâcha un grognement mais se leva, obéissant, et disparut à l'intérieur de l'établissement.

— À votre place, poursuivit la femme, je ne verserais pas d'argent tout de suite. Je paierais juste avant de partir et je le garderais bien caché jusque-là.

Elle hocha la tête avec une telle vigueur que la boîte de soupe tressauta à nouveau.

— Je ne dis pas que tous les habitants de Broken Wheel sont des voleurs, ajouta-t-elle pour plus de sécurité. Mais ils ne sont pas comme nous.

Hank revint avec un autre gobelet en carton et hissa la valise et le sac à dos de Sara sur la banquette arrière de sa voiture. Quant à Sara, elle fut guidée vers le siège passager avec amabilité, mais fermeté.

— Conduis mademoiselle, Hank, déclara la femme en tapant deux fois sur le toit du véhicule de sa main libre avant de se pencher vers la vitre ouverte. Si vous changez d'avis, vous pouvez toujours revenir ici.

— Broken Wheel donc, déclara Hank sans la moindre marque d'intérêt.

Sara croisa les mains sur son livre et essaya d'avoir l'air détendu. Dans l'habitacle, flottait une odeur d'après-rasage bon marché et de café corsé à l'arôme puissant.

— Qu'allez-vous faire là-bas ?

— Lire.

Il secoua la tête.

— Des vacances en quelque sorte, ajouta-t-elle.

— Ça, on verra, répondit Hank, sur un ton qui n'augurait rien de bon.

Le paysage se modifia sous ses yeux. Les pelouses cédèrent la place à des champs, les voitures rutilantes disparurent et les maisons coquettes furent remplacées par des murailles de maïs qui se dressaient des deux côtés de la chaussée. La route droite était d'une monotonie assommante. De temps en temps, elle était coupée par une autre, tout aussi rectiligne, comme si quelqu'un avait tracé les voies au cordeau à travers les champs. Une méthode qui en vaut une autre, se dit Sara. À mesure qu'ils progressaient, les voies secondaires se faisaient de moins en moins nombreuses, et elle eut l'impression d'être cernée de maïs à des kilomètres à la ronde.

— Il ne doit pas rester grand-chose de la ville, commenta Hank. Un de mes amis y a grandi. Il vend des assurances à Des Moines maintenant.

Ne sachant quoi répondre, Sara hasarda un « sympa ».

— Ça lui plaît, confirma le conducteur. Bien plus que d'essayer de gagner sa vie avec une exploitation familiale à Broken Wheel, ça, c'est clair.

Puis il se mura dans le silence pour le reste du trajet.

Sara se pencha vers la vitre, comme si elle cherchait à repérer la ville dépeinte dans les lettres d'Amy. Elle avait lu tant de choses au sujet de Broken Wheel qu'elle avait presque l'impression que Mlle Annie pouvait surgir à tout instant sur son triporteur, ou que Jimmy allait tout à coup apparaître sur le bas-côté et lui faire signe avec le dernier numéro de son journal. L'espace d'un instant, elle se les représenta presque, puis leur image s'évapora dans la poussière. Une grange délabrée émergea avant d'être à nouveau cachée par le maïs, comme si elle n'avait jamais été là. C'était la seule construction que Sara avait vue en un quart d'heure.

La ville aurait-elle le même aspect que dans son imagination ? Sara en oublia même l'inquiétude suscitée par le silence d'Amy, maintenant qu'elle allait enfin voir ces lieux.

Mais une fois arrivés à Broken Wheel, la ville aurait pu complètement échapper à Sara, si Hank n'avait pas ralenti. Soudain elle était là, au bord de la large route qui aurait pu accueillir trois voies. Les bâtiments étaient si bas qu'ils semblaient presque disparaître au milieu de tout ce bitume.

La rue principale se composait de quelques maisons des deux côtés de la chaussée. La plupart étaient fermées et à l'abandon, sinistres dans les derniers rayons de soleil de l'après-midi. Les magasins avaient des vitrines sales ou barricadées, seule une gargote était encore ouverte.

— Alors, qu'est-ce que vous décidez ? s'enquit Hank, toujours aussi indifférent. Je vous ramène ?

Sara regarda autour d'elle. Le boui-boui était ouvert, aucun doute. L'enseigne au néon rouge brillait légèrement et un homme était attablé derrière la vitrine, seul. Elle secoua la tête.

— Comme vous voulez, déclara son chauffeur sur le même ton que s'il lui avait dit : vous l'aurez voulu.

Elle descendit de voiture, ouvrit la portière arrière et récupéra ses bagages, son livre coincé sous le bras. Hank repartit à la seconde même où elle referma, puis effectua un brusque demi-tour au seul feu tricolore de la ville, suspendu au milieu de la rue. Il était au rouge.

Sara était devant l'auberge, sa valise sur sa poignée télescopique, son sac à dos en bandoulière et son livre serré dans les mains.

*Tout va bien se passer*, tenta-t-elle de se convaincre. *Tout va rentrer dans l'ordre. Aucune catastrophe…* Elle se corrigea : *Aucune catastrophe majeure ne peut se produire tant qu'on a des livres et de l'argent.* Elle avait assez de liquide sur elle pour se payer une auberge de jeunesse en cas de besoin, bien qu'elle fût quasi certaine qu'il n'y en avait pas à Broken Wheel.

Elle poussa les portes – d'authentiques portes de saloon, quel détail absurde ! – et entra. L'établissement était vide, à part l'homme collé à la devanture et une femme derrière le bar. L'homme était sec et filiforme ; il avait l'attitude de ceux qui semblent s'excuser d'exister. Il ne leva même pas les yeux quand elle arriva et se contenta de continuer à faire rouler sa tasse de café entre ses mains, dans un sens, puis dans l'autre, lentement.

La femme, en revanche, dirigea tout de suite son attention vers la porte. Elle pesait au moins cent cinquante kilos et ses bras imposants reposaient sur le zinc. Soit celui-ci avait été fabriqué sur mesure pour elle, soit elle y travaillait depuis si longtemps que son corps s'y était adapté. Il était en bois sombre et tout à fait à sa place dans un bar, mais, à la place des pompes à bière, il y avait des présentoirs en inox contenant des serviettes en papier et des menus plastifiés ornés d'images de toutes les variétés de lipides servies en ces lieux.

La femme alluma une cigarette avec la même assurance que s'il s'agissait d'une extension de son corps.

— Vous devez être la touriste, déclara-t-elle.

La fumée atteignit Sara droit au visage.

— Sara.

— Vous avez choisi un bien terrible jour pour arriver.

— Savez-vous où Amy Harris habite ?

La femme hocha la tête.

— Un jour terrible.

Quelques cendres tombèrent de son mégot et atterrirent sur le comptoir.

— Je suis Grace. Enfin, selon l'état civil, je devrais dire Madeleine, mais gare à vous si vous m'appelez comme ça.

Sara n'avait pas l'intention de l'appeler par quelque nom que ce soit.

— Et maintenant, vous êtes là.

Sara eut vraiment l'impression que Grace-qui-ne-s'appelait-pas-Grace appréciait la situation. Elle savourait l'instant. Elle hocha la tête par trois fois, inspira une profonde bouffée, puis laissa la fumée s'échapper au coin des lèvres. Enfin, elle se pencha au-dessus du comptoir et déclara :

— Amy est morte.

Dans la mémoire de Sara, la mort d'Amy reste-rait associée à la violente lumière des néons, à la fumée de cigarette et au graillon, mais à cet ins-tant précis, tout cela lui parut simplement irréel. Elle était dans le troquet d'une petite bourgade américaine et on lui annonçait la mort d'une femme qu'elle n'avait jamais rencontrée. La situa-tion était trop abstraite pour être affreuse, trop étrange pour n'être qu'un cauchemar.

— Morte ? répéta-t-elle, un commentaire d'une extraordinaire stupidité, même venant d'elle.

Elle se laissa tomber sur l'un des tabourets de bar. Qu'allait-elle faire ? Elle songea à la femme de Hope et se demanda si elle ne ferait pas mieux d'y retourner.

*Amy ne peut pas être morte*, pensa Sara. *Elle était mon amie. Elle aimait les livres, bon sang !*

Ce n'est pas le chagrin qui accabla Sara mais la conscience aiguë du caractère transitoire de la vie, et son sentiment de surréalisme se renforça. Elle avait fait le chemin de Suède jusqu'en Iowa pour marquer une pause dans sa vie, pour échap-per à la vie même, mais certainement pas pour être confrontée à la mort.

Comment était-elle décédée ? Une partie d'elle voulait poser la question, une autre ne voulait pas savoir.

Grace poursuivit avant que Sara n'ait eu le temps de se décider :

— Les funérailles battent sans doute leur plein. Ces événements ne sont plus particulièrement festifs de nos jours. Trop de baratin religieux, si vous voulez mon avis. Ce n'était pas la même chose quand ma grand-mère est morte.

Grace consulta l'heure.

— Mais vous devriez sans doute filer sur place. Ceux qui la connaissaient mieux sauront sans doute quoi faire de vous. Je m'efforce de ne pas me mouiller dans les problèmes de cette ville et vous en faites sans aucun doute partie.

Elle écrasa son mégot.

— George, tu conduis Sara à la maison d'Amy ?

L'homme près de la vitrine leva les yeux. L'espace d'un instant, il parut connaître la même forme de tétanie que celle qui s'était emparée de Sara, puis il se leva et porta ses bagages, ou plutôt les traîna, jusqu'à sa voiture.

Grace attrapa Sara par le coude au moment où elle s'apprêtait à le suivre.

— C'est le Pauvre George, déclara-t-elle en faisant un geste de la tête vers l'homme qui leur tournait le dos.

La maison d'Amy Harris était assez grande pour que la cuisine et le séjour au rez-de-chaussée soient relativement spacieux, mais assez petite pour que le comité restreint qui s'y était réuni après la cérémonie la remplisse largement. Des plats étaient disposés sur la table et le plan de travail. Quelqu'un avait également préparé de la salade, du pain et avait placé des couverts et des serviettes dans des verres.

On donna une assiette en carton remplie de nourriture à Sara, puis on l'abandonna plus ou moins dans son coin. George était toujours à côté d'elle et elle fut touchée par cette prévenance inattendue. Il ne semblait pas du tout être une personne courageuse, même comparé à elle, mais il l'avait suivie à l'intérieur et tous deux se mouvaient à présent avec la même hésitation.

Dans le hall sombre, il y avait une commode en bois foncé sur laquelle quelqu'un avait installé une photographie encadrée d'une femme que Sara supposa être Amy, ainsi que deux drapeaux de table fatigués, l'américain et celui de l'Iowa. « Nous tenons à notre liberté et nous défendrons nos droits », proclamait le dernier en lettres dorées brodées, mais la couleur rouge était délavée et l'un des coins commençait à s'effilocher.

La femme sur le portrait était une parfaite étrangère. Elle devait avoir une vingtaine d'années, ses cheveux étaient attachés en deux fines tresses, et son sourire était parfaitement banal, de ceux figés qu'on arbore face à l'objectif. Il y avait peut-être quelque chose dans ses yeux, une étincelle enjouée, comme si elle savait que tout cela n'était qu'une plaisanterie que seule Sara comprendrait grâce à ses lettres. Mais c'était tout.

Sara avait envie de tendre la main pour caresser la photo, mais elle resta plantée là, tenant son assiette et son livre en équilibre. Ses bagages avaient disparu quelque part, elle n'avait pas la force de s'en inquiéter.

Trois semaines plus tôt, elle s'était sentie si proche d'Amy qu'elle avait été prête à vivre avec elle pendant deux mois ; à présent, c'était comme si toute trace de leur amitié était morte en même temps qu'elle. Sara n'avait jamais cru qu'il fallait rencontrer les gens pour pouvoir être amis – nombre de ses relations les plus enrichissantes s'étaient nouées avec des personnes qui n'existaient même pas – mais, soudain, cela lui sembla faux et presque irrespectueux de rester plantée devant le portrait de celle qui, d'une manière ou d'une autre, avait signifié quelque chose pour elle.

Autour d'elle, les gens se déplaçaient lentement, errant à travers les pièces, comme se demandant ce qu'ils fabriquaient là, ce qui correspondait presque exactement à l'état d'esprit de

Sara. Pour autant, ils ne paraissaient pas choqués ou surpris. Personne ne pleurait.

La plupart lui lançaient des regards curieux mais, peut-être à cause du contexte, ils semblaient incapables de s'approcher pour lui poser des questions. Au lieu de ça, ils décrivaient des cercles autour d'elle et lui souriaient chaque fois que leurs regards se croisaient.

Une femme se détacha de la masse et la coinça dans le hall, entre le séjour et la cuisine.

— Caroline Rohde, se présenta-t-elle.

Sa posture et sa poignée de main étaient militaires.

La femme devant Sara était beaucoup plus belle qu'elle ne l'avait imaginé. Ses yeux en amande s'ouvraient sur un regard profond et ses traits étaient aussi ciselés que ceux d'une statue. À la lumière du plafonnier, la peau sur ses pommettes était d'une blancheur presque brillante. Ses cheveux épais traversés de mèches grises évoquaient le vif-argent.

Elle portait une écharpe en soie noire légère qui aurait paru déplacée sur une autre personne, même pour des funérailles, mais sur elle, cette pièce de tissu semblait avant tout intemporelle et à la limite du glamour.

Son âge était difficile à déterminer, mais elle possédait cette aura propre aux gens qui n'ont jamais été réellement jeunes. Sara eut l'étrange certitude que Caroline Rohde n'éprouvait pas une grande sympathie pour la jeunesse.

Lorsqu'elle prit la parole, tout le monde se tut. Sa voix était à l'unisson de son aura : déterminée et droit au but. Son ton aurait pu accompagner un sourire de bienvenue, qui n'atteignit pourtant jamais ses lèvres. Au contraire, les lignes autour de sa bouche se durcirent davantage.

— Amy nous avait annoncé votre venue. Je ne vais pas prétendre que je trouvais que ce soit une bonne idée, mais je n'étais pas en droit de m'y opposer.

Elle ajouta, comme si cette idée se présentait à elle après coup :

— Je ne devrais pas vous dire ça non plus, mais vous m'accorderez que cela a conduit à une... situation peu commode à gérer.

— Peu commode, répéta Sara, même si elle ne comprenait pas comment Amy aurait pu savoir qu'elle allait mourir.

D'autres se rassemblèrent autour d'elles en un demi-cercle, tous plantés derrière Caroline, les yeux rivés sur Sara, comme si elle était une bête de foire.

— Nous ne savions pas comment vous contacter quand Amy... est partie. Et maintenant, vous êtes là, résuma Caroline. Bon, nous verrons bien ce que nous allons faire de vous.

— Il me faudrait un endroit où loger, répondit Sara.

Tous se penchèrent en avant pour entendre ce qu'elle disait.

— Loger ? s'étonna Caroline. Mais il est clair que vous allez loger ici ! La maison est vide de toute façon, pas vrai ?

— Mais...

Un homme portant un col clérical adressa un sourire amical à Sara, puis crut bon d'ajouter :

— Amy nous a tout particulièrement priés de vous dire que rien n'avait changé de ce point de vue.

Que rien n'avait changé ? Sara ignorait si c'était Amy, le pasteur ou tous les habitants de Broken Wheel qui étaient fous.

— Il y a une chambre d'amis, bien sûr, poursuivit Caroline. Dormez-y cette nuit, puis nous trouverons quoi faire de vous ensuite.

Le pasteur acquiesça et, d'une manière ou d'une autre, l'affaire fut entendue : elle logerait seule dans la maison déserte d'Amy.

On l'entraîna à l'étage. Caroline ouvrait la marche, tel un général à la tête de ses troupes, suivie de près par Sara et le silencieux George, ombre hésitante. La plupart des invités leur avaient emboîté le pas. Quelqu'un avait dû porter ses bagages : lorsqu'ils atteignirent la petite chambre, son sac à dos et sa valise apparurent comme par miracle.

— Nous veillerons à ce que vous ayez tout ce dont vous avez besoin, lança Caroline depuis le seuil sur un ton qui n'avait rien d'hostile, puis elle poussa les autres vers l'escalier et adressa un petit signe de la main à Sara avant de refermer la porte.

Sara se laissa tomber sur le lit, soudain seule à nouveau, l'assiette toujours à la main et un livre esseulé à côté d'elle.

*Et merde*, pensa-t-elle.

Sara Lindqvist
7 Kornvägen, 1 tr
136 38 Haninge
Suède

Broken Wheel, Iowa, le 3 juin 2009

Chère Sara,

Merci beaucoup pour ton gentil cadeau ! Ce n'est peut-être pas un livre que j'aurais acheté et je le savoure d'autant plus. En revanche, il s'agit vraiment d'une histoire affreuse. J'ignorais que de telles choses se produisaient en Suède. Même si je ne vois pas pourquoi ce ne serait pas le cas. Selon moi, il y a davantage de violence, de sexe et de scandale dans les petites villes que dans les grandes, et si c'est vrai des petites villes, il est logique que cela vaille aussi pour les petits pays, non ? Sans doute parce que les gens y sont plus proches. Je peux t'assurer que nous avons eu notre lot de scandales ici, à Broken Wheel.

Mais, en aucun cas, nous n'avons eu d'équivalent de Lisbeth Salander. Une femme remarquable, qui figure dans deux autres romans, si j'ai bien compris. Me rendrais-tu le service de

m'envoyer les deux autres tomes ? Je n'arrive-
rai pas à dormir tant que je ne saurai pas ce
qui lui arrive, ainsi qu'à ce jeune survolté de
M. Blomkvist, bien sûr.

Il va sans dire que je te dédommagerai. Je
t'envoie *Ne tirez pas sur l'oiseau moqueur* de
Harper Lee en guise de premier paiement par-
tiel, histoire de rester dans les petites villes, les
meurtres et le sexe.

Salutations amicales,

Amy Harris

# La Gazette de Broken Wheel

*Vous avez quatre nouveaux messages. Message reçu à 5 h 13 :*

« Ma chérie ! C'est maman. Quoi ? Oui, oui, et papa, bien sûr. Nous venons de rentrer de chez Anders et Gunnel. Tu sais, nos anciens voisins qui ont déménagé dans ce charmant pavillon à Tyresö. Comment vas-tu ? Es-tu bien arrivée ? Comment est-ce à la cambrousse ? Amy est-elle complètement cinglée ? As-tu réussi à trouver le bon bus ? Je ne comprends pas quel besoin tu avais d'aller à… »

*Message reçu à 5 h 15.* Sa mère poursuivait, comme si elle n'avait jamais été interrompue :

« … à la campagne. Attends, je n'ai pas fini ! Tiens, je te passe ton père, qui veut absolument te parler, même si je n'ai pas du tout terminé. »

Brève pause suivie d'un raclement de gorge empreint de sérieux.

« Sara ! J'espère que tu ne te contentes pas de rester enfermée à lire. Il faut que tu oses sortir et parler à des gens. Voyager ouvre de fantastiques possibilités. Je me souviens quand ta mère et moi… »

*Message reçu à 5 h 18.*

« Qu'est-ce qui cloche avec ce répondeur ? Pourquoi me coupe-t-il toujours la chique ? Bon, au revoir pour le moment. Ta mère veut encore te parler. »

« Tu sais que si tu changes d'avis, tu peux toujours aller à New York à la place. Ou à Los Angeles. Et ne paie pas à l'avance. »

Le message avait à nouveau été interrompu et le suivant n'avait été enregistré que trois heures plus tard. Sa mère une fois de plus :

« Sara ! Pourquoi ne réponds-tu pas ? Est-ce qu'Amy est une tueuse en série ? Je sais bien comment c'est aux États-Unis. Si tu es découpée en morceaux quelque part, je ne te pardonnerai jamais. Si tu ne nous rappelles pas immédiatement, je contacte la CIA. » Son père marmonnait quelque chose en arrière-plan. « Ou le FBI, peu importe. »

Sa mère ne s'était pas calmée quand Sara l'eut en ligne pour de bon.

— Je n'aime pas du tout cette histoire de te rendre dans une petite ville.

Elles avaient déjà eu cette discussion.

Sara se frotta le front et se laissa retomber sur le lit. La pièce dans laquelle elle se trouvait était petite, peut-être trois mètres sur cinq. Hormis le lit, il y avait un fauteuil juste en dessous de la fenêtre, une table de chevet et une modeste commode. C'était tout. Le papier peint clair était orné de motifs floraux et datait de plusieurs décennies. Les rideaux étaient ornés de fleurs très variées et semblaient avoir été installés pour sa visite. Ils étaient au moins dix centimètres trop courts.

— Les petites villes sont tellement… ennuyeuses. Tu aurais pu aller n'importe où dans le monde.

Tout cela était franchement ironique : la mère de Sara l'avait serinée pour qu'elle voyage et maintenant qu'elle le faisait enfin, elle se comportait comme si Sara aurait mieux fait de rester à Haninge.

— Et puis, elles sont malfamées. Qui sait quels cinglés s'y cachent ?

Le pire à craindre n'était pas clair : leur ennui mortel ou le risque de tomber sur l'un des tueurs en série qui se dissimulaient dans chaque grange. Ces mots trouvèrent écho dans la mémoire de Sara.

— C'est parce que les gens y sont plus proches, dit-elle.

— Sérieusement, que sais-tu des gens ? Si tu n'avais pas tout le temps le nez plongé dans un livre…

Encore une discussion qu'elles avaient très souvent eue. Il n'était pas tout à fait étrange que sa mère considère sa fille aînée comme un boulet. Josefin, sa sœur cadette, était juriste dans un tribunal à Södertälje. Bientôt, elle deviendrait avocate, un métier reconnu socialement, qu'on exerçait en tailleur aussi haut de gamme que la fonction. Sara, en revanche. Une libraire. En banlieue. Son emploi de vendeuse dans une librairie valait à peine mieux que le statut de chômeur. Et maintenant qu'elle était enfin partie à l'étranger, c'était pour se rendre dans un bled paumé au milieu de la cambrousse et séjourner chez une vieille dame.

D'habitude, Sara se moquait que sa mère la trouve si ouvertement ennuyeuse. Au fond, elle n'avait pas tout à fait tort : de toute sa vie, Sara n'avait jamais rien tenté d'un tant soit peu aventureux. Mais ses constantes critiques à l'égard d'Amy lui avaient tapé sur les nerfs avant même son départ. Les souvenirs frais de l'enterrement tragique la poussaient à présent à répondre de manière lapidaire aux commentaires de sa mère.

Celle-ci parut se rendre compte qu'elle était allée trop loin, car elle déclara :

— Enfin, tu n'as visiblement pas été découpée en morceaux.

Son ton était à ce point pessimiste qu'elle n'avait pas besoin d'ajouter « Pas encore ».

— Alors, comment est Amy ? Elle est gentille avec toi ?

— Amy est... – Sara perdit contenance. – Elle est sympathique.

Ce qui n'était pas faux, même si, accessoirement, elle était morte.

Sara se glissa dans le couloir sombre tel un cambrioleur fébrile. Sa chambre donnait sur un petit corridor qui desservait la salle de bains et la chambre d'Amy. Caroline la lui avait désignée quand elle l'avait guidée jusqu'à la chambre d'amis. Sara se hâta de passer devant en évitant de regarder la sinistre porte fermée. Elle se demanda si quelqu'un l'ouvrirait jamais à nouveau. En tout cas, elle n'avait pas l'intention de s'y risquer. Elle s'arrêta en haut de l'escalier et tendit l'oreille, puis elle descendit lentement.

Devant chaque nouvelle pièce, elle hésitait et jetait un coup d'œil prudent par l'ouverture de la porte. Elle ignorait à quoi elle s'attendait. À des habitants de la ville cachés derrière le canapé du séjour, à des parents en colère dans le hall qui lui reprocheraient de loger dans la maison sans payer de loyer, ou au fantôme d'Amy dans la cuisine. Mais tout était désert.

Elle fit le tour du foyer d'Amy en passant la main sur les surfaces que la vieille dame avait touchées, dans les pièces où elle avait vécu. Le silence des lieux l'effrayait. Des petits instants de quotidien figés à jamais la submergeaient au moment où elle s'y attendait le moins.

Dans la cuisine, quelqu'un avait préparé une bouilloire, un pot de Nescafé et une bouteille de lait. Il restait du pain de la veille et lorsqu'elle ouvrit le réfrigérateur, elle s'aperçut qu'il y avait également des reliefs du buffet, soigneusement emballés dans du film alimentaire et étiquetés avec le nom des denrées et la date de la veille.

Elle mangea le pain sans rien dessus et mit la bouilloire en route avant de se faufiler dans la salle de bains pour se doucher. La douche consistait en un antique dispositif installé au-dessus d'une petite baignoire ovale. Elle se déshabilla, plia ses vêtements en une pile bien nette sur un tabouret fatigué qui se trouvait dans un coin, face aux toilettes. Elle espérait qu'ils y resteraient secs, car ni le pommeau ni le rideau ne semblaient très fiables.

Les canalisations lâchèrent un sifflement de protestation et la température de l'eau ne dépassa jamais le stade du tiède.

Sara se dit que les choses n'étaient vraiment pas censées se dérouler ainsi. Elle s'était enturbanné les cheveux d'une serviette trouvée dans la salle de bains et venait de défaire sa valise avant de regagner la cuisine. Jusqu'à présent, la seule pièce dans laquelle elle avait passé plus de vingt minutes était la chambre d'amis où elle avait dormi. Sans qu'elle sache pourquoi, il lui paraissait plus sûr de rester en mouvement.

Vider sa valise lui avait pris treize minutes, si bien qu'à dix heures et demie, elle n'avait absolument plus rien à faire. Dehors, le temps était déjà étouffant. Par la porte ouverte de la cuisine, elle percevait des senteurs entêtantes de terre sèche et de végétation. Elles entraient en compétition avec les odeurs de renfermé, de bois et de vieux tapis qui flottaient dans la maison.

Sara s'assit sur une chaise de la cuisine et cherča des signes de l'existence d'Amy, mais tout ce qu'elle voyait, c'était des placards à la peinture écaillée et des plantes mortes à la fenêtre.

Cela aurait dû être sa belle histoire. Amy et elle auraient dû être ici, peut-être précisément sur ces chaises, à discuter de livres, de la ville, des gens qu'Amy connaissait, et cela aurait été agréable.

— Amy, dit-elle à voix haute. Mais qu'est-ce que tu as fabriqué, bordel ? Nous allions devenir amies pour de vrai.

Près de la porte donnant sur le perron, il y avait deux paires de bottes en caoutchouc de pointures différentes. L'herbe était haute et brûlée par le soleil estival. Le chiendent avait depuis longtemps envahi le potager, mais Sara put identifier deux pommiers noueux qui ne semblaient pas avoir été taillés depuis des années, une petite plate-bande d'aromatiques qui ressemblaient beaucoup à des mauvaises herbes et quelques plants de tomates géants.

Elle rentra à nouveau et consacra une heure à disperser ses livres à travers la maison pour tenter de la rendre familière. Mais avec treize livres, elle ne pouvait même pas en garnir chaque pièce.

À Haninge, elle avait presque deux mille ouvrages et trois amies. Enfin, à condition de compter ses deux anciennes collègues de la librairie comme des amies.

Sara avait commencé à y travailler à l'âge de dix-sept ans, d'abord à Noël, lors des soldes et des vacances d'été, puis à plein-temps. Ensuite, elle y était restée, à une demi-heure de son lieu de naissance. Il ne lui était rien arrivé de plus passionnant.

L'une des employées du magasin avait un jour affirmé que toutes les histoires commençaient par une arrivée ou un départ. Personne n'était jamais venu pour elle à la librairie Josephsson et encore moins dans le deux-pièces de Sara à Haninge. Rien ni personne, si ce n'est des lettres à la belle écriture. À une époque, Sara aurait pu jurer que ces missives lui apportaient un morceau de l'Iowa, un vent d'aventure aussi léger que tangible, des possibilités d'une vie différente et plus intemporelle. Maintenant qu'elle était sur place, tout ce qu'elle sentait, c'était le renfermé, le bois et les vieux tapis.

— Ressaisis-toi, Sara, s'exhorta-t-elle.

Entendre une voix humaine était apaisant, même s'il s'agissait de la sienne. Les seuls autres bruits qu'elle percevait étaient ceux de branches cognant contre une vitre à l'étage ou des canalisations qui se mettaient à gargouiller sans prévenir.

Comment pouvait-on parcourir des milliers de kilomètres et demeurer la même personne à l'arrivée ? se demandait Sara.

En dehors du fait qu'elle n'avait désormais que treize livres et pas d'amis.

— Ressaisis-toi, répéta-t-elle, mais ces mots ne lui parurent pas plus convaincants que la première fois.


Sara supposait que les rares personnes qui pensaient un tant soit peu à elle étaient persuadées qu'elle utilisait les livres pour échapper à la vie. Et peut-être était-ce vrai. Elle avait remarqué dès ses années de lycée que peu de gens vous prêtent attention quand vous êtes caché derrière un ouvrage. De temps à autre, elle avait été obligée de relever les yeux pour esquiver une règle ou un manuel qui lui arrivait dessus, mais en général, ce n'était pas elle qui était visée directement et elle ne perdait même pas le fil de sa lecture. Tandis que les autres élèves se partageaient entre persécuteurs et têtes de Turcs, gravaient des symboles absurdes sur des tables ou dessinaient des gribouillis sur les casiers les uns des autres, elle expérimentait de formidables passions, des disparitions, des élans de gaieté, des pays étrangers et des époques révolues. D'autres étaient peut-être coincés dans un lycée gris de Haninge, mais elle, elle avait été une geisha au Japon, avait erré en compagnie de la dernière impératrice de Chine dans l'atmosphère oppressante de la Cité interdite, avait grandi avec Anne et les autres dans la maison aux pignons verts, connu son lot de meurtres, aimé et perdu des êtres chers avec les classiques.

Les livres lui avaient servi de remparts, oui, mais pas seulement. Ils l'avaient protégée du monde extérieur en le réduisant à une espèce de vague toile de fond bien moins tangible que les aventures fictives dont elle se délectait.

On aurait pu penser que dix ans passés dans une librairie auraient effacé une partie de l'aura magique que les livres avaient pour elle, mais Sara estimait que c'était le contraire. Désormais, chaque ouvrage lui laissait deux souvenirs : celui lié à sa vente et celui lié à sa lecture. Tous les ans, elle avait vendu d'innombrables exemplaires des romans de Terry Pratchett lors des soldes. Puis, quelques années plus tôt, elle avait fini par capituler et en lire un, découvrant ainsi l'un des auteurs contemporains les plus fantastiques et, indéniablement, l'un des plus prolifiques. Elle se rappelait l'été où elle avait eu l'impression de ne rien écouler d'autre que le texte d'Ulla-Carin Lindqvist ainsi que le soir d'été, trois ans plus tard, où elle l'avait lu. Elle voyait encore la couverture, les deux silhouettes sombres se déplaçant sur un fond aux teintes naturelles et diffuses semblables à celles d'un crépuscule estival, quand le soleil vient tout juste de se coucher. Elle se souvenait aussi qu'il s'agissait d'un petit ouvrage peu épais que tous les clients ressentaient la nécessité de commenter. « C'est cette journaliste », « la présentatrice du journal qui est morte », « elle était tellement douée pour ce métier », comme si, d'une certaine manière, cela leur avait brisé le cœur qu'une personnalité du petit écran puisse mourir. Sara pensait que c'était l'un de ces livres qui touchaient le cœur des gens avant même qu'ils ne l'aient ouvert.

Elle avait porté plus de piles de policiers de Liza Marklund qu'elle ne voulait y penser, vendu la série Hamilton de Jan Guillou dans au moins trois éditions de poche différentes et assisté à l'émergence et à l'expansion de l'engouement pour les polars suédois, un phénomène qui perdurait. Elle n'avait pas vraiment noté à quel moment Camilla Läckberg était apparue sur cette scène, jusqu'à ce que ses romans soient édités en version poche. C'était souvent ainsi avec Sara.

Elle devait avoir vendu des dizaines, voire des centaines de milliers de livres, mais chercher à les compter n'aurait eu aucun sens. Si elle avait un seul instant songé à son avenir durant ces années, Sara se serait sans doute dit qu'elle allait vieillir à la librairie et que, petit à petit, elle deviendrait plus grise et poussiéreuse, à l'instar des invendus dans la minuscule réserve, écoulant tranquillement des ramettes de papier pour imprimante et des recharges de stylos pour une éternité, avant de prendre sa retraite avec une pension essentiellement composée des livres qu'elle aurait achetés au fil des ans en profitant de sa remise d'employée.

Mais la librairie Josephsson avait fermé, Sara avait perdu son emploi et elle était à présent seule aux États-Unis.

Lorsqu'une voiture s'engagea dans l'allée, elle remercia presque le ciel de ce divertissement. Le pasteur qui avait officié à l'enterrement en descendit et, tandis qu'il se dirigeait vers la maison, Sara essaya trois sourires différents devant le miroir du hall.

— Comporte-toi juste normalement, Sara, conseilla-t-elle à son reflet.

Mais la femme qui la dévisageait, les yeux écarquillés, avait malheureusement l'air d'une souris morte de trouille et affublée d'un turban. Cela faisait plus d'une heure qu'elle déambulait dans la maison, et elle avait oublié de retirer la serviette qui enserrait ses cheveux.

À ce stade, le pasteur avait presque atteint le perron. Sara jeta donc la serviette dans une armoire, essaya de se peigner avec ses doigts, puis se précipita à sa rencontre.

*Souris, Sara*, se rappela-t-elle.

L'homme d'Église avait l'air aussi nerveux qu'elle. Son col romain aurait dû suffire à lui conférer une certaine dignité, mais l'effet en était gâché par les fins cheveux qui refusaient de tenir en place et par la veste orange bon marché qu'il portait par-dessus sa chemise. Elle semblait avoir été achetée au rabais dans une boutique discount des années quatre-vingt.

— La mort d'Amy a été un coup dur pour la ville, déclara-t-il alors qu'il se tenait toujours devant le perron, un pied sur la première marche, comme s'il était incapable de décider s'il allait entrer ou repartir. Un coup très dur.

— Oui, répondit Sara. Comment... Comment est-elle morte ?

Cette question était peut-être indiscrète, mais elle s'aperçut qu'elle souhaitait vraiment connaître la raison. Le pasteur marmonna quelque chose au sujet d'une « maladie ». Il ne s'agissait donc pas d'un accident. Pour autant, son décès devait avoir été soudain, car à peine trois semaines plus tôt, Sara lui avait communiqué tous les détails de son itinéraire et Amy lui avait simplement répondu qu'elle serait attendue à la gare routière de Hope.

Sara se demanda si elle devait proposer un café. Quelles étaient les lois de l'hospitalité quand on était hébergée à titre gracieux chez une femme morte ? Ce qui lui rappela que :

— Je ne sais vraiment pas où je vais aller.

— Aller ? s'étonna le pasteur, qui paraissait tout à coup encore plus nerveux, si toutefois c'était possible.

Il retira son pied de la marche.

— Mais vous logez ici, non ?

Comme ses paroles ne produisaient aucun effet sur Sara, il ajouta :

— Amy était très appréciée, voyez-vous. C'est agréable pour nous de voir que sa maison n'est pas vide et abandonnée. D'ailleurs, avez-vous besoin de quelque chose ? Avez-vous de quoi manger ?

— Pour plusieurs semaines, sans doute.

— Bien, bien. Autre chose ? Il va vous falloir une voiture, je suppose.

— Je n'ai pas le permis.

Il sursauta.

— Ah, d'accord. Euh, oui, je… Il va falloir que j'en parle avec Caroline.

Cette décision audacieuse parut le soulager et il prit congé avant même que Sara ait déterminé si elle devait, ou non, lui offrir un café.

Cette question épineuse était toujours en suspens lorsque le visiteur suivant se présenta, mais cette fois, cela n'eut aucune importance.

Mme Jennifer – « Appelez-moi Jen » – Hobson était une femme au foyer américaine digne d'être vice-présidente. Le brushing de ses cheveux bruns était si parfait qu'il semblait tenir de lui-même, et elle arborait le sourire un peu artificiel d'une personne qui a beaucoup fréquenté des enfants en bas âge. Elle fonça directement dans la cuisine, mit la bouilloire en marche et versa deux cuillerées de café en poudre dans une tasse.

— Je suis la rédactrice en chef de *La Gazette de Broken Wheel*, déclara-t-elle assez fort pour couvrir le bruit de sa cuillère contre sa tasse.

Elle ouvrit un placard et y trouva le sucre. Ses cheveux tressautèrent avec souplesse autour de sa tête lorsqu'elle se baissa.

— Nous écrivons des articles sur tous les événements qui se produisent ici. Il y a quelques années à peine, un type du New Jersey est venu en visite. Une sorte de free-lance. Il se cherchait lui-même, mais il a déménagé à Hope après seulement deux semaines et il a refusé de m'accorder une interview.

Sara ignorait ce qui était le pire : déménager à Hope ou refuser un entretien.

— Une de mes amies a effectué des recherches généalogiques à Spencer, dit-elle par-dessus son épaule. Je suis originaire de Spencer. J'ai emménagé ici quand je me suis mariée.

Son visage prit une expression amère.

— Enfin bon. Comme je le disais, elle a effectué des recherches généalogiques et découvert que j'avais des ancêtres en Suède. Elle était très satisfaite. C'est bien mieux que des ascendants irlandais ou allemands, comme je lui ai également dit. Tout le monde a des ancêtres là-bas. La Suède, c'est beaucoup plus exotique.

Elle considéra Sara, puis se hâta de secouer la tête, sans doute de dépit en constatant son extrême banalité.

— Quel est votre nom de famille ? Nous sommes peut-être apparentées. On a déjà vu des choses plus étranges, et puis la Suède n'a pas tant d'habitants que ça, si ?

— Neuf millions.

— Vous avez des chênes ?

— Des chênes ?

— L'arbre officiel de l'Iowa. Nous en avons de fantastiques spécimens.

— Euh oui… nous avons des chênes.

— Auriez-vous une petite déclaration à faire ? Sara n'en avait pas.

— Rien ? Une petite présentation ? Vos premières impressions de la ville peut-être ?

— Je ne suis allée qu'au snack.

— Je suppose que je vais devoir inventer quelque chose, marmonna Jen en se parlant à elle-même. Je suis sûre que vous aimerez cet endroit quand vous apprendrez à le connaître. Ne vous inquiétez pas, ajouta-t-elle après une pause. Vous vous exprimerez bien dans l'article. Dès que j'aurai trouvé ce que vous allez déclarer.

Sara Lindqvist
7 Kornvägen, 1 tr
136 38 Haninge
Suède

Broken Wheel, Iowa, le 23 août 2009

Chère Sara,

Je suis vraiment contente que tu aies apprécié Harper Lee. Je n'ai pas vraiment d'opinion sur le titre suédois, mais il est possible que *Péché mortel* donne l'impression qu'il s'agit d'un roman de gare. Tu es mieux à même d'en juger que moi.

Comme tu as aimé *Ne tirez pas sur l'oiseau moqueur*, je t'envoie également *La Couleur des sentiments* de Kathryn Stockett. Ces deux romans ont la thématique du racisme en commun. Je sais que certains doutent que le racisme soit encore un problème majeur, mais si tu veux mon opinion, seuls les quinquagénaires voient les choses ainsi, ceux qui imaginent que le monde est devenu meilleur uniquement parce qu'ils sont à présent en âge de le gouverner, sans qu'aucun d'eux n'ait jamais levé le petit doigt pour l'améliorer. C'est l'un des sujets qui me bouleversent encore. Trop, d'après mon bon ami John, qui est noir, a sensiblement plus de cinquante ans et affirme que la situation s'est beaucoup améliorée. En tout cas, à Broken Wheel, ajoute-t-il. John n'est pas trop enclin aux considérations existentielles. Cela ne révèle pas grand-chose du monde dans son ensemble, juste que les gens d'ici se sont habitués à sa présence. Il est le seul Noir de la ville. Par ailleurs, il possède l'unique boutique qui vend encore du lait, alors comment les gens pourraient-ils le prendre en grippe, je ne sais pas. Moi, bien sûr, je pense qu'il est impossible de ne pas l'apprécier, mais il n'est pas d'accord avec moi sur ce point-là non plus.

Salutations amicales,

Amy Harris

# Il est de notoriété publique qu'une touriste suédoise dans l'Iowa ne peut qu'être à la recherche d'un homme

À Broken Wheel, en face de l'établissement de Grace, il y avait un ancien cinéma. L'architecture classique des années cinquante conférait une certaine dignité à ce côté de la rue, mais il y avait bien longtemps que la salle ne passait plus de nouveaux films et même, depuis quelques années, plus aucun film du tout. Le projecteur était cassé. Désormais, les lieux n'étaient plus utilisés que pour les assemblées plénières de la ville.

Qualifier le groupe qui s'y réunissait d'assemblée plénière était un peu comme appeler cet endroit un cinéma : cela en disait plus sur ce qu'il avait été à une époque que sur ce qu'il était devenu. Jadis, on organisait des élections, et participer à ces réunions avait quelque chose de prestigieux. C'était au temps où il y avait de l'argent à dépenser et des débats houleux pour déterminer dans quels projets l'injecter ou trancher des questions délicates. Installer des nouveaux bancs devant l'une des églises ou un nouvel éclairage public. Choisir la couleur desdits bancs ou le type de lampadaires. Établir si le cinéma était la fierté de la ville ou un lieu de perdition pour la jeunesse.

Désormais, seule une poignée de gens voulaient encore se mêler de ce qui se passait dans la ville, et il n'y avait plus d'argent à gérer. Ces gens-là continuaient cependant à se réunir et à s'installer sur les sièges du premier rang de la salle unique, un jeudi sur deux.

Caroline Rohde observait avec une certaine impatience les gesticulations emphatiques de Jen sur la petite scène où se trouvait jadis la toile.

— Une touriste ! s'exclama Jen, et Caroline réprima son envie de se masser les tempes.

La dernière vague touristique de la ville était le seul point à l'ordre du jour et Caroline en était déjà plus qu'assommée.

Amy Harris lui manquait. Caroline savait que beaucoup la jugeaient trop dure, beaucoup trop investie dans cette histoire de Dieu et de Jésus et, dans l'ensemble, beaucoup trop ennuyeuse. Mais Caroline savait également que les habitants avaient besoin de quelqu'un qui les surveille et les aide, de quelqu'un qui sache ce qui était juste et bon. Cela fonctionnait bien du vivant d'Amy, mais à présent, elle se sentait extrêmement seule et pas à la hauteur de la tâche.

Elle n'avait jamais été capable d'aider les gens comme le faisait Amy, qui semblait avoir un sixième sens pour deviner ce que les gens avaient besoin d'entendre. Caroline, elle, ne savait que ce qu'ils devraient entendre, ce qui était rarement la même chose.

Mais les deux étaient nécessaires et il incomberait à Caroline de s'occuper de cette touriste qui se mettait à trembler dès qu'on lui adressait la parole.

Elle aurait eu un mot ou deux à dire à Amy. Paix à son âme, bien sûr. Mais bon, Amy avait le beau rôle, étant donné que c'était Caroline qui se retrouvait à devoir faire tout le boulot ici-bas. Elle ne pouvait en aucun cas attendre une quelconque aide des autres membres de l'assemblée.

À cet instant, ils étaient au nombre de trois. Caroline supposait que Jen Hobson était là parce qu'elle rêvait de transformer Broken Wheel en villégiature bourgeoise du même genre que Hope. Jen était originaire de ce qu'elle qualifiait souvent de belle banlieue plaisante de Spencer au nord-ouest de l'Iowa. Caroline ne pouvait s'empêcher de penser que cela n'aurait pas été une grande perte si elle y était restée. Le mari de Jen était de Broken Wheel et, certes, aussi charmant que ce qu'on pouvait attendre d'un Hobson. Il n'avait jamais été connu pour son intelligence, mais Caroline ne jugeait jamais personne en fonction de ses tares congénitales. Il y avait déjà assez à faire en se limitant aux péchés intentionnels. Caroline ne parvenait pas à chasser l'idée que Jen considérait son déménagement ici comme un échec personnel, ce qui l'agaçait. De fait, elle ne voyait rien que Spencer possède de plus que Broken Wheel. D'accord, la ville avait ses mauvais côtés que Caroline elle-même n'hésitait jamais à pointer, mais qu'une étrangère se montre à ce point condescendante et cherche à faire sa petite révolution… Caroline secoua la tête. Jen n'habitait ici que depuis dix ans.

Enfin, elle savait se remonter les manches, Caroline le reconnaissait. Mais si Jen avait eu autant de bon sens que d'énergie, elle aurait pu accomplir sensiblement plus. C'était la rédactrice en chef, la seule journaliste et la principale source d'information d'une gazette consacrée à

Broken Wheel. À moins qu'il ne s'agisse d'un blog sur la ville. Caroline ne s'était jamais donné la peine de vérifier ce qu'un blog était exactement. En tout cas, une chose était sûre : rien de bon ne pouvait sortir de ce truc. Pour autant qu'elle le sache, les seuls lecteurs de cette lettre étaient des parents de Jen, tous résidents de Spencer. Aucun d'entre eux n'avait manifesté le moindre désir de s'installer à Broken Wheel, malgré ou à cause de ce bulletin.

Caroline n'avait guère meilleure opinion du deuxième participant à l'assemblée plénière. Andy, le dernier représentant de la famille Walsh en ville. Caroline ne portait vraiment pas dans son cœur le père, Andrew Walsh senior, et elle était prête à pardonner beaucoup de choses à Andy au seul motif qu'il avait le bon goût de ne pas lui ressembler. Pour autant, il y avait des limites.

Andy tenait *The Square*, le seul bar de la ville, avec son bien trop proche ami Carl. De plus, il avait à une époque vécu à Denver, autant dire l'autre bout du monde. Caroline n'avait pas le goût des ragots, mais il n'y avait pas de raison non plus de les provoquer en rentrant au bercail pour gérer un bar avec un… *bon ami*.

Aujourd'hui, Andy portait un jean bleu délavé, une chemise à carreaux et une ceinture ornée d'une boucle qui semblait aussi lourde que ses bottes de cow-boy. Le tout lui allait relativement bien, mais ses vêtements étaient trop neufs et criards. Aux yeux de Caroline, il avait surtout l'air d'un touriste fraîchement débarqué de la côte Est, même si sa famille était établie à Broken Wheel depuis des générations.

— Une touriste à Broken Wheel, reprit-il en se levant pour rejoindre Jen sur la scène.

— C'est étrange, renchérit Jen, que nous n'en ayons pas plus.

— Pas *si* étrange, intervint Caroline qui avait tendance à insister sur les mots. En plus, c'est une touriste qui n'a pas le permis.

Elle resta dans son confortable fauteuil capitonné. Il y avait douze ans que le dernier film avait été projeté dans ce cinéma, mais il flottait encore une légère odeur de pop-corn, de beurre fondu et de vieux tissu. Ces parfums n'évoquaient aucun souvenir de flirts à Caroline, mais le fait que les revêtements soient encore en aussi bon état l'impressionnait.

— Il faut que nous lui trouvions des choses à faire, déclara Jen. Il faut la divertir !

— La grande question, c'est comment ? répondit Andy.

— Des excursions, pour commencer. Tous ces beaux sites naturels. Les chênes !

— Et le maïs, ajouta Caroline sur un ton sec.

Elle adorait autant les chênes que les autres. Elle était même la présidente de l'association pour la protection de cette essence, mais de là à en faire une attraction touristique…

— Pas seulement le maïs. Le soja également, s'enthousiasma Andy.

— Tom pourrait peut-être lui servir de chauffeur, déclara Jen, comme si l'idée venait de lui traverser l'esprit. Quand il ne travaille pas, bien sûr.

Caroline ferma les yeux. Le ton innocent ne la trompait pas. *Bon Dieu*, pensa-t-elle. Cette femme n'était pas arrivée depuis deux jours et Jen s'apprêtait déjà à sacrifier les célibataires de la ville sur l'autel du tourisme. Enfin, en toute honnêteté, c'était peut-être cette femme qu'on sacrifiait. Les célibataires de la ville ne pouvaient pas vraiment être qualifiés d'attractions touristiques.

Pour une fois, Andy et Jen ne semblaient pas sur la même longueur d'ondes.

— Tom, dit-il bêtement alors que n'importe qui aurait compris ce que Jen avait en tête.

— Oui, Tom..., répéta Jen, hésitante. Je me demandais s'ils ne pourraient pas s'entendre, ajouta-t-elle en fixant un point au-dessus de la tête de Caroline. Tu ne penses pas qu'une amourette de vacances serait précisément le bon moyen de la mettre à l'aise ?

Andy éclata de rire.

— Oui. Pourquoi pas ? Tom n'a jamais été particulièrement doué pour draguer et il n'est pas exclu que cette Sara ait besoin d'un coup de pouce aussi. Je peux parler à Tom pour l'informer de ce qu'on attend de lui.

Jen ne semblait pas vouloir aller si loin.

— Je me demande s'il ne vaudrait pas mieux laisser les choses se faire naturellement...

— Il vaudrait mieux ne pas les laisser se faire du tout, répliqua Caroline.

Si elle connaissait bien Jen, celle-ci ne se contenterait pas d'un simple flirt de vacances, ce qui était déjà assez pernicieux en soi. Elle rêvait sans doute déjà du mariage et d'ajouter une personne à la liste des habitants de la ville, peut-être plusieurs, avec des noces, des naissances et des baptêmes s'enchaînant à bon train.

— En tout cas, nous pouvons toujours demander à Tom de lui servir de chauffeur, objecta Jen.

— George s'en chargera, lâcha Caroline. On peut le payer pour ça. Un salaire symbolique, du moins. Nous allons mettre en place une cagnotte.

Tout ce qui était digne d'être fait était digne d'être réalisé par le biais d'une cagnotte.

Caroline surprit le bref échange de regards entre Jen et Andy, mais elle ne s'en soucia pas.

Toute ville avait besoin d'une femme à poigne. Elle savait qu'ils se moquaient d'elle dans son dos, mais peu lui importait, elle parvenait à imposer sa volonté et personne n'osait lui rire au nez.

— Mais est-ce que ce pauvre George est assez...

Jen paraissait chercher un euphémisme pour adoucir ses propos, mais renonça.

— ... sobre ?

— Cela fait un mois qu'il n'a rien bu, répliqua Caroline. Ses mains ne tremblent presque plus. Il a besoin de s'employer à quelque chose de sensé au lieu de passer ses journées à boire du café chez cette femme.

— C'est un homme bien, marmonna Jen.

— George lui servira de chauffeur, déclara Caroline et l'affaire fut réglée.

Sara Lindqvist
7 Kornvägen, 1 tr
136 38 Haninge
Suède

Broken Wheel, Iowa, le 9 octobre 2009

Chère Sara,

Broken Wheel ne paie vraiment pas de mine. On n'y trouve pas grand-chose d'excitant. On n'y trouve pas grand-chose tout court. Mais j'aime cette ville. Je suis née et j'ai grandi ici, c'est ce qui fait toute la différence.

Il y a une rue principale, qui s'appelle tout simplement Main Street, et trois rues plus petites, nommées respectivement Second Street, Third Street et Jimmie Coogan Street. Cette dernière appellation mérite sans doute une explication. Jusqu'en 1987, elle s'appelait Fourth Street (nous sommes des gens prosaïques, qui voient les fioritures et les noms pompeux d'un mauvais œil). Depuis, elle a été rebaptisée en l'honneur d'un indécrottable escroc. Je m'en réjouis. Cela confère une certaine dignité à une ville d'en compter un parmi ses natifs.

Salutations amicales,

Amy Harris

# Bitume et béton

Passer son existence à lire n'était pas déplaisant, mais ces derniers temps, Sara avait commencé à se demander si c'était réellement… une vie. Ces pensées lui étaient venues quand elle avait appris la fermeture imminente de Josephsson, et elle avait été choquée par leur intensité. Comme si dix-sept années de sa vie disparaissaient en même temps que cette librairie, comme si tout ce qu'elle avait jamais été se trouvait sur les rayonnages grisâtres d'une boutique poussiéreuse, dans ces clients qui achetaient quatre poches pour le prix de trois l'été et n'importe quel ouvrage relié et tape-à-l'œil à Noël.

Bien sûr, elle pourrait sans doute retrouver un emploi dans une autre librairie, mais à ce moment-là, pendant ces interminables journées d'été dans cette banlieue où le compte à rebours avant la fermeture s'égrenait de manière impitoyable, elle s'était demandé si cela lui suffisait vraiment. Et elle avait été saisie d'effroi, car qu'y avait-il en dehors des livres et du travail ?

Il y avait Amy ainsi qu'une petite ville de l'Iowa tout droit sortie d'un roman de Fannie Flagg ou d'Annie Proulx. Sara avait acheté un ouvrage à Amy par le biais d'une plate-forme internationale de bouquinistes sur laquelle des particuliers étaient autorisés à commercer. Comme Amy refusait tout paiement, Sara avait pris son courage à deux mains et lui avait à son tour envoyé un volume pour la remercier, puis elles avaient poursuivi leurs échanges. Amy lui avait écrit des lettres fabuleuses sur des livres et les habitants de sa petite ville. C'était alors tout ce à quoi Sara pouvait se raccrocher. La seule ligne de vie dans une existence qui lui apparaissait totalement vide de sens.

Si sa vie avait été un roman, elle n'aurait sans doute même pas été un personnage secondaire. Or elle se serait sans problème contentée d'un second rôle. Personnage principal, c'était probablement trop demander, mais quand même avoir une apparence et quelques traits de personnalité décrits à la hâte en deux ou trois lignes lorsqu'elle croisait la véritable héroïne. Pouvoir être une personne avec un nom et quelques répliques.

Cela lui avait paru un rêve très lointain en juillet et l'était tout autant à présent. Elle supposait qu'elle allait faire passer les journées avec les livres, comme toujours jusque-là.

Ce matin, Sara emporta Bridget Jones sur le perron en même temps que sa troisième tasse de café soluble infect. Elle traversa le hall à grands pas en gardant les yeux rivés sur la porte. Elle s'efforçait de ne pas regarder le petit autel. Elle aurait aimé que quelqu'un retire au moins les drapeaux, mais estimait que ce n'était pas à elle de le faire.

Elle se sentait mieux à l'extérieur. La balancelle était confortable et le jardin envahi de végétation lui paraissait plus charmant que négligé. Son mouvement de balancier provoquait des craquements qui lui donnaient l'impression d'être chez elle.

Tandis que le soleil s'élevait lentement au-dessus de la cime des arbres, elle cherchait à se convaincre que la situation était précisément comme elle devait l'être.

Amy n'était peut-être pas morte ? Elle s'occupait peut-être de ses fleurs dans la cuisine ? Ou alors elle était à l'étage avec un livre ?

Sara lâcha un soupir. C'était comme essayer de transformer le dénouement tragique d'un livre en *happy end*. On avait beau essayer de se persuader que les choses étaient différentes une fois que cet affreux sadique d'auteur s'était retiré, il vous restait quand même à l'esprit. Rhett Butler avait largué Scarlett au moment précis où elle commençait à le mériter. En dépit de tout bon sens, de sa propre personnalité, de la nature de l'amour et de sa parole, oui, en dépit de tout ce qui était raisonnable et juste. Et même le terrible père de Charlotte Brontë n'avait pu empêcher la mort de Paul, quels que soient ses faibles efforts pour écrire une fin susceptible de le réjouir.

Incompréhensible.

Oui, mais c'était comme ça, voilà tout. Mieux valait essayer de ne pas y penser. Margaret Mitchell était stupide et Amy Harris, morte.

Sara ramassa le livre sur ses genoux et se força à reprendre sa lecture. Elle trouvait une certaine consolation dans le fait que ce roman était exactement pareil ici qu'en Suède : Bridget échouait tout autant à tenir ses résolutions de nouvelle année et rencontrait Mr Darcy dans son pull démentiel. Quand Daniel Cleaver finissait par débarquer, Sara avait déjà disparu dans le monde confortable des livres et y serait restée si une voiture ne s'était pas engagée dans l'allée.

George portait la même chemise à carreaux rouges que le samedi et elle était tout aussi froissée. Ses mains tremblaient davantage, mais Sara se rappelait qu'il était resté auprès d'elle à la réception après l'enterrement et elle lui sourit par-dessus son roman.

— Je suis venu vous dire que j'étais votre chauffeur.

Le livre se baissa lentement sur ses genoux.

— Je vais vous conduire, précisa-t-il. Où vous voulez. Il vous suffit de m'appeler.

Il récita son numéro de téléphone sans attendre qu'elle le note.

— Si je ne suis pas chez moi, je suis chez Grace.

Il lui donna également le numéro qu'elle n'eut pas davantage le temps d'écrire.

— Mais je peux me déplacer à pied, objecta-t-elle.

— Ils m'ont dit que je devais vous conduire.

— Ils ?

— Jen et Andy. Caroline aussi.

Cette précision mettait sans doute un terme à toute discussion.

— Alors ? demanda-t-il. Puis-je vous conduire quelque part ?

— Il n'y a plus grand-chose à voir, expliqua-t-il tandis qu'ils se dirigeaient vers la ville.

La seule chose qui paraissait abondante était le maïs. En cette fin août, il se dressait autour d'eux dans d'immenses champs. L'intense lumière du soleil les transformait en une mer agitée de jaune et de vert qui éblouissait Sara jusqu'à ce que le bitume de Broken Wheel se présente, presque comme une libération. Il devenait visible dix minutes avant d'atteindre la ville, au niveau d'un long bâtiment en béton gris et d'un parking pour caravanes abandonné.

— J'habite là, déclara George.

Sara espérait qu'il parle du bâtiment, car sur le parking, rien ne semblait habitable. Une clôture en piteux état marquait une espèce de limite de la localité et, derrière le parking, quelques arbres isolés étaient éparpillés sur une bande de terre ingrate.

Devant eux, la route s'élargit, mais un long moment s'écoula avant que le premier bâtiment digne de ce nom n'apparaisse. Tout ce qu'il y avait entre le lieu de résidence de George et le cœur de la ville était une station essence fermée. Une baraque en tôle rouillée semblait avoir jadis été la boutique et on s'était débarrassé de pneus de tracteurs et d'une poussette cassée à côté.

— Avant, il y avait plus de magasins, s'excusa George, comme s'il était responsable de l'état de la ville. Mais la plupart ont fermé après la crise. La population n'est plus assez importante pour faire tourner le commerce.

En tout cas, elle allait quand même voir Jimmie Coogan Street, se rappela-t-elle. Cela devait signifier quelque chose, mais elle avait du mal à éprouver un quelconque enthousiasme. Maintenant qu'elle était reposée et douchée et voyait vraiment la ville, elle la trouvait encore plus déprimante, si c'était toutefois possible.

En réalité, le paysage légèrement ondulé des Grandes Plaines avait inspiré son propre style architectural : les maisons basses s'y fondaient dans le paysage de prairies et le centre-ville était bordé de beaux trottoirs en bois équipés de marquises afin qu'on puisse faire du lèche-vitrines, une espèce de compromis entre perron et promenade. Dans de nombreuses villes, cela fonctionnait et créait une impression douillette.

Broken Wheel, en revanche, était un pur gaspillage de briques, de bitume et de béton. Certes, les maisons étaient basses, mais c'était parce qu'il n'y avait jamais eu nécessité d'ajouter un deuxième étage. Désormais, même un rez-de-chaussée semblait de trop. Au lieu d'une prairie balayée par le vent s'étalaient les bâtiments délabrés le long d'une route bien trop large. Elle n'était presque plus fréquentée, ayant depuis longtemps perdu la compétition quand les routes inter-États avaient absorbé toute la circulation.

Une fois que George l'eut laissée et eut disparu chez Grace, Sara parcourut deux pâtés de maisons au hasard. Puis elle s'arrêta au bord du caniveau, comme vaincue par l'atmosphère. Toute la ville était empreinte d'un caractère triste, comme si des générations de problèmes et de déceptions s'étaient agrégées aux briques et au bitume. Un groupe d'hommes se tenait au coin d'une rue. Ils avaient sans doute plus de cinquante ans, peut-être soixante, c'était impossible à déterminer au vu de leurs t-shirts usés et de leurs visages burinés, mais ils dégageaient le même type d'oisiveté fébrile que les adolescents du centre commercial où elle avait travaillé. Comme si les journées n'avaient plus rien à leur offrir et que l'avenir ne viendrait jamais.

Était-ce réellement cela, la Broken Wheel d'Amy ? La même ville où son frère avait dirigé le journal *The Bent Farmer* et où une institutrice avait spontanément créé une bibliothèque itinérante sur un triporteur ?

Sara continua quand même à descendre la rue, surtout pour échapper au regard des hommes. Ils n'étaient pas ouvertement hostiles, juste fixés sur elle, peut-être pour la simple raison qu'il n'y avait rien d'autre à observer. Si seulement elle trouvait Jimmie Coogan Street, se disait-elle, la ville d'Amy se révélerait alors à elle, comme par magie, avec ses façades en bois, ses femmes en jupe et une espèce de vie façon amish, intemporelle, telle qu'elle se l'était représentée en lisant les lettres d'Amy.

En plein milieu de la journée, le soleil dardait des rayons impitoyables sur une boutique vide après l'autre. Beaucoup d'entre elles avaient effectivement de belles façades anciennes en bois, tels les vestiges d'une ville qui aurait été charmante et pleine de vie à une époque. Mais l'impression coquette était sapée par les locaux abandonnés. Parfois, leurs vitrines avaient été obturées à la va-vite ; ou bien il ne restait que des vitres cassées que personne ne s'était donné la peine de remplacer ou de couvrir avec des planches.

Devant certaines boutiques, on avait planté des arbres rabougris qui ne semblaient jamais s'être développés. Sara découvrit aussi l'ébauche d'un parc à l'extrémité d'une rue secondaire, mais rien de plus charmant que ça.

Il lui fallut vingt minutes pour traverser la ville et elle ne repéra pas l'ombre d'une Jimmie Coogan Street.

De l'autre côté de la rue se dressait un panneau publicitaire vantant les mérites d'un pesticide contre les attaques de parasites sur le maïs : *Venez à bout de la chrysomèle des racines !* criait-il au monde. Il devait bien faire deux mètres sur trois et avoir au moins vingt ans. *Avec le Dyfonate 20-G Intersectitude. Idéal pour le grand cultivateur de maïs !*

En dessous, un panneau de taille nettement plus réduite indiquait que ceci était Broken Wheel. Point final. Ils ne s'étaient même pas souciés d'ajouter quelque chose du style « Le cœur de l'Iowa » ou « Le jardin de l'Iowa », ni aucune autre tentative de description flatteuse. Le panneau était si petit qu'il semblait s'excuser d'exister.

Il lui fallut effectuer deux tours supplémentaires de la localité avant de découvrir Jimmie Coogan Street, et uniquement parce qu'elle procéda par élimination. Il n'y avait aucune plaque et cette rue n'était qu'une venelle sombre bordée de hauts murs de brique des deux côtés.

Ensuite, elle n'eut plus d'énergie et resta plantée devant le snack. Au-dessus de la porte, on distinguait vaguement des lettres dorées sur un fond rouge complètement passé : *Amazing Grace*. Quand Grace lui fit signe, Sara éprouva presque de la reconnaissance à l'idée que quelqu'un décide à sa place de ce qu'elle devait faire.

Grace lui servit une tasse de café sans que Sara l'ait commandée, puis elle balança un amas de viande rosée sur le gril derrière elle.

Les lieux étaient quasi déserts. Seuls trois véhicules étaient garés sur le parking, deux pick-up poussiéreux d'un bleu délavé par le soleil et une fourgonnette blanche des services de voirie. Trois hommes vêtus de combinaisons réfléchissantes jaunes étaient installés à une table. Ils mangeaient des œufs et du bacon accompagnés de café, un dîner précoce plutôt qu'un déjeuner.

— Il n'y a pas grand-chose à visiter dans cette ville, n'est-ce pas ? dit Grace dont les bras puissants reposaient à nouveau sur le comptoir.

— C'est une belle ville, répondit Sara sans y croire elle-même.

— Un putain de trou, voilà ce que c'est. À votre place, je ne m'attarderais pas.

Elle marqua une pause étudiée.

— Fuyez tant que vous le pouvez, voilà ce que j'en dis. Je n'ai jamais compris pourquoi ma grand-mère a choisi de rester.

Elle alluma une cigarette et poursuivit presque dans le même souffle :

— Alors George est votre chauffeur ? Je ne suis pas du genre à colporter des ragots, mais il a eu la vie dure ici. Il mérite peut-être un peu plus de soutien. Sa femme l'a quitté. C'est après qu'il a commencé à boire. Pas tout le temps, bien sûr, mais par périodes. Il a réussi à garder son boulot à l'abattoir pendant des années.

Grace n'avait pas pris soin de baisser la voix, mais George ne semblait pas avoir entendu le moindre mot. Il avait peut-être été obligé de développer une ouïe sélective.

— C'est bien qu'il ait été viré, d'ailleurs. Ce n'est pas vraiment le bon boulot pour un homme dont les mains ont tendance à la tremblote.

Elle adressa un clin d'œil à Sara.

— On peut facilement se retrouver sans mains du tout.

Puis elle s'empressa d'ajouter :

— Mais il est sobre à présent. Il n'a pas bu une goutte depuis plus d'un mois. C'est un homme bien.

— Pourquoi vous faites-vous appeler Grace ?

— Ma mère s'appelait Grace. Sa mère s'appelait Grace. La mère de sa mère s'appelait Grace.

Sara redoutait qu'elle ne remonte tout l'arbre généalogique.

— Mais moi ? Madeleine.

Sara se força à boire une gorgée de café. Il était beaucoup trop clair et avait ce léger goût de brûlé du café qui a chauffé trop longtemps.

— Madeleine. C'est un prénom pour vieilles rombières. Des femmes qui s'évanouissent dès qu'on pose un doigt sur elles. Des femmes qui se marient et brodent leurs initiales sur des mouchoirs. Leurs initiales de femmes mariées, notez bien. Pas du tout un prénom pour une femme qui fait cuire des hamburgers et tient la viande saoule à distance avec un fusil de chasse.

— Elle vous destinait peut-être à un autre métier ? suggéra Sara avant de lancer un regard nerveux à Grace par-dessus sa tasse pour voir si elle était allée trop loin.

Mais Grace avait l'air ravie.

— Ce n'est pas un métier. C'est une tradition familiale. Les femmes de ma famille ont toujours été coriaces ; elles ont toujours servi de l'alcool et se sont toujours appelées Grace.

Elle balança un hamburger sur une assiette d'un geste si brutal que Sara crut qu'il allait s'en échapper, puis elle déversa une portion de frites sur l'assiette et la fit glisser sur le zinc. L'assiette tenta de se mutiner, mais s'arrêta devant Sara.

— Ma mère est tombée amoureuse d'un homme qui possédait une petite exploitation à quelques kilomètres de la ville, poursuivit Grace. Et que croyez-vous que cette idiote a fait ?

Sara ne se donna pas la peine de deviner et de toute façon Grace n'attendit pas :

— Elle s'est mariée. Je suis née au moins deux ans après la noce. Une Grace qui n'était pas de père inconnu. Je ne vous raconte pas les ragots que ça a suscités. Ma grand-mère était encore en vie, et elle tenait le bar, alors ma mère ne s'est pas vraiment sentie acceptée. C'était tout aussi bien, si vous voulez mon avis.

Grace alluma une nouvelle cigarette. Sara coupa un morceau de son hamburger avec précaution.

— Ma mère a essayé d'être acceptée. Et vous, ça vous est déjà arrivé ?

Sara réfléchit avant de répondre.

— Je ne sais pas, dit-elle, même si elle supposait que ça arrivait à tout le monde à un moment ou un autre.

— Ça ne sert à rien. Vous avez beau vous plier à leurs règles, ils vous rejettent en permanence. C'est comme le langage : ne discutez jamais avec un crétin, car il vous abaissera à son niveau et aura raison de vous grâce à son expérience. C'est pareil pour la manière dont on mène sa vie.

Elle écrasa son mégot dans un cendrier déjà plein à ras bord.

— Ne vivez jamais en suivant les règles d'imbéciles, car ils vous abaisseront à leur niveau, ils gagneront, et tout ce que vous aurez récolté c'est une vie à mourir d'ennui.

Elle scruta Sara.

— Il suffit de voir Caroline. Elle est encore plus ennuyeuse que sa mère, c'est pour dire. La vieille Mme Rohde était super barbante, mais au moins, elle avait un peu de classe. Une certaine assurance. Caroline s'est conformée aux attentes des autres toute sa vie, et maintenant elle trouve son plaisir à essayer d'imposer les siennes à tout le monde.

Sara ne fit pas de commentaire. Elle n'avait pas envisagé Caroline comme une personne qui se serait jamais conformée à des attentes, hormis peut-être les siennes propres, mais Sara doutait qu'elle en eût même conscience.

Sara Lindqvist
7 Kornvägen, 1 tr
136 38 Haninge
Suède

Broken Wheel, Iowa, le 14 janvier 2010

Chère Sara,

Une librairie ! Ce doit être un lieu de travail
très agréable. Nous n'avons jamais eu de librairie à Broken Wheel, mais à une époque, nous
avions une bibliothèque itinérante sur un triporteur. Mlle Annie, notre institutrice, avait décidé
de créer une bibliothèque scolaire et de la faire
circuler dans la communauté chaque samedi. Il
n'y a jamais eu beaucoup d'ouvrages et ils étaient
pêle-mêle sur son triporteur. Mais quelles aventures ! C'est comme ça que j'ai lu *Les Quatre Filles
du docteur March*. Je suppose que le ton légèrement moralisateur de cette bonne Louisa était
approprié. *La Case de l'oncle Tom* aussi, même si
j'estime que c'était une erreur stratégique de nous
donner accès à ce texte. Certes, beaucoup des
familles de Broken Wheel comptaient des aboli-
tionnistes parmi leurs membres, mais je ne pense

pas qu'ils aient été conscients des valeurs passablement libérales que j'ai puisées chez Harriet Beecher Stowe. Pour certains, la frontière entre le christianisme, le libéralisme et le communisme est très fine. Et puis, il y avait la Bible, mais à ce stade, j'avais déjà lu ces histoires.

La bibliothèque ambulante de la ville a survécu une décennie et celle de l'école jusqu'à la fermeture de celle-ci, mais à la fin, quand nous recevions des subventions pour acheter des ouvrages, ce n'était plus la même chose. Ces bibliothèques scolaires manquent d'inspiration, je trouve. Des pensums avec vingt fois le même titre, comme si tous les élèves devaient lire la même chose, plus ce parfum particulier de contrainte. Nous n'avons jamais été une population de lecteurs. Nous sommes trop pragmatiques, je suppose. Il faut avoir un côté rêveur pour apprécier les livres, en tout cas au début.

J'imagine que c'est différent dans les villes un peu plus grandes. Il y avait une bibliothèque à Hope. En revanche, ils n'ont jamais eu de librairie non plus. C'est un peu bizarre, une ville qui a trois boutiques de décoration mais pas de librairie, non ? Hope, donc. Ici, il n'y a pas de magasin de décoration, plus depuis la fermeture du *Coin de Molly*, et puis elle ne vendait que des figurines en porcelaine.

Caroline Rohde, une bonne amie, vient de repartir. Elle est charmante, mais très active dans la paroisse. Elle me signale que nous avons bel et bien une forme de librairie, puisque la Société biblique (Caroline est la présidente de la branche de Broken Wheel) dispose d'une salle dans la maison communale. On y trouve vingt Bibles qu'on peut acheter à cinq dollars pièce ou obtenir gratuitement, à condition de prouver qu'on n'en a pas chez soi.

Excuse ma prolixité. Pour le moment, je suis alitée et j'ai bien trop de temps libre pour m'exprimer avec concision.

Il n'y a pas grand-chose à dire au sujet de ma vie, mais c'est gentil de ta part de m'interroger à ce sujet. Quand j'étais plus jeune, j'étais persuadée que toutes les personnes âgées avaient une histoire personnelle passionnante. Je crois que c'est parce que j'ai grandi à la campagne. Chaque famille semblait avoir des secrets inavouables, des grossesses inexpliquées et des accidents avec des tracteurs et des moissonneuses. Des histoires dignes de la Bible, parfois littéralement, comme en 1934 et 1935, où nous avons subi une invasion de sauterelles. Désormais nos vies paraissent bien banales. Je m'intéresse beaucoup plus à la vie des jeunes ; là, au moins, il y a du mélodrame.

Bien sûr, il ne reste plus beaucoup de jeunes ici et ceux que j'appelle « mes » jeunes sont presque adultes à présent. Mes jeunes sont ceux qui étaient enfants et adolescents quand j'étais quinquagénaire. Claire, Andy et Tom ont tous plus de trente ans maintenant. Tom est mon neveu, c'est-à-dire le fils de Jimmy, mon frère (à ne pas confondre avec Jimmie Coogan). Claire a une fille de dix-sept ans, l'une de ces grossesses inexplicables. Je ne crois pas que Tom soit le père, je ne l'ai jamais cru, mais je me suis demandé si c'était Andy. Même si Andy a déménagé à Denver plus ou moins au même moment (certains ont trouvé ça suspect. Moi, j'ai parfois le sentiment que son père a répandu cette rumeur à dessein, ce qui ne l'a pas aidé sur le long terme). Andy est revenu avec un ami très proche nommé Carl, qui est exquis, même s'il a le toupet d'être beaucoup trop mignon. Je trouverais un tel charme impardonnable chez n'importe qui, mais pas chez Carl.

Caroline se demande si tu possèdes une Bible. J'ai pris la liberté de lui répondre que je pensais que oui.

Salutations amicales,

Amy Harris

# Une touriste dans leur ville

Sara aurait été étonnée de savoir à quel point elle était au cœur des discussions en ville. Elle n'était pas intéressante. Elle n'était pas exotique. Elle n'était même pas belle.

Elle aurait été la première à reconnaître que son apparence était parfaitement banale. Dès l'âge de sept ans, elle avait dû accepter que ses cheveux étaient ternes. C'était indubitable. Même avec la meilleure volonté du monde, on n'aurait pu les qualifier de blond vénitien ou châtains, ni aucun des qualificatifs qui décrivent habituellement les héroïnes des romans. Par ailleurs, elle n'avait jamais eu le moindre sens de l'élégance. Le commentaire le plus positif que sa mère lui ait jamais accordé sur sa tenue vestimentaire se limitait au fait qu'au moins elle était propre et pas usée.

Au fond, ses yeux restaient son meilleur atout. À la fois grands et expressifs ; enfin, quand ils n'étaient pas emplis de terreur ou dissimulés derrière un livre.

Mais Broken Wheel n'avait jamais accueilli de véritable touriste avant.

Le lendemain de la visite de Sara chez *Amazing Grace*, elle était le principal sujet de conversation entre deux vieilles habitantes de la ville. Elles avaient prétexté y prendre une tasse de café à seule fin d'intercepter les derniers ragots sur la nouvelle venue.

— On peut dire qu'elle est arrivée pile au bon moment, déclara l'une d'elles.

De loin, on la distinguait à peine à l'extrémité du bar, en partie parce que sa petite silhouette frêle avait encore rétréci avec l'âge, mais également parce qu'elle était entourée d'un nuage de fumée presque impénétrable. Il faut dire que Gertrude fumait à la chaîne. Elle buvait aussi. Ni cela ni ses habitudes alimentaires (elle avait un faible pour les conserves et la graisse, de préférence combinées) n'avaient réussi à la tuer jusque-là, à la surprise de ses deux maris précédents, qui avaient eux succombé à ce régime et au tabagisme passif.

— Un enterrement, poursuivit Gertrude. Une ville est toujours à son avantage au moment des funérailles. C'est toujours plaisant quand quelque chose se produit.

Annie May, son amie, agita la main pour ouvrir le rideau de fumée.

— C'est si coquet, confirma-t-elle. Tout le monde en beaux vêtements noirs. Et puis toute cette nourriture.

— J'avais apporté mon faitout de maïs, avec du bacon en plus, surenchérit Gertrude.

Toutes les deux considérèrent Grace, suspendues à ses lèvres.

Grace s'appuya sur le zinc.

— Une femme sympathique, dit-elle. Elle est venue hier et elle a bien dû rester une heure. Je l'ai également rencontrée juste après son arrivée à Broken Wheel.

— Ah bon ? s'étonna Gertrude sachant que Grace n'avait pas besoin d'encouragements plus marqués pour raconter une histoire.

— Sympathique, mais peut-être un peu bizarre. Elle avait un livre à la main quand elle a débarqué. Elle le serrait, comme un bouclier contre le monde entier. C'est moi qui l'ai vue la première, alors j'en sais quelque chose. Mais bon Dieu, de quoi des livres pourraient bien vous protéger ? Un bon vieux fusil de chasse, par contre...

Elle laissa sa voix s'éteindre en quête de signes de connivence, mais Gertrude et Annie May savaient toutes les deux qu'il ne valait mieux pas inciter Grace à se lancer dans l'une de ses anecdotes.

— Bon, je ne dirai rien à ce sujet, reprit Grace en constatant que ses deux interlocutrices ne mordaient pas à l'hameçon. Nous autres, les Grace, avons connu nos petites fantaisies. L'une des premières s'était même entichée d'un shérif. Cette histoire s'est mal finie. C'était prévisible. Chassée de la ville, voilà ce qui lui est arrivé.

Annie May n'émit pas de commentaire et préféra demander :

— Mais est-ce qu'elle va rester ?

— Pourquoi partirait-elle ? répliqua Gertrude avec irritation, car elle n'avait pas envisagé cette hypothèse fâcheuse.

Annie May avait de fins cheveux blancs relevés en un chignon informe. Elle avait l'air d'une gentille grand-mère et cela durait depuis cinquante ans. Elle était vieille fille – l'un des vilains caprices de la nature. De fait, c'était très bien d'avoir l'apparence d'une grand-mère quand on avait des petits-enfants, mais ce n'était certainement pas l'allure idéale pour mettre en route une descendance. Annie May s'était toujours plus intéressée aux hommes qu'aux enfants. De toute évidence, les enfants n'avaient rien de romantique.

— Je pense qu'elle va rencontrer quelqu'un, déclara-t-elle.

— Rencontrer quelqu'un ? répéta Gertrude sur un ton lugubre.

— Ils le font toujours, tu sais, répondit Annie May sur le ton de la défense.

— Ils ?

— Les gens seuls qui arrivent dans une nouvelle ville. Dans les histoires, tu sais. Même les hommes.

— Les hommes, reprit Grace avec dédain, comme si cette gent ne méritait pas le moindre commentaire.

— Si elle a une once de bon sens, elle va se tirer vite fait. Cette ville ne mérite pas qu'on y reste.

— Quelle ville le vaut ? répliqua Gertrude. En tout cas, nous valons quand même mieux que l'Europe.

# Des livres et des gens

Une gazinière. Comment allumait-on une gazinière, au juste ? Et que se passait-il en cas de mauvaise manipulation ?

C'était la première fois que Sara était confrontée à un tel appareil. Elle avait vécu chez ses parents, qui possédaient une cuisinière tout à fait normale, mais ostensiblement onéreuse avec des plaques intégrées, une merveille de noir laqué et de chrome. Elle avait également habité seule dans son deux-pièces de Haninge, où elle avait un équipement électrique parfaitement banal, quoique beaucoup plus vieux, qui avait été blanc à une époque et était lui aussi équipé de véritables plaques.

Il y avait à présent plusieurs jours qu'elle tournait autour de l'appareil dans la cuisine d'Amy sans oser l'allumer. Ses vagues connaissances lui indiquaient que l'opération impliquait des allumettes et dans un accès de courage, elle avait même cherché et trouvé un cendrier pour y déposer les allumettes dans l'un des tiroirs emplis de bric-à-brac. Puis son courage lui avait fait défaut.

Parfois, elle avait l'impression que la maison elle-même lui résistait. Peut-être était-ce juste sa mauvaise conscience à la pensée de ne pas payer de loyer qui la hantait, mais elle ne pouvait se débarrasser du sentiment que la plupart des pièces s'étaient emplies de tristesse longtemps avant le décès d'Amy. Il n'y avait même pas de livres dans le séjour, juste un canapé en cuir noir qui ne pouvait avoir apporté le moindre bonheur à quiconque.

Elle avait presque décidé qu'il valait mieux qu'elle mange son repas froid aujourd'hui encore lorsque le téléphone sonna. Elle se figea.

*Réfléchis, Sara.*

Les sonneries stridentes continuaient à retentir.

Quoi qu'elle décide, ce serait embarrassant. Pas mal de gens savaient sans doute qu'elle logeait là, mais elle supposait que certaines personnes n'étaient pas au courant. Si son interlocuteur appartenait à la seconde catégorie, répondre la placerait dans une situation passablement embarrassante. Si, en outre, la personne ignorait qu'Amy était morte, cela serait presque insupportable.

L'appareil se tut.

Sara regretta de ne pas avoir décroché. Elle était presque certaine qu'elle aurait dû le faire. Puis le téléphone se remit à sonner et son irrésolution fit un retour en force. Pour finir, elle répondit en annonçant « Sara », uniquement pour ne plus avoir à y penser.

Une voix aussi agréable qu'exubérante lui dit :

— Sara, ici Andy. Nous nous sommes rencontrés à l'enterrement.

— Andy ! s'exclama-t-elle avant de s'apercevoir qu'elle s'était sans doute montrée un peu trop familière.

Elle ne gardait aucun souvenir de leur rencontre, mais Amy avait évoqué son interlocuteur dans ses lettres.

— Est-ce que tu as envie de venir au *Square* ce soir ? Une petite soirée tranquille au bar avec quelques copains de Broken Wheel. Très détendue. De la bière fraîche et des gens sympas.

Sara considéra la gazinière, qui ne lui apporta aucune réponse. À la place, elle émit un :

— Euh…

De nouvelles têtes, une horreur, bien sûr, même si elle les connaissait déjà d'une certaine manière. D'un autre côté, cela lui permettrait au moins de sortir de cette maison.

— Merci, dit-elle. Avec plaisir.

— Super. Nous venons te chercher à six heures. Non, non, ce n'est pas du tout un problème, ajouta-t-il avant même qu'elle n'ait eu le temps de penser que cela pût en être un.

À cinq heures, elle était déjà parfaitement prête. Elle avait sauté le déjeuner pour consacrer son temps à passer toute sa garde-robe en revue, en quête d'une tenue qui soit décontractée mais pas trop, raffinée mais pas trop. Elle était assez satisfaite du résultat. Son pantalon gris bien repassé tombait parfaitement sur ses jambes et lui conférait une certaine élégance. Son t-shirt en V noir était légèrement décolleté, révélant une partie de ses épaules graciles, ses clavicules et un soupçon de poitrine. Elle avait même mis un peu de mascara et un discret fard à paupières violet mat.

Elle était à présent assise dans la cuisine, le dos droit comme un i, essayant de se tenir aussi tranquille que possible afin de ne pas froisser son pantalon et de ne pas faire couler son mascara. Mais intérieurement, elle esquissait des petits pas de danse à la perspective de rencontrer les jeunes d'Amy. Une partie de son enthousiasme et de ses palpitations était peut-être due à la nervosité, mais ce n'était pas la tension qu'elle éprouvait d'habitude à l'idée de rencontrer des inconnus. Il s'agissait plutôt d'impatience. Soudain, elle avait l'impression que tout pouvait arriver, comme si Amy était de retour à travers ses jeunes. Elle les connaissait de la même manière qu'elle connaissait Elizabeth Bennet, Jack Reacher et Euthanasia Bondeson. Aucun d'entre eux ne l'avait jamais trahie, et elle était absolument certaine que ni Andy ni les autres ne le feraient non plus. La déception qu'elle avait éprouvée en découvrant Jimmie Coogan Street s'était comme envolée.

Lorsqu'un pick-up rouge se présenta devant la maison, elle se leva à la hâte tout en s'exhortant à ne pas se comporter comme une gamine. *Ils ne te connaissent pas*, se rappela-t-elle. *Pour eux, tu n'es qu'une étrangère qui ne connaît aucun d'entre eux*. Mais elle sourit à cette pensée.

L'homme qui descendit du véhicule n'était pas Andy, ça, elle en était tout à fait sûre. Il y avait quelque chose de tendu dans ses mouvements, comme s'il agissait à contrecœur. Quelque chose qui ne collait pas du tout avec la voix détendue au téléphone et les descriptions dans les lettres d'Amy.

— Tom, annonça-t-il.

— Sara, répondit-elle d'un ton machinal en le fixant, confuse.

Il avait de jolies pattes-d'oie, mais il ne souriait pas. Ses yeux avaient la même couleur vert-de-gris profond que la mer en novembre et ils dégageaient plus ou moins la même chaleur. Toute son attitude corporelle exprimait la distance et l'irritation. Sara ignorait comment elle avait pu s'attirer son inimitié, mais il n'y avait aucun doute, c'était bien ce qu'elle lui inspirait.

L'espace d'un instant, son monde tangua à nouveau, comme il l'avait fait dans Jimmie Coogan Street, juste de quelques degrés, juste assez pour paraître distordu et instable, mais pas assez pour qu'elle puisse identifier ce qui avait changé.

Il portait un jean lâche et un t-shirt, ce qui rendait le pantalon gris de Sara absurde et déplacé. Elle ne considérait plus du tout ses jambes comme un tant soit peu élégantes. Elles étaient à nouveau banales, sans intérêt, et Sara, tristement ordinaire.

*Tu as déjà vécu des choses similaires*, se dit Sara. *Si tu étais assez stupide pour croire que quelque chose changerait uniquement parce qu'il s'agissait des jeunes d'Amy, tu ne peux t'en prendre qu'à toi-même. Du mascara ! Crétine !*

Assez bizarrement, cela lui procurait une certaine consolation : du moins avait-elle l'habitude de ce genre de situations.

— Andy m'a demandé de venir te chercher, déclara-t-il sur un ton qui insinuait que c'était la faute de Sara.

— J'aurais pu marcher.

— Je ne te le fais pas dire.

À cet instant-là, Sara envisagea sérieusement de tourner les talons et de se claquemurer dans la maison d'Amy, car si Andy se révélait aussi désagréable, elle finirait sans doute par craquer. Mais Tom avait déjà ouvert la portière et il poussa légèrement sur son bras pour l'aider à monter.

— Alors, c'est toi Sara, finit-il par dire.

Cette affirmation n'appelait guère de commentaire, si bien qu'elle garda le silence. Sans s'en rendre compte, elle serrait la poche de sa veste où elle avait glissé un livre de secours. Elle ne pensait pas qu'il soit judicieux de le sortir, mais d'un autre côté, Tom n'avait manifestement pas envie de lui faire la conversation. Les gens étaient bizarres de ce point de vue. Ils pouvaient ne vous porter aucune attention, mais à la seconde où vous sortiez un livre, vous étiez considéré comme impoli.

Les champs de maïs apparurent dès qu'ils quittèrent le petit chemin qui menait à la maison d'Amy. Sara ne savait pas si elle les trouvait rassurants ou menaçants.

— Et tu aimes lire, ajouta Tom.

Elle ignorait s'il lisait ses pensées, mais ne se donna pas la peine de le regarder.

— Tu en as un caché dans ta poche, déclarat-il d'une voix encore plus sèche, enfin, si c'était possible.

— Les gens sont plus intéressants dans les livres, marmonna-t-elle si bas qu'elle crut qu'il ne l'entendrait pas.

Mais lorsqu'elle lui jeta un coup d'œil, elle s'aperçut qu'il esquissait un sourire.

— Tu n'es pas d'accord ? demanda-t-elle sur la défensive.

— Non.

Elle supposait que la plupart des gens étaient de son avis.

— Mais ils sont tellement plus drôles, intéressants et…

*Agréables*, pensa-t-elle.

— Plus inoffensifs ?

— Aussi, convint-elle, et elle se mit à rire.

Il semblait avoir perdu de nouveau tout intérêt pour cette discussion et pour elle.

— Mais ils ne sont pas réels, affirma-t-il, comme si cet argument mettait fin à tout débat.

*Réels*. Mais qu'est-ce que la réalité avait de si fantastique ? Amy était morte et Sara se retrouvait coincée dans une voiture en compagnie d'un homme qui, de toute évidence, ne l'appréciait pas. Dans les livres, elle aurait pu être n'importe qui n'importe où. Elle aurait pu être dure à cuire, belle, charmante, trouver la réplique idoine au moment opportun et… vivre des choses. Des expériences. Des aventures qui arrivaient aux vrais gens.

Dans les livres, les gens étaient charmants et amicaux, et la vie suivait des scénarios déterminés. Si une personne avait un rêve, on pouvait presque être assuré qu'il se réaliserait avant la fin du texte. Et qu'elle trouverait quelqu'un en compagnie de qui le vivre. Dans la réalité, on pouvait être presque certain que rien de tel ne se produirait.

— Ils sont conçus pour être mieux que la réalité, reprit-elle. Plus grands, plus drôles, plus beaux, plus tragiques, plus romantiques.

— En aucun cas réels, donc, répliqua Tom, à nouveau presque amusé.

Ses yeux pétillaient. On aurait dit qu'elle avait parlé d'un fantasme de gamine sentimentale avec des princesses, des chevaliers, ce genre de romances.

— Leur réalité est beaucoup plus vraie que la nôtre. Quand l'histoire évoque une journée grise et vaine, elle l'est beaucoup plus que dans notre réalité.

Il parut faire un effort pour ne pas éclater de rire. Les sillons autour de ses yeux se creusèrent, puis son sourire s'éteignit aussi soudainement qu'il était apparu.

— Les livres que tu as fait commander à Amy sont arrivés deux jours avant son enterrement, lâcha-t-il, et sur ce la conversation fut close une bonne fois pour toutes.

À cet instant, Sara fut assez égoïste pour se demander : Mais où sont-ils ? Les treize ouvrages qu'elle avait apportés ne suffiraient pas, surtout si elle continuait à les consommer à ce rythme.

*The Square* était un grand bâtiment carré entouré de places de parking vides. À vingt minutes à l'extérieur de la ville, il trônait sur le bitume, seul dans sa majesté. Tom s'arrêta et regarda autour de lui, comme s'il découvrait, lui aussi, les lieux pour la première fois. Puis il secoua la tête et lui tint la portière.

— Je devrais peut-être t'avertir au sujet d'Andy et de Carl. Ils sont… comment dire… ensemble. Tout le monde se montre très compréhensif et nous n'en parlons pas.

— Je sais, répondit Sara, après quoi Tom fronça les sourcils, sans ajouter un mot.

Il n'y avait que deux autres clients dans le local. L'un d'eux semblait dormir et l'autre ne cessait de piocher des cacahuètes dans un saladier. Sara ne se doutait pas du tout que les Américains portaient réellement des Stetson et elle se retourna pour émettre un commentaire ravi. Le regard las de Tom lui signifia que ce n'était vraiment pas le bon moment.

Il lui fit signe de continuer d'avancer et la suivit jusqu'au bar. Elle se hissa sur l'un des tabourets avec précaution tandis qu'il tirait celui d'à côté et s'y installait d'un mouvement souple.

Lorsque Tom aperçut Andy, il lui adressa le premier sourire sincère que Sara lui eût vu. Il eut l'air soudain plus jeune.

Elle reconnut la voix d'Andy pour lui avoir parlé au téléphone, mais il n'avait pas du tout l'apparence qu'elle avait imaginée. Le seul détail conforme à ses attentes était ses yeux espiègles, confiants dans la capacité de la vie à lui réserver son lot d'aventures.

Il lui sourit, comme s'il était certain qu'ils allaient s'entendre, un sourire absolument irrésistible. Puis il les considéra tour à tour d'une manière qui fit rougir Sara et poussa Tom à se redresser sur son tabouret pour s'éloigner d'elle autant que possible.

— Bienvenue au *Square*, déclara Andy. Une véritable institution, une source intarissable d'alcool et un lieu de rencontre à Broken Wheel depuis des générations.

Sara cligna des yeux.

— Je l'ai repris il y a... – il consulta Tom du regard – sept ans ? Ça fait vraiment si longtemps ? C'est quand Abe est parti. Il était complètement toqué de musique country féminine, ce qui est tout à fait compréhensible, d'ailleurs.

— Il y a toujours eu de la country ici, non ? intervint Tom.

Plus il devenait clair qu'on n'attendait pas de Sara qu'elle participe à la conversation, plus elle se détendait. Andy paraissait tout à fait capable de la mener seul. Il se pencha au-dessus du bar.

— Sa femme l'a quitté et ce n'est pas vers Cash, Williams ou Nelson qu'il s'est tourné pour se consoler, mais vers Dolly, Emmylou, Patsy, Loretta et Tammy. Pendant cinq ans, leurs voix caressantes et plaintives ont sapé l'ambiance de cet établissement jusqu'à ce que les Dixie Chicks mettent fin à tout ça.

— Bon Dieu, Andy !

— Il a fait partie des premiers à brûler leurs disques, dans une poubelle verte, dans l'arrière-cour. Elle est toujours là. Je l'ai conservée. Il est mort une semaine plus tard, mais personne n'a pensé qu'il y avait un lien. Alors je suis rentré de Denver avec Carl.

— Et la musique country a recommencé à résonner en ces lieux, dit Tom à voix basse en s'adressant à elle.

C'était le cas à cet instant précis, mais Sara ignorait le nom de l'interprète.

— Ensuite nous sommes restés.

Tom commanda deux bières que Sara s'empressa de payer. Bien qu'elle eût déjà déposé plusieurs billets sur le zinc, Tom tendit tout simplement les siens, certain qu'Andy ne prendrait pas l'argent de Sara. Il avait raison.

Elle aurait aimé que Tom la laisse régler. Il y avait quelque chose de tragique à se faire offrir une bière par un homme qui ne vous appréciait même pas. Il restait silencieux et immobile, et avait l'air de souhaiter être n'importe où ailleurs qu'à côté d'elle. Elle goûta le breuvage du bout des lèvres en regrettant d'avoir quitté sa cuisine.

— Carl, lança Andy, viens dire bonjour à la touriste d'Amy.

Sara lança un regard plein d'espoir vers la porte qui s'ouvrit, puis se figea, le verre à mi-chemin de sa bouche. Carl était incroyablement mignon, c'en était presque insupportable. Il n'aurait pas détonné sur la couverture d'un Harlequin, même si, bien sûr, il portait un t-shirt blanc et non une chemise de soie mauve. Mais cela n'y changeait rien.

Sara s'obligea à afficher une expression impassible lorsqu'elle lui tendit la main jusqu'à ce qu'elle se rende compte qu'on n'était pas censé être aussi inexpressif quand on rencontrait des gens pour la première fois. Elle essaya donc un sourire détendu.

Carl lui serra la main à la hâte, puis se replia vers le mur, comme s'il redoutait qu'elle ne se jette sur lui alors que le comptoir faisait barrage.

Elle le comprenait. Avec un physique comme le sien, il valait sans doute mieux se montrer prudent.

— Comme la couverture d'un Harlequin, marmonna-t-elle à sa propre intention.

Tom se cacha derrière sa bière pour rire et Sara secoua la tête.

— Tu en lis beaucoup ? demanda-t-il.

Andy et Carl parurent ne pas vraiment comprendre le lien tandis qu'il semblait évident à Tom. Sara se demanda si lui en avait lu.

— Toutes les femmes ont lu des Harlequin. Il s'en est vendu six milliards d'exemplaires. Plus de cent nouveaux titres sortent tous les mois. Rien qu'en Suède, il s'est écoulé plus d'un million et demi d'exemplaires alors que nous n'avons que neuf millions d'habitants. Crois-moi, même si on prend en considération les fanatiques qui en ont des coffres pleins, d'un point de vue statistique, il est certain que chaque femme en a au moins parcouru un. – Elle considéra Tom. – La plupart des hommes aussi, sans doute.

— Euh, bégaya-t-il, visiblement un peu sonné par cet exposé.

Sara haussa les épaules.

— J'ai travaillé dans une librairie.

— Et tu y vendais beaucoup de Harlequin ?

— En fait, non. Les sagas familiales étaient sans doute ce qui s'en rapprochait le plus.

Andy leur servit une nouvelle bière et secoua la tête quand elle sortit de l'argent.

— Alors Sara, commença-t-il.

La discussion relative aux livres était visiblement close.

— Que fais-tu ici ?

— Je suis en vacances, répondit-elle sur un ton déterminé. Et j'aurais besoin de parler à quelqu'un au sujet de la maison d'Amy. Je ne paie pas de loyer. Cela ne me paraît pas correct.

— Payer ? s'étonna Andy. Qui pensais-tu payer ? Tom ?

Tom avait l'air de trouver tout cet échange de mauvais goût. Mais pour Sara, loger là de manière entièrement gratuite était malséant, d'où son insistance.

— Amy voulait que tu habites chez elle, déclara Andy.

— Il doit bien y avoir quelqu'un que je puisse payer.

— Elle n'aurait jamais accepté, répondit Andy.

— Mais nous étions d'accord sur ce point. Elle m'avait promis que je paierais. Il m'était totalement impossible d'emporter assez de livres pour la dédommager de cette manière, tu comprends, pas quand on sait que les compagnies aériennes n'autorisent que 23 kilos de bagages.

— Elle ne t'aurait jamais laissée payer une fois sur place. Et puis, quelle importance ? Elle voulait que tu restes. En plus, elle était malade depuis si longtemps que lorsqu'elle t'a invitée pour deux mois, elle devait se douter qu'il y avait un risque qu'elle meure pendant ton séjour. Je suis désolé, Tom, mais c'est la réalité. Pour être franc, je crois que l'idée ne la perturbait pas vraiment.

— Elle savait qu'elle allait mourir ? demanda bêtement Sara.

*Amy savait qu'elle allait mourir ?* Elle serra son verre de toutes ses forces.

— Elle était malade depuis très longtemps, expliqua Andy, ennuyé. Depuis des années. Les derniers temps, elle était alitée. Cela n'a été une surprise pour personne. Ton arrivée, en revanche, si.

Pourquoi Amy l'avait-elle invitée si elle savait qu'elle pourrait mourir pendant sa visite ? Qui invite quelqu'un sur son lit de mort ? Sara éprouvait un étrange sentiment de trahison. Elle avait toujours eu du mal à lier connaissance avec des gens. La perspective de séjourner deux mois chez une étrangère l'avait terrorisée, mais quelque chose dans les lettres d'Amy, dans le fait de savoir qu'elle aimait les livres, avait poussé Sara à être plus audacieuse, à se jeter à l'eau.

— Tu devrais peut-être plutôt aller à Hope, intervint Tom. Il y a un motel très bien là-bas. Tu y serais peut-être plus à l'aise.

— Hope ! s'exclama Andy. Pourquoi ça ? Alors qu'elle dispose d'une maison sans rien débourser.

Il lui présenta une nouvelle bière en même temps qu'un verre plus petit. Elle y plongea les lèvres avec précaution et fit la grimace. Du whisky. Peut-être cela l'aiderait-il ? Elle vida son verre, toussa, puis hocha la tête pour remercier Andy quand il le remplit à nouveau.

Derrière le bar, le réfrigérateur était étincelant. Il y avait des publicités pour Coors et Buds au-dessus du miroir ainsi qu'une guirlande d'ampoules colorées. La scène avait un air festif irritant qui lui agressait les yeux.

— Tu n'as aucune raison de rester ici, déclara Tom.

Sa voix semblait bizarrement lointaine. Comment une personne pouvait-elle en inviter une autre à lui rendre visite alors qu'elle savait qu'elle allait mourir pendant son séjour ? C'était incompréhensible. Elle but une autre gorgée de whisky.

— C'est toi qui as toujours défendu Broken Wheel. Même quand on était jeunes, tu n'avais aucune intention de partir. Je voulais aller dans les clubs gay et Claire avait de grands projets, mais toi, tu voulais rester ici pour toujours, aider ton père...

— Il est mort, objecta Tom.

Sara releva les yeux.

— Toutes mes condoléances, marmonna-t-elle à personne en particulier.

Le monde tournait, quand elle releva la tête.

— ... à gérer la ferme.

— Elle est vendue.

— Aider Mike avec l'entreprise. Toujours loyal, toujours là.

Tom s'était visiblement lassé de la conversation.

— Pourquoi voulais-tu venir ici au départ ? demanda-t-il à Sara, mais elle ne répondit pas.

Elle se disait qu'elle devrait peut-être se saouler et prit deux gorgées de bière. Elle n'avait jamais été ivre, elle ne savait vraiment pas si cela résoudrait certains de ses problèmes. D'autres semblaient prendre des cuites régulières, alors peut-être que ça aidait un peu. À en juger par ses collègues, cela paraissait surtout en créer de nouveaux.

— Sara ? lança Tom. – Elle releva les yeux. – Une autre bière ?

Elle acquiesça. Combien d'autres problèmes cela pouvait-il engendrer ?

— Alors comment se fait-il que tu aies atterri ici ?

*Pour Amy*, pensa-t-elle.

— Pourquoi pas ? répondit-elle.

— Avais-tu au moins déjà entendu parler de l'Iowa ?

— Bien sûr.

— Que savais-tu de nous ?

Elle envisagea de dire qu'elle savait que son père avait dirigé son propre journal, mais décida à la dernière seconde que ce n'était pas une bonne idée.

— Je savais que vous aviez un chat, dit-elle à la place. Un chat de bibliothèque, ajouta-t-elle. Dewey Readmore Books. Vous devez être au courant, non ?

— Bon Dieu ! s'exclama Andy. Spencer en avait effectivement un. Comment diable le savais-tu ?

— Il y a…, commença Sara.

— Un livre à ce sujet, compléta Tom.

Sara but une petite gorgée supplémentaire de whisky.

À la fin de la soirée, Tom fut obligé de placer une main sur son bras pour l'aider à descendre de son tabouret. Elle était ivre, elle le sentait, mais pas assez pour que ses problèmes soient résolus. Sara était déçue. Pourquoi les gens buvaient-ils si cela n'aidait même pas à se sentir mieux ? Peut-être n'avait-elle tout simplement pas assez bu.

Tom fut également obligé de boucler sa ceinture de sécurité pour elle. Elle le contempla. Elle ne savait pas vraiment ce qu'elle pensait de lui. Il paraissait gentil, de temps à autre. Et poli le reste du temps.

Son inspection lui fit froncer les sourcils et il mit le contact.

— Ça t'arrive d'être sympa ? dit-elle.

C'était autant une affirmation qu'une question. Il sourit.

— Ça arrive, répondit-il.

Elle hocha la tête.

— C'est bien ce que je pensais.

Elle appuya la joue contre la vitre fraîche et ferma les yeux.

Il la suivit jusqu'à la porte.

— Tu t'en tireras toute seule ?

— Bien sûr, répondit-elle avec assurance.

Finalement, elle se sentait plus courageuse à présent qu'elle était ivre. Un sentiment fantastique. Peut-être n'était-ce pas dû au whisky, mais à la trahison d'Amy. Si elle avait été attirée ici par une femme qui savait sa mort imminente, elle n'avait pas à avoir mauvaise conscience de loger chez elle gratuitement. Voilà ce que Sara se disait en entrant dans la maison, d'un pas titubant, comme si c'était la sienne.

Elle allait se mettre au lit et déciderait le lendemain de ce qu'elle ferait. Mais lorsqu'elle passa devant la chambre d'Amy, elle s'immobilisa. Elle était assez enivrée pour ne rien penser du tout pendant plusieurs minutes, puis, soudain, elle eut une idée.

Des livres !

Il devait bien y en avoir quelque part dans la maison. Les treize ouvrages qu'elle avait apportés étaient tout ce qu'elle avait pu mettre dans ses bagages, même après avoir retiré quelques vêtements et ses chaussures de rechange. Ils ne lui suffiraient absolument pas pour deux mois, et puis elle avait déjà lu pas mal d'entre eux. Elle les avait emportés davantage comme de bons vieux amis que comme de nouvelles connaissances captivantes.

Elle resta immobile quelques instants supplémentaires. Elle oscillait, ce qui la fit rire, puis elle ouvrit lentement la porte.

Sara se laissa tomber sur le grand lit qui trônait au milieu de la pièce et regarda autour d'elle avec émerveillement.

La chambre d'Amy était aménagée comme la bibliothèque de ses rêves. Au milieu, il y avait un grand lit où Amy devait avoir passé ses derniers jours en succombant peu à peu à sa « ridicule petite affection ». Puis, sur tous les murs : des étagères. Le chevet était constitué d'une pile d'ouvrages. Celui du dessus était un album de photographies d'oiseaux de l'Iowa ; un verre avait laissé des marques sur sa couverture.

Quelqu'un avait débarrassé le verre, fait le lit et passé l'aspirateur, mais la pièce dégageait une atmosphère renfermée qui ne devait pas s'y trouver quand Amy l'occupait.

L'un des murs était percé d'une fenêtre sans rideaux. C'était la seule surface exempte de livres. De là où elle se trouvait, Sara voyait les frondaisons d'un arbre se balancer dans la brise. Mais surtout, elle voyait des centaines, peut-être des milliers de volumes défiler tandis que la pièce tournait autour d'elle.

Les livres formaient une palette de couleurs. Il y en avait des fins, des épais, des tirages de luxe, des illustrés, des poches bon marché, des éditions classiques, de vieilles reliures en cuir, tous les genres possibles et imaginables. Ils étaient parfois classés par ordre alphabétique, ou par styles, ou alors de façon tout à fait anarchique.

Elle resta là, à s'émerveiller tandis que les livres, les couleurs, la vie et les histoires défilaient sous ses yeux.

Il y avait toute l'œuvre de Jane Austen, ainsi qu'une biographie et un recueil de correspondances. Les sœurs Brontë au grand complet, mais Amy semblait avoir eu un faible pour Charlotte, car elle ne possédait pas moins de trois éditions différentes de *Jane Eyre* rangées à côté de *Villette* et d'une biographie. Il y avait des biographies de présidents américains, républicains compris, et d'épais ouvrages sur le mouvement pour les droits civiques, un joyeux charivari de pouvoir et de résistance.

Paul Auster, Harriet Beecher Stowe, quantité de Joyce Carol Oates et quelques Toni Morrison. Une intégrale d'Oscar Wilde, plusieurs Dickens, pas de Shakespeare. Tous les Harry Potter, en version reliée. Sur la bibliothèque suivante étaient rangés les Annie Proulx, tous les titres que Sara connaissait, sachant que Proulx comptait parmi ses auteurs fétiches. *Nœuds et dénouements* y figurait à la fois en grand format et en poche. Ses autres romans étaient tous cornés à force d'avoir été lus et relus.

Plusieurs Philip Roth et *Tendre est la nuit* de F. Scott Fitzgerald, des tas de polars : Dan Brown, John Grisham et Lee Child, une découverte qui réjouit presque autant Sara que la présence des œuvres de Proulx.

Et puis Christopher Paolini, *Eragon. L'Aîné* et *Brisingr*. À ce stade, Sara dut s'arrêter et se laisser retomber sur le lit.

Amy n'avait peut-être pas eu une vie passionnante au cours de ses dernières années dans cette chambre, mais elle devait avoir lutté contre la mort jusqu'à la fin. Sara pouvait comprendre pourquoi elle l'avait niée si longtemps. Quelle terrible prise de conscience : savoir qu'il y avait tant de livres qu'elle ne toucherait jamais, tant d'histoires qui se poursuivraient sans elle, tant d'auteurs anciens qu'elle n'aurait pas le temps de découvrir !

Cette nuit-là, Sara resta dans la bibliothèque d'Amy en méditant le fait tragique que les écrits sont immortels alors que l'homme ne l'est pas, et elle pleura la mémoire de cette femme qu'elle n'avait jamais rencontrée.

Amy ne lirait jamais la dernière partie de la saga Eragon.

Sara Lindqvist
7 Kornvägen, 1 tr
136 38 Haninge
Suède

Broken Wheel, Iowa, le 26 février 2010

Chère Sara,

Je suis tout à fait d'accord avec toi en ce qui concerne la Bible : toutes ces histoires passionnantes, il est malheureux que personne ne les ait éditées avec davantage de soin. Je comprends très bien que cela a dû devenir délicat à partir du troisième et quatrième Évangile. À ce stade, on n'a plus aucun doute sur la manière dont ça se finit. Pour ma part, j'ai toujours trouvé que les meilleures histoires étaient dans l'Ancien Testament. Quel Dieu à cette époque-là ! Si mon père avait été prêt à me sacrifier, je ne l'aurais pas pris comme un signe d'intégrité religieuse. Non que mon père l'aurait fait. Il était exactement comme Jimmy : sa gentillesse le perdait. J'ai parfois l'impression que Tom a réussi à rompre avec ce trait familial. Ne te méprends pas sur mes propos : il est très gentil – à mon égard, bien trop, c'est clair – mais

il est plus réservé. Il a ses limites et ses méca-
nismes de défense, ce qui manquait à mon père
et à Jimmy, je crois. Ils sont morts jeunes, tous
les deux.

J'espère que tu ne m'en veux pas de m'être
contentée de dire à Caroline que tu avais une
Bible et que tu l'avais lue. Je ne pense pas qu'elle
soit du genre à apprécier qu'on ait une approche
littéraire de cet ouvrage. Elle mène William
Christopher, notre pauvre pasteur, par le bout
du nez. Elle régenterait Dieu en personne s'il dai-
gnait venir en visite à Broken Wheel. Cela dit,
concernant Dieu, quelqu'un devrait peut-être le
faire, pas vrai ? J'espère que cette discussion
pourra rester entre nous, si jamais tu rencontres
Caroline.

Salutations amicales,

Amy Harris

# Consolation
## auprès de Bridget Jones

— Il y a plein de jolis coins à explorer dans les environs.

La voix de Jen résonnait comme un marteau-piqueur dans la tête de Sara.

— Nous avons une rivière, par exemple. Un agréable pique-nique au soleil peut-être ? Je vais dire à Tom d'emporter quelques plats typiques pour que vous puissiez partager un bon moment tout en profitant du meilleur des paysages et de la gastronomie de l'Iowa.

— Non.

Sara passa une main sur son visage. Elle avait la migraine, elle avait la gueule de bois et elle s'était déjà grillée devant Tom une fois. Elle s'était réveillée sur le lit d'Amy, frigorifiée et engourdie, avec le coin de l'album de photos dans le dos et quatre polars de Lee Child en guise d'oreiller. Elle se frotta la joue. Elle aurait peut-être dû vérifier si les caractères en relief d'*Elle savait* n'avaient pas laissé de marques sur sa peau.

— Il peut vous emmener à un feu de forêt.

Jen portait une robe à la Jackie Kennedy couleur saumon et paraissait d'une fraîcheur impudente.

— Je sais que la société pour la préservation des chênes va en organiser un.

— Nnoo… Un feu de forêt ?

— Il s'agit de discipliner les broussailles. De les contrôler, bien sûr. Mais c'est sans doute passionnant à voir. Tom vous conduira.

— Non, répondit Sara, puis elle se figea.

Pour la première fois, elle leva les yeux de sa tasse de café et intégra la signification de l'expression enjouée de Jen, de sa visite matinale et de toutes ces propositions qui semblaient à chaque fois tourner autour de Tom.

Elle fut tellement choquée qu'elle se redressa spontanément. Elle avait lu assez de livres pour soupçonner Jen d'essayer de la pousser dans les bras de Tom. Cette pensée la fit sourire. Elle !

— Une promenade en forêt ? suggéra Jen, pleine d'espoir.

Sara éclata de rire.

— Non, répondit-elle.

Mais qu'est-ce qu'ils imaginaient ? Elle était banale tandis que Tom, euh, ne l'était pas. Soucieuse de se montrer juste, elle s'efforçait de ne pas le juger là-dessus. Comme beaucoup de personnes ayant poussé leur scolarité jusqu'au baccalauréat, elle considérait instinctivement un physique avantageux comme suspect. Il semblait si souvent exclure d'autres qualités, comme l'intelligence, la courtoisie ou même une honnêteté fondamentale. Mais, bien sûr, la beauté pouvait s'avérer sympa, parfois. Et puis, elle avait douloureusement conscience qu'une apparence banale n'était en aucun cas une garantie d'avoir du charme.

Son sourire s'éteignit. Oh, non, et s'ils lui avaient suggéré à lui aussi ? Était-ce pour cette raison qu'il était venu la chercher la veille, contre sa volonté, forcé par une espèce de plan insensé conçu par Jen et sans doute Andy ? Andy paraissait tout à fait être du genre à pondre une pareille idée. Pas étonnant que Tom ait fait preuve d'une telle réticence. À présent, elle regrettait vraiment de lui avoir dit qu'il était sympa.

Elle changea de sujet :

— Avez-vous trouvé quelqu'un à qui je puisse payer un loyer ?

La consternation se lut immédiatement sur le visage de Jen.

George avait pris l'habitude de passer chaque matin en se rendant chez Grace pour voir si Sara avait besoin d'aller en ville ou s'il lui fallait quelque chose. Il prenait sa mission de chauffeur très à cœur.

Lorsqu'il arriva ce jour-là, elle lisait sur le perron, un fin plaid sur les jambes. Elle posa son ouvrage et leva les yeux vers lui lorsqu'il s'assit à ses côtés.

— Que lisez-vous ? demanda-t-il.

Elle lui présenta la couverture en répondant :

— *Le Journal de Bridget Jones*.

Il acquiesça, comme si cela lui disait quelque chose.

— Du café ? s'enquit-elle. Avec du lait et du sucre ? Même si je ne suis pas sûre d'avoir du lait.

— Ça ne fait rien, s'empressa-t-il de dire. Je peux le boire noir aussi. Ce n'est pas un problème.

— Mais d'habitude, vous prenez du lait et du sucre, non ?

— Parfois.

— Je suppose que vous aimez les deux.

— Oui… Ce n'est pas tant l'absence de lait et de sucre qui me pose problème, si vous voyez ce que je veux dire.

Sara ne savait que trop bien ce qu'il voulait dire.

— Parfois, j'ai l'impression que la vie offre trop de choix, poursuivit-il. Ça en devient pénible.

Il se pencha au-dessus de la table qui les séparait, de manière à être tourné vers elle, et ajouta :

— Des fois, j'en viendrais presque à souhaiter d'être malade et de devoir garder le lit toute la journée. Ne rien avoir à faire. Aucune décision à prendre pendant plusieurs jours.

— C'est à ça que servent les livres, répondit Sara en lui souriant. Ils sont l'excuse parfaite pour ne rien faire.

— Sérieusement ?

— Bien sûr. Vous voulez en emprunter un ?

Sara avait prononcé ces mots comme une plaisanterie, mais il répondit avec beaucoup de gravité et une légère distance :

— Un livre ?

— Oui, un livre, répondit Sara en se disant qu'en réalité ce n'était pas une mauvaise idée.

— Celui que vous lisez, il est bien ?

Il se hâta d'ajouter :

— Pas avant que vous l'ayez fini, évidemment.

— Je l'ai déjà lu plusieurs fois.

Plus de fois qu'elle n'était prête à l'avouer. Elle avait atteint les deux chiffres.

— Plusieurs fois ? C'est qu'il doit être bien.

Elle le lui tendit avec des sentiments mitigés. Elle espérait qu'il ne lui passerait pas irrévocablement le goût de la lecture. Il faudrait qu'elle lui suggère quelque chose de plus viril la prochaine fois. Un polar, peut-être ? Michael Connelly ? Des mecs ténébreux, de la violence et des flics alcooliques. Enfin, peut-être pas Connelly. À y réfléchir, il serait peut-être difficile de trouver des policiers masculins n'impliquant pas un problème d'alcool.

Elle lui jeta un coup d'œil. Il n'avait pas grand-chose d'un Jack Reacher. Mais ce personnage ne buvait qu'une bière de temps à autre, alors ils avaient quand même un point en commun. Il faudrait qu'elle y réfléchisse.

George manipula l'ouvrage d'un air dubitatif. Sur la couverture, Bridget fumait, recroquevillée sur l'appui d'une fenêtre. C'était l'une des premières éditions de poche, avant l'adaptation au cinéma.

— Gardez-le, dit Sara.

Il le posa sur ses genoux d'un geste mal assuré.

— Voulez-vous que je vous conduise quelque part ? demanda-t-il, comme si un service en appelait un autre en contrepartie, ce qui n'était pas logique puisqu'il l'avait déjà promenée sans rien réclamer en retour.

— George, dit-elle lentement. Il y a une chose que vous pourriez faire pour moi. La gazinière.

Il la considéra, l'air inquiet.

— Elle ne marche pas ?

— Je ne sais pas comment elle fonctionne.

Il parut soulagé.

— Moi, oui, dit-il, et il la précéda dans la maison.


Après l'avoir initiée aux mystères de la gazinière, George conduisit Sara en ville pour qu'elle puisse acheter des denrées qu'elle pourrait désormais cuisiner. Il la déposa devant la quincaillerie à côté d'*Amazing Grace*, puis s'éloigna pour aller boire sa troisième tasse de café de la journée.

La quincaillerie s'appelait ainsi parce qu'à une époque, ce magasin avait proposé les outils et les machines dont tout homme et cultivateur qui se respectait avait besoin et tout ce qu'un garçon qui se respectait convoitait. Désormais, le commerce ressemblait davantage à une épicerie qui vendait également des marteaux.

Une clochette tinta lorsqu'elle poussa la porte et l'homme à la caisse releva les yeux. Ce fut le seul signe indiquant qu'il ait remarqué sa présence. Elle hésita un moment dans l'ouverture de la porte, comme si elle attendait un signe d'Amy, une espèce d'apparition qui lui montrerait ce qu'elle devait dire ou faire, puis elle lui adressa un signe de tête nerveux et entra.

Le magasin était charmant à sa manière. En plus de vieilles cannes à pêche, de marteaux, de clous, de boulons, de tournevis, il possédait des armoires réfrigérées contenant des produits laitiers et un peu de viande, ainsi que des rayonnages offrant du pain, des conserves, des gâteaux et un assortiment très limité de glaces et de friandises. Sara fit lentement le tour des lieux en sélectionnant ce dont elle avait besoin : du pain supplémentaire, un peu de chair à saucisse, une boîte de pulpe de tomate et quelques œufs qui étaient vendus à l'unité dans un panier.

Arrivée devant la caisse, elle s'immobilisa à nouveau et observa l'homme assis derrière. Comme elle n'avait pas pris la peine de s'équiper d'un panier à l'entrée, elle était obligée de ne pas bouger du tout pour maintenir en équilibre les denrées qui encombraient ses bras. Il devait s'agir du John d'Amy.

Il avait des cheveux gris et sa barbe naissante tournait elle aussi au poivre et sel, mais peut-être était-ce le chagrin qui faisait que cet homme se confondait avec les produits poussiéreux derrière lui. Il portait un costume en laine épaisse et son corps disparaissait sous les épaulettes.

Lorsqu'elle s'avança vers la caisse, il comptabilisa ses marchandises sans dire un mot. Tous ses gestes étaient parfaitement automatisés. Sara se souvint qu'elle avait elle-même fonctionné ainsi quand elle travaillait à la librairie. Cela lui rappela la frénésie de Noël, lorsque vous étiez si épuisé que la seule chose qui vous sauvait était d'avoir effectué ces gestes des milliers de fois auparavant. Avez-vous trouvé tout ce qu'il vous fallait ? Voulez-vous un paquet cadeau ? Un sachet vous suffira-t-il ? Merci beaucoup. Au pire moment de cette période, il lui arrivait d'aller s'acheter un café et de mettre un terme à la transaction en disant : « Merci. Avez-vous trouvé tout ce qu'il vous fallait ? Voulez-vous un sachet ? »

John avait le même regard vide et un peu désespéré qu'elle croisait dans son miroir dans ces moments-là. Elle hésita, mais finit quand même par lui tendre la main.

— Sara, se présenta-t-elle.

— L'invitée d'Amy.

Sa voix ressemblait à un raclement de gorge et il ne daigna pas lui serrer la main. Elle la baissa donc à nouveau.

— Vous devez être John.

— Oui.

— Amy me parlait souvent de vous dans ses lettres.

Un commentaire futile, mais Sara ne trouva pas mieux.

Elle se demandait s'il l'avait entendue, car ses réponses restaient brèves et machinales. Ce n'est que lorsqu'elle lui tendit ces mêmes billets froissés qu'elle trimballait depuis le début de la semaine que son regard changea et se posa enfin sur elle.

— Non, non, déclara-t-il. Cadeau de la maison.

— Mais vous ne pouvez pas m'offrir mes courses, protesta-t-elle.

Une tasse de café, c'était une chose. De la bière, en cas de nécessité. Mais de la pulpe de tomate ? Non, si elle devait rester quelque temps dans cette ville, il fallait qu'il la laisse payer quelque chose.

Mais John écarta son argent.

— Vos lettres apportaient beaucoup de bonheur à Amy. Elles signifiaient beaucoup pour elle. À la fin.

En face de la quincaillerie et de l'établissement de Grace, il y avait un local commercial abandonné. Tandis que Sara attendait que George ait fini son café, elle resta plantée là avec, dans les bras, son véritable sac américain en papier sans poignées.

Quelque chose dans ce lieu attirait son attention, mais elle était incapable d'expliquer quoi. Ce n'était pas le seul local vide de la rue : la moitié se trouvait dans le même état d'abandon. Il était évident que la ville avait été construite pour un plus grand nombre d'habitants. Les rues avaient été conçues pour accueillir davantage de véhicules, les maisons plus d'enfants, les bâtiments plus de commerces, et les commerces qui restaient plus de clients.

Les vitrines étaient encore intactes et le magasin dans son ensemble pas aussi délabré que les autres locaux. Il était sale, certes, mais seules deux ou trois années de poussière s'y étaient déposées.

Lorsque George la rejoignit, elle lui posa la question par pure curiosité :

— Quand ce magasin a-t-il fermé ?

Elle se pencha en avant et regarda à travers une petite surface propre de la vitre. L'intérieur était aussi à l'abandon que l'extérieur. Il y avait un comptoir au milieu de la pièce et quelques rayonnages le long des murs. Deux chaises traînaient là, qui avaient l'une comme l'autre l'air en assez bon état. L'éclairage au plafond était constitué d'une ampoule nue et, bien que le soleil entre par la vitrine, il était difficile de distinguer la couleur des murs et du mobilier.

— Celui d'Amy ? s'étonna-t-il.

— C'est le local d'Amy ?

*Était*, se corrigea-t-elle silencieusement, mais George ne releva pas.

— Bien sûr, dit-il en jouant avec ses clés de voiture.

Il regarda autour de lui, comme s'il s'inquiétait qu'on puisse les entendre.

— C'est son mari qui l'avait acheté. Son entreprise n'a jamais été florissante de son vivant, mais je suppose que cela le tenait au moins éloigné d'elle quelques heures par jour.

Il avait l'air encore plus sinistre qu'à son habitude en prononçant ces paroles.

— Elle l'a fermé dès qu'il est décédé. Ce n'était pas trop tôt.

Impossible de déterminer ce qu'il estimait ne pas avoir été trop tôt : la fermeture du magasin ou la mort du mari d'Amy.

— À quand cela remonte-t-il ?

— Bientôt quinze ans, mais elle a continué à entretenir le magasin. Je ne sais pas vraiment pourquoi. Je n'ai jamais cru qu'elle imaginait réussir à le louer. Bien sûr, elle a arrêté quand… quand son état a empiré.

Sara n'avait aucun mal à se représenter Amy nettoyant la boutique de son époux défunt, année après année. Avec soin.

— Quel type de commerce était-ce ?

Le front de George s'assombrit encore.

— Une quincaillerie, répondit-il sans rien ajouter, puis il la reconduisit en silence.

Ce soir-là, Sara savoura le premier repas chaud qu'elle avait préparé elle-même depuis son arrivée. Elle avait coincé l'un des livres d'Amy sous le bord de son assiette afin de pouvoir couper sa nourriture tout en le gardant ouvert.

Ce plat chaud la revigora. Elle ne se donna même pas la peine de faire le tour de la maison pour allumer toutes les lumières avant la tombée de la nuit. Seule la cuisine brillait dans l'obscurité. Sara commençait à sentir qu'elle allait peut-être s'en sortir et les avoir, ses vacances de lecture, ses histoires et son aventure.

Elle était venue ici pour s'échapper un moment, prendre de véritables vacances et pouvoir lire ainsi que rencontrer Amy, bien sûr, mais ce n'était pas toute la vérité. Elle avait voulu vivre quelque chose de... grand. Elle voulait pouvoir raconter aux gens – lesquels exactement, elle l'ignorait – qu'elle avait à une époque vécu deux mois dans une petite ville américaine.

— Amy, dit-elle à voix haute. Sais-tu que plus de trois cent mille titres sont publiés tous les ans dans ce pays ? Et me voilà ici.

Quoi qu'il arrive, elle aurait en tout cas fait quelque chose. Deux heures plus tard, elle avait éparpillé les livres d'Amy sur toutes les surfaces imaginables et elle était installée, satisfaite, dans l'un des fauteuils à bascule sur le perron, une tasse de thé abandonnée à côté d'elle.

Elle avait trois livres sur les genoux, mais n'en lisait aucun. Elle écoutait le bruit de la brise vespérale qui jouait dans les interstices de la vieille maison. D'une certaine manière, la découverte de la bibliothèque d'Amy avait complètement changé l'atmosphère des lieux. Désormais, c'était à nouveau la maison d'Amy et Sara, son invitée. Les premiers jours, les bruits incessants l'avaient rendue nerveuse, maintenant, ils formaient un agréable fond sonore. Les branches qui cognaient contre les fenêtres de l'étage l'aidaient à se sentir moins seule, comme si les arbres et le vent lui tenaient compagnie. Les gargouillis des canalisations, le bois qui craquait en permanence, c'était comme si quelque chose était toujours dans la maison, qui ne serait jamais vraiment vide, même après le départ de Sara.

À vingt et une heures, il commençait à faire froid dehors, mais pas au point qu'un plaid et une veste de travail qu'elle avait découverte dans une armoire ne puissent lui tenir chaud.

Elle repéra les phares en premier. Ils balayèrent le jardin tels des projecteurs, avant de s'arrêter sur elle et de s'éteindre. Ce n'est qu'alors qu'elle reconnut la voiture de Tom.

Il fit le tour de la voiture, mais ne s'avança pas jusqu'à elle. Au lieu de ça, il s'appuya sur le capot et croisa les bras sur son torse.

— Je voulais juste voir si tu allais bien, déclara-t-il.

— Je n'avais pas bu tant que ça, répliqua-t-elle.

Bon Dieu, elle n'était quand même pas si ivre que ça, si ? À moins qu'il ne pense qu'elle était impliquée dans le plan débile de Jen et souhaitait vérifier auprès d'elle si cela lui posait problème qu'il ne soit pas intéressé. Sara était sur le point de lui assurer qu'elle n'avait jamais eu l'intention de flirter avec lui lorsqu'il poursuivit :

— Avec toute cette histoire au sujet d'Amy et le fait de devoir vivre ici seule. Cela a dû être un choc, quand tu es arrivée.

Elle agita son livre, un peu gênée.

— J'ai trouvé la cache aux livres d'Amy et rencontré John.

D'une manière ou d'une autre, les deux lui paraissaient liés. Il acquiesça sans rien dire. Il ne semblait pourtant pas pressé de s'en aller. Elle resserra le plaid et la veste autour de son corps.

Le silence entre eux n'était pas exactement de nature à la mettre à l'aise. Il restait planté devant elle, à peine éclairé par la lumière de la cuisine, et pas tout à fait détendu. Mais Sara avait le sentiment qu'ils étaient entourés d'une quiétude totalement absente la veille. Peut-être était-ce l'influence de la maison ou lui qui avait simplement accepté sa présence en ces lieux. Sara était convaincue que l'âme d'Amy y participait. Elle était plus perceptible à présent.

— Tom, George m'a parlé du local vide près de la quincaillerie. Celui d'Amy.

Il hocha la tête.

— Il a dit que c'était le magasin de son mari.

Tom ne fit pas de commentaire, si bien qu'elle continua.

— George m'a raconté que c'était une quincaillerie, c'est vrai ?

— George t'a apparemment raconté beaucoup de choses.

— Mais Tom, John a une quincaillerie. Je pensais qu'elle existait depuis son arrivée en ville.

— En effet.

— Alors, ils étaient… concurrents ?

— Le mari d'Amy…

Tom s'interrompit, comme s'il réfléchissait. Il changea de position et appuya ses mains sur la carrosserie. Son regard était fixé sur un point du sentier gravillonné entre eux.

— Le mari d'Amy n'était pas un homme heureux. Il était tourmenté et en colère. Beaucoup de choses lui posaient problème. John, surtout, parce qu'il était noir et parce qu'il était… accepté.

Sara eut le sentiment qu'il avait eu l'intention de dire autre chose, mais elle n'osa pas lui poser la question de peur qu'il n'interrompe son récit.

Il fit un mouvement las.

— Le mari d'Amy pensait qu'il pouvait le pousser à la faillite. C'était de la folie, bien sûr, car les gens appréciaient John alors qu'ils ne tenaient pas vraiment le mari d'Amy dans leur cœur. Lorsqu'il a fini par acheter le magasin, les gens faisaient leurs courses chez John depuis des décennies. Et même avant d'ailleurs, du temps de l'ancien propriétaire de la boutique. C'était tout simplement l'endroit où on allait. Pour finir, cela n'a été qu'un échec professionnel de plus. Il a essayé un moment, puis il a renoncé.

Sara acquiesça.

— Il n'était pas très apprécié. Il était clair qu'Amy était mieux sans lui. Je ne pense pas que beaucoup de gens aient pleuré quand il est mort. Peut-être même pas Amy, alors qu'elle était d'une grande bonté.

Il esquissa un sourire, mais il fut si fugace que Sara douta d'avoir bien vu.

— En tout cas, moi, je ne l'ai vraiment pas fait, conclut-il sur un ton qui indiquait clairement qu'il ne voulait pas s'étendre sur ce sujet.

Sara changea d'angle d'attaque :

— Comment marchent les commerces dans le secteur ?

Tom éclata de rire.

— Bonne question. La plupart ne fonctionnent évidemment pas du tout.

— Mais ils sont toujours là ?

— Certains d'entre eux.

— Pas *Le Coin de Molly*, reprit Sara en se demandant si elle avait commis une erreur en le mentionnant.

Elle n'avait toujours pas trouvé quelle attitude adopter à l'égard des lettres d'Amy et du fait qu'elle en savait tant au sujet de la ville sans la connaître.

Mais Tom se contenta de rire et parut se détendre.

— Comment diable es-tu au courant de l'existence de Molly ?

Par chance, il ne s'attendait pas à ce qu'elle réponde.

— Cela doit faire vingt ans qu'elle a baissé le rideau. Je n'étais qu'un petit garçon à l'époque où elle vendait ses figurines en porcelaine et ces machins-là. Les garçons n'avaient pas le droit de franchir la porte. De toute façon, ça ne nous serait jamais venu à l'idée.

Il secoua la tête, comme s'il voulait chasser ce souvenir. Lorsqu'il se redressa et fit un demi-pas vers elle, Sara ne sut pas si c'était parce qu'il avait réussi à évacuer ce sentiment ou s'il avait renoncé.

— Viens, dit-il en se dirigeant vers le côté passager et en ouvrant la portière.

Comme elle ne le suivit pas immédiatement, il ajouta avec une esquisse de sourire :

— Je veux te montrer quelque chose. Ça ne prendra que vingt minutes et je te ramènerai après.

Sara n'avait pas vraiment mieux à faire et la soirée était magique, comme seules les fraîches soirées d'été peuvent l'être. Même Tom semblait décidé à se montrer agréable. Elle repoussa le plaid, s'avança jusqu'à la voiture et s'y installa.

Durant un temps, le moteur et le bruit des pneus sur le gravier furent les seuls sons audibles. Il roulait à une vitesse constante et avec assurance sur l'étroit chemin menant à la maison d'Amy, comme s'il avait pu le parcourir les yeux fermés. Lorsqu'ils débouchèrent sur la route principale, il tendit le bras et alluma la radio.

Sara appuya la tête contre la vitre et s'amusa à essayer de distinguer les tiges de maïs dans la pénombre. Les phares éclairaient une petite portion de la chaussée ; tout le reste était noir. Ils s'éloignaient de la ville. Quelque part, peut-être à cinq kilomètres derrière eux, se trouvaient le snack de Grace, la quincaillerie et le cinéma, mais à cet instant précis, il était difficile d'imaginer qu'il existe quelque chose en dehors de la route, de la poussière et des ténèbres.

À un moment, il ralentit. Ils passèrent à faible vitesse devant une petite colline et il lui désigna sa maison. Un plain-pied moderne isolé, la seule habitation qu'ils aient croisée en dix minutes.

Pour finir, il s'engagea sur une route secondaire qu'elle avait à peine remarquée. Il s'arrêta devant un vieux bâtiment de deux étages en brique délabré et coupa le moteur.

— Mon ancienne école, déclara-t-il, en guise d'explication.

Il y avait de toute évidence longtemps qu'elle avait tourmenté son dernier élève. Certaines des plaques du toit étaient tombées, presque toutes les vitres avaient disparu et, par la fenêtre ouverte, Sara perçut l'odeur distinctive de… ?

Les lèvres de Tom tressaillirent.

— Chèvres, expliqua-t-il en voyant son expression. La dernière famille d'agriculteurs a laissé ses chèvres brouter ici. Déjà à cette époque, l'herbe poussait dans la cour et à travers les dalles.

Elle traversa la cour derrière lui, puis ils entrèrent dans l'une des salles du rez-de-chaussée. Le ciel était visible à travers un trou au plafond. C'était la pleine lune.

— Quand j'étais enfant, je n'aurais jamais imaginé que l'école s'arrête un jour. Cette classe était aussi garantie et inévitable que la mort. Elle avait tourmenté mes parents avant moi et me tourmenterait jusqu'à la fin des temps.

Sara fit le tour des lieux. De fins nuages défilaient silencieusement devant la lune.

— Pourquoi a-t-elle fermé ?

— Il n'y avait plus assez d'enfants, tout simplement.

Sara sentait son regard posé sur elle, amusé, paternaliste. Elle continua à regarder par le plafond et essaya de s'empêcher de respirer par le nez. L'odeur des chèvres était plus prononcée à l'intérieur.

— Lorsque cette famille d'agriculteurs a disparu, la plupart des gens ont déménagé dans des villes plus grandes. Avant, Broken Wheel était entourée de villages encore plus petits, qui envoyaient tous leurs enfants ici. Désormais, ceux qui habitent encore là les envoient à Hope. Il y a trop peu de paysans ici pour que nous ayons notre propre école. La prochaine fois que tu iras en ville, observe les champs de maïs et compte le nombre de fermes que tu vois au kilomètre carré.

Sara s'immobilisa, puis se tourna vers lui. Il se tenait près d'une fenêtre, les mains dans les poches et un sourire ironique aux lèvres.

— John est encore là. Ainsi que Grace, Andy et Carl.

Il haussa les épaules.

— Mais pas Amy, reconnut-elle à voix basse pour elle-même.

— Non, confirma-t-il. Pas Amy.

— L'école non plus, de toute évidence.

Elle sortit du bâtiment et respira un peu plus facilement quand l'odeur de chèvre s'atténua. Dehors, au moins, elle se mêlait aux senteurs estivales d'herbe desséchée et de terre froide.

Tom s'attarda devant l'école. Il leva les yeux vers la façade, une coquille vide uniquement éclairée par la lune et quelques étoiles isolées. Les réverbères près du bâtiment s'étaient éteints depuis longtemps.

— Quand Molly a mis la clé sous la porte, cela ne m'a pas particulièrement touché. Il y avait un magasin d'électroménager aussi, mais il a fermé après l'ouverture du Wal-Mart de l'autre côté de Hope. La plupart des gens avaient de toute façon pris l'habitude de faire leurs courses dans les chaînes plus importantes. Par contre, quand l'école a disparu, ça m'a vraiment frappé. J'étais encore assez jeune pour m'étonner que des choses qui existaient dans mon enfance ne soient pas là pour toujours.

Il sourit.

— C'était ridicule, en fait. Mon père avait déjà disparu. J'aurais dû apprendre la leçon à ce moment-là.

Il la ramena à la maison d'Amy en silence. Lorsqu'elle descendit de voiture, il se pencha sur le siège passager et lui sourit.

— Je n'étais pas retourné à l'école depuis plus de dix ans.

Sara lui rendit son sourire. Il y avait quelque chose de beau dans le fait qu'ils aient partagé cette expérience.

— Bien sûr, c'était…, commença-t-il, un sourire toujours dans la voix. C'était surtout dû au laboratoire d'amphétamines installé à l'arrière. Des types peu fréquentables, ceux qui fabriquaient cette merde, comme leurs clients.

Sara ignorait complètement s'il plaisantait ou non.

Juste avant qu'elle ne referme la portière, il ajouta :

— Je voulais juste que tu ne te fasses pas d'illusion sur cette ville. Tu ne pourras pas dire que je ne t'avais pas prévenue.

Là encore, elle ne savait pas s'il plaisantait.

— Ah, sacrée Amy, lâcha-t-elle à voix haute tandis qu'elle regroupait ses affaires dehors et faisait le tour de la maison pour s'assurer que tout soit éteint et fermé. Un laboratoire d'amphétamines. Pour la petite ville idyllique, on repassera.

Sara Lindqvist
7 Kornvägen, 1 tr
136 38 Haninge
Suède

Broken Wheel, Iowa, le 8 avril 2010

Chère Sara,

Pour répondre à ta question, je crois que j'ai eu une vie heureuse. Je sais que j'ai été chanceuse, entourée de bons amis et de gens sympathiques. Je n'ai malheureusement pas eu d'enfants, mais au fond, je crois que ce n'est pas plus mal. En tout cas, cela ne m'a pas pesé, je l'avais tout à fait accepté. Il y avait toujours assez à faire avec les petits des autres pour que je n'aie pas trop le temps d'y penser. Prends Andy, par exemple. Son père était loin d'être parfait, et comme j'avais plus qu'assez de temps et de place, cela ne m'a posé aucun problème de lui offrir un lit pour la nuit cette fois-là et quelques centaines de dollars pour ses premières semaines à Denver.

Bien sûr, j'ai connu quelques chagrins, mais jamais plus que je ne pouvais en supporter. Parfois, je me dis que ce n'est pas la vivacité des chagrins qui signifie quelque chose, mais l'impact qu'ils ont sur vous. Certaines personnes sont peut-être plus réceptives ou alors nous le sommes tous plus ou moins à certaines périodes, mais j'ai vu des gens survivre à des choses effroyables, même à la perte d'un enfant, alors qu'au fond, c'est contre nature (ma mère a perdu deux enfants entre moi et Jimmy, mais les choses étaient différentes à cette époque). À l'inverse, j'ai vu des gens se noyer dans leurs problèmes ; on aurait dit qu'ils s'immisçaient sous leur peau et les rongeaient de l'intérieur jusqu'à ce que le remède soit pire que le mal. Après, ils deviennent amers au point qu'on ne pense même plus à avoir pitié d'eux.

Je ne me vois pas comme une personne foncièrement altruiste. Cela m'a épargné de nombreuses peines dans la vie. Je suppose qu'on doit chercher à s'améliorer, mais c'est parfois difficile. Je suis déjà capable de rester assise à écouter, mais il est sans doute trop tard pour apprendre autre chose à un vieux singe comme moi.

Bon. J'imagine que la vie et les chagrins sont comme les paysans et la pluie : il en faut un peu pour que quelque chose pousse, mais je crois qu'on n'en a jamais la bonne quantité. Et on peut en discuter autant qu'on veut sans que cela n'y change quoi que ce soit.

Amitiés,

Amy Harris

# Services et contre-services

Depuis son arrivée à Broken Wheel, Sara avait le sentiment d'avoir une dette envers la ville. Ce n'était pas uniquement le loyer, même si ce détail continuait à la perturber. C'était aussi le café, la bière, les hamburgers et les tomates de John.

Ni la micro ni la macroéconomie n'avaient jamais été le fort de Sara. Elle n'avait donc aucune conscience du tissu économique de transactions et d'interdépendances qui liait les habitants de Broken Wheel, sous la forme d'un réseau fin et complexe, parfois semblable à une toile d'araignée poussiéreuse lorsqu'il s'agissait du matériel de pêche de John.

En réalité, la ville s'en sortait grâce à un équilibre précaire. Le gros de l'argent venait de l'extérieur. Quelques clients arrivés d'ailleurs fréquentaient encore l'établissement de Grace parce que ses plats graisseux étaient les moins chers à des kilomètres à la ronde, d'autres hantaient encore le *Square* parce que les pubs ont toujours des piliers de bar, même dans les coins les plus perdus. Cet argent circulait entre les différents magasins et permettait aux uns et aux autres de rapporter quelques marchandises chez eux. Ceux qui n'avaient pas d'argent les obtenaient gratuitement et payaient leur dette sous forme de services quand il y avait besoin d'un coup de main.

De nombreuses boutiques s'étaient totalement adaptées à ce contexte. John, par exemple, ne vendait pas grand-chose, étant donné que peu de gens avaient les moyens de s'offrir un nouvel équipement de pêche ou se payaient le luxe de nouveaux tournevis à intervalles réguliers. En réalité, en ne vendant pas de cannes à pêche, il économisait de l'argent. Avant qu'Amy ne tombe gravement malade, il affichait parfois les publicités vantant les nouvelles marchandises de ses fournisseurs pour créer une illusion de vie et de prospérité, même si personne ne commandait jamais rien.

Mme Higgins possédait la seule boutique de confection de la ville. En gros, elle n'avait pas fait entrer de nouveaux produits depuis les années soixante. Les affreuses robes de bal qui ne seyaient à personne ne se démodaient jamais complètement. Et toutes les femmes en avaient besoin à un moment ou un autre, mais en général, cela ne se produisait qu'une fois dans leur vie. Lorsqu'elles ne l'utilisaient plus, eh bien, oui, Mme Higgins était là aussi.

Mais Sara n'avait aucune expérience de ce genre de système économique et, ce qui était pire, ne pouvait rien y apporter. Chaque fois, on ne la laissait pas payer sa bière ou son café, chaque fois, elle sentait qu'elle aurait dû donner quelque chose en échange, et chaque fois, même si elle n'en était pas vraiment consciente, elle se retrouvait un peu plus embourbée.

Pour finir, la goutte d'eau qui fit déborder le vase vint de George. Il essaya de l'inviter à déjeuner.

George ! George, sans emploi, à peine sobre, et qui consacrait en plus tout son temps à la conduire à droite à gauche.

Dans le snack de Grace, Sara se sentit soudain gagnée par une détermination nouvelle. Elle était adulte. Elle avait le droit de faire ce qui s'imposait et elle allait payer pour eux deux.

— M… mais, bégaya George.

Sara ne plia pas.

— Je paie.

Quand Grace passa près de leur table, elle sortit son argent, des nouveaux billets cette fois-ci.

— Oh, mais c'est moi qui vous invite, réagit Grace.

En cas de nécessité, Sara pouvait être une femme assez déterminée et imaginative.

Dans un premier temps, elle ne réagit pas. Elle laissa Grace payer son repas, laissa George la ramener et passa la soirée à faire les cent pas dans la cuisine en marmonnant. Elle avait parlé de cette question de loyer avec tous ceux qu'elle avait rencontrés. Elle avait essayé de financer sa bière et ses denrées alimentaires. En vain. La pochette dorée Forex contenant ses billets américains tout neufs était quasi intacte dans un tiroir de la commode.

Mais elle ne désespérait pas. Le lendemain, elle était de retour dans la grand-rue. Si elle ne pouvait pas payer en espèces, il ne restait que la solution de l'échange de services. Elle avait du temps et de l'expérience. En plus de son travail de libraire, elle avait effectué un stage dans une cantine scolaire et elle avait également travaillé un été dans un cimetière. Elle avait passé plus de dix ans derrière une caisse. Elle disposait de sept jours par semaine et d'autant de soirs que nécessaire. Il suffisait qu'elle travaille quelques jours et sa dette serait apurée.

Elle allait commencer par la quincaillerie. Si cela ne marchait pas, elle irait au *Square*, puis chez *Amazing Grace*. Mais elle était sûre que John aurait besoin d'un peu de temps libre.

— Bonjour John.

— Sara.

Peut-être était-ce son imagination, mais elle le trouva un peu distant. Peut-être devinait-il qu'il n'allait pas aimer le motif de sa visite ou peut-être voulait-il éviter de faire quoi que ce soit qui encourage Sara à parler d'Amy. Elle avait l'impression qu'il cherchait presque à la fuir, au sens propre. Elle lui posa quand même la question :

— Puis-je vous aider à quelque chose ?

— M'aider ?

Elle haussa les épaules dans une tentative pour paraître assurée et flegmatique.

— Pour n'importe quoi. Aller chercher des marchandises, tenir la caisse. J'ai déjà travaillé dans un magasin.

— Mais je n'ai pas besoin d'aide.

— Vous ne voulez pas un peu de temps libre pour vous ? Il suffit que vous m'appreniez, et ensuite vous pourrez me laisser seule. Vous pouvez prendre autant de temps libre que vous voulez. J'ai déjà géré une alarme et tenu une caisse seule.

— Je n'ai pas d'alarme.

— D'accord.

— Je n'ai pas les moyens d'embaucher quelqu'un, mais si vous avez besoin d'argent…

Il se tut, confus, puis il ajouta sur un ton désespéré :

— Avez-vous parlé de ça à Caroline ?

— Non, non, s'empressa de répondre Sara. Je n'ai pas besoin d'argent. De toute façon, mon visa ne m'autorise pas à travailler. Pas officiellement. Je pensais juste que vous pouviez avoir besoin… d'aide.

— Non, non, répondit-il tout aussi vite. Je n'ai pas besoin d'aide. Absolument aucune. Mais merci beaucoup, Sara. Si… un besoin de personnel supplémentaire venait à se présenter, je ferais appel à toi.

Elle ressortit de la boutique à reculons en assurant à plusieurs reprises qu'elle n'avait pas besoin d'un travail. Bon Dieu, ce que c'était épuisant de ne pas être indépendant. Elle se demandait si elle oserait poser la question à Grace, mais décida de se jeter à l'eau.

Elle aurait sans doute plus de chance avec Andy. George la conduisit, mais n'entra pas.

— Par précaution, expliqua-t-il.

— Aider ? s'étonna Andy. Mais nous n'avons pas besoin d'aide.

Sara parcourut le local des yeux ; il était malheureusement presque vide. Il n'y avait qu'un seul client, qui n'avait pas besoin d'aide étant donné qu'il était à moitié endormi au-dessus de sa bière.

À la lumière du jour, Sara remarqua de nouveaux détails : le parquet clair et usé ; les rayures sur les tables ; la vague odeur de bière et de transpiration ; le maillot des Iowa Cubs accroché au mur juste à côté d'une affiche de la police listant les critères de reconnaissance d'un consommateur d'amphétamines.

— Tu n'as vraiment aucune tâche à me confier ? Nettoyer ? Faire la vaisselle ?

— Si tu as besoin…

Elle l'interrompit.

— Je n'ai pas besoin d'argent. J'ai besoin d'une occupation.

— Je ne peux malheureusement pas t'aider.

Comme par souci de gentillesse, il lui offrit une bière. Elle soupira et essaya de la payer, mais avant même qu'elle n'ait eu le temps de sortir ces maudits billets, il s'empressa de dire :

— Je te l'offre.

Elle lâcha un nouveau soupir, encore plus profond.

— Un whisky ? demanda-t-il, plein d'espoir. Tu veux manger ?

— George est déjà en route pour venir me chercher, répondit-elle avant d'ajouter à voix basse pour elle-même : Cela ne rime à rien.

Andy semblait de son avis.

— J'ai entendu dire que Sara avait des problèmes d'argent, déclara Annie May.

— Des problèmes d'argent ? s'étonna Gertrude en allumant une nouvelle cigarette.

Elle fumait goulûment, en tirant des bouffées aussi profondes que rapides, comme si chaque cigarette pouvait être la dernière.

— Intéressant, commenta-t-elle.

Elles étaient de retour chez Grace où elles étaient restées imperturbables durant tout le coup de feu du déjeuner, chacune buvant son petit café. Elles avaient développé cet art depuis longtemps. Le truc de Gertrude consistait à tant laisser refroidir son café qu'elle n'était pas pressée de prendre une nouvelle gorgée. Annie May s'appliquait plus encore à avoir l'air d'une mignonne mamie afin qu'on lui offre de remplir sa tasse gratuitement. Elles étaient toutes les deux immunisées contre les regards appuyés des serveurs ou des autres clients qui convoitaient leur place.

Enfin, chez Grace, on était rarement exposé au regard d'autres clients, et jamais à celui de Grace. Elle remplissait juste par réflexe la tasse d'Annie May chaque fois qu'elle passait, vidait le café froid de Gertrude d'un geste automatique, puis lui en servait un autre.

— La pauvre petite, commenta Annie May.

Cette réplique était un tel cliché dans la bouche d'une vieille femme qu'elle lui valut un regard noir de Gertrude.

— Je ne lui jette pas la pierre, reprit Gertrude. Ça peut arriver à tout le monde d'avoir du mal à joindre les deux bouts.

À ce moment-là, Grace quitta soudain son comptoir et passa la tête par la porte pour lancer :

— Sara ! Tu as faim ? Je peux t'inviter à déjeuner ?

Gertrude et Annie se penchèrent et plissèrent les yeux pour lorgner par la vitrine. Elles espéraient manifestement que Sara morde à l'hameçon afin de l'étudier de plus près à loisir. Jusqu'à présent, elles n'en avaient pas eu l'occasion. Si la chance continuait à leur tourner le dos, elles seraient obligées d'employer des méthodes plus radicales, comme la coincer sur un trottoir pour lui parler. Mais Sara avait juste l'air de se sentir redevable. Elle bredouilla un « Non, merci » et poursuivit son chemin.

Gertrude secoua la tête.

— Refuser un repas gratuit ? On aura tout vu.

Annie May regardait la grand-rue, l'air rêveur. Un homme. Un homme pourrait sans doute régler le problème de Sara.

Tom n'avait pas revu Sara depuis ce soir où il l'avait emmenée à son ancienne école. Lorsqu'il l'aperçut en ville, il se gara et descendit de voiture sans vraiment l'avoir décidé.

Il ne savait même pas ce qu'il pensait d'elle et de son habitude de lire en permanence. Il y avait quelque chose de presque pétrifiant chez une femme qui préférait si ouvertement les livres aux gens, peu importe lesquels. Mais il avait besoin de lui poser une question.

À cet instant précis, elle ne lisait pas, mais avait un livre sous le bras et était penchée d'une manière étrange devant l'ancien local d'Amy, le visage plaqué contre la vitrine sale.

— Est-ce que c'est vrai que tu as des problèmes d'argent ? s'enquit-il.

Elle se redressa et se tourna vers lui.

— Des problèmes d'argent ? Mais… bien sûr que non. Je viens d'arriver.

— Cela me paraissait idiot que tu viennes ici, si tu n'en avais pas les moyens.

— Évidemment que j'en ai les moyens ! Personne ne me laisse même payer un loyer.

Ce sujet ne semblait guère intéresser Tom.

— À qui le paierais-tu ?

— Bon Dieu ! s'exclama-t-elle. Est-ce pour cette raison que je ne peux rien payer ? la nourriture chez John, le café chez Grace ou la bière chez Andy ? Mais pourquoi pensent-ils que je n'ai pas d'argent ?

Il y avait quelque chose de charmant dans sa manière d'écarquiller ses yeux gris, comme si elle était convaincue qu'il détenait la réponse et prenait plaisir à la voir se perdre dans l'incertitude.

— J'aurais tendance à croire qu'ils ne te laissent pas payer parce qu'ils te considèrent comme l'invitée d'Amy. Ou plutôt notre invitée à tous désormais.

— Mais c'est ridicule. J'ai de l'argent. Comment vont-ils pouvoir s'en sortir s'ils offrent toujours tout ?

— Bonne question, mais c'est sympathique, pas ridicule.

Une ride se forma entre les sourcils de Sara.

— Alors quand j'ai demandé si je pouvais aider, ils ont cru… Mais pourquoi m'inviteraient-ils, si je ne peux pas les aider en échange ?

— Aider ?

— Oui, je pourrais aider John à aller chercher des marchandises, tenir la caisse ou aider Andy à faire la vaisselle…

— Tu t'es proposée pour faire la vaisselle ? demanda-t-il, uniquement pour s'assurer qu'il avait bien entendu.

*Bon Dieu*, pensa-t-il. Il aurait aimé voir la tête d'Andy quand elle lui avait dit ça.

Mais pour Sara, cela semblait être la chose la plus naturelle au monde.

— Oui, je suis douée pour ça. Pas seulement pour faire la vaisselle, bien sûr, ajouta-t-elle, mais aussi pour tenir une caisse ou approvisionner une boutique. J'ai clairement assez d'expérience en la matière. Certes, je n'ai jamais travaillé dans un bar ou un établissement de ce genre, mais à une époque, j'ai bossé dans une cantine, alors la vaisselle, je connais. Et puis, j'ai passé des années à la caisse dans une librairie.

— Je n'en doute pas, répondit-il en s'efforçant de ne pas rire. Mais il y a quand même une différence entre offrir une bière ou une tasse de café à une invitée et le fait que cette invitée se propose pour faire la vaisselle en échange.

Tom vit qu'elle essayait de trouver des objections.

— Tu as peut-être raison, finit-elle par admettre. Mais ils me rendraient service. J'ai besoin d'une occupation. Et puis, il faudra bien que je leur rende ce qu'ils m'ont donné à un moment ou un autre.

— Tu t'ennuies déjà à mourir ?

— J'ai l'impression de me tourner les pouces depuis la nuit des temps. Comment vais-je supporter deux mois à ne faire que lire et me voir offrir des cafés ?

Tom consulta sa montre. Il était déjà en retard pour son travail.

— Tu savais quand même quel genre de ville était Broken Wheel, quand tu es venue, non ?

— Oui…, répondit-elle en hésitant. Mais ce n'est pas tant la ville que le fait de ne pas travailler. Je n'ai jamais pris de longues vacances avant.

Elle se détourna et se pencha à nouveau contre la vitrine. Tom regarda encore une fois sa montre. Il ne fallait vraiment pas qu'il s'attarde.

Sara oublia presque que Tom attendait à côté d'elle. Elle trouvait insensé que ce local soit vide, même si elle ne savait pas vraiment en quoi il différait des autres commerces fermés. Elle essaya de se représenter un magasin qui vendait des jeux vidéo ou d'autres marchandises modernes du même genre. Pas des jeux vidéo, décida-t-elle. Une boulangerie fonctionnerait. Tout le monde aime le pain frais. Mais il n'y avait peut-être pas assez de clients potentiels à Broken Wheel pour faire tourner une boutique à plein-temps.

Elle s'amusa quelques instants en imaginant l'installation d'un *Starbucks*. Elle se représentait des adolescents stressés en uniforme vert derrière le comptoir grisâtre tandis que George essayait de déterminer ce qu'était un déca écrémé mocha latte extra shot espresso et s'il en voulait un. Elle lorgna en direction de Tom. Pour une raison ou une autre, elle avait le sentiment qu'un *Starbucks* ne l'impressionnerait pas. Il lui rendit son regard avec une esquisse de sourire amusé, comme s'il se moquait d'elle ou souriait d'une plaisanterie qu'il n'avait pas l'intention de partager avec elle.

Et ce fut là, devant le local vide d'Amy, qu'une ébauche d'idée commença à se former. Elle était encore bien trop ténue pour que Sara puisse en parler ou même se l'avouer à elle-même, mais une idée, oui, sans aucun doute.

— Tom, est-ce que tu peux me ramener ?

Elle réfléchit à ce qu'elle aurait besoin de faire.

— Et est-ce que tu as le numéro de téléphone de George ?

Il la considéra avec étonnement.

— Non, répondit-il sur un ton laconique et, comme il ouvrait la portière en même temps, Sara en déduisit que sa réponse concernait sa seconde question.

Sara Lindqvist
7 Kornvägen, 1 tr
136 38 Haninge
Suède

Broken Wheel, Iowa, le 11 mai 2010

Chère Sara,

Je ne saurais te dire quels classiques américains tu devrais lire. En fait, je crois presque
aussi peu que toi au concept de classique, mais
parfois, j'ai l'impression que les critiques littéraires qui établissent ces listes doivent avoir un
sens de l'humour assez pervers. Sinon, comment
expliquer qu'ils inscrivent Mark Twain dans le
canon ? À moins qu'il ne s'agisse d'une forme
déguisée d'humiliation, mais ils ne sont quand
même pas si vicieux que ça, si ? Imagine avoir
déclaré qu'un « classique est un livre que tout
le monde encense, mais que personne ne lit » et
ensuite voir toutes ces œuvres rangées dans une
telle catégorie !

Mais bon, je ne pense pas que la justice soit
le principal critère de sélection de ces listes.
Enfin, si, d'une certaine manière, c'est bien une

question de justice, mais pas à l'égard de ceux qui n'y figurent pas. Non, ceux dont je partage la consternation sont ceux qui y atterrissent. Prends l'exemple de Mark Twain. Un jour, quand Tom était enfant, il est rentré en se plaignant de devoir lire *Huckleberry Finn* ! *Huckleberry Finn* ! Les critiques et ceux qui établissent les programmes portent une lourde responsabilité lorsqu'ils conduisent des gamins à considérer une histoire de révolte, d'aventure et d'impertinence comme un devoir pénible. Tu comprends ce que je veux dire ? Le véritable crime de ces listes n'est pas qu'elles excluent des livres qui mériteraient d'y apparaître, mais le fait qu'elles transforment de merveilleuses histoires en devoirs.

Pour autant, je vais quand même te citer quelques-uns de mes textes américains préférés. Seulement, promets-moi de ne pas les lire par obligation. Paul Auster. Je préfère *Brooklyn Follies* à la *Trilogie new-yorkaise*, même si c'est peut-être un sacrilège.

L'été dernier, j'ai lu *Gatsby le magnifique* de F. Scott Fitzgerald. Je l'avais lu en tant que « classique » quand j'étais jeune et je ne l'avais jamais apprécié à sa juste valeur.

Mais je crains de réserver ma réelle préférence aux femmes. Peut-être suis-je sexiste.

Je crois qu'aucun livre ne m'a autant bouleversée que *Beloved* de Toni Morrison et il n'y a aucun auteur que j'admire plus que Joyce Carol Oates. Je crois que la seule raison pour laquelle elle n'a pas obtenu le prix Nobel (qu'est-ce que vous fabriquez là-bas ? Tu ne peux pas leur toucher un mot ?), c'est qu'elle écrit trop. Une telle prolixité heurte tout simplement la vanité des critiques masculins ; elle écrit plus vite qu'ils ne critiquent. Comment réussir la recension d'une nouvelle œuvre quand on n'a pas eu le temps de lire ses cinquante titres précédents ?

Amitiés,

Amy

# Une librairie
## au cœur de leur ville

Sara commença par le bas et continua sa fouille vers le haut.

Dans la cuisine, elle découvrit de vieux couverts qui semblaient ne pas avoir été utilisés depuis des années ainsi que des tas d'ustensiles non identifiés, l'habituel fouillis de ruban adhésif, papier et feutres qui avaient depuis longtemps séché dans un tiroir près du téléphone, et une étagère de cuisine qui faisait office de bibliothèque. Il ne s'agissait même pas de livres de cuisine, juste un joyeux bazar d'ouvrages pratiques et de policiers. Elle en profita pour jeter les plantes mortes sur l'appui de fenêtre et lorsqu'elle passa dans le hall, elle rangea les drapeaux dans l'un des tiroirs de la commode. En revanche, elle laissa la photo d'Amy. Elle avait pris l'habitude de la saluer à chacun de ses passages.

Dans le séjour, elle ne dénicha ni clés ni livres. Dans la salle de bains, il y avait trois ouvrages et d'innombrables boîtes de médicaments.

Pour finir, elle découvrit le trousseau qu'elle cherchait dans la chambre d'Amy. Lorsqu'elle l'eut enfin en main, la stupidité de son projet lui sauta aux yeux.

Elle trouva le numéro de George dans un vieux répertoire dans le tiroir près du téléphone. Il n'avait rien contre le fait de venir la chercher tout de suite, même s'il était plus de vingt heures. Elle lui en fut reconnaissante. Si elle s'était donné plus de temps pour réfléchir, elle aurait peut-être complètement abandonné l'idée.

— George, commença-t-elle en hésitant, lorsqu'ils furent installés dans la voiture. Est-ce que vous croyez que les gens auraient quelque chose contre...

Elle se ravisa.

— J'ai trouvé ce trousseau de clés chez Amy.

George ne dit rien.

— Et je me suis dit... Je voudrais jeter un coup d'œil à la boutique d'Amy. Enfin, si vous pensez que ça ne pose pas de problème.

— Je ne vois pas pourquoi ça en poserait un.

Ils se garèrent devant le local. La porte s'ouvrit facilement et sans grincer. Sara tâtonna des deux côtés et trouva un interrupteur sur la gauche. L'ampoule au plafond diffusait une lumière vive et impitoyable sur les lieux à l'abandon, mais au moins l'électricité n'avait pas été coupée.

— Elle n'a sans doute jamais pensé à résilier le contrat, commenta George.

Ils inspectèrent tous les deux le magasin. Hormis le mobilier constitué d'un comptoir, de quelques rayonnages et de deux chaises, la pièce était complètement vide. Les murs étaient d'un jaune tirant sur le marron. Le sol était recouvert de poussière, mais en frottant un peu du bout du pied, Sara devina du bois sombre.

George la précéda à l'intérieur.

— Je crois qu'il y a une autre pièce au fond.

Il apparut que ce n'était guère plus qu'un réduit. À côté de l'évier, des tasses traînaient encore.

— Nous avons du pain sur la planche, déclara Sara.

Le lendemain, Sara avait enfilé celle de ses tenues qui lui donnait le plus une allure de femme d'affaires. Elle portait un pantalon noir qui, avec un peu de bonne volonté, pouvait avoir l'air de faire partie d'un tailleur, et une chemise aux manches trois quarts qui avait presque l'air repassée. Mais tandis qu'elle se tenait devant le cinéma et contemplait l'affiche de l'un des volets de la série *Die Hard*, elle se demanda si elle n'en avait pas fait un peu trop.

À côté d'elle se tenait une femme en t-shirt qui faisait de la publicité pour Country Linedancing, une espèce de tournée qui était passée à Des Moines elle aussi en août 1987. La femme semblait faire partie de la troupe depuis un moment. Lorsqu'elle lui sourit, Sara vit qu'il lui manquait une dent.

Elle aurait pu l'aider, Sara en était persuadée. Cette femme possédait ce type de peau qu'on acquiert en travaillant dur, en buvant et en fumant, et cette posture ratatinée qu'on rencontre chez les perdants chroniques. Sara aurait aimé pouvoir faire disparaître les poches sous ses yeux et calmer les tremblements de ses mains, ne serait-ce que pour quelques heures ou une semaine. Un peu plus loin, il y avait un groupe de jeunes désœuvrés alors qu'ils auraient pu lire.

Cette ville avait un besoin criant de librairie.

— Une librairie ? s'étonna Jen.

Elle n'avait peut-être pas l'air ouvertement hostile, mais il était évident qu'elle était sceptique.

Andy considéra Sara de manière étrange tandis que Caroline arborait une expression insondable.

Sara se tenait devant eux sur la scène. Elle aurait aimé ne pas avoir à le faire. Peut-être aurait-elle pu s'installer dans la salle de projection à la place.

— J'aimerais…

Elle déglutit, puis leur débita le reste de son projet en un seul souffle, avant d'avoir eu le temps de se raviser :

— Je voudrais ouvrir une librairie dans l'ancien local d'Amy, avec ses livres. Comme un hommage.

Elle s'était entraînée à prononcer la dernière partie de cette phrase chez Amy, mais elle ne sonnait pas vraiment bien ici.

— Tu veux vendre les livres d'Amy ? l'interrogea Andy.

— Pas pour l'argent, bien sûr. Ce ne serait pas ma librairie. Mon visa ne m'autorise pas à travailler.

L'ambassade américaine avait souligné qu'en aucun cas elle ne devait travailler et que si elle s'y risquait, son châtiment serait pire que la mort. Elle avait déjà eu un mal incroyable à décrocher un visa de tourisme. On l'avait encouragée à utiliser le programme Wagner qui permettait de séjourner quatre-vingt-dix jours sur le territoire américain sans avoir à demander de visa au préalable. Avec un peu d'espoir, tout se résoudrait quand elle arriverait à l'aéroport.

Le fait qu'elle ait voulu un visa pour plus de sécurité et pour se garder la possibilité de prolonger sa visite si ses économies le lui permettaient, avec la liberté que cela impliquait, n'avait fait qu'inquiéter davantage les autorités américaines. Sara s'était aperçue que l'ambassade américaine n'appréciait pas les mots « prolongation » et « liberté ». Vouloir se rendre dans une petite ville américaine et souhaiter y rester plus longtemps, deux choses éminemment suspectes, revenait à vouloir rester pour de bon. Ils auraient sans doute préféré qu'elle n'ait pas la moindre envie de visiter leur pays.

— Ce serait plutôt... notre librairie. Je ne ferais qu'aider.

— Notre librairie, répéta Andy.

— Une librairie.

Sara perçut l'incrédulité dans la voix de Jen.

— Le local aura besoin d'un coup de balai. Et de pinceau aussi, probablement. Mais je peux le faire moi-même, payer et tout.

— Ce n'est pas une mauvaise idée, intervint Caroline, pensive. Il y a d'autres magasins qui ont besoin d'être nettoyés. Et vous pourriez ne pas immatriculer officiellement le commerce.

— Mais..., protesta Sara qui était très attachée au respect de la loi.

Andy réagit sur-le-champ.

— C'est clair que tu pourrais t'en abstenir. Pense seulement aux impôts.

— Cela n'aurait pas grand sens, ajouta Caroline. Surtout que ce ne serait ouvert que le temps de votre séjour. En plus, je doute que vous ne fassiez aucun profit alors cela n'aurait rien à voir avec dissimuler de l'argent aux impôts.

Elle prononça ces paroles sur un ton indiquant qu'elle faisait partie de ceux qui jugeaient inconcevable de dissimuler de l'argent au fisc. Les autorités possédaient en effet un art beaucoup plus développé de la dissimulation. Ce que les citoyens faisaient n'était donc que de l'autodéfense.

Sara respectait toujours les règles. Surtout en matière d'impôts. Elle n'avait jamais dérogé de sa vie, de peur d'être accusée de fraude. Mais à cet instant, elle ne pensait pas au fisc, aux règles relatives aux visas ou aux mille autres raisons de ne pas ouvrir une librairie dans une ville étrangère.

Elle ne songeait qu'à rendre quelque chose à cette ville. Les livres étaient un bon moyen de rembourser sa dette. Qu'ils en soient conscients ou non, c'était de livres dont ils avaient besoin, ça sautait aux yeux. Et puis, elle pensait aux livres d'Amy qui seraient à nouveau utilisés et appréciés, comme il se devait. Elle pourrait également en commander d'autres sur Amazon. Des ouvrages d'occasion pas trop chers et choisis avec soin, qu'elle paierait de ses propres deniers. Les gens se débarrasseraient de leurs vieux livres pour aider au lancement de la boutique. Ils débuteraient à une échelle modeste, bien sûr, mais cela pourrait fonctionner. Sara avait de l'argent et du temps. Elle devrait pouvoir faire quelque chose.

Andy et Jen échangèrent un regard.

— Es-tu certaine de vouloir ouvrir une librairie ? demanda Andy.

— Je pense que tu devrais plutôt nous laisser organiser un pique-nique sympa, suggéra Jen. Ou pourquoi pas une excursion en forêt ?

— Je veux ouvrir une librairie, déclara Sara.

Cette phrase lui échappa dès que George fut sorti de la voiture. Elle n'avait pas réussi à penser à autre chose de tout le début de matinée. Lorsque George arriva à huit heures et demie, elle l'attendait déjà sur le perron.

George se contenta d'acquiescer.

— Elle ne m'appartiendrait pas évidemment, s'empressa-t-elle d'ajouter.

Elle craignait toujours que les gens ne pensent qu'elle cherchait à s'enrichir avec les livres d'Amy.

— Je ne ferais qu'aider. Si longtemps que je serai là, je veux dire. Je travaillais dans une librairie en Suède, alors je sais comment on fait.

Ce n'était pas tout à fait vrai, car elle n'avait jamais eu la responsabilité du magasin et elle n'en avait en aucun cas ouvert un.

— Je pense que c'est une bonne idée, répondit George.

Dans ce cas, il était bien le seul.

Sara était parfaitement consciente que personne d'autre à Broken Wheel ne voyait d'un très bon œil sa dernière lubie, comme Andy qualifiait son projet. Mais au moins, tout le monde avait accepté de la rejoindre au local le lendemain. Ils inspectaient à présent la poussière et la saleté en affichant des mines sinistres.

— Je veux repeindre les murs, annonça Sara.

Elle s'imaginait une boutique baignant dans des tons clairs, un point de rencontre chaleureux pour des livres et autres histoires, avec de grands fauteuils dans lesquels on pourrait s'installer pour de longues conversations. Et des livres. Des milliers de livres dans tous les formats et couleurs imaginables.

— Il va falloir que vous achetiez de la peinture, commenta Caroline, sur un ton réprobateur. À moins que quelqu'un n'ait des bidons qui traînent, bien sûr.

— Je veux une teinte jaune, déclara Sara. Un jaune joyeux.

— Une teinte jaune joyeuse, résuma Caroline, l'air renfrogné. Je suppose que John pourra vous aider, ajouta-t-elle à contrecœur.

— Moi, je m'occupe du nettoyage, déclara George.

Ils tournèrent tous les yeux vers lui et le considérèrent si longtemps qu'il rougit face à tant
d'attention.

— Je sais faire le ménage, expliqua-t-il, mais
un doute s'était insinué dans sa voix.

Andy, Jen et Caroline estimaient manifestement en avoir assez entendu, car ils partirent les
uns après les autres jusqu'à ce qu'il ne reste plus
que George et Sara.

Soudain, cette idée parut à nouveau totalement
givrée. Sara ignorait si c'était parce qu'elle n'avait
plus à jouer les bravaches devant les autres ou
si elle voyait plus clairement la saleté à présent
que les lieux étaient désertés. Elle avait été si
absorbée par une espèce de vision féerique de sa
librairie colorée et douillette qu'elle avait réussi à
refouler la réalité : des murs brunâtres et un sol
gris. Elle et George seuls contre des années de
poussière. Par où allaient-ils attaquer ?

George ne semblait pas partager ses doutes.

— Commençons par la vitrine, déclara-t-il sur
un ton déterminé dès que les autres furent partis.
Comme ça, nous verrons de quoi ça a l'air avec
un peu plus de lumière.

Mais il ne laissa pas Sara s'approcher des
vitres, même pour le premier décrassage.

— Ça laisse des traces, si c'est mal fait, lui
expliqua-t-il sur un ton amical.

Elle eut quand même le droit de changer l'eau
du seau.

Il était infatigable. Par deux fois, il s'aventura
même à plaisanter et, un peu plus tard, il dit :

— Tu sais, Bridget Jones ?

Il se tut le temps de venir à bout d'un coin
récalcitrant, puis il poursuivit :

— Ce n'est pas un livre idiot, en fait. Mais les
femmes parlent-elles vraiment autant des hommes ?

Sara n'en avait aucune idée, maintenant qu'elle y réfléchissait.

— Peut-être à Londres, suggéra-t-elle.

Il acquiesça.

— Oui, peut-être en Europe.

Lorsqu'ils prirent leur pause déjeuner, Sara avait des courbatures et George était devenu de plus en plus militaire dans ses instructions. Il n'autorisa cette pause que parce que Caroline vint leur en souffler l'idée. Pour l'instant, sa nouvelle autorité était encore fragile face à Caroline. Il réintégra le rôle du Pauvre George dès qu'Andy et Jen débarquèrent dans son sillage.

Ils mangèrent devant le magasin. Le soleil chauffait encore lorsqu'ils se décidèrent enfin à lâcher leurs éponges et Sara avait eu bien trop chaud à force de s'activer pour se soucier du léger froid automnal qui s'immisçait dans l'air.

Grace leur apporta des hamburgers et s'attarda à la périphérie du groupe.

— Vous ne pourrez jamais ouvrir une librairie ici, déclara-t-elle. C'est de la pure folie.

Personne ne se donna la peine de lui répondre.

— Une librairie, commença Grace avec ce ton inquiétant de conteuse qui annonçait toujours une anecdote familiale.

Andy et Jen lui lancèrent un regard nerveux. Caroline se figea. Et Grace poursuivit :

— Vous ai-je raconté ce qui s'est passé le jour où des colporteurs de Bibles ont rendu visite à ma grand-mère ?

Tous lorgnèrent du côté de Caroline. Ce n'était vraiment pas la bonne histoire dans ce contexte, car Caroline était très attachée aux colporteurs de Bibles.

— Où en êtes-vous ? demanda Jen, qui fut la première à réagir.

Question banale, mais qui permit de changer de sujet.

— On a bien avancé, s'empressa de répondre Andy, comme s'il avait participé aux opérations de nettoyage, mais il reste beaucoup à faire. Mieux vaut s'y remettre tout de suite.

Jen et lui se hâtèrent d'évacuer Caroline vers leur voiture et George remit Sara au travail.

Peu à peu, la poussière dans le magasin commença à céder la place à une forte odeur de détergent et de citron synthétique. Le soir, Sara voyait le sol tel qu'il avait été à une époque, sombre et élégant, puis il fut rapidement recouvert d'adhésif de masquage et de pots de peinture.

Cela crissait sous ses pieds quand elle marchait. Pour l'instant, on ne pouvait deviner la boutique qui allait émerger. George était encore là à vingt heures passées. Ils en vinrent progressivement à s'asseoir chacun sur une chaise devant la vitrine et partagèrent un agréable silence. Ils avaient un gobelet de café de chez Grace à la main et des rêves de livres et de saleté vaincue plein la tête.

Sara souriait. La ville lui semblait plus vivante. C'était comme si elle avait retrouvé une partie de sa dignité. Elle formait un décor impressionnant : des maisons en bois sombre pleines de noblesse qui se dressaient vers un ciel tout aussi sombre.

Elle devinait des kilomètres et des kilomètres de chaussée noire rectiligne s'étendant des deux côtés. Dans la journée, la rue, menaçante, semblait engloutir la ville, mais le soir, les façades se confondaient avec le bitume pour former un tout plus grand qui se mouvait. Le jour, on pouvait parcourir toute la ville du regard en une minute et on aurait presque pu la manquer en clignant des yeux plusieurs fois. La nuit, elle vous prenait par surprise et captait votre attention.

— Est-ce que tu aimes les étoiles ? s'enquit George sur le même ton que s'il lui avait demandé si elle aimait les spaghettis à la bolognaise.

Il faisait presque chaud à l'extérieur, et l'odeur du bitume et de la poussière avait été remplacée par le puissant arôme de la fin de l'été.

— Je suppose que oui, répondit Sara en levant les yeux vers la voûte étoilée.

Elle ne reconnut aucune des constellations, ce qu'elle trouva apaisant. Elle estimait tragique que les hommes soient si attachés aux systèmes qu'ils s'efforçaient de les plaquer sur les astres. Comme le Grand Chariot. Enfant, elle trouvait cette appellation magique, comme un carrosse à quatre roues serties de bijoux scintillants tout droit sorti d'un Walt Disney, mais quand elle avait appris à l'identifier, elle s'était aperçue qu'il ressemblait davantage à un chariot de supermarché. Sept étoiles, sans doute distantes de millions de kilomètres, que des gens compareraient à un Caddie. Ou à une poussette très bas de gamme.

— Moi, je ne sais pas trop ce que j'en pense, avoua George. Parfois, elles me font me sentir petit.

Il lui sourit.

— Et pourtant je n'ai pas besoin d'aide pour me sentir insignifiant. Mais parfois, j'aime ça. Le fait que nous soyons si petits que deux personnes dans deux villes différentes peuvent lever les yeux vers le même ciel.

— Est-ce que tu penses à une personne en particulier ?

Il l'étonna en répondant par l'affirmative, comme si c'était une évidence.

— À Sophy.

— Ta femme ? osa Sara.

— Punaise, non ! s'exclama-t-il en riant. Alors comme ça, tu as entendu parler d'elle ? Sophy est ma fille. Ils t'en ont parlé aussi ?

— Non.

— C'est vrai ? Bien sûr, ce n'était pas ma fille. Voilà ce qu'ils t'auraient dit, s'ils avaient dit quelque chose.

Ses yeux jusqu'alors fixés au ciel se tournèrent vers elle à cet instant.

— Qu'ils aillent au diable ! C'était la mienne.

Lorsqu'il reprit la parole, son ton avait totalement changé.

— Je me plais à penser qu'un jour elle regardera les étoiles exactement au même moment que moi, à condition que je les observe assez souvent.

Il fit une grimace.

— C'est complètement idiot, non ?

Sara lui sourit.

— C'est une belle pensée.

— Oui, c'est presque comme les contempler ensemble. En tout cas, poursuivit-il, c'est après la disparition de Sophy que je me suis mis à boire. Je suppose qu'ils te l'ont raconté ?

— Oui.

— Inutile de faire comme si ce n'était pas arrivé.

— Ils m'ont également dit que tu n'avais pas bu une goutte depuis pas mal de temps.

— Un mois et demi. Certains jours sont encore difficiles.

# La théorie de George
# sur la crise économique

George n'en dit rien à Sara lorsqu'il la ramena, mais il était fermement déterminé à faire le grand ménage de son mieux afin de se montrer digne de sa confiance.

Il était, à sa manière, ni plus bizarre ni plus normal que les autres personnes qui étaient restées et avaient survécu à Broken Wheel. L'histoire de la ville l'avait marqué comme la plupart des habitants, mais il est vrai qu'il y avait été durement frappé par les petites catastrophes de la vie et qu'il était rapidement devenu Pauvre George, un brave homme « étant donné tout ce qu'il a vécu ».

La campagne américaine avait à une époque été domestiquée par des pionniers aussi courageux que coriaces, des fermiers en quête de terres fertiles, prêts à affronter toutes les difficultés et les épreuves pour la cultiver et se l'approprier.

La rumeur voulait que ceux qui s'étaient attaqués à la domestication du secteur autour des Grandes Plaines étaient particulièrement fous. Assez fous pour choisir de s'installer dans un endroit au milieu de nulle part. Et assez fous pour supporter d'y vivre.

Dans beaucoup de lieux du Middle West, la survie devient une espèce de test darwinien perverti, où seuls les plus cinglés s'en sortent. Ce qui ne les tuait pas les rendait plus bizarres.

Plus ou moins cent cinquante ans auparavant, un groupe de ces courageux bâtisseurs avait voyagé en convois, cherchant à accomplir une version précoce (et moins matérialiste) du rêve américain.

Dans l'un de ces convois, la roue d'un chariot s'était brisée : Broken Wheel avait été fondée à cause de cet incident et lui devait son nom. La ville avait, semble-t-il, fait de son mieux ensuite pour s'en montrer digne.

Rien n'avait jamais été simple pour cette localité. Même durant les années où l'agriculture de l'Iowa était florissante, quand les exploitations familiales existaient encore, quand les gens avaient assez de maïs et d'argent pour que cela suffise à tout le monde, les habitants de Broken Wheel étaient obligés de se battre. Contre les coups du sort. Pour rester dans le match, malgré les quelques points de retard qui les mettaient toujours à la traîne. Ils avaient dû continuer à chasser.

C'était cette époque que les gens considéraient comme l'âge d'or de la ville. George était déjà Pauvre George à ce moment-là. Ses frères et sœurs avaient repris l'exploitation familiale alors qu'il était l'aîné, et il était célibataire à une époque et en un lieu où personne n'employait ce mot, et où on ne parlait même pas de ceux qui n'avaient pas réussi à trouver quelqu'un.

Jusqu'à ce que la roue de l'économie agricole de l'Iowa fondée sur des fermes familiales se brise réellement et que tout parte à vau-l'eau.

George se rappelait cette période et avait sa propre explication quant aux raisons de la crise.

Il savait que tout avait commencé lorsqu'il avait perdu Sophy. Son alcoolisme aussi.

Quand sa femme l'avait épousé, il n'avait pas vraiment compris pourquoi. Au bout d'un certain temps, cela devint parfaitement évident dans la mesure où elle donna naissance à une fille sept mois après leurs épousailles. George savait que Sophy n'était pas de lui, puisqu'il était vierge lors de leur nuit de noces.

Mais cela n'avait aucune importance. Il avait une épouse, une merveilleuse fille et les gens le considéraient avec respect. Soudain, il n'était plus Pauvre George, mais un mari et un père, en bref, un homme adulte.

Sa fille était la première personne avec laquelle il s'était senti vraiment doué. Les gens le remarquaient également : « Quel bon père tu es, George ! » commentaient-ils. On ne mentionnait plus jamais le fait qu'il n'avait pas repris la ferme alors qu'il était le fils aîné ou qu'il était employé depuis dix ans à l'abattoir et n'avait même pas réussi à devenir chef d'équipe, même à l'époque où il y avait de l'embauche et où seuls les Mexicains acceptaient d'y travailler.

Maintenant qu'il était redevenu Pauvre George, il avait parfois du mal à se souvenir de cette période où il était presque respecté. En revanche, il se rappelait toujours Sophy. Il se moquait que Michelle l'ait quitté, mais elle avait emmené Sophy, sa Sophy. Il se rappelait encore chaque modulation de son petit visage et la douceur de sa peau contre la sienne. Comme de la soie contre du papier de verre, s'était-il dit un jour, lui qui d'habitude n'était pas particulièrement poétique. Et son rire. Et puis son odeur quand elle dormait et qu'avec précaution, pour ne pas la réveiller, et silencieusement, pour que Michelle ne le voie pas et ne le rabroue pas, il plaquait son nez dans ses cheveux. L'odeur de Michelle, ça, il ne s'en souvenait plus.

Quoi qu'il en soit, tous ses malheurs avaient commencé avec la disparition de Sophy. D'autres estimaient que la crise avait été déclenchée par le prix du pétrole, les taux d'intérêt, des banquiers trop enthousiastes qui avaient prêté trop d'argent, des politiciens qui restaient à Washington et prenaient des décisions sur des sujets dont ils ignoraient tout et Dieu sait quoi encore. Mais George savait que ce n'était pas vrai.

Sophy avait disparu et après cet événement unique, impossible et insaisissable, plus rien n'avait été compréhensible. La ville s'était retrouvée sans défense et, soudain, tout pouvait se produire. Les prix des produits n'avaient rien à voir avec les coûts de production et des emprunts, les taux d'intérêt n'avaient aucun rapport avec tout ça, et les banques, qui avant étaient des amies qui déversaient de l'argent sur lui et les autres, se comportaient à présent comme s'il était un inconnu, alors que leur directeur commercial était originaire du coin.

Leur maison avait été rasée pour faire place à davantage de maïs. *Tout ce putain de maïs*, pensait-il, et soudain une belle culture familière était devenue menaçante et imprévisible.

Avant de le quitter, son épouse avait raconté à tout le monde qu'il n'était pas le père de Sophy. Il était immédiatement redevenu Pauvre George et s'était mis à boire.

Ensuite, quand de plus en plus de gens avaient été obligés de vendre leur ferme et que plus personne n'avait pu assumer le rôle de bon époux ou de bon père, d'autres étaient devenus des Pauvres

Quelque Chose et lui avaient tenu compagnie dans l'alcoolisme.

Les autres ne le croyaient pas vraiment quand il affirmait que les ténèbres les avaient engloutis quand Sophy avait disparu. Peut-être chacun possédait-il ses propres ténèbres, maintenant qu'il était sobre.

Sobre, il l'était bel et bien. Cela faisait un mois et demi qu'il n'avait rien bu. Il était vrai que par le passé, durant les quinze années qui s'étaient écoulées depuis la disparition de Sophy, il y avait eu des périodes où il ne buvait pas vraiment avec excès, mais il y avait une différence entre ne pas boire et être sobre. Là, George était sobre.

Il avait trouvé quelque chose de sensé à faire. Il allait aider Sara et il allait s'en sortir.

— Je prends un jour après l'autre, disait-il souvent à Sophy.

Mais il ne promettait pas qu'il ne boirait plus jamais. Il n'avait pas l'intention de faire une promesse qu'il ne serait peut-être pas capable de tenir. Pas à Sophy.

— Une belle personne, cette Sara, lui disait-il à la place, tout en rentrant chez lui après l'avoir déposée, la tête remplie de pensées agréables relatives au nettoyage et à la réhabilitation du magasin.

# Caroline organise
## une nouvelle collecte.
## Encore une

Il était quatorze heures trente et Caroline avait déjà visité cinq maisons différentes. Elle s'était attribué la mission de réunir les éléments de mobilier qui, selon Sara, seraient nécessaires. Elle ne pouvait s'empêcher de se demander quelle sorte de librairie requérait des fauteuils, des lampadaires et des lampes de bureau à l'ancienne, mais c'était le projet de Sara. Si elle voulait ces objets, on les lui fournirait. Une décoration bizarre était un faible prix à payer pour un local commercial nettoyé en ville.

Caroline avait rarement du mal à obtenir des gens qu'ils donnent des objets lors de ses collectes. Le truc consistait à rester en mouvement. À rendre visite à tout le monde. À parler à tout le monde. Faire dans le concis et l'efficace et veiller à ce que les gens comprennent ce qu'on attendait d'eux. Mais, pour une raison ou une autre, elle était fatiguée ce jour-là et trouvait soudain épuisant d'aller réveiller la mauvaise conscience de ses contemporains.

Même si chez Henry et Susan, chez qui elle venait d'arriver, elle se disait que cela ne poserait pas de problème. Sans qu'elle sache pourquoi, Henry et Susan avaient toujours plus d'objets qu'ils ne pouvaient en user. Elle les soupçonnait parfois de considérer la vie comme un vide-greniers inversé, dont le but était de réunir le plus de bric-à-brac possible.

Cela se remarquait déjà sur leur terrain.

Une énorme table en bois peint en blanc occupait la majeure partie de la petite pelouse devant la maison. Elle aurait eu grand besoin d'être repeinte, tout comme les huit chaises dispersées tout autour. La table était trop grande pour la pelouse et les chaises bien trop nombreuses pour la table, mais cela n'avait pas empêché Henry et Susan d'y ajouter un assortiment de pots contenant des fleurs sauvages qui s'étalaient en tous sens, battues par les vents sur une surface de pierres irrégulières.

Caroline lâcha un soupir et enjamba avec précaution ce qui était peut-être les restes d'une raquette de tennis. Puis elle frappa à la porte avec force et détermination, comme si elle essayait autant de se convaincre elle-même que Susan et Henry.

C'est Susan qui lui ouvrit. Il s'agissait d'une femme aussi sympathique que nerveuse d'une soixantaine d'années qui paraissait toujours exagérément reconnaissante et étonnée par le moindre acte de gentillesse, en même temps qu'elle n'aurait pas envisagé une seconde d'être désagréable.

— Susan, commença Caroline. Nous organisons une collecte.

Susan s'éclaira. Tout son visage rond parut se rassembler autour d'un sourire.

— Quelle merveilleuse idée ! s'exclama-t-elle, et elle le pensait vraiment.

— Des fauteuils et des tables, avant tout.

Cela avait fait hésiter d'autres personnes. Les gens avaient des tas d'objets dont ils voulaient se débarrasser, mais ils préféraient choisir lesquels.

— On devrait pouvoir s'arranger, répondit Susan avant de crier en direction du séjour : Henry ! Une collecte !

Puis elle se tourna à nouveau vers Caroline pour lui demander :

— Un peu de café ?

Elle en avait bu dans toutes les maisons qu'elle avait visitées, mais cela faisait partie du jeu alors elle répondit par un bref hochement de tête et suivit Susan dans la cuisine. Cette dernière lui servit un café accompagné d'une assiette de petits gâteaux industriels extra-secs.

— Nous allons, euh, ouvrir une librairie, expliqua Caroline.

Elle n'était pas très à l'aise avec cette partie de l'histoire. Cela paraissait tellement... d'un optimisme délirant.

— Avec les livres d'Amy, ajouta-t-elle.

— C'est triste cette histoire, intervint Henry. Je veux dire, pour Amy.

En moins de trente secondes, Susan avait pris une expression attristée jusqu'à ce que Caroline pense à s'enquérir de ses petits-enfants, ce qui fit revenir son sourire.

Susan et Henry avaient trois enfants qui avaient tous quitté la ville et quatre petits-enfants qui ne leur rendaient jamais visite et ne s'étaient pas encore rappelés un seul de leurs anniversaires. Pourtant, toute la maison était remplie de photos et Susan adorait parler d'eux.

Ensuite, le couple s'éclipsa pour aller fouiller ses cachettes. Caroline resta dans la cuisine et tua le temps en réfléchissant aux raisons qui poussaient les gens à se marier et à avoir des enfants.

Elle n'avait jamais fait ni l'un ni l'autre.

Parfois, il lui semblait que des femmes mariées se considéraient comme plus chrétiennes qu'elle parce qu'elles avaient fondé une famille. Ou alors, elles ne la voyaient pas du tout, comme si on n'existait pas quand on n'avait pas réussi à trouver un crétin. Caroline ne savait plus à combien de mariages et de baptêmes elle avait assisté. Les autres convives s'y étaient tant appliqués à ne pas lui lancer de regards entendus qu'elle s'était sentie invisible. Comme si les femmes célibataires se fondaient graduellement dans le décor et que le regard des gens glissait sur elles avant d'aller se poser, soulagé, sur des mères de famille.

*Plus maintenant, bien sûr*, pensa-t-elle en prenant une gorgée de café et en essayant de ne pas grimacer. Presque plus personne ne se mariait à Broken Wheel désormais, et personne que Caroline connaisse.

*Et puis, tu es plus âgée maintenant*, se dit-elle. Plus personne n'attendait quoi que ce soit d'elle. On franchissait apparemment une frontière magique à l'âge de quarante ans.

Caroline abrégeait généralement très vite le processus avec ceux qui se comportaient comme s'ils lui étaient supérieurs parce qu'ils s'étaient mariés. Elle ne pensait pas grand bien des familles nucléaires. C'était certes mieux que de nombreuses autres possibilités, mais certainement pas une raison pour faire preuve d'une condescendance empreinte d'autosatisfaction. Au bout du compte, qu'avait été Jésus, si ce n'est une variante précoce d'un hippie aux cheveux longs qui avait quitté le domicile parental pour courir le monde avec une grande tribu.

Non qu'elle voie les hippies d'un très bon œil non plus. Eux aussi avaient tendance à verser dans l'autosatisfaction primaire.

Henry interrompit ses pensées en passant la tête à la porte et en annonçant avec un certain espoir :

— Est-ce que des meubles de jardin pourraient faire l'affaire ?

Caroline secoua la tête, l'air contrit.

— Du mobilier d'intérieur, surtout, répondit-elle, puis, au nom de la diplomatie, elle ajouta : Cette fois.

Comme si à n'importe quel moment, une autre collecte pouvait être organisée et que ce serait alors précisément des chaises aux coins abîmés et à la peinture blanche lépreuse qu'on rechercherait, ce qui était fort possible. Tôt ou tard, Caroline organiserait une nouvelle collecte pour l'église, ils prendraient tout ce dont les gens voudraient se débarrasser, et en seraient reconnaissants.

Et ce serait à nouveau elle qui ferait le tour des maisons pour les convaincre de donner des meubles délabrés. Elle qui gérerait la vente et écrirait des cartes de remerciements. Une fois de plus.

Parfois, elle avait l'impression de tenir à bout de bras l'église, si ce n'était toute la ville ou toute son histoire. Lorsqu'elle était jeune, ce type d'activité lui avait presque paru magique, un aperçu d'une vie adulte passionnante où il se passait des Choses et où on avait des Discussions. Ce travail était accompli par des femmes de tous âges aux expériences, vies et opinions variées, comme si, d'une certaine manière, tout le monde s'entraidait sans que cela n'empêche les chamailleries incessantes, bien sûr.

Caroline se souvenait encore de ce bon à rien de Samuel Goodwin, qui avait un jour battu sa femme avec plus de vigueur que ce que les gens étaient prêts à tolérer. Elle avait douze ans, peut-être treize, à l'époque. Elle était manifestement assez jeune pour que les messes basses ne se taisent pas automatiquement quand elle était à proximité et assez âgée pour comprendre une partie de ce qui se disait. Elle se rappelait que tout le monde avait été là d'une manière ou d'une autre, même ceux qui d'habitude ne se souciaient jamais de son épouse taciturne et soumise. Mme Goodwin avait perdu un enfant lors d'une fausse couche tardive et cela avait apparemment déclenché le processus. Soudain, des femmes s'étaient matérialisées pour rendre visite à Mme Goodwin, préparer des repas et l'aider de manière presque invisible à faire son ménage et s'occuper de ses enfants. Les choses avaient été faites sans qu'aucun remerciement ne soit exigé.

En ce temps, on prenait soin les uns des autres. Il y avait une forme d'ordre dans cette aventure insensée qu'est la vie. Bien sûr, on attendait toujours des gens qu'ils subissent leur sort et souffrent en silence, mais quand cela devenait trop difficile à supporter, tout le monde comprenait alors qu'on n'est pas censé le faire seul.

Caroline se demandait parfois si c'était à cause des femmes qu'elle ne s'était pas mariée. Parce qu'elle avait vu sa mère gérer tous ces problèmes et en avait conçu un certain dégoût pour le mariage et les hommes. Certes, tous les problèmes n'étaient pas liés à un homme, mais il y avait presque toujours dans le paysage un homme qui restait les bras croisés.

Elle ne pensait pas non plus que ce fût la faute des femmes. Pour être franche, elle n'avait simplement jamais su comment on faisait pour tomber amoureuse. Enfin, elle l'avait sans doute su à une occasion, mais elle avait dix-sept ans et, après coup, elle considérait que c'était probablement une question d'hormones. Après ça, elle n'avait plus jamais baissé la garde et personne n'avait montré le moindre intérêt à briser sa carapace.

Susan et Henry s'affairaient encore quelque part à la cave et le vent s'était levé pour de bon. L'arbre devant la fenêtre de la cuisine se penchait vers elle : Caroline n'était pas pressée de quitter la chaleur de cette pièce pour affronter à nouveau les éléments. Elle but une autre gorgée de café en essayant de s'abstenir de soupirer.

Au fond, elle ne regrettait pas de ne jamais s'être mariée. C'était juste qu'elle se demandait parfois quand exactement elle était devenue si vieille.

Cela aurait dû se produire à la mort de sa mère, une espèce de transmission des générations de Mme Rohde à Mlle Rohde, mais Caroline avait accepté cet héritage sans réagir. Sa mère était morte, des femmes avaient continué à être battues, à divorcer ou à s'effondrer bien trop tôt. Sans parler des grossesses imprévues ou des grossesses qui ne se produisaient jamais, même quand la chambre d'enfant était prête depuis des années et que la layette attendait, bien pliée. Amy s'était occupée du combat quotidien que devaient mener beaucoup d'entre elles, mais quand une véritable catastrophe se produisait, c'était Caroline qui intervenait et forçait les autres à s'impliquer en bons chrétiens. Et elle l'avait fait. Encore et encore. Et, avant de vraiment s'en apercevoir, elle avait atteint les quarante ans. Puis les quarante-cinq.

À quel moment avait-elle décidé qu'elle voulait rester seule toute sa vie ?

De la cave, elle entendit la voix de Susan étouffée et légèrement déformée par l'escalier annoncer :

— Nous avons quatre fauteuils dont nous pouvons nous passer !

Caroline supposa qu'il faudrait tout réunir dans l'église et qu'il lui incomberait de trouver un endroit où entreposer tout ce fatras. Elle lâcha un soupir. *Ne sois pas ridicule, Caroline*, s'exhorta-t-elle avec sévérité. Puis elle sourit. Ce ne serait peut-être pas un problème.

— Merci beaucoup, lança-t-elle. Je sais exactement où nous allons les stocker.

# Une tout autre histoire

— Bon d'accord, vous voulez ouvrir une librairie, mais avez-vous vraiment réfléchi à la manière dont vous voulez l'organiser ?

Le ton de Jen était ostensiblement amical, mais elle se tenait les bras écartés dans le hall étroit, contraignant Sara à rester plantée sur le seuil. Derrière Jen, elle devinait un large escalier menant à l'étage et le bord des marches était encombré de vêtements de sport, de baskets et de jouets. C'était le seul signe qui indiquait la présence d'enfants dans la maison. Au rez-de-chaussée, tout était décoré en différentes nuances de moka, allant du décaféiné au cappuccino en passant par le *latte*. Le salon en cuir avait, lui, la couleur de l'espresso.

Enfin, pour ce que Sara pouvait en voir, bien sûr. La maison de Jen faisait deux fois la taille d'un pavillon suédois moyen. L'espace n'était manifestement pas un problème à Broken Wheel. L'habitation suivante se trouvait au moins à vingt mètres, mais le terrain de Jen s'arrêtait au bout de cinq. Le reste n'était pas vraiment un terrain vague, mais plutôt… un no man's land. Une surface superflue dont personne ne se souciait.

— Avez-vous trouvé un peu de mobilier ? s'enquit Sara.

Quand Jen l'avait appelée, elle avait supposé que c'était parce qu'elle avait réussi à rassembler le nécessaire, mais à présent elle doutait.

— Oui, enfin, il y a mobilier et mobilier…

— Je veux que les lieux soient douillets. Des fauteuils et ce genre de choses.

Caroline lui avait promis que ce ne serait pas un problème. On organiserait une collecte, avait-elle déclaré avec une tranquille assurance.

— Nous pouvons vous dénicher des fauteuils, mais vous ne préféreriez pas quelque chose de… je ne sais pas, de plus raffiné ?

— Non.

— Même pas une petite table en verre ? Des fauteuils en cuir noir assortis peut-être ? Ce serait sans doute du simili, mais en général, ils font belle impression.

— Je les veux dépareillés et en tissu. Des vrais fauteuils de lecture, de ceux dans lesquels on s'enfonce.

Jen soupira et laissa Sara entrer à contrecœur.

— Mais entrez donc, marmonna-t-elle avant de se diriger vers le séjour.

Elle sursauta elle-même en y pénétrant et son visage exprima une infinie souffrance. Sara, elle, resta dans l'embrasure de la porte et un sourire se déploya lentement sur ses lèvres.

Éparpillés entre les fauteuils noirs (du cuir véritable, devinait Sara), la table en verre et l'imposante vitrine en bois verni sombre et fer forgé, se pressaient des fauteuils de toutes les tailles et couleurs. Des fauteuils à oreilles, des tabourets, de tristes spécimens qui avaient surtout l'air de chaises recouvertes de tissu, des mastodontes capables d'engloutir un homme adulte, des petites tables en bois, des tables rondes au plateau métallique, une autre possédant bel et bien un plateau de verre, avec tant de détails sculptés dans le merisier que l'intention de l'artiste s'était complètement perdue, des tables rouges, d'autres bleues, toutes les essences de bois que Sara connaissait, plus quelques autres.

— Caroline a fait le tour de la communauté pour demander leur aide aux gens, commenta Jen d'une voix sinistre. Je suppose qu'ils ont cru que c'était pour la collecte et elle leur a dit de tout déposer ici. Ils ont déposé des objets sur notre terrain toute la journée.

Elle lança un regard désespéré autour d'elle.

— Mais qu'est-ce que je vais faire de tout ça ?

Sara éclata de rire.

— Donnez tout à l'église. Il ne me faut que deux fauteuils et une table.

Sara avait également besoin de bibliothèques, mais là, elle ne s'inquiétait pas. Elles constituaient évidemment la pierre angulaire d'une librairie, mais seraient couvertes de livres jusqu'à se confondre avec les murs et se faire oublier, quelle que soit leur apparence. La boutique où elle travaillait en Suède était équipée de modèles grisâtres dans une espèce de métal qui avait un jour été peint en blanc. Rien ne pouvait être plus laid que ça.

Tom avait la responsabilité de les trouver. Il débarqua à la maison d'Amy le lendemain de la visite de Sara chez Jen. Comme elle était curieuse de voir où il vivait, elle l'accompagna chez lui, même si elle ne pensait pas qu'il soit nécessaire qu'elle voie les bibliothèques. Il s'agissait de bibliothèques et cela lui suffisait. Quel problème auraient-elles pu poser ?

Si elle s'attendait à ce que son foyer lui fournisse des indications sur la personnalité de Tom, elle fut déçue : ils n'entrèrent même pas dans la maison.

Au lieu de ça, il lui fit tout de suite contourner le plain-pied jusqu'à la cour. L'ensemble avait visiblement été conçu de manière à privilégier l'arrière. Un sentier gravillonné mal entretenu menait à la maison ; il était bordé par des mélèzes rabougris qui se dressaient presque jusqu'à la porte. La façade côté route semblait baigner dans l'ombre en permanence et était percée de banales petites fenêtres qui ne devaient pas laisser entrer beaucoup de lumière.

Mais dès qu'ils eurent contourné le pignon, le terrain s'offrit à sa vue. La maison était située sur un talus et on avait abattu les arbres afin d'ouvrir le panorama au-dessus des champs de maïs. À l'est, on voyait jusqu'au groupement de toits de Broken Wheel, et à l'ouest, jusqu'à la maison isolée d'Amy.

Tout le pan de mur était occupé par des baies vitrées presque étranges pour une maison en rase campagne.

Ce perron courait tout le long de la façade avant de céder la place à un atelier de manière si progressive qu'on avait du mal à déterminer où il commençait.

À l'extrémité, une dépendance prolongeait le bâtiment, compromis entre une extension habitable et une remise. La porte était ouverte et Sara y discerna des plans de travail couverts d'outils et des étagères chargées de bocaux et de bidons soigneusement étiquetés ainsi que deux anciens sièges de voiture en cuir d'une belle couleur beige.

À l'extérieur, il y avait un autre établi adossé au perron. Il devait bien faire deux mètres de long et était équipé d'un robinet et d'un évier, qui était couvert de taches de peinture, mais propre et débarrassé.

La cour était jonchée de terre sèche, qui cédait la place à des hautes herbes jaunies au fond du terrain, et encombrée de trois bibliothèques branlantes peintes dans une immonde nuance rouge tirant sur le marron. Elles étaient si instables qu'elles ne semblaient même pas pouvoir accueillir un imagier d'enfant.

— Pas de panique. Je vais les repeindre, la rassura Tom sur un ton amusé.

— Mais il y en a trois !

Sara ne put dissimuler sa déception.

Son ancienne petite librairie devait bien compter plus de cinquante bibliothèques. Bon Dieu, elle aurait bientôt plus de fauteuils que de bibliothèques.

— C'est trop ?

— Trop ? Elles couvriront à peine la moitié d'un mur.

Une rafale de vent balaya les lieux et les bibliothèques tremblèrent, comme si elles se recroquevillaient de peur face aux éléments. De fait, elles avaient l'air si misérables que Sara en éprouva presque de la compassion.

— Je suis sûre qu'elles seront très belles, déclara-t-elle. Mais il m'en faut davantage. Au moins trois autres.

Tom la considéra avec étonnement.

— Combien de livres as-tu ?

La collection d'Amy ne comportait aucun volume extraordinaire ou de valeur, mais elle avait réussi à transformer sa chambre en caverne de pur bonheur littéraire. Il y en avait pour tous les goûts, même pour ceux qui « ne lisent jamais de livres » ou « préfèrent les films ». Sara était fermement décidée à faire de sa – leur – librairie un temple similaire.

Elle s'efforça de les trier en différentes piles et de repérer les lacunes pour voir ce qu'elle devait commander sur Amazon, mais il était impossible de ne pas se perdre dans leurs pages.

Elle les étalait autour d'elle tout en travaillant, en ouvrait quelques-uns au hasard, éclatait de rire, discutait avec Amy, s'arrêtait sur les meilleurs passages de ses auteurs préférés et découvrait quantité de nouvelles perles.

Tandis qu'une pluie soudaine fouettait la vitre, elle était plongée dans les livres, entourée par les voix chuchotantes de centaines d'histoires qui attendaient d'être découvertes par les lecteurs en devenir de Broken Wheel.

*Ce fut l'amour au premier regard. La première fois qu'Yossarian vit l'aumônier militaire, il tomba éperdument amoureux de lui.*

*Voici un compte rendu de quelques années de la vie de Quoyle.*

*Certes, je me trouve au sanatorium de Rosenterrassen, mais en pensées, je suis au Whistle Stop Café et je déguste une assiette de tomates vertes poêlées.*

*Chère Sidney ! Susan Scott est un phénomène !*

*Nous nous trouvons à neuf kilomètres du front. Hier, nous avons été relevés. Maintenant, nous avons le ventre plein de haricots et de viande de bœuf. Nous sommes repus et contents.*

*À vingt-trois heures précises, par une fraîche soirée d'avril, une femme du nom de Joey Perrone tomba du pont du luxueux paquebot* M.V. San Duchess. *Tandis qu'elle chutait vers les eaux noires de l'Atlantique, Joey était trop droguée pour éprouver une quelconque panique. J'ai épousé un tas de*

*merde,* pensa-t-elle au moment où elle fendit la surface, *tête première.*

Sara s'efforça de mettre de côté une pile
d'ouvrages qu'elle voulait lire, mais il y en avait
trop et elle se rendit compte qu'elle devrait à nouveau les trier, un à un, lorsqu'ils seraient sur place.

Ce soir-là, elle rejoignit sa chambre à contrecœur et dormit d'un sommeil agité à quelques
mètres des livres.

Lorsqu'elle se réveilla le lendemain matin, elle
était habitée par un sentiment d'impatience. Elle
ne fit qu'un bref passage à la cuisine pour se préparer une tasse de café, puis regagna la chambre
d'Amy, prête à se remettre au travail.

Elle s'arrêta sur le seuil. Elle s'était inconsciemment attendue à ce que la chambre d'Amy
reste immuable avec son épais couvre-lit en pat-
chwork aux belles couleurs douces et le calme
de livres en attente d'être lus. Désormais, toute
la pièce respirait le chaos qu'elle avait elle-même
créé la veille.

Le couvre-lit était chiffonné sous une pile
d'ouvrages qui s'était renversée. Plusieurs étagères béaient, vides. Seules les traces de poussière
indiquaient que des livres y étaient restés pendant des années et venaient d'en être retirés. Pour
l'instant, la plupart n'étaient pas arrivés plus loin
que le sol où ils étaient étalés en forme de soleil
avec un cercle vide au milieu, à l'endroit où Sara
s'était assise. Les cartons vides appuyés contre le
lit avaient glissé à terre au cours de la nuit.

Ce n'était qu'un sentiment et elle le chassa
très vite, mais tandis qu'elle se tenait devant les
rayonnages dépouillés, Sara ne put s'empêcher
de se demander si Amy aurait vraiment sou-
haité cela. Elle avait vécu dans cette pièce si

longtemps... Chaque fois que Sara y était entrée, c'était comme si elle avait pénétré dans son univers, une espèce d'histoire parallèle intemporelle où tout était toujours à sa place.

À présent, on aurait dit que la présence d'Amy était sur le point de s'évanouir en même temps que les livres, comme si son âme était arrachée à la réalité de la même manière que la poussière quand Sara les déplaçait.

*Elle te suivra à la librairie*, se dit-elle, mais elle éprouvait toujours cette douloureuse pointe de doute.

Lorsque Tom arriva l'après-midi, les cartons étaient empilés le long d'un mur et le couvre-lit était à nouveau aplani. Sara avait également nettoyé les bibliothèques, ce qui avait été une erreur. C'était comme si elle avait essayé d'évacuer l'âme d'Amy. Après ça, elle avait été obligée d'y remettre certains livres.

Tom ne commenta pas les rayonnages vides, ni le fait que Sara soit assise par terre, entourée de piles d'ouvrages, le regard plein de doute et presque larmoyant. Il se contenta de s'appuyer contre le chambranle et de l'observer en silence.

Sara aurait voulu lui demander s'il pensait qu'Amy les voyait à cet instant, ou si elle les accompagnait d'une manière ou d'une autre dans ce projet et, dans ce cas, comment elle jugeait cette folle entreprise, mais elle n'osa pas.

Pour finir, il fit un signe de tête en direction des cartons et haussa les sourcils d'un air interrogatif.

Elle acquiesça. Il se baissa et en souleva deux d'un coup, mais il ne les emporta pas tout de suite. Au lieu de ça, il resta planté là, comme s'il était sur le point de dire quelque chose. Les lourds cartons faisaient encore plus saillir les muscles de ses bras bronzés, ce qui poussa Sara à penser à autre chose qu'aux livres pour la première fois depuis deux jours.

— Tom, dit-elle sur un ton hésitant et il s'arrêta de nouveau. Non, rien. Fais attention en portant ça. Les livres sont lourds.

Elle aurait parié avoir vu l'ébauche d'un sourire lorsqu'il disparut dans l'escalier.

*Les hommes*, pensa-t-elle.

Plus de dix ans dans une librairie lui avaient appris que déplacer des livres était un marathon plutôt qu'un sprint et que c'était toujours les mecs qui s'épuisaient les premiers. Mais aucun de ceux qui avaient travaillé à la librairie au fil des ans ne l'avait écoutée.

Peut-être était-ce génétique.

Le soir précédant l'ouverture de la librairie, Sara resta seule au local.

— Dis, Amy, commença-t-elle.

Elle se tenait juste à côté de la vitrine, où les halos jaunâtres des quelques réverbères de la ville projetaient une lueur fantomatique. De là, elle pouvait presque voir Jimmie Coogan Street, ce qui la fit sourire intérieurement.

Cela leur avait pris trois jours pour repeindre les murs, installer les meubles et les bibliothèques, transférer et placer tous les livres. Lorsqu'il n'y avait plus eu d'espace disponible sur les rayonnages, Sara avait relégué les cartons restants dans le réduit en cas de besoin. Certes, elle était sans doute la seule personne à Broken Wheel à penser que ce besoin se manifesterait jamais, mais elle allait leur prouver le contraire.

Le comptoir d'un profond jaune soleil était la première chose qu'on voyait en entrant. Sara estimait qu'il donnait l'impression d'entrer dans une boutique magique, car, se demandait-elle, tout ne pouvait-il pas se produire avec un comptoir jaune ?

Hormis les bibliothèques, rien n'était assorti. Les murs étaient peints dans une chaude nuance jaune, qui semblait capturer la lumière du jour et la diffuser dans le magasin. Les murs ne s'accordaient pas du tout avec le comptoir, mais cela n'avait aucune importance. Leur couleur était quand même gaie et ils étaient en majeure partie occupés par les bibliothèques blanches. Près de la vitrine se dressaient deux grands fauteuils à oreilles dépareillés. L'un présentait des motifs verts délavés tandis que l'autre était bleu marine. Une petite table en cèdre qui jurait avec le parquet les séparait. Le tout ressemblait surtout au foyer d'une famille qui avait accumulé le mobilier sur plusieurs générations ou à celui d'un jeune couple qui n'avait pas les moyens d'acheter du neuf. Sara aimait ces deux versions.

George, Caroline et les autres étaient venus plus tôt dans la journée pour voir le résultat, mais à présent, elle était enfin seule. Elle n'avait plus rien à faire, mais elle rechignait à quitter les lieux.

Alors, elle sortit son téléphone. Peut-être était-il temps d'informer ses parents de ce qu'elle faisait ? Elle était consciente qu'elle aurait dû leur donner davantage de nouvelles, tenter de leur expliquer à quel point cette ville et Amy étaient devenues importantes pour elle. En dehors de quelques appels motivés par le sens du devoir, elle n'avait même pas pensé à eux.

Il apparut qu'elle aurait pu continuer ainsi. Sa mère ne s'intéressait pas le moins du monde à sa vie à Broken Wheel. Au fond, Sara s'en moquait, mais elle essaya quand même de lui raconter tout ce qui lui était arrivé.

— Maman, j'ai ouvert une librairie !

Silence au bout du fil.

— Tu travailles dans une librairie ?

— Non, j'ai...

— Avec un visa de tourisme ?

— Ce n'est pas un travail, c'est plus comme...
– Sara lâcha un soupir. – J'aide.

Elle entendit sa mère expliquer à son père qui appelait et ce que Sara faisait là-bas.

— Donc après avoir vendu des livres en étant payée en Suède tu le fais gratuitement à l'autre bout du monde ?

— Je...

— Est-ce que cela a un lien avec cette femme ? Amy, c'est ça ? Est-ce que c'est dans sa librairie qu'elle te fait travailler ?

Sa mère poussa un soupir si bruyant que Sara eut l'impression qu'on aurait pu l'entendre traverser l'Atlantique sans l'aide du téléphone.

— Tu sais que ton père et moi te soutenons dans tous tes projets, mais tu devrais peut-être réfléchir à ton choix de carrière.

Sara refusa de laisser cette conversation gâcher cette soirée.

— Bien sûr, maman, répondit-elle, puis elle mit fin à la communication.

Elle tournoya ensuite lentement au milieu de la pièce, son portable à la main.

Elle souriait. Sa librairie était prête, parfaite dans son genre.

— Crois-tu que nous allons nous plaire ici ? demanda-t-elle à Amy à voix haute.

Amy ne répondit pas. Peut-être n'avait-elle pas encore trouvé ses marques.

— Ne t'inquiète pas, reprit Sara. Ensemble, nous allons diffuser des livres et des histoires dans Broken Wheel.

# Une ville moribonde

John préparait du café dans la cuisine. Tom l'entendait depuis son poste d'observation à la fenêtre du séjour, le bruit méthodique des tasses et du plat qu'on posait exactement au bon endroit sur le plateau.

Enfin, le mot « cuisine » était un peu exagéré. Il s'agissait davantage d'un réduit équipé d'un garde-manger, d'un plan de travail de cinquante centimètres et de deux plaques de cuisson. Le réfrigérateur se trouvait dans le séjour.

C'était amusant que si peu de choses aient changé ici. Le séjour avait le même papier peint marron rayé que la première fois que Tom était venu avec son père, quand John venait de reprendre le commerce avec le deux-pièces-cuisine au-dessus. Une forte odeur de décrépitude flottait toujours. Sans doute l'odeur de vieux meubles et de vieux vêtements était-elle déjà incrustée lorsque John avait emménagé.

Ce qui frappa vraiment Tom fut le peu de changement qu'avait connu ce petit appartement au cours des dernières semaines. Parfois, il avait l'impression que toute la ville avait été marquée par la mort d'Amy, mais ces murs et ce plafond conservaient l'apparence qu'ils avaient toujours eue. Sans doute parce que John les quittait rarement désormais.

Tom essayait de passer plusieurs fois par semaine, comme si sa présence pouvait empêcher John de tomber dans le précipice qui paraissait toujours le guetter. Tom avait toujours le sentiment que la seule chose qui le retenait de plonger, c'était le manque d'énergie.

Ces lieux n'avaient pas été influencés par la mort d'Amy probablement parce qu'ils n'avaient jamais eu de lien avec elle. Avant son décès, Tom n'y avait plus remis les pieds depuis des années, voire des décennies. Par ailleurs, il n'avait jamais rencontré John chez elle.

Ce soir-là, la lumière du local d'Amy se déversait dans la rue en contrebas. Sara devait encore y être, même si la librairie était aussi prête qu'elle pouvait l'être.

— Est-ce que tu as quelque chose contre tout ça ? demanda-t-il, assez haut pour que John puisse l'entendre de la cuisine. Le fait que Sara vive chez Amy et toute cette histoire de librairie.

— Une librairie, répéta John et Tom eut l'impression que c'était une question.

— Oui.

— Avec les livres d'Amy ?

— Oui.

Des morceaux de sucre s'entrechoquèrent quand John remplit le sucrier alors que ni lui ni Tom n'en mettaient dans leur café, mais cela faisait partie du rituel qu'ils avaient instauré après la mort d'Amy.

— Ça me plaît, finit par déclarer John.

Il émergea de la cuisine avec le plateau garni de deux tasses et d'un plat de gâteaux qu'ils ne toucheraient ni l'un ni l'autre.

— Cette fille respire la gaieté.

Il posa le plateau sur la table basse, mais Tom garda son poste près de la fenêtre.

— La gaieté ?

— Mais elle ne restera pas.

Bien sûr qu'elle ne resterait pas.

— Sais-tu pourquoi elle est venue ici ? Est-ce que… Amy te l'a dit ?

— Je ne crois pas que ce soit juste d'essayer de la retenir.

Cette fois, Tom exprima ses pensées tout haut.

— Bon Dieu, non ! lâcha-t-il avec une emphase presque inconvenante, puis il se tourna vers John. Pourquoi n'est-ce pas juste ?

Au lieu de répondre à sa question, John lui tendit une tasse. Quelque chose dans son geste donna l'impression à Tom qu'il avait l'intention de persister dans son silence. Tom suivit des yeux la grand-rue déserte de Broken Wheel, tandis que John parlait derrière lui.

— Il y a trop peu d'avenir ici.

Sa voix était ferme, comme s'il devait absolument en convaincre Tom. C'était la première fois depuis le décès d'Amy que Tom le voyait prendre position.

Et, évidemment, Tom comprenait, mais il n'était sans doute pas d'accord. Il se demandait si au fond, il y avait de l'avenir quelque part, si les gens étaient plus heureux dans les grandes villes où ils chassaient sans cesse un nouvel emploi, une nouvelle maison et une nouvelle épouse. Pour ce qu'il avait vu du monde jusqu'à présent, il avait le sentiment que les gens étaient aussi heureux ici qu'ils pouvaient l'être n'importe où.

— Lorsqu'il n'y a pas de travail, les jeunes et les familles ne restent pas, et si les familles ne restent pas, il n'y a plus de nouveaux enfants et la ville n'a plus de jeunesse. Les vieux meurent et au final, il ne reste plus que des gens comme moi.

— Ce n'est pas si mal pour démarrer une ville, répliqua Tom. Et puis, nous avons des jeunes, ajouta-t-il.

— Cinq. Et ils ont vieilli. Lacey et Steven sont peut-être notre dernière génération.

— Les enfants de Jen vont grandir.

— Ils vont s'en aller.

Tom garda le silence. John considéra la rue vide, comme si elle était la démonstration de ses propos. Puis Sara sortit de la boutique. Elle resta là, immobile, comme si elle n'éprouvait aucune urgence à faire quoi que ce soit.

John s'avança jusqu'à la fenêtre.

— Le fait est que Broken Wheel est en train de mourir, déclara-t-il.

Sara Lindqvist
7 Kornvägen, 1 tr
136 38 Haninge
Suède

Broken Wheel, Iowa, le 2 juillet 2010

Chère Sara,

John est arrivé ici de Birmingham, en Alabama, à la fin des années soixante, avec sa mère et ses frères et sœurs. J'ignore si son père est resté en Alabama, s'il avait tiré sa révérence longtemps avant que John soit adulte ou s'il était déjà mort à ce moment-là. En fait, il est très rare que John parle de l'Alabama. Je n'ai réussi à lui tirer des confidences sur ce sujet qu'une seule fois, et encore, il avait fallu que je le fasse beaucoup boire avant.

À cette époque, Birmingham avait le douteux honneur d'être un symbole presque international de ségrégation raciale et de violence raciste étatique. Lorsque la déségrégation des écoles a été mise en place après la décision de la Cour suprême dans l'affaire Brown contre l'école de Topeka, des images d'écoliers en uniforme repoussés par la police avec des canons à eau ont fait le tour du monde. Des bus furent incendiés, des églises firent l'objet d'attaques à la bombe et des gens furent lynchés et brûlés vifs. Pendant un temps, la ville fut rebaptisée Bombingham à cause du terrorisme des Blancs contre les Noirs. C'est de la prison de Birmingham que Martin Luther King a écrit sa célèbre lettre.

C'est drôle comme aujourd'hui on parle de terrorisme, comme si seuls des musulmans et des Arabes menaçaient notre société. Je crains que mon idée du terrorisme ne remonte à bien avant le 11 septembre. C'est la peur, l'arbitraire, la violence qui frappe sans distinction, y compris ceux qui ne voulaient pas s'impliquer ou n'avaient aucune intention de lutter contre la ségrégation. Pour moi, le mot terrorisme évoque toujours des hommes blancs issus des classes supérieures rassemblés autour du corps carbonisé d'un homme noir lynché, visiblement satisfaits de leur œuvre.

John dit que je pense trop aux injustices historiques. Il a peut-être raison. C'est juste qu'elles sont historiques à mes yeux. Je n'ai vraiment pas l'impression que nous en sortions. Dans un premier temps, on dit juste que les choses sont ce qu'elles sont, puis on hausse les épaules et on affirme que les choses étaient ce qu'elles étaient, mais qu'elles ont changé. Pas grâce à nous, je préciserai, mais personne ne semble prêt à le reconnaître.

Nous n'avons jamais vraiment eu ce genre de problèmes à Broken Wheel. C'était peut-être tout simplement dû au fait que nous n'avions pas de Noirs. John est le premier à être resté. Pour moi, sa place est ici. Le jour où je l'ai enivré, il m'a raconté que c'était le premier endroit où il n'avait pas peur.

Tu comprends maintenant ? Comment peut-on pardonner une telle chose ?

Amitiés,

Amy

# Fox and Sons

Le premier matin, George conduisit Sara à la librairie bien avant dix heures. De manière parfaitement arbitraire, elle avait décidé que dix heures, c'était le bon horaire pour ouvrir les lieux, mais ce jour-là, elle y fut dès neuf heures et demie. George parut comprendre la solennité du moment, car il attendit à une bonne cinquantaine de centimètres tandis qu'elle ouvrait et entrait pour la première vraie fois dans sa librairie.

Elle s'arrêta au milieu du local alors que George hésitait encore sur le seuil.

— Comme c'est devenu beau ! s'exclama-t-il, et Sara sourit tout en sachant qu'il ne pouvait pas le voir.

Elle fit lentement le tour du magasin, alluma les liseuses près des fauteuils et la petite lampe de bureau sur le comptoir, à côté de la caisse enregistreuse, puis tapota les coussins des fauteuils. Elle passa ensuite la main sur son comptoir jaune magique avant de s'installer derrière, comme si elle prenait possession de l'affaire.

Elle regarda autour d'elle.

— Bon, commença George, je pense que je vais aller boire un café.

Sara acquiesça. Elle avait récupéré une boutique grise et poussiéreuse et l'avait transformée en une charmante librairie douillette. Si ça n'était pas faire quelque chose de sa vie, alors elle ignorait ce que cette expression signifiait. Elle avait l'impression de respirer un peu plus facilement derrière ce comptoir, comme si les bibliothèques, la caisse et la vitrine lui fournissaient un point d'ancrage, rendaient ses contours plus visibles et la renforçaient.

La plupart des ouvrages étaient des livres de poche, si bien que les rayonnages avaient l'air aérés et colorés. On y trouvait les joyeuses typographies tout en courbes et les tons pastel de la *chick lit*, les couvertures plus noires et froides des polars avec leur titre argenté ou doré, ainsi que les romans plus sobres aux teintes beige clair, grises et blanches. De temps à autre, un ouvrage relié émergeait, telle la cime d'une montagne au milieu des vallées de poches. Quelques manuels pratiques ou photographiques dépassaient des bibliothèques ou étaient rangés en bas, s'ils étaient trop grands.

À bien des égards, c'était la librairie de ses rêves, surtout parce que tous les livres y avaient déjà été lus. Les livres déjà lus étaient les meilleurs.

Sara l'avait toujours pensé. Lorsqu'elle avait commencé à travailler chez Josephsson, elle rêvait d'une librairie rutilante. Une succursale d'une grande chaîne avec d'immenses piles des nouveaux titres qui n'étaient pas noyées par les invendus de l'année précédente et un rayon poches où il y avait dix exemplaires de chaque publication, avec la couverture de face ! Et puis, les best-sellers dans un beau secteur réservé à cet effet (pas grisâtre) avec de vraies affiches en plastique et pas des pancartes manuscrites sur du vieux papier jauni passé à la va-vite dans la plastifieuse du petit bureau. Polars. Romans. Meilleurs poches. Nouveautés. Voilà ce qui devait y être inscrit.

En toute franchise, elle n'avait jamais pu voir *Vous avez un message* sans secrètement penser que l'empire *Fox and Sons*, qui offrait aussi bien des *latte* que des livres, était plus attirant que la boutique exiguë de Meg Ryan. *Akademibokhandeln* sur Mäster Samuelsgatan était sans doute ce qui se rapprochait le plus d'un tel empire en Suède. L'odeur du *latte* de *Wayne's Coffee*, des fauteuils en cuir brun qui auraient réjoui Jen, des clients avec des piles de livres brillants et neufs, des rayons complets consacrés aux ouvrages pratiques, si jamais on était pris d'une envie soudaine d'acheter un manuel de physique.

Mais cela ne fonctionnait qu'à grande échelle. *Fox and Sons* dans un centre commercial au fin fond de la cambrousse ? Perdu d'avance. Là, il n'y avait que des affiches noires brillantes et une liste de best-sellers. Un centre commercial local avait besoin d'une librairie qui vende encore du papier pour fax et des recharges pour stylos. Il leur fallait un fax capable d'envoyer des télécopies internationales alors que même les administrations ne le faisaient plus et d'absurdes rayons où l'on pouvait acheter d'affreux bibelots pour les offrir à ses enfants. Sans parler des vieilles caisses en plastique blanc sale où l'on pouvait dénicher des poches publiés au milieu des années quatre-vingt-dix et vendus à moitié prix. Voilà le genre de librairie qu'on y trouvait.

Sara avait toujours eu un faible pour les poches. L'une de ses histoires préférées était celle de la fondation de Penguin, quand Allen Lane avait soudain eu l'idée de fabriquer des livres au format poche un jour qu'il était en voyage et n'avait rien à lire. Tout ce que la boutique de presse offrait était des journaux, des romans à l'eau de rose et des policiers. Allen Lane avait rêvé de bonne littérature dans des éditions simples et bon marché. Elles ne devaient pas coûter plus qu'un paquet de cigarettes et on devait pouvoir les acheter dans les mêmes endroits. Sara avait toujours estimé que c'était un concept fantastique et elle trouvait ça un peu dommage que désormais, même en prenant en considération les taxes sur le tabac, les livres soient plus chers qu'un paquet de cigarettes.

Elle sourit intérieurement. Peut-être devrait-elle en faire la base tarifaire de ses livres. Mais elle ignorait ce que les cigarettes coûtaient aux États-Unis et, en y réfléchissant, elle s'aperçut qu'elle ne connaissait pas davantage leur prix en Suède.

Les premiers Penguin étaient sortis durant l'été 1935. Y étaient proposées, entre autres, des œuvres d'Ernest Hemingway, d'André Maurois et d'Agatha Christie. Ils avaient un code couleur : orange pour les romans, bleu pour les biographies et vert pour les policiers. À l'époque, ils coûtaient six pence, le même prix qu'un paquet de cigarettes.

Si Sara pensait à l'histoire des éditions Penguin à cet instant, c'était surtout pour le « Armed Forces Book Club » qu'elles avaient lancé afin d'apporter un peu de joie et de divertissement par la lecture aux soldats loin de chez eux, de leur famille et de leurs amis. Ces petits formats tenaient facilement dans la poche d'un uniforme. « Ils étaient particulièrement appréciés dans les camps de prisonniers », pour reprendre la formulation utilisée dans l'ouvrage retraçant la saga de la maison Penguin, phrase que Sara avait toujours trouvée triste.

Pour autant, elle témoignait de la puissance des livres. Non qu'ils apaisent en quoi que ce soit la douleur inhérente à la guerre, lors de la perte d'un être cher, ni qu'ils contribuent à la paix dans le monde, mais Sara ne pouvait s'empêcher de penser qu'en temps de guerre comme de paix, l'ennui était l'un des plus grands fléaux et qu'il conduisait progressivement à un épuisement insupportable. Rien de franchement spectaculaire, juste un lent travail de sape de notre envie de vivre et de notre énergie.

Dans ces moments-là, quoi de mieux qu'un livre ? *A fortiori* un livre qui tenait dans une poche de manteau.

Elle était persuadée que Broken Wheel se porterait mieux dès que ses habitants se mettraient à la lecture.

Car le fait que sa librairie soit prête ne signifiait en aucun cas que sa mission était accomplie. Au contraire, son corps était à présent plein d'une nouvelle force et de détermination. Elle ne doutait pas un instant qu'elle amènerait les Broken Wheeliens à lire, peu importe ce qu'eux en pensaient.

# Lire ou ne pas lire,
## telle est la question

Le travail d'aménagement de la librairie avait changé l'ambiance dans la ville. C'était excitant de sentir un nouveau souffle de détermination, mais, en toute honnêteté, cette motivation existait depuis longtemps. Caroline et Jen en étaient des exemples vivants. La nouveauté résidait peut-être dans le fait d'avoir un projet commun et fédérateur. Quoi qu'il en soit, pendant quelques jours, Broken Wheel avait presque donné l'impression d'être une ville.

Mais bien sûr, une fois la librairie ouverte pour de bon, personne ne semblait savoir ce qu'ils étaient censés en faire. À quoi pourrait leur servir une librairie ? Personne n'avait l'intention d'acheter des livres. En tout cas, pas pour leur usage personnel.

— John en voudrait peut-être un, non ? demanda par exemple Jen à Andy.

Ils étaient dans la rue et considéraient le magasin, dubitatifs. Sara était déjà derrière la caisse et leur fit un signe quelque peu empoté. Jen le lui rendit.

— Maintenant qu'Amy...

Elle s'interrompit.

— Je veux dire, il a peut-être besoin d'une occupation.

— Bonne idée, répondit Andy. Et Tom a beaucoup de temps pour lire, entre deux boulots. Ou le soir, après son travail.

— C'est exactement ce que je me disais.

— Moi, je n'ai vraiment pas le temps...

— Vraiment pas. Les enfants...

— Le bar...

Ils se séparèrent à la hâte après avoir marmonné « John » et « Tom » à nouveau.

Gertrude était encore plus impitoyable. Dans son salon, en compagnie d'Annie May, elle se repaissait du dernier rebondissement. Elles habitaient à moins d'une minute l'une de l'autre, dans des appartements étrangement similaires. Certes, des détails les différenciaient. Ainsi Annie May préférait les petits messages au point de croix, ceux que Gertrude qualifiait de « bondieuseries idiotes ». Gertrude, elle, adorait les tableaux chargés à l'huile ou à l'acrylique. Le motif lui importait peu, du moment qu'elle obtienne beaucoup de cadre et de couleur pour son argent. Annie May aimait les meubles légers et clairs ; Gertrude avait toujours choisi le massif, l'imposant. Mais, dans l'ensemble, elles étaient incroyablement semblables. Leurs appartements étaient petits et sombres, surtout parce que les épaisses tentures et les plantes vertes dominaient à toutes les fenêtres, et tous deux étaient saturés de mobilier, conséquence de leur déménagement d'une maison à un appartement à un âge trop avancé pour s'habituer à de nouveaux meubles ou pour se résoudre à en jeter.

Elles passaient une grande partie de leur temps ensemble, presque toujours chez Gertrude. Son plafond et ses murs s'étaient habitués à la fumée de cigarette. Les rares fois où elles se rendaient chez Annie May, cette dernière essayait toujours d'aérer en douce, ce qui conduisait Gertrude à estimer qu'il y avait bien trop de courants d'air chez Annie May et qu'elle devrait vraiment faire réparer ses fenêtres.

— Une collecte, c'est très bien, commença Gertrude, qui y avait apporté sa contribution sous la forme d'un fauteuil, tragiquement encore en quarantaine à cause de l'odeur de tabac, mais bon, c'était l'intention qui comptait. Mais si elle croit que quelqu'un d'ici va acheter des livres, elle débloque.

— Peut-être une histoire d'amour ? suggéra Annie May tout en regardant par la fenêtre.

Elle se demandait s'il faisait assez beau pour aller se promener. Elle pourrait flâner le long de la grand-rue et juste passer par hasard devant la nouvelle librairie. Même Gertrude n'y verrait rien à redire.

— Beurk ! s'exclama Gertrude en grimaçant. Immoral.

Annie May tripota son chemisier.

— Une belle histoire d'amour, je voulais dire, s'empressa-t-elle de préciser. Rien... d'indécent.

Il y avait une attente dans sa voix.

— C'est exactement ce à quoi je pensais, répliqua Gertrude. Voilà ce qui perd des jeunes filles depuis des décennies. Le prince charmant et toutes ces sornettes. Et puis les crapauds. Un ramassis de mensonges.

— Soyez réaliste, déclara Grace, qui était assise, jambes écartées, dans l'un des fauteuils, et regardait autour d'elle, comme si elle était fascinée de se trouver dans une librairie.

Elle avait apporté son propre cendrier.

— Ça ne marchera jamais. Personne n'achète de livres ici.

Sara ne s'inquiétait pas le moins du monde. Ils achèteraient des livres. Toute ville avait besoin d'une librairie.

— Croyez-moi, cette ville ne vaut pas qu'on y reste. Comme toutes les autres, d'ailleurs. Elles vous embarquent dans leurs emmerdements, ensuite, elles cherchent à décider de votre vie et elles vous entubent.

Elle alluma une cigarette et les volutes de fumée se dirigèrent vers les rayonnages.

— Même si, bien sûr, ça ne se produit pas toujours dans cet ordre-là.

Sara détourna les yeux.

— Il est clair que je ne resterai pas. Je ne fais que… rendre ce qu'on m'a donné. Et je réfléchis. Une librairie est un bon endroit pour réfléchir, ajouta-t-elle sur la défensive.

— Surtout une librairie déserte, commenta Grace sur un ton laconique.


George partageait son temps entre l'établissement de Grace et la librairie. On le voyait souvent assis dans l'un des fauteuils, désormais avec *Bridget Jones, l'âge de raison* entre les mains. Cette suite était tout aussi irrésistible et, parfois, la dernière frasque de l'héroïne le faisait éclater de rire tant il était ravi, avant de poursuivre sa lecture, fasciné.

Andy ne se laissait pas impressionner si facilement. Il passa, bien sûr, et scruta les lieux d'un regard critique avant de s'installer à côté de George et d'observer tous les livres avec un désintérêt ostensible.

Sara redressa le dos derrière son comptoir.

— Est-ce que tu as déjà vendu quelque chose ? s'enquit Andy.

George comprit ses intentions au ton de sa voix, referma son livre dans un claquement et marmonna quelque chose au sujet du déjeuner, alors qu'il n'était pas encore onze heures. Il était parti avant même que Sara n'ait décidé si elle devait mentir ou pas.

Elle rangea deux ouvrages tout en essayant de trouver une réponse, plus histoire de s'occuper que parce que c'était nécessaire. Elle avait encore l'impression qu'elle jouait à la marchande, mais il n'était pas question qu'elle l'avoue à Andy.

— Ce n'est qu'une question de temps.

Andy éclata de rire. Andy, pensa-t-elle, repartirait avec des livres, même s'il fallait qu'elle les cache dans son sac.

Il regarda à nouveau autour de lui.

— Tu devrais proposer un peu de littérature érotique gay. Là, même moi, j'achèterais peut-être des livres.

Sara noua ses doigts.

— Pourquoi m'as-tu aidée, si tu ne crois pas à ce projet ?

— Bah, ça ne mange pas de pain, répondit-il en lui adressant un clin d'œil. Et puis, Caroline y était favorable. Avec elle, il faut choisir ses chevaux de bataille.

— Elle a l'air… dure, non ?

— Caroline est une ancienne institutrice au chômage. Avant sa fermeture, c'était plus ou moins elle qui dirigeait toute l'école.

Il hésita, regarda autour de lui et chuchota :

— C'était une très bonne enseignante.

Sara lui lança un regard d'incompréhension et il poursuivit.

— Elle tenait les gamins.

Il baissa encore davantage la voix et se pencha en avant dans son fauteuil, comme s'il redoutait que Caroline n'entre à tout moment et ne le gronde de vanter ses mérites pédagogiques.

— Un tiers maman, un tiers assistante sociale et un tiers…

— Institutrice ?

— Gardien de prison. Ris, si tu veux, mais maintenant, elle consacre son temps à mater tout Broken Wheel. Avec la même philosophie.

— Elle s'est toujours montrée gentille avec moi, contra Sara.

— Si tu n'es pas sage, elle régentera ta vie.

Sara esquissa un sourire. Elle aurait bien eu besoin que quelqu'un s'en charge.

— Qu'est-ce qu'il y a entre elle et Grace ?

— L'histoire. Leur bisbille n'est rien à côté du conflit qui opposait les générations précédentes. La mère de Caroline ne pouvait pas encadrer la grand-mère de Grace. Elles se rendaient folles.

— Attends un instant, lança-t-elle en se faufilant dans le réduit entre les cartons de livres.

Elle revint deux minutes plus tard avec du café dans des tasses en plastique. Elle en tendit une à Andy et s'installa à côté de lui.

— Mme Rohde, la mère de Caroline, était encore plus terrifiante que Caroline. La rumeur prétend qu'un jour son mari a perdu leur maison au poker. Mais il ne l'a jamais avoué à Mme Rohde. L'homme qui l'avait gagnée non plus. Caroline y habite toujours. Mais la grand-mère de Grace adorait la provoquer. C'était sans doute la seule à oser l'affronter sur la fin. Elle n'a plus jamais été la même après la mort de Mme Rohde. En outre, une fois, Grace a battu Caroline lors d'élections locales à Hope.

Sara avala de travers et Andy fut obligé de l'aider en lui tapant dans le dos.

— Je t'assure, reprit-il. C'était juste après la réforme municipale. Nous étions censés avoir un représentant au nouveau conseil. Personne ne pensait que ça fonctionnerait, alors en guise de protestation, les gens ont voté pour Grace. Elle n'a pas participé à une seule réunion. En toute franchise, j'ignore qui était la plus en colère, de Caroline ou de Grace. Au fond, je me demande si elles se soucient réellement de la vieille vendetta.

Il réfléchit.

— Je suppose qu'elles estiment toutes les deux que cette ville a besoin de préserver ses traditions. Et sinon, comment ça se passe entre Tom et toi ?

Il fut à nouveau obligé de lui taper dans le dos.

# Du romantisme
## (littérature 2 – vie 0)

Tom avait clairement d'autres sujets de préoccupation. Sara ne l'intéressait pas et il n'avait
aucune envie de l'inviter à sortir pour contribuer
au plan absurde de Jen et d'Andy. Pourtant, il ne
pouvait s'empêcher de penser à elle.

Désormais, chaque fois qu'il passait dans la
grand-rue, il la voyait soit en train de lire soit
plantée derrière son comptoir, souriante, comme
si elle s'attendait à ce qu'un afflux de clients fran-
chisse la porte d'un instant à l'autre.

Mais pourquoi diable quelqu'un voudrait-il
ouvrir une librairie à Broken Wheel ?

Il savait qu'il aurait dû se montrer plus poli
à son égard. Elle était l'invitée d'Amy, une voix
têtue ne cessait de le lui répéter dans sa tête.
Mais Amy était morte. C'était fou comme cette
pensée lui faisait encore mal. Elle était le dernier
lien avec son père et avec un monde où il y avait
des adultes pour contrôler la situation. Le dernier
vestige d'une enfance protégée.

*Ressaisis-toi, Tom*, pensa-t-il, mais il ressentait
l'absence d'Amy comme une douleur physique
dans sa poitrine, comme la fois où il s'était fêlé
une côte au football.

Amy était morte, se répéta-t-il, avec davantage de détermination cette fois-ci. Et si son invitée était en train de vendre ses livres pour s'acquitter d'une dette qu'elle était la seule à concevoir, ce n'était pas son problème.

Merde après tout !

— Excuse-moi, dit son chef en le regardant bizarrement.

Super ! Voilà qu'il était en train de virer psychotique !

Son chef continua à parler :

— Ce sont surtout nos véhicules et notre clientèle qui les intéressent.

— Foutaises, répliqua Tom. Ils ont des camions neufs et ils ne se soucient certainement pas de nos trois ou quatre petits clients. Ce qu'ils veulent, c'est avoir le monopole du transport dans le secteur.

Son chef haussa les épaules.

Mike était un petit homme rondelet d'à peine quarante ans, mais déjà dégarni. À force de lutter pour maintenir l'entreprise familiale à flot, il avait pris une posture voûtée de perdant. On aurait dit un gentil chien apeuré à l'idée d'être battu, ce qui agaçait encore plus Tom à cet instant précis.

— Ils cherchent peut-être à se renforcer sur le marché du transport de bétail, suggéra Mike.

Ils étaient assis l'un en face de l'autre, de chaque côté d'un bureau encombré, entourés des nombreux signes d'une entreprise familiale sur le déclin. Les dossiers clients et les carnets de commande étaient peu nombreux. Les deux ordinateurs dataient de la fin des années quatre-vingt-dix et étaient déjà des antiquités quand on les avait achetés d'occasion à l'ancienne mairie. Pourtant, ils avaient continué à produire leurs listings et devis, insensibles à l'épée de Damoclès suspendue au-dessus d'eux : la moindre erreur et ils finiraient dans la benne qui avait toujours trôné dans la cour. La réparation n'était pas une option.

— Je suppose que les ordinateurs ne font pas partie du voyage, dit Tom en esquissant un sourire.

Mike le considéra, confus.

— Les ordinateurs ? Pourquoi diable te préoccupes-tu des ordinateurs ? Tu les veux ?

Des claviers gris et des écrans qui devaient bien faire cinquante centimètres d'épaisseur.

— Non, merci.

— Ils sont prêts à reprendre tous les membres de l'équipe qualifiés.

— Et toi ? Ils sont prêts à t'embaucher aussi ?

— Je vais déménager chez ma sœur. Son mari a besoin d'aide dans son entreprise. Du dépannage d'ordinateurs à domicile. Pas aussi passionnant que le transport, mais leurs enfants sont sympas et ils ont une chambre pour moi.

Des articles de presse jaunis étaient affichés sur les murs. On les avait encadrés quelques années plus tôt, dans une tentative pour égayer un peu le bureau aux yeux de nouveaux clients. *Broken Wheel Truck and Transportation sponsorise l'équipe de base-ball (1997). BTT nommée entreprise de l'année 1985 pour son engagement dans l'église baptiste de Broken Wheel*. Et celui qui était du plus mauvais augure : *BTT assure le déménagement de la mairie*. Des politiciens souriants en route vers Hope, entourés de bureaux, de chaises et de casiers d'archives, à côté d'un Mike au sourire plus crispé.

— Est-ce que les autres vont partir à Hope ? demanda Tom alors qu'au fond, il s'en fichait.

Il avait du mal à se soucier de quoi que ce soit ces jours-ci.

— Qui sait ? Les deux jeunes s'en sortiront.

Il y avait un « mais » implicite et Mike poursuivit sur un ton ennuyé :

— Ils t'offrent un emploi de chauffeur. Tu n'as aucune qualification en matière de management et ils ont déjà tout le personnel administratif dont ils ont besoin. Tu sais comment c'est. Peut-être que si tu avais suivi une formation…

— J'avais besoin de ce travail. La ferme ne s'en serait jamais sortie sans moi.

— Tu aurais peut-être dû accepter ce boulot à Iowa City.

— Mon père était encore en vie.

— Je suis désolé, Tom. C'est le mieux que j'ai pu négocier.

— Oui, bien sûr. Tu as fait de ton mieux. Ce n'est pas ta responsabilité, après tout.

Il se leva.

— Retour à la route, donc. Je suppose qu'ils ne partagent pas ta vision des week-ends et des longues distances ?

Mike ne répondit pas.

— Ce n'est pas un problème. Je comprends la situation. Ce n'est pas comme si j'avais beaucoup d'attaches ici.

— Et puis merde, tiens ! Tom, je suis désolé pour Amy Harris et tout ça. C'était une femme bien.

— Oui.

Tom s'arrêta sur le seuil.

— Combien de temps j'ai pour y réfléchir ?

— Il leur faut ta réponse d'ici deux semaines. C'est…

— Oui, je sais. Le mieux que tu as pu négocier.

Il sortit dans le petit hall juste à côté du bureau et referma doucement la porte derrière lui. Cette pièce était dénuée de fenêtre, il s'autorisa donc à rester immobile quelques minutes. Il songea à son père, à Amy et à toutes ces années qu'il avait passées à travailler à la fois à la ferme et pour Mike. Maintenant, tout semblait sur le point de disparaître. Dix-sept ans.

Mais qu'est-ce qu'il allait faire de sa carcasse, bordel ?

Il regagnait sa voiture après une brève visite chez John quand les deux autres chauffeurs employés chez Mike surgirent à ses côtés. Ils se plantèrent ostensiblement entre lui et son pick-up. Ils paraissaient en colère et terriblement jeunes, comme s'ils s'attendaient encore à ce que la vie soit juste.

— Tu vas partir à Hope aussi ? s'enquit l'un d'eux.

Ils étaient tous les deux de Broken Wheel, mais de la génération suivante.

— Je ne comprends pas que Mike accepte de vendre si facilement, déclara l'autre. Cette entreprise appartient à sa famille depuis des générations.

— Deux générations, le corrigea Tom. C'est son père qui l'a fondée.

— Mais quand même. Jeter l'éponge comme ça.

— Et la vendre à Hope. Lorsque l'école a déménagé, aucun d'entre nous n'a eu le droit de jouer dans l'équipe.

Tom ne voyait pas très bien le rapport entre le base-ball et la vente de l'entreprise, mais pour eux, manifestement, tout était lié.

— Il aurait mieux valu qu'il dépose le bilan.

— Mieux pour qui ? demanda Tom sur un ton las.

Ils lui bloquaient efficacement l'accès à sa voiture. Comme ils étaient profondément chamboulés, ils s'attendaient à ce qu'il le soit aussi.

Il vit que Jen se dirigeait vers lui d'un pas résolu, sur fond de magasins vides et de rue trop large. Et quelque part, on étalait toujours plus de bitume à mesure que d'autres villes et banlieues s'étendaient, alors qu'il y en avait déjà tant qui n'était pas utilisé.

— Je vais accepter le poste, dit-il. C'est une offre correcte.

— Correcte ?

— Mais l'équipe de base-ball...

— Arrêtez de jouer les idiots.

Il se fraya un passage entre eux et avait presque atteint l'asile de son véhicule quand Jen le rejoignit.

Elle avait l'air essoufflée.

— Comment ça va avec Sara ? s'enquit-elle.

Il ne se donna pas la peine de répondre, mais l'un des jeunes le fit pour lui :

— Il va déménager à Hope.

— Hope ! s'exclama Jen en le dévisageant.

Il haussa les épaules. Tout ce qu'il voulait, c'était qu'ils lui fichent tous la paix.

De manière assez ironique, Sara était apparemment la seule à en avoir l'intention. Elle était derrière son comptoir et s'obstinait à regarder droit devant elle. Tom se dit que c'était une certaine consolation qu'elle au moins se moque qu'il parte.

— Je sais que la mort d'Amy t'a bouleversé et... tout ça, mais tu ne peux pas porter le deuil pour le restant de tes jours, déclara Jen.

— Ou pas du tout, rétorqua-t-il. Mais c'est quoi le rapport, bordel ?

— Tu ne serais pas parti d'ici, si Amy était encore en vie.

Elle avait sans doute raison, même s'il aurait quand même pris le boulot. Il était adulte.

Il fit le tour de la voiture et ouvrit la portière.

— Invite-la à manger ! lança-t-elle derrière lui.

Tom n'avait pas la moindre intention d'inviter Sara à manger ou de faire quoi que ce soit qui aille dans le sens des projets délirants de Jen. Mais quelques jours plus tard, lorsqu'il passa devant la librairie, quelque chose l'obligea quand même à s'arrêter.

Sara était assise, seule, dans l'un des fauteuils. Ses grands yeux étaient complètement écarquillés et des flots de larmes coulaient silencieusement sur ses joues. Elle gardait son regard triste rivé sur ses genoux et ne semblait pas se soucier que le monde entier la voie pleurer.

*Et merde tiens*, pensa-t-il. Il hésita sur le seuil, se demandant comment réagir. Entrer ? S'en aller ? Faire comme si de rien n'était ? Il aurait dû dire quelques mots de consolation, des paroles amicales, mais qui chialait en plein milieu de la journée et en public ?

Il ouvrit la porte avec précaution et resta planté dans l'ouverture.

— Salut, finit-il par dire.

Elle releva les yeux au moment où ils se remplissaient à nouveau de larmes. Il se dressait au-dessus d'elle, mais plus comme une ombre silencieuse que comme un ami offrant une épaule réconfortante.

— Est-ce que tout va bien ? demanda-t-il bêtement.

— Quoi ?

Puis elle parut s'apercevoir des larmes qui brillaient encore sur ses joues et, gênée, les essuya.

— Un livre triste, dit-elle en reniflant.

— Je te dérange peut-être ?

Il était vraiment irrité, à présent. Pour une raison qu'il n'aurait su expliquer, il s'installa quand même dans le fauteuil à côté d'elle.

Elle posa son livre sur la table entre eux.

— *Jane Eyre*, dit-elle en guise d'explication. J'avais oublié à quel point ce roman était intense. La première fois que je l'ai lu, je suis restée éveillée la moitié de la nuit et je l'ai fini en chien de fusil sur le sol.

Tom jeta un coup d'œil à la couverture représentant le profil d'une femme simple sortie tout droit d'une époque révolue. Grise et ennuyeuse.

— C'est idiot, au fond, de pleurer alors qu'on sait que ça va bien se finir, mais c'est tellement triste quand elle découvre qu'il est déjà marié, que son épouse est enfermée dans le grenier et qu'elle doit se faire violence pour le fuir. Et son crétin de cousin qui cherche à la convaincre de l'épouser lui à la place, alors qu'il ne l'aime pas et qu'il sait très bien qu'elle n'est pas assez forte pour le travail de missionnaire. Et les arguments benoîts et chrétiens qu'il avance, alors qu'il est motivé par la pure ambition dans sa volonté de l'emmener en Inde ou peu importe l'endroit où il voudrait convertir des gens.

— Tant que ça se finit bien, commenta Tom, incapable de réprimer un sourire.

— En effet, répondit Sara sur un ton sérieux. Enfin, pour elle, parce que lui, il devient aveugle et perd une main.

Tom se tortilla sur son fauteuil.

— Mais il est heureux, s'empressa-t-elle de le rassurer, car il a bel et bien eu sa Jane.

— Bon Dieu ! s'exclama Tom sans le vouloir.

Sara Lindqvist
7 Kornvägen, 1 tr
136 38 Haninge
Suède

Broken Wheel, Iowa, le 7 août 2010

Chère Sara,

Je suis vraiment désolée pour ton travail. Peut-
être cela peut-il encore s'arranger, non ? Après
tout, il n'est pas sûr qu'ils vont ouvrir une boutique de vêtements ou un café dans l'ancien local,
si ? Ce sera peut-être une autre librairie et s'ils
ne t'embauchent pas sur-le-champ, c'est qu'il leur
manque une case.

En fait, beaucoup de mes « jeunes » vivent
encore à Broken Wheel. Claire est restée et n'a
jamais révélé qui était le père de Lacey. Claire
est à moitié Henderson et à moitié Rohde, ce
qui constitue un mélange très inflammable. On
ne peut pas avoir des cheveux roux flamboyant
et tomber sous la coupe de quelqu'un ou rester
dans le troupeau. Les Henderson ont toujours
eu un côté sauvage, les hommes comme les
femmes, et même si ce sujet n'est jamais évoqué,

il en va de même pour les Rohde. C'est juste que les femmes de cette famille compensent le trait de folie de ses membres masculins. Claire est la nièce de Caroline Rohde, qui s'empresserait de contredire ma théorie relative aux cheveux roux et au fait de rester dans le troupeau. Désormais, la chevelure de Caroline n'est plus aussi spectaculaire, mais lorsqu'elle était plus jeune, elle avait les mêmes cheveux que Claire, et quel que soit le terme qu'on choisit pour qualifier Caroline, le mot « sauvage » ne lui correspond pas. De fait, je crois que sa rousseur joue un grand rôle dans sa lutte pour le droit chemin. Elle a essayé de rester dans le troupeau toute sa vie, mais elle finit toujours par être le troupeau en elle-même.

Claire est une Henderson dans toute leur splendeur, mais je crois que sa force lui vient du côté de Caroline. Un caractère sauvage, indépendant et fort n'est pas une combinaison tout à fait parfaite. Au même titre que Tom et Andy, je la considère comme une de « mes » jeunes, mais lorsqu'elle était enfant et adolescente, elle était bien trop fière pour accepter quoi que ce soit de moi. La seule fois où elle a accepté mon aide, elle n'avait que sept ans et c'était une question de confiture. Cette fillette adorait les sucreries. Il n'y en avait jamais assez chez eux. C'était l'époque où des produits avec des édulcorants artificiels et très peu de fruits ont commencé à arriver à Broken Wheel (nous avons toujours eu un temps de retard et pour ce qui est des confitures, nous avons résisté aussi longtemps que nous l'avons pu). Sérieusement, la confiture maison n'avait soudain plus du tout le même attrait. Elle n'avait jamais la même couleur claire criarde ou ce goût sucré artificiel. En plus, elle contenait de vrais fruits et baies. J'achetais de la confiture uniquement pour elle, même si nous ne parvenions jamais à finir celle que je faisais moi-même. Mais lorsqu'elle a vieilli, elle est devenue bien trop fière pour accepter la confiture et, lorsqu'elle est tombée enceinte, elle a complètement cessé de venir.

Andy a toujours eu plus de facilité à accepter de l'aide et à en offrir. Il ne prenait jamais les choses particulièrement au sérieux et je crois qu'au fond, c'est ce qui l'a sauvé.

Amitiés,

Amy

# L'engagement des arbres

Certains des habitants de Broken Wheel avaient déjà commencé à s'habituer à la nouvelle librairie et à l'étrange touriste suédoise qui y passait ses journées. Ceux qui s'étaient impliqués d'une manière ou d'une autre dans ce projet s'en étaient à présent désintéressés. Ceux qui connaissaient Sara se rendaient à la librairie pour discuter avec elle, mais la plupart des gens à Broken Wheel ne savaient pas sur quel pied danser. Comment cette boutique et cette touriste étaient-elles arrivées parmi eux ? De tous les magasins dont on aurait pu avoir besoin ici, pourquoi quelqu'un aurait-il voulu ouvrir une librairie ? Et pourquoi quelqu'un viendrait-il de Suède pour le faire ?

La plupart se contentaient de secouer la tête lorsqu'ils passaient devant, mais sans s'en rendre compte, ils s'étaient familiarisés eux aussi avec la nouvelle vitrine dans leur rue et avec cette femme étrangère et désœuvrée derrière son comptoir. Certains se surprirent à leur grand désarroi à lui adresser un signe de tête. Elle leur répondait toujours d'une manière bizarre et rayonnante.

Mais cet après-midi-là, elle était installée dans l'un des fauteuils, occupée à lire, ce qui poussa deux jeunes de la ville à s'arrêter devant la vitrine. Ils venaient de descendre du bus scolaire et rentraient chez eux, où ils n'étaient absolument pas pressés d'arriver pour faire leurs devoirs.

De l'extérieur, Sara semblait faire partie de la vitrine. Le nom de la librairie était peint sur la devanture et elle était assise juste en dessous des lettres d'un jaune chaleureux qui formaient les mots *Oak Tree Bookstore* en arc de cercle.

Ses boucles indomptables tombaient comme un rideau autour de son visage rond tandis qu'elle était recroquevillée, un ouvrage sur les genoux, à côté d'une énorme pile de livres sur la table près d'elle. Ses longs doigts fins tournaient les pages si souvent que les enfants se demandèrent si elle avait le temps de lire quoi que ce soit.

C'est ce détail qui les fit s'arrêter. Dans un premier temps, ils avaient juste attendu qu'elle les salue ou les chasse, mais une heure s'était écoulée sans qu'elle remarque le moins du monde leur présence. Lorsque George les rejoignit, ils s'amusaient à faire des grimaces, le nez plaqué contre la vitrine. Même cela n'aboutit à aucune réprimande ou exhortation lasse de déguerpir. Bizarre.

— Qu'est-ce que vous fabriquez ? s'enquit George.

Il avait tendance à se montrer protecteur lorsqu'il s'agissait de Sara.

— On regarde combien de temps elle peut lire d'une traite, répondit le plus âgé.

— Elle ne nous a même pas vus, commenta le plus jeune.

George se pencha en avant et regarda à travers la vitrine, curieux malgré lui.

— Depuis combien de temps êtes-vous là ?

— Une heure.

— Et elle n'a pas relevé les yeux une seule fois ?

— Négatif.

Le plus jeune se mêla à la discussion :

— Alors que j'ai fait des grimaces.

George le considéra en fronçant les sourcils et recula, au cas où Sara relèverait les yeux à cet instant et penserait qu'il était mêlé à tout ça.

— On reste ici jusqu'à ce qu'elle lève les yeux, affirma le plus jeune catégoriquement. Et on va prendre tout notre temps, pas vrai, Steven ?

Son grand frère acquiesça.

— En tout cas, moi, c'est sûr. Rentre à la maison, toi, si tu veux.

Il prononça ces paroles sur le ton désinvolte des aînés qui savent que leurs benjamins les suivront de toute façon.

S'ils avaient su que Sara venait de s'attaquer à *Toutes les familles sont psychotiques* de Douglas Coupland, ils auraient peut-être choisi un autre jour pour se livrer à cette expérience. Un jour où elle lisait une épaisse biographie, par exemple, ou quelque chose qui suscite des pauses. Pour l'instant, elle ne faisait qu'enchaîner les pages. De temps à autre, elle éclatait de rire ou souriait intérieurement.

Le groupe ne cessa d'enfler au cours de l'après-midi. Lorsque Jen et son mari arrivèrent, il comptait déjà dix membres. Son époux avait décidé d'accompagner Jen et de saluer la touriste dont elle lui rebattait les oreilles. Par miséricorde, elle avait accepté qu'il l'accompagne. Cela ne l'amusa pas du tout de découvrir que deux enfants lui bloquaient le passage pour entrer. Lorsqu'on lui expliqua toute l'affaire, elle menaça de tout gâcher en entrant pour prévenir Sara.

— Ce n'est pas poli, déclara-t-elle.

Difficile de dire si sa remarque portait sur le fait d'observer Sara en train de lire, comme si elle était une bête de cirque, ou sur le fait qu'on l'empêche, elle, d'entrer.

George était d'accord, même s'il ne pouvait se défaire de l'idée que Jen était en fait vexée de n'avoir pas eu cette idée elle-même. Son mari décréta que lui, en tout cas, avait l'intention de rester et de regarder.

Jen semblait toujours prête à entrer voir Sara. Certes, elle aimait son mari, mais le laisser décider de ce qu'elle devait faire était une autre histoire. Elle posa la main sur la poignée.

— Cela ne ferait-il pas un bon sujet pour la lettre ? s'enquit Steven.

Jen s'arrêta. Elle resta dans cette position, indécise, l'espace de quelques secondes, puis fit demi-tour pour aller chercher son appareil photo chez elle.

— Attendez ici. Ne bougez pas. Si Sara relève les yeux avant mon retour, vous devez attendre jusqu'à ce que j'arrive. Je veux dire, du moment que j'ai mon appareil photo, nous pourrons toujours faire un cliché mis en scène.

Mais quand elle revint, tout le monde était toujours là et Sara lisait encore.

Jen prit tout de suite une photo de Sara avec son livre derrière la vitrine.

— Qui diable veut voir quelqu'un en train de lire ? lança Grace du seuil de son snack.

Elle avait allumé une cigarette, mais c'était davantage un prétexte pour voir ce qui se passait.

— Qu'y a-t-il d'autre à faire ? objecta Steven.

— Bien sûr, c'est vrai, reconnut-elle après quelques instants. Vous allez avoir besoin de ravitaillement. Aidez-moi à sortir le barbecue de la cour et je vous offre des hamburgers.

Tandis qu'elle rassemblait le nécessaire, elle se dit que de la nourriture, c'était bien, mais avec de la bière, ce serait encore mieux. Elle passa un bref appel à Andy, qui amena Carl avec lui, en même temps que des fûts de bière et ses clients réguliers.

Tom repéra l'attroupement avant de voir la librairie, que le groupe rassemblé là dissimulait complètement.

Il rentrait chez lui après sa journée de travail lorsqu'il aperçut tous ces gens et, dans un premier temps, il n'avait pas eu d'autre idée que de poursuivre son chemin. Et puis soudain, il s'était arrêté et garé, sans vraiment l'avoir décidé de manière consciente. Il sentait la tension liée à son travail disparaître un peu à chaque pas qu'il faisait en direction de la boutique, et cela le contrariait.

Pour une raison ou une autre, la présence de Sara le détendait. Il l'avait perçu dès la première fois qu'elle était montée dans sa voiture, quand elle avait essayé de feindre qu'elle aurait préféré être chez Amy en train de lire plutôt que de discuter avec lui et lui avait montré avec une telle ostentation qu'elle n'attendait absolument rien de lui. En fait, elle paraissait avant tout vouloir qu'il la laisse lire en paix. La fois où ils étaient restés silencieux devant son ancienne école, il avait éprouvé une sensation presque physique de sérénité. Il n'avait pensé ni à son travail, ni à John, ni à quoi que ce soit de préoccupant.

Il n'en avait évidemment pas été conscient à ces moments-là. C'était précisément cela qui rendait la présence de Sara perturbante. Il ne se rendait compte de ce bien-être qu'après coup, lorsque cela avait été si pénible de devoir repartir. Et même alors, il n'avait pas assez de bon sens pour se raviser, pas pour de bon.

Ce soir-là, il se promit de ne pas commettre la même erreur. Il allait juste vérifier ce qui se passait. Rien de plus. Cinq minutes, grand maximum.

La scène avait un caractère feutré. Tout le monde s'efforçait de chuchoter. Andy l'attrapa lorsqu'il arriva à la périphérie du groupe, lui donna une bière et le guida jusqu'au premier rang.

La nuit était déjà tombée, mais la lumière dans le local d'Amy éclairait la partie de la rue où ils se trouvaient. Sara, elle, restait pelotonnée dans l'un des fauteuils, un livre à la main et le regard rivé sur ses lignes. De temps à autre, elle tournait une page. À un moment, elle repoussa une mèche tombée devant l'un de ses yeux.

La voir lire semblait étrangement intime. C'était comme observer quelqu'un dormir, se dit-il. Tant elle était inconsciente de leur présence. Au moins, cette fois, elle ne pleurait pas. Dieu merci !

À côté de lui, Andy parlait dans un chuchotement théâtral. Tom capta des bribes, mais il n'écoutait pas réellement. « Lit… », « attendons ici depuis cet après-midi… », « a changé de livre, mais n'a même pas relevé les yeux… », « est allée chercher un encas, le livre à la main… »

Sara sourit.

L'espace d'un instant, Tom oublia même qu'il la trouvait quelconque. Son expression était si comique qu'elle piqua sa curiosité malgré lui. Lorsqu'elle croyait que personne ne la regardait, son visage était ouvert, expressif, chaleureux et amical.

Elle ne lui avait jamais souri ainsi. Peut-être un livre était-il nécessaire pour déclencher un tel sourire, pensa-t-il, ce qui n'était pas très juste étant donné qu'il ne s'était jamais donné la peine de la faire sourire. Il se surprit à se dire qu'il tenterait peut-être, un jour.

Il se força à détourner le regard. À côté de lui, Andy parlait toujours.

— Tu ne devrais pas être au *Square* ? lui demanda Tom.

Andy éclata de rire.

— À quoi ça servirait ? C'est ici que ça se passe ! Grace nous a appelés, alors on a embarqué quelques fûts de bière, on a fermé et on est venus. Tout le monde est ici ce soir.

— Pour… ?

— Pour voir Sara lire, patate.

Il expliqua le contexte.

— Incroyable, non ? Elle a changé de livre il y a deux heures, mais elle a à peine relevé le visage, sans jeter un regard dehors. Comme les secrétaires, tu sais ?

Tom secoua la tête.

Et Sara continuait de lire.


Jusqu'au moment où elle ne le fit plus.

Elle lut la dernière page, sourit comme on le fait à un vieil ami, puis referma le livre. Elle décroisa ses jambes et s'étira. Quand elle vit enfin l'attroupement, elle se leva à la hâte et se dirigea vers eux, confuse.

— Mes amis ! lança Steven lorsqu'elle franchit le seuil, le temps est exactement de cinq heures et trente-sept minutes.

Des applaudissements se déclenchèrent çà et là. Des odeurs de charbon de bois, de viande grillée et de bière flottaient dans l'air. Il y avait déjà des canettes vides sur le sol. Le tout respirait la fête spontanée. Les gens se mirent à parler plus fort à présent qu'ils n'avaient plus à se soucier qu'elle les entende.

Sara rougit en clignant des yeux. Elle n'avait jamais été douée pour être sous les feux de la rampe. Elle regarda autour d'elle et oublia un instant que tout le monde semblait attendre qu'elle s'exprime.

Cela se produit parfois. Certains groupes existent uniquement pour que la véritable personne, celle que nous voyons instinctivement, n'en devienne que plus distincte. C'est rarement aussi évident que dans les films, où des gens pressés dans une pièce s'effacent instinctivement pour que l'héroïne puisse voir le héros, ou l'inverse. Mais il y a quand même des moments semblables de cristallisation dans la vraie vie, où on se tourne vers une foule pour ne distinguer qu'un seul individu.

C'est ce qui arriva à Sara lorsqu'elle sortit de la librairie ce soir-là et qu'elle découvrit les paris, les badauds, la bière et les hamburgers. Pendant plusieurs minutes de confusion, elle ne vit que Tom.

Quelqu'un lui avait placé une bière dans la main et elle but quelques gorgées avec reconnaissance tandis que Grace et Jen continuaient de parler à côté d'elle.

— Mais bordel, tu n'as rien de mieux à faire de ton temps que de lire ? lança Grace.

— Que lisiez-vous ? Pouvez-vous faire une recommandation de lecture pour la gazette ? s'enquit Jen.

Le flash de l'appareil photo crépita avant qu'elle ait eu le temps de répondre.

Toutes ses pensées antérieures quant à la nécessité d'éviter Tom s'étaient comme évaporées. Elle avait en permanence une conscience aiguë de l'endroit où il se trouvait. On aurait dit un radar qui bourdonnait à très basse altitude, placé juste au-dessus de sa poitrine, qui surveillait où il était et avec qui il parlait. Elle voulait à la fois l'éviter et le revoir. Chaque fois qu'elle le repérait en train de discuter avec une autre personne – et il semblait bien déterminé à parler à tous les habitants de la ville, sauf à elle –, elle se disait que c'est avec elle qu'il aurait dû discuter, à côté d'elle qu'il aurait dû être, à elle qu'il aurait dû sourire.

Caroline tergiversait à la périphérie de cette fête de rue improvisée. Elle restait à proximité des bâtiments, de l'autre côté de la chaussée, s'efforçant de se fondre dans les ombres.

Personne ne regardait dans sa direction. Ils paraissaient occupés à s'enivrer et à devenir encore plus stupides que d'habitude, ce qui en disait long sur l'influence délétère de l'alcool.

Caroline s'apprêtait à rendre visite à Sara pour la féliciter du nom qu'elle avait choisi pour la librairie quand quelque chose – elle ne savait pas vraiment quoi – l'avait fait reculer dans la sécurité de la solitude et des ténèbres.

Peut-être étaient-ce les rires ou leurs mines si détendues et assurées – même Sara habituellement si nerveuse –, mais soudain Caroline avait à nouveau eu dix-sept ans : dans ses plus beaux vêtements, carrément maquillée, ayant quitté la maison en catimini pour que sa mère ne remarque pas son rouge à lèvres, sur le point de se ridiculiser et habitée par une attente tragique. Dans l'expectative et vulnérable.

Le barbecue.

Les odeurs de bière et de braises l'avaient ramenée à ce soir-là, elle s'en rendait compte à présent qu'un souffle de vent lui parvenait, chargé de ces mêmes senteurs depuis l'autre côté de la rue. La puissance des souvenirs lui fit l'effet d'une gifle, totalement inattendue et plus humiliante que douloureuse.

*Ressaisis-toi, Caroline*, se dit-elle, mais sa voix intérieure tremblait.

*Ce n'est qu'une fête*, pensa-t-elle.

Et c'était bien ça le problème. Elle n'avait pas sa place dans les fêtes. Elle n'était pas de ceux qui font la fête. Elle était celle qui gérait les problèmes que les fêtes engendraient. Aucune de ses amies n'avait jamais recherché ses conseils ou son avis lorsqu'elles étaient heureuses. Elles s'étaient mariées à droite et à gauche sans se soucier le moins du monde de ce qu'elle pensait. On ne venait la trouver que lorsque les problèmes commençaient. Des flots continus de femmes dont le mari avait perdu son emploi, buvait, les battait ou battait leur maîtresse.

Mais cela ne lui interdisait quand même pas de s'approcher de l'attroupement à cet instant. Juste histoire d'échanger quelques mots avec Sara. Dix minutes. Parce qu'elle passait de toute façon par là.

*De quoi as-tu peur, Caroline ?* se demanda-t-elle avec sévérité. Puis elle redressa le dos, déglutit et marcha droit sur la foule avec autant de dignité et d'assurance qu'elle le put.

Sara vit Caroline s'avancer alors qu'elle ne faisait que penser à Tom. À cet instant, il parlait à une femme qui venait de faire son entrée en scène. Cette femme, des cernes sombres sous les yeux, avait l'air fatiguée. Elle portait encore un uniforme de travail peu seyant. Mais même comme ça, elle possédait une beauté du genre dure à cuire et rousse flamboyante qui rappela à Sara à quel point elle était elle-même grisâtre, terne. La femme avait quelques kilos super-flus et semblait les avoir pris récemment. Ses vêtements étaient trop petits d'une demi-taille, mais elle rayonnait d'assurance et d'une sensualité sereine qui s'imposaient à Sara même à dix mètres de distance et lui donnaient envie de s'éloigner encore, afin que le contraste ne soit pas aussi criant.

Une partie d'elle éprouva du soulagement quand Caroline vint interrompre ses pensées. Peut-être était-ce la lueur des réverbères, mais elle lui parut presque masculine. En s'approchant de Sara, sa posture était toujours d'une raideur militaire, mais son regard était plus doux, et quelque chose en elle sembla se détendre. Elle portait un jean, une veste noire sur un pull écru en mohair lumineux.

— Je suis présidente de la Société pour la préservation des chênes, déclara Caroline sans se soucier de prononcer les habituelles phrases de salutation. Je veux vous remercier personnellement d'avoir apporté votre contribution à notre cause en baptisant votre boutique *Oak Tree Bookstore*.

Sara aurait peut-être dû expliquer à Caroline que ce n'était pas du tout pour l'Iowa qu'elle avait choisi ce nom, mais elle n'osa pas. C'était une partie d'une citation relative aux livres. Outre l'auteur, de nombreuses personnes contribuent à créer un bon livre, disait-elle, de la toute première personne à avoir eu l'idée géniale de l'écriture alphabétisée jusqu'à l'inventeur de l'imprimerie, en passant par le bûcheron qui abattait les arbres nécessaires à la fabrication du papier. D'habitude, on ne remercie pas les arbres, concluait le texte, alors que leur engagement est total.

Bien sûr, elle avait choisi le chêne en référence à l'Iowa, mais Sara soupçonnait que cet argument ne ferait qu'aggraver les choses.

— Euh, bafouilla Sara. En fait…

— Cela va attirer davantage l'attention sur notre travail, reprit Caroline en souriant. C'est amusant de voir qu'une étrangère comprend la signification des chênes pour notre État. Avez-vous des livres sur les chênes ?

Tom éclata de rire en réponse à quelque phrase de la femme rousse et Sara fut à nouveau obligée de détourner les yeux. Elle se maudit d'avoir à le faire. Elle ne pouvait pas tomber amoureuse de lui. Elle savait qui elle était et connaissait ses limites. Elle était peut-être capable d'ouvrir une librairie, mais elle ne survivrait jamais au fait de tomber amoureuse d'un homme comme Tom : endurci, beau gosse et parfaitement normal.

Enfin, s'il s'agissait d'amour. Sara avait plus l'impression qu'il s'agissait d'une indisposition.

— Je peux en commander, répondit Sara.

Graduellement, Caroline se tourna vers la femme avec laquelle Tom avait discuté et qui s'approchait de Sara.

— Alors, comme ça, commença la femme, c'est toi qu'ils essaient de mettre en couple avec Tom.

Elle accentua légèrement « essaient ».

— Claire, se présenta-t-elle dans un sourire amusé. Oui, ajouta-t-elle, Claire la fille-mère.

— Ce… Je veux dire, ce n'était pas à ça que je pensais.

Claire fit un signe de tête en direction de Tom.

— Tu devrais le draguer, dit-elle sans conviction. Il venait souvent manger chez nous quand Lacey était petite, poursuivit-elle. Lacey, ma fille. Beaucoup de gens pensaient que c'était lui le père.

Amy ne l'avait jamais cru, mais Sara ne put s'empêcher de poser la question :

— C'était le cas ?

Claire éclata de rire et s'éloigna sans répondre. Sara resta à la périphérie du groupe qu'elle avait contribué à réunir. C'était un sentiment étrange. Des gens lui souriaient, levaient leur bière pour la saluer ou lui tapotaient l'épaule quand ils passaient à côté d'elle, mais elle n'était pas vraiment là. Une radio diffusait de la country en fond sonore. Elle n'entendait pas les paroles, mais la chanson évoquait des notions de souvenirs et d'histoire, pas vraiment nostalgiques mais quand même un ancrage dans le passé.

À cet instant, elle fut convaincue de sentir la présence d'Amy dans l'air frais du soir et dans les odeurs de hamburger et de bière fraîche qui flottaient au-dessus du bitume. Mais ce n'était pas Amy, pas vraiment. Ou plutôt, pas seulement. C'était comme si la ville devenait tangible, le réceptacle collectif de la vie et de la mémoire des générations. Les façades, qui quelques jours plus tôt ne formaient qu'un décor digne, se transformaient désormais en créatures espiègles. Entre Andy, Carl et Tom – qui discutait à nouveau avec Claire –, elle pouvait presque voir Mlle Annie circuler sur son triporteur, et au-dessus de toute cette scène flottait un tourbillon paisible d'histoires depuis longtemps tombées dans l'oubli.

Lorsque Tom finit par s'avancer vers elle, Sara était beaucoup trop déconcentrée pour émettre la moindre parole. Ils restèrent l'un à côté de l'autre, silencieux, épaule contre épaule, si proches qu'elle sentait la chaleur de son corps et la légère pression de sa veste. Elle ne put s'empêcher de lorgner dans sa direction et la présence consolatrice du passé céda la place aux palpitations et à une sueur froide.

— Alors, quel effet ça fait ? demanda-t-il.

L'espace de quelques secondes, elle crut qu'il lisait dans ses pensées et elle le considéra, effrayée.

— E… effet ? bredouilla-t-elle.

— La librairie, répondit-il en désignant la vitrine éclairée qui frappait par son caractère vide à côté de toute cette vie.

— Ils n'ont pas encore acheté de livres.

Il se mit à rire.

— Tu crois qu'ils vont le faire ?

— C'est évident. Sinon, pourquoi l'aurais-je ouverte ?

Tom haussa les épaules et elle saisit son bras sans le vouloir.

— Il faut qu'ils achètent des livres.

Elle n'avait quand même pas fait tout ça, quasiment cambriolé la chambre d'Amy, pour qu'ensuite les habitants de Broken Wheel ne lisent pas ! À quoi cela servait-il de perturber son amie défunte, si elle ne parvenait même pas à diffuser des histoires parmi ses proches ?

Tom fut sauvé par Andy, qui fit signe à l'homme le plus proche de la radio de l'éteindre.

— Un toast, dit-il en regardant Sara avec insistance.

Elle sourit, moitié triste, moitié amusée de la plaisanterie toute personnelle qu'elle s'apprêtait à leur livrer.

— Au triporteur de Mlle Annie, lança-t-elle.

— Au triporteur de Mlle Annie, répétèrent-ils tous en chœur.

Elle ne pensait pas qu'aucun d'eux sache de quoi elle parlait, ce qui lui procurait un étrange sentiment de quiétude. Sans être réellement une habitante de cette ville, elle faisait partie de son histoire. Elle se jura qu'elle allait leur imposer tous les livres avant son départ.

— Tu sais, dit Tom, comme s'il avait perçu cette détermination dans ses yeux, si tu veux amener ces gens-là à lire, il va sans doute falloir que tu aies recours à une petite dose de ruse.

Sara Lindqvist
7 Kornvägen, 1 tr
136 38 Haninge
Suède

Broken Wheel, Iowa, le 23 octobre 2010

Chère Sara,

Les livres ou les gens, me demandes-tu. Choix difficile, je dois dire. J'ignore si les gens signifient plus que les livres – en tout cas, ils ne sont ni plus sympathiques, ni plus drôles, ni source de davantage de consolation... Pourtant, j'ai beau tourner et retourner la question, au bout du compte, je me vois quand même contrainte de choisir les gens. J'espère que cet aveu ne te fera pas perdre toute confiance en moi.

Même si ma vie était en jeu, je ne saurais expliquer pourquoi j'ai le mauvais goût de préférer les gens. Quand on considère les chiffres bruts, les livres gagnent sans contestation possible – de toute ma vie, j'ai peut-être aimé une poignée de gens en comparaison aux dizaines ou centaines de livres (et là, je ne compte que les livres que j'ai vraiment adorés, ceux dont la simple vue vous réjouit, qui vous font toujours sourire malgré les aléas, ceux qui reviennent sans cesse comme un vieil ami et dont on se souvient où on les a « rencontrés » pour la première fois, je suis certaine que tu sais de quoi je parle). Mais cette poignée de gens qu'on aime... en fait, ils valent tous ces livres.

Ta question m'a également poussée à relire *Walden*. Parfois, je ne désire qu'un chalet dans la forêt, en compagnie de livres, déchargée de toutes ces obligations étranges que nous autres êtres humains nous imposons les uns aux autres et à nous-mêmes. Peut-être une pause hors de la « civilisation », quelques années de temps à autre, nous ferait-elle du bien à tous (cela dit, nous sommes si peu nombreux à Broken Wheel que nous ressemblons peut-être plus à la petite ville dans laquelle Thoreau s'est réfugié qu'à la grande cité dont il s'était enfui. Je n'ai jamais trouvé que le portrait des paysans était son fort – il est meilleur lorsqu'il égratigne les plus hautes sphères, mais qui ne l'est pas ?).

*Walden* est l'un de ces ouvrages qu'on doit citer. Je n'en suis même pas encore à cinquante pages et John s'en est déjà lassé, ce qui prouve peut-être que j'avais raison en ce qui concerne les livres et les gens : les livres sont fantastiques et prennent sans doute toute leur valeur dans un chalet au fond de la forêt, mais quel plaisir y a-t-il à lire un livre merveilleux, si on ne peut pas le signaler à d'autres personnes, en parler et le citer à tout bout de champ ?

« Je suis intimement persuadé que la plupart des choses considérées comme bonnes sont mauvaises, et s'il y a bien quelque chose que je regrette, c'est selon toute probabilité ma bonne éducation. Quels démons me possédaient et me poussaient à si bien me conduire ? » N'est-ce pas une citation fantastique ? J'aime particulièrement cette idée d'une bonne éducation initiée par des démons. Je crains d'avoir été assez stupide pour citer ce passage à Caroline. Elle s'est contentée de froncer le nez – elle fait partie de ces gens capables de tout exprimer dans un froncement de nez – et a dit : « Une bonne éducation ? » sur un ton légèrement interrogateur. Comme si elle voulait me rappeler que ce démon-là ne m'a pas tourmentée très souvent, mais qu'elle était trop polie pour le souligner ouvertement.

Thoreau a également écrit : « Le jugement public est un bien inoffensif tyran comparé à notre propre jugement », mais je trouve ça plus déprimant. Je préfère imaginer un démon déchaîné qui nous pousse à nous soumettre au joug plutôt que de penser que nous le faisons de nous-mêmes, peut-être en nous inquiétant de ce que les autres vont penser alors qu'ils sont bien trop occupés par leur nombril pour se soucier le moins du monde de nous.

Amitiés,

Amy

# Qu'implique un nom ?

La gazette fit un tabac. Elle affichait en pleine une la photo de Sara lisant dans la vitrine, juste en dessous des lettres jaunes. Puis venait un cliché d'elle devant la boutique, un sourire hésitant sur les lèvres et plissant les yeux à cause du flash.

L'article parlait d'une fête organisée pour célébrer les deux derniers événements survenus à Broken Wheel : l'arrivée de Sara et l'ouverture de son magasin. Même si officiellement, la librairie s'appelait *Oak Tree Bookstore* (un nom qui faisait la fierté de l'Iowa !), tout le monde l'appelait « Chez Sara ». La librairie était là pour tous les amoureux de la lecture. Aucune commande n'était trop importante ou trop modeste, ce qui était une chance, écrivait Jen dans une pique à peine déguisée contre la ville voisine, car c'était la seule librairie à des kilomètres à la ronde. La gazette n'hésitait pas à recommander une visite de toute urgence !!! (Pour plus de sécurité, Jen concluait son papier par plusieurs points d'exclamation.)

Pour la première fois, les habitants de Broken Wheel lurent vraiment la lettre. Sans que personne n'en ait réellement pris la responsabilité, on imprima l'article et on l'afficha dans différents endroits de la ville.

Et, pour la première fois, elle fut également distribuée à Hope.

Beaucoup des habitants de Broken Wheel estimaient que Hope n'existait que pour les contrarier, que ses administrés trouvaient du plaisir à les faire tourner en bourrique et qu'ils avaient un certain don pour se montrer hautains et imbus de leur personne. Les habitants de Hope, eux, n'étaient pas sûrs que Broken Wheel existe encore.

— Cet endroit n'est-il pas mort dans les années quatre-vingt-dix ? pouvait-on entendre à Hope lorsque la ville voisine était mentionnée, suivi par des commentaires méprisants et satisfaits.

Hope était une ville si moderne qu'elle comptait une boucherie, un primeur et une boulangerie, comme si les alimentations générales n'avaient jamais été inventées.

C'était le genre de petite ville que les politiciens utilisaient pour vanter les valeurs familiales américaines traditionnelles dans leurs spots de campagne. Les deux derniers gouverneurs de l'Iowa l'avaient fait et tous deux avaient gagné, à n'en pas douter, pensait-on à Hope, grâce à ces publicités. Hope se trouvait également au-dessus des clivages des partis. Peu importe qu'il s'agisse du démocrate Chet Culver ou du républicain Terry Branstead. Leurs drapeaux flottaient en bonne vue. Hope était ce genre de ville où des bannières américaines bien repassées ondulaient dans le soleil de l'après-midi, même lorsque le pays n'était pas en guerre et que les élections étaient passées.

Aucun politicien ne se déplaçait jamais à Broken Wheel. La ville n'avait pas à subir ces démagogues qui les dirigeaient à l'issue de votes très serrés où « chaque voix comptait ». On ignorait si c'était parce que lesdits politiciens pensaient que ses habitants (637 au total) ne votaient pas ou parce qu'ils ignoraient tout simplement l'existence de cette bourgade.

Pour Sara, la fête improvisée fut suivie par plusieurs journées placées sous le signe d'une grande détermination.

Elle était convaincue que les habitants de Broken Wheel achèteraient des livres. Et il n'était absolument pas nécessaire de les y amener par la fourberie, quoi que Tom en dise. Mais bon, rien n'empêchait qu'elle réfléchisse à la meilleure présentation possible.

Elle observait les rayonnages. Pour le moment, les ouvrages étaient répartis en trois catégories : Policiers, Littérature et Vie pratique – une division évidente pour elle, mais qui n'attirait peut-être pas le non-initié à la lecture.

Le lendemain de la publication de la gazette, elle s'était rendue au magasin où tout coûtait 99 cents et avait acheté des feuilles cartonnées d'une belle nuance blanche lustrée. Elles étaient à présent étalées en forme de soleil autour d'elle. Quinze feuilles. Elle doutait d'avoir besoin d'autant d'affiches, mais il lui en faudrait peut-être une ou deux en guise de brouillon. Un épais feutre noir attendait à côté que l'inspiration lui vienne.

Qu'est-ce que les gens voulaient lire ?

Des classiques peut-être ? Elle secoua la tête. Même elle n'achetait pas de livres dans cette section alors qu'elle appréciait les vieux bâtiments anglais et américains.

*Réfléchis, Sara. Qu'est-ce qui pousserait quelqu'un à acheter un livre ? Qu'est-ce qui pousse les gens à regarder des films ? Est-ce si difficile que ça ?*

Puis elle éclata de rire. Elle saisit le stylo et écrivit en grandes lettres distinctes : SEXE,

VIOLENCE ET ARMES avant de poser l'affiche au-dessus des policiers.

Ensuite, tout s'enchaîna. L'album de photos consacré aux paysages de l'Iowa dut à lui seul représenter la section IOWA. Elle songea également à en créer une pour la Suède, mais les seuls auteurs suédois qu'elle avait emportés étaient Jens Lapidus et Stieg Larsson, qui avaient clairement leur place sous l'affiche « Sexe, violence et armes ».

En fait, c'était un peu dégradant. Broken Wheel ne se représentait la Suède qu'à travers les conspirations sadomasochistes et le crime organisé, avec une petite dose de mafia serbe pour pimenter le tout.

Il y avait aussi le guide *Lonely Planet* de Stockholm d'Amy. Cela paraissait à la fois étonnamment apaisant et aliénant, comme si Sara découvrait Stockholm à travers les yeux d'Amy. Les bâtiments historiques, le soleil qui se reflétait sur les plans d'eau et le côté léché qui émanait de ce guide ; tout cela n'avait pas grand-chose à voir avec Sara et Broken Wheel.

Amy aurait-elle voulu voir la Suède avant de mourir ? Sara ne parvenait pas à l'imaginer, pas plus que les autres habitants de Broken Wheel, loin de sa ville. Elle finit par décider qu'il n'y aurait pas de section Suède. En revanche, elle effectua une recherche concernant *Le vieux qui ne voulait pas fêter son anniversaire*. Ce roman avait été traduit en anglais, mais il ne serait publié que dans quelques mois.

En y réfléchissant, VIE DANS LES PETITES VILLES lui paraissait beaucoup plus évident. Les gens voulaient lire des ouvrages dans lesquels ils se reconnaissaient. Le problème était que beaucoup d'entre eux appartenaient aussi à la catégorie « Sexe, violence et armes », mais aucun système de classement n'était parfait.

Devant *Les Raisins de la colère* et *Des souris et des hommes* de Steinbeck, elle hésita. Vie dans les petites villes, oui, assurément, mais avec une fin tellement atroce qu'elle se demandait si la morale interdisait de les vendre. Finalement, elle les plaça quand même sur le rayonnage, mais utilisa l'une des feuilles surnuméraires pour y découper des affiches plus petites où elle inscrivit une mise en garde : « Fin malheureuse ! »

Si davantage de libraires avaient pris leurs responsabilités en utilisant des affiches de mise en garde, sa vie aurait été beaucoup plus facile. Comment pouvait-on exiger des messages d'avertissement sur les paquets de cigarettes, mais pas pour les livres tragiques ? Signaler sur les canettes qu'on ne devait pas conduire après avoir bu de la bière, mais ne rien dire quant au fait de lire des histoires tristes sans mouchoirs à portée de main ?

Bien sûr, certaines fins malheureuses étaient exquises. Parfois, on avait juste besoin d'un prétexte pour laisser couler ses larmes. Sur la liste de Sara des livres irrésistibles malgré leur fin triste, il y avait toutes les œuvres d'Erich Maria Remarque, *Le Dernier Jour de ma vie* de Lauren Oliver (une espèce de version déprimée d'*Un jour sans fin*), *La Mandoline du capitaine Corelli* de Louis de Bernières (quoi qu'en disent les autres, pour Sara, il était parfaitement clair que c'était un livre malheureux. De fait, la fin était une déception, car pourquoi le capitaine Corelli deviendrait-il soudain un crétin ?). Et puis Pat Conroy – Sara avait versé des torrents de larmes sur *Beach Music* et n'avait pas encore osé le relire. Nicholas Sparks avait peut-être sa place dans cette liste également : si on avait envie de pleurer un peu sur une histoire d'amour, il était idéal.

Sous l'affiche VIE DANS LES PETITES VILLES, elle plaça également *Beignets de tomates vertes* de Fannie Flagg, qui comportait sa dose de malheur. Les gens pensaient souvent que les romans feelgood étaient de banales histoires heureuses, mais un vrai feelgood ne méritait pas cette appellation s'il ne comportait pas quelques meurtres, des accidents, des catastrophes et des décès. Au moins, dans *Beignets de tomates vertes*, il y avait des maladies, des morts (au moins deux tragiques), des meurtres et du cannibalisme. L'essentiel était que ces romans ne finissaient pas mal. Il s'agissait de textes qu'on reposait avec un sourire, qui donnaient le sentiment que le monde était un peu plus fou, étrange et beau lorsqu'on relevait les yeux. Sara se demandait si elle devait ajouter une notice « Happy end garanti ! » mais cela gâcherait peut-être l'effet.

Pour Noël, elle achèterait de nombreux exemplaires du roman de Fannie Flagg intitulé *Un lieu béni*, peut-être le plus beau cadeau de Noël qu'on n'ait jamais pu imaginer. Une histoire si charmante qu'on aurait aussi bien pu l'offrir et la lire en été.

La dernière catégorie s'adressait à ceux qui ne voulaient vraiment pas lire. Elle la nomma AUCUN MOT INUTILE. Dessous, elle disposa tous les ouvrages de moins de deux cents pages et l'ensemble des œuvres de Hemingway. Selon une légende populaire et vivace, il avait un jour parié qu'il était capable d'écrire une histoire en moins de dix mots. Et il avait gagné : *For sale. Baby shoes. Never worn*[1].

---

1. À vendre. Chaussures pour bébé. Jamais portées.

Son travail d'organisation de la librairie était sans cesse interrompu par des clients de Hope qui commençaient à fréquenter le magasin. Ils étaient faciles à reconnaître. Ils conduisaient toujours des berlines, de modèles récents, et non des pick-up et des fourgons, comme Sara en avait pris l'habitude. Secundo, ils s'arrêtaient toujours au feu rouge. Ils paraissaient d'abord sidérés de la prétention d'un tel feu dans une ville comme Broken Wheel, puis ils s'agaçaient qu'il soit rouge et la tension montait d'un cran lorsqu'ils s'apercevaient qu'il ne passait jamais au vert. Quand ils arrivaient enfin à la librairie, ils étaient prêts à regagner leur honneur perdu.

Ce matin-là, Sara fut interrompue par un client qui lança des regards étonnés autour de lui dès son arrivée, comme s'il ne croyait toujours pas que Broken Wheel ait une librairie, même après avoir vu la vitrine et passé la porte.

Il acquiesça en voyant le comptoir jaune et les fauteuils. Si Broken Wheel possédait bel et bien une librairie, semblait-il constater, il n'y avait en tout cas rien de surprenant à ce qu'elle ne soit pas normale. Il sourit en remarquant que l'endroit était vide et que Sara demeurait seule. Elle devina ses pensées : « Ils ont peut-être une librairie, mais ont-ils des habitants qui sachent lire ? »

La situation n'amusait pas Sara. Pourtant, elle aurait dû être reconnaissante, car la plupart des clients de Hope repartaient bel et bien avec des livres. Elle avait vendu ses premiers exemplaires quelques jours plus tôt et avait pour une fois utilisé le fond de caisse qu'elle comptait soigneusement tous les matins. Exactement cinquante dollars en petite monnaie.

Mais les regards que les clients de Hope échangeaient lorsqu'ils constataient que la boutique était déserte la dérangeaient. C'était comme s'ils voulaient lui dire que c'était une chose de lancer une librairie à Broken Wheel (mais pourquoi là, alors que Hope ne se situait qu'à quarante minutes ?), mais une tout autre de la faire tourner.

Ce client ne tarda pas à quitter les lieux, chargé d'un Michael Connelly qu'il avait pris directement dans la section « Sexe, violence et armes ».

Les clients de Hope n'étaient pas le seul problème de Sara. Une voix s'était soudain manifestée dans sa tête et refusait de la laisser en paix. Cette voix ne cessait de lui demander ce que Tom faisait à tel ou tel instant, quand passerait-il à nouveau à la librairie et n'était-il pas temps de jeter un coup d'œil par la fenêtre... au cas où quelqu'un passerait ?

Sara n'avait pas l'intention de lui céder. Elle coupa soigneusement une bande de carton blanc et y inscrivit ÉROTIQUE GAY en caractères bien visibles. Elle la plaça au-dessus d'un rayonnage à part et commença à y ranger des ouvrages.

Tout était bon pour ne pas penser à Tom.

Le lendemain, ses travaux de classification furent interrompus par Jen, qui poussa la porte et s'avança vers elle d'un pas décidé. Elle portait un pull rose tendre et une jupe encore plus claire, presque blanche. Le tout donnait une impression soignée, mais pâle, formant un contraste marqué avec son expression renfrognée.

— Puis-je vous être utile ? s'enquit Sara.

— Les hommes ! s'exclama Jen en écarquillant les yeux. Vous avez des nouvelles de Tom ?

— De Tom ?

— Parce que je lui ai dit de vous inviter à manger.

— Bon Dieu, lâcha Sara.

Jen acquiesça.

— Exactement. On ne peut pas compter sur eux. Vous devriez peut-être lui parler vous-même. Parfois, ils ont besoin d'être un peu poussés.

Jen resta plantée là, comme si elle attendait que Sara ajoute quelque chose.

— Je ne peux pas l'inviter, protesta-t-elle.

— Pourquoi pas ?

— Pour être franche, je pense qu'il me trouve...

— Oui ? demanda Jen, pleine d'espoir. Belle ? Mystérieuse ? Intéressante ?

— Bizarre.

Si elle avait été en quête du livre parfait, Sara aurait apprécié une section clairement identifiée comme « *chick lit* sympa », si possible avec un astérisque précisant qu'il s'agissait de textes à la bonne qualité garantie. Il n'y avait rien de plus frustrant que la mauvaise *chick lit*.

Bonne *chick lit* : tous les livres de Helen Fielding (*Bridget Jone* 1 et 2 + *Cause céleb'*) à l'exception d'*Olivia Joules ou l'imagination hyperactive*. Elizabeth Young (l'auteur du livre à l'origine du film *L'Escorte*, une histoire de gigolo transformée en romance). Marian Keyes. Jane Austen.

Mauvaise *chick lit* : la plupart des copies qui étaient apparues dans le sillage de Bridget Jones, des auteurs qui semblaient penser qu'une héroïne complexée avec un copain gay suffisait. Elles n'avaient apparemment pas conscience que leur héroïne devait posséder une véritable voix, faire preuve d'autodérision, et posséder une sacrée dose d'effronterie. Et que la fin devait être une vraie fin. Malheureusement, pour le moment, seul George avait montré de l'intérêt pour cette catégorie. *Chick lit* ne paraissait donc pas une appellation appropriée.

Ce que Sara recherchait au fond, c'étaient ces livres qu'on peut lire comme un roman-feuilleton en sirotant un verre de vin le vendredi soir, ou un Coca citron glaçons et un bol de chips un dimanche désœuvré. L'équivalent en livre d'un film avec Meg Ryan. Des histoires légères et sympathiques avec fin heureuse garantie afin de laisser le cerveau au repos. Des romans où l'héroïne était toujours amusante et le héros mignon, ou l'inverse s'il s'agissait d'un texte écrit par un auteur masculin, et évidemment adapté avec John Cusack dans le rôle principal.

Pour finir, Sara écrivit juste POUR LE VENDREDI SOIR ET LES GRASSES MATINÉES DU DIMANCHE.

Après une brève hésitation, elle y glissa également Terry Pratchett accompagné d'une affiche plus petite : « Auteur zéro déception garanti ! »

L'une des choses les plus difficiles lorsqu'on naviguait dans la jungle des livres était de gérer tous les auteurs susceptibles de décevoir. Ils étaient extrêmement pénibles à garder à l'œil. Un écrivain pouvait avoir publié un texte brillant pour ensuite produire une œuvre d'une parfaite banalité. Ou, presque pire, avoir écrit un livre brillant, et puis mourir. Et il y avait aussi ceux qui avaient commencé une série mais ne l'avaient pas finie.

Sur la liste des auteurs indignes de confiance de Sara, se trouvait John Grisham. Il était un mystère pour Sara : comment pouvait-on écrire des livres comme *Non coupable*, *L'Idéaliste* et *L'Affaire Pélican* pour ensuite publier des histoires plates et idiotes ? Peut-être sortait-il tous ces mauvais livres uniquement pour percevoir les millions prévus au contrat d'édition, mais si tel était le cas, Sara n'aurait pas hésité à lui verser une petite contribution afin qu'il prenne son temps et ponde de bons textes. Paolini n'était pas plus fiable. Sara doutait même qu'il mérite le qualificatif d'auteur. Une trilogie ! Cela n'aurait pas dû être un mot trop compliqué pour une personne ayant l'ambition de devenir écrivain. Trois livres. Série bouclée. Bien sûr, elle aurait été prête à lui pardonner un quatrième volet, s'il avait mené quelque part. Elle avait entendu des rumeurs affirmant qu'il était en cours d'écriture, peut-être dès l'année précédente, mais elle ne l'avait pas cru avant de l'avoir entre les mains.

Sara n'était pas butée. Le type avait bien dix-neuf ans ou quelque chose comme ça, lorsqu'il s'était lancé dans le projet Eragon, non ? Un problème de page blanche pouvait arriver à n'importe quel auteur, mais pourquoi n'avait-il pas fait appel à un nègre ?

Auteurs fiables : Dick Francis, Agatha Christie, Georgette Heyer. En fait, Dan Brown avait sans doute aussi sa place parmi eux, pensa Sara. Il était si fiable qu'on obtenait exactement la même histoire chaque fois.

Terry Pratchett, en revanche, possédait une forme de fiabilité qui lui appartenait en propre. Non seulement, il continuait à publier des livres à un rythme toujours plus élevé, mais il assumait merveilleusement ses responsabilités lorsqu'il s'agissait de nouveaux personnages et ses romans oscillaient toujours de manière juste entre les magiciens, les sorcières, la Mort et les autres afin que chaque lecteur retombe sur ses préférés à intervalles réguliers.

Quand il avait annoncé qu'il souffrait de la maladie d'Alzheimer, ses fans s'étaient consolés en se disant qu'il aurait quand même sans doute le temps d'écrire encore quelques romans. Ses lecteurs lui furent également loyaux. Lorsqu'il donna un million de dollars à la recherche sur Alzheimer, ses fans lancèrent une campagne Internet intitulée « *Match it for Pratchett* » visant à réunir la même somme. Sara estimait que cela en disait long sur l'humanité et les livres.

C'est alors qu'elle s'apprêtait à ranger tous ses livres classés dans leur ordre de publication qu'elle prit conscience qu'on l'observait. La librairie était vide, mais en relevant les yeux, elle découvrit John qui se tenait juste devant la vitrine.

Ils restèrent un moment ainsi, Sara avec quatre livres de poche dans les bras et John, le visage impassible et les yeux vides au point de la rendre nerveuse.

Elle lui adressa un sourire hésitant, mais il ne parut même pas l'avoir remarquée. Son regard glissa sur la boutique et les livres, sans qu'elle sache davantage s'il enregistrait ce qu'il voyait. Son attitude ne paraissait pas franchement réprobatrice, mais quelque chose dans sa réserve et le fait qu'il ne se soit pas donné la peine d'entrer la mirent mal à l'aise. Elle aurait voulu l'aider, mais ne savait pas comment. Elle aurait voulu lui demander s'il pensait qu'Amy aurait désapprouvé cette librairie, mais elle n'osait pas.

Puis un client de Hope entra et John sursauta, comme s'il avait soudain pris conscience de l'endroit où il se trouvait. Sara se tourna à contrecœur vers le nouveau venu. L'homme lut l'affiche qu'elle venait de placer, la considéra à nouveau, et elle soutint son regard, comme pour l'encourager à émettre un commentaire.

— Les habitants de Hope pensent que la librairie sera un échec, déclara Sara tandis qu'elle était au bar du *Square* avec Andy et Tom. Ils pensent que cela n'intéresse personne d'acheter des livres.

— Ils n'ont sans doute pas tout à fait tort, répondit Tom.

Il était arrivé au *Square* alors que Sara s'y trouvait déjà. Elle se persuada donc que cette rencontre était inévitable. Elle était à présent sans cesse à l'affût de signes susceptibles de lui indiquer s'il croyait qu'elle était mouillée dans le plan débile de Jen, mais il semblait surtout la traiter comme les autres clients réguliers. En arrivant, il lui avait adressé un signe de tête, s'était assis à côté d'elle et avait écouté sa conversation avec Andy d'un air las.

La voix dans la tête de Sara ne s'était pas tue. Elle la harcelait pour qu'elle le touche. Elle cherchait à la convaincre que tout était normal : toucher son bras au cours de la conversation, son dos pour attirer son attention sur quelque chose ou même sa main, dont la proximité avec la sienne était alarmante.

D'ailleurs il n'y trouverait rien d'étrange, lui disait la voix. Des tas de gens se touchent. Elle plaça les deux mains autour de sa bière pour éviter la tentation.

— Bien sûr que si, cela vous intéresse, répliquat-elle, avant d'ajouter au nom de l'honnêteté : Ou cela vous intéressera.

— Ce n'est pas le problème, intervint Andy. Le problème est qu'ils se croient tellement supérieurs.

— Ne le sont-ils pas ?

— Qu'ont-ils à Hope que nous n'avons pas ici ? demanda Andy.

— Du travail, répondit Tom.

— Mais encore ?

— Des magasins.

— Tiens donc ! s'exclama Andy. Et ils ont une librairie, peut-être ?

— Exactement, conclut Sara.

Sans qu'elle le sache, ses paroles avaient semé une graine de résistance. Chez Andy, ce qui ne représentait certes pas un exploit.

C'était un enthousiaste congénital, une de ces personnes qui se jettent à corps perdu dans tout nouveau projet, persuadés chaque fois que ce sera le Bon (non sans certaines similarités, soupçonnait Sara, avec la manière dont les filles de la librairie s'étaient jetées dans des relations amoureuses). Il était le premier à accueillir les nouvelles personnes qui pointaient leur nez dans les parages et chaque nouvel étranger était un ami auquel il n'avait pas encore raconté ses histoires.

Depuis qu'il était revenu de Denver et avait racheté *The Square* avec Carl, Broken Wheel était son principal centre d'intérêt. La vie dans les petites villes était la seule forme de vie authentique ; personne ne l'appréciait davantage qu'Andy et l'homophobie dans les campagnes américaines n'était plus qu'un mythe et une conspiration des grandes villes. Carl le supportait valeureusement, même si beaucoup pensaient qu'il n'était pas aussi comblé, ce qui était peut-être une chance pour leur bonheur commun officieux, car deux enthousiastes comme Andy auraient été trop pour n'importe quel couple. Et pour leurs amis.

La graine que les paroles de Sara avaient plantée n'allait pas tarder à germer en une véritable jungle folle. Andy appela Grace et, ensemble, ils en arrivèrent au plan aussi simple qu'idiot consistant à défendre la réputation de Broken Wheel et de chatouiller tous les habitants de Hope condescendants qui oseraient venir dans leur librairie.

Le plan était d'une simplicité géniale : chaque fois qu'un client de Hope arriverait, Grace serait responsable d'envoyer l'habitant de Broken Wheel le plus proche dans le magasin afin qu'il y parcoure lentement les rayonnages, achète des livres, demande où en était sa commande et que son comportement soit en tout point celui d'un amoureux des livres abonné à *The New York Review of Books*.

On demanda à Carl quels auteurs littéraires connus une personne éduquée était censée lire. Il suggéra Proust, ce qui se révélerait un mauvais choix.

— Un Français, approuva Andy. Très bien. Les personnes éduquées et littéraires lisent des livres obscurs.

Il transmit ce nom à Grace.

Le jour où le plan devait être mis en application, George commit l'erreur de se rendre chez Grace. Il n'avait pour ambition que de boire une tasse de café, mais fut enrôlé de force dans le plan de Grace et d'Andy. Andy avait tout récapitulé par téléphone et Grace avait passé toute la matinée sur le seuil, surveillant l'arrivée du premier client de Hope.

Et il s'était présenté.

Elle avait tout le temps nécessaire pour transmettre ses instructions à George, étant donné que le client attendait encore au feu. George, lui, avait tout le temps de monter en pression.

— Est-ce que quelqu'un d'autre ne pourrait pas… ? demanda-t-il, mais elle l'interrompit.

— Fais le gars éduqué. C'est si dur que ça ? Allez, zou !

Il jugea plus simple d'obtempérer que de protester. Après un temps d'hésitation et un coup d'œil en direction de Grace qui lui ordonnait à grands signes d'entrer, il se faufila nerveusement dans la boutique juste avant le client de Hope.

Il s'efforça de se cacher dans les recoins du magasin en prenant un air littéraire. Il ne savait pas exactement comment on faisait, mais il tenta les sourcils froncés tandis qu'il scrutait le dos des ouvrages avec la plus grande attention. Par manque de chance, il s'était placé devant la série Shopaholic de Sophie Kinsella si bien qu'à cet instant précis, il observait *Confessions d'une accro du shopping* d'une manière littéraire et éduquée.

Sara le considéra avec étonnement avant de se tourner vers le client de Hope.

Il avait une cinquantaine d'années et possédait cette forme d'embonpoint due à un travail sédentaire et de longs déjeuners. Son bronzage était également exagéré, digne de séances prolongées de barbecue torse nu ou de solarium.

— Ha ha ! dit-il plus qu'il ne riait. Vous devez être Sara.

Elle l'admit.

— Ha ha ! Il n'y a qu'une Européenne pour avoir l'idée d'ouvrir une librairie à Broken Wheel.

D'une certaine manière, il parvint à humilier à la fois le continent européen et tous les habitants de Broken Wheel.

Deux autres entrèrent dans la boutique. Ils portaient des chemises à carreaux neuves bien repassées et des ceinturons brillants à leur jean trop serré. Il était évident qu'ils étaient venus ensemble et que le Bronzé ne s'était pas donné la peine d'attendre les autres. *Mal élevé*, pensa Sara, amusée.

— De Suède, donc ? s'enquit le Bronzé.

Sara acquiesça. Elle était distraite par George dont le froncement de sourcils et le regard sur les malheureux livres de Kinsella avaient redoublé d'intensité, ce qui, en soit, était de la haute voltige littéraire.

— Il n'y a pas grand monde ici, commenta Chemise numéro un à l'intention du Bronzé.

Chemise numéro deux et le Bronzé opinèrent.

Sara aurait aimé être l'une de ces personnes perspicaces capables de sortir une repartie bien sentie en un dixième de seconde. Elle se tourna ostensiblement vers George.

— Puis-je t'être utile, George ?

Il la dévisagea tel un homme en pleine noyade auquel on vient de lancer une bouée de secours sur la tête et qui continue donc de se noyer, avec en prime une migraine. Ses mains tremblaient davantage que d'habitude et des gouttes de sueur perlaient sur son front. Cependant, les critiques à peine déguisées des habitants de Hope à l'égard de Sara le poussèrent à réunir son courage et à déclarer du ton le plus formel possible :

— Je suis en quête d'un ouvrage de Proos.

Il lança un regard appuyé aux clients, qui l'ignorèrent.

Sara lui mima un « T », comme un souffleur dans un théâtre, ce qui ne fit qu'accroître le désarroi de George.

— Proot ?

— Oui, déclara Sara. Proust. Tout à fait. Malheureusement, nous n'avons pas *À la recherche du temps perdu* en stock, mais je peux passer une commande pour vous.

— V… volontiers, bégaya George. J'apprécierais que vous le commandiez pour moi.

— Les, le corrigea Sara.

— Il s'agit de plusieurs livres ? demanda George en masquant difficilement la peur dans sa voix.

— Sept, répondit Sara.

Les clients de Hope éclatèrent de rire. Grace s'était faufilée devant la vitrine et s'efforçait d'arborer l'air nonchalant de celle qui fait sa pause cigarette.

— Évidemment, les gens ne savent pas de quoi ils parlent à Broken Wheel, commenta Chemise numéro deux avec emphase.

Il avait sans doute lu une étude relative au nombre de livres lus par habitant à Broken Wheel.

— Européenne, commenta le Bronzé aux Chemises.

— En fait, j'ai voté non à l'entrée dans l'Union européenne, intervint Sara sans autre but que de dire quelque chose.

— Vous savez qu'il y a quelques années, j'ai fait rebaptiser les French Fries en frites de la liberté dans mes restaurants ? s'enquit le Bronzé.

Les Chemises ricanèrent de plus belle.

— Vous ignoriez que la statue de la Liberté était un cadeau de la France ? demanda Sara. En y réfléchissant, ce changement de nom peut donc être considéré comme un hommage aux Français, non ?

La bouche du Bronzé prit une expression amère, mais il garda le silence. Les hommes repartirent sans avoir acheté un seul livre.

Sara se tourna vers George dès que la porte se fut refermée.

— Bon, George, c'est quoi cette histoire de Proust ? Vous voulez vraiment que je commande ces livres ?

— Mon Dieu, non ! s'exclama-t-il. C'était l'idée de Grace. Ou d'Andy.

Et il lui expliqua la genèse de tout ce fiasco. Sara éclata de rire.

— Je ne comprends pas que vous vous soyez laissé embarquer là-dedans.

Puis elle se rappela le Bronzé et ajouta d'une voix pensive :

— Mais l'idée n'était pas si stupide…

— Vous avez l'intention de retenter le coup ? s'enquit George avec inquiétude et en consultant l'heure. Il faut… que j'y aille maintenant.

— D'un point de vue purement pratique, il faut que nous retravaillions un peu cette idée, bien sûr. Je crois qu'à l'avenir, il vaudrait mieux que ce soit moi qui suggère les auteurs et les titres.

Grace essayait d'attirer leur attention pour savoir comment les choses s'étaient déroulées. Elle agitait les bras au point de faire voler les cendres de sa cigarette. Sara ne remarqua rien.

— Pas une mauvaise idée du tout…, se dit-elle à elle-même et ses yeux brillèrent d'une détermination nouvelle.

Le plan d'Andy et de Grace n'était pas mauvais. Il manquait simplement d'ambition. Pour frapper Hope de stupeur, il fallait mobiliser toute la ville.

Dans les jours qui suivirent, Sara appela Andy, parla avec Grace et rendit visite à Jen.

Il ne fut pas difficile de convaincre Jen d'utiliser la gazette, une fois que Sara lui eut expliqué son plan au-dessus d'une tasse de café dans sa cuisine. Ses fils avaient eu la bonne idée de jouer dans leur coin. Jen gardait un œil sur eux à travers la fenêtre, tout en lui adressant un hochement de tête étudié en réponse à sa présentation de la version revue et corrigée du plan d'Andy et de Grace.

— Une foire aux livres, répéta-t-elle. Pourquoi pas ?

Voilà comment Sara avait introduit l'idée. Foire aux livres pouvait signifier tout et n'importe quoi, mais c'était un bon prétexte pour attirer des visiteurs de Hope. Une fois qu'ils seraient là, les habitants de Broken Wheel s'emploieraient à les éblouir par leur goût littéraire et leur extra-ordinaire intérêt pour les livres.

— N'oubliez pas que la gazette doit être dif-fusée à Hope.

— Un livre ? proposa Sara.

Elle était devant la librairie et distribuait des ouvrages à tous ceux qui avaient le malheur de passer.

La vieille femme devant elle serra encore davantage la cigarette à la commissure de ses lèvres et lui lança un regard critique.

— Un livre, vous dites ? Bah, après tout, dit-elle en tendant la main. Je m'appelle Gertrude.

Sa main était osseuse. Elle prit le livre que lui tendait Sara en même temps qu'elle la salua.

— Sara, répondit Sara poliment, même si elle soupçonnait qu'à ce stade, la majeure partie de la ville connaissait son nom.

*La Fille du général* de DeMille dans la main de Gertrude lui parut de mauvais augure. Peut-être devrait-elle sélectionner les ouvrages qu'elle dis-tribuait ? Quelles qu'aient été les qualités de son titre précédent, celui-ci n'était guère plus qu'un traité de sadomasochisme à peine déguisé en polar. Pas aussi terrible que *37°2 le matin*, mais pas vraiment le roman adapté pour cette grand-mère. Elle tenta de l'échanger, mais la femme serrait l'ouvrage si fort que ses phalanges avaient blanchi. C'était devenu une question de prestige.

— Lisez-le samedi ! lança Sara, même si elle espérait que Gertrude ne l'ouvrirait pas du tout. Sur la grand-rue, à proximité de la librairie.

Rien ne marchait comme prévu. Le pasteur qui avait officié à l'enterrement d'Amy passa devant la librairie au mauvais moment.

— Mon père ! l'appela Sara.

Il s'arrêta, obéissant.

— William, la corrigea-t-il.

Sara tenait un nouveau livre. Cette fois, elle l'avait choisi avec soin, mais elle fut prise d'hésitation. Elle avait voulu donner quelque chose au pasteur nerveux et elle pensait que personne ne pouvait résister au charme des conversations de Don Camillo avec son Jésus et à ses petites querelles avec le leader communiste local, mais les hommes d'Église se montraient parfois un peu chatouilleux lorsqu'il s'agissait de leurs prophètes. Sara se disait que c'était tout à fait compréhensible, puisqu'elle-même n'aimait pas les gens qui méprisaient les livres.

Mais elle n'hésita pas plus longtemps.

— Je vous en prie, dit-elle en lui tendant l'ouvrage.

— *Le petit monde de Don Camillo* ? lut-il à voix haute.

— J'espère que vous l'apprécierez.

Il fit un geste vers sa poche où il gardait son portefeuille.

— Non, non, l'arrêta Sara. C'est la maison qui vous l'offre.

— Pourquoi ça ? s'étonna-t-il, un peu alarmé.

— Quel intérêt d'avoir une librairie, si on ne peut pas donner des livres aux gens qui les méritent ? demanda-t-elle sur un ton innocent. Lisez-le. Vous allez aimer.

Elle renforça l'impression d'innocence en ajoutant :

— Et si vous apercevez un client de Hope, cela vous dérangerait-il de le sortir et d'avoir l'air absorbé ? Si possible, samedi. Dans les parages.

— Pourquoi ça ? s'enquit-il à nouveau.

— Pour...

Elle hésita.

— C'est tellement humiliant, mon père ! s'exclama-t-elle.

— William, la corrigea-t-il, par automatisme.

Elle lui parla des clients de Hope, de l'idée d'Andy et du Proos de George, le tout avec davantage d'enthousiasme que de cohérence.

— Bon Dieu ! s'écria-t-il et il rougit sur-le-champ, puis il se pencha vers Sara : Comment saurai-je que c'est un client de Hope ?

— Ils conduisent des berlines, s'arrêtent au feu et portent des chemises bien repassées.

Il acquiesça.

— Vos paroles sont profondes.

— Et puis, Grace fera office de vigie.

Il n'y avait rien de si étrange à ce que le pasteur décide de participer à la campagne de Sara. Il savait ce que signifiait de se sentir décevant et de faire l'objet de plaisanteries et de regards méprisants. Il avait longtemps été « Pauvre Will Christopher », alors qu'il ne buvait même pas.

Il était issu d'une longue lignée de pasteurs. Son père l'avait été, de même que le père de son père et toute une ribambelle d'ancêtres. Sa grand-tante avait voulu être pasteure, se souvenait-il, et avait provoqué une espèce de scandale lors du mouvement pour les droits civiques. Elle avait eu une brève liaison avec un homme noir. Un prédicateur, bien sûr.

Son père avait été aussi charismatique et couronné de succès que les autres hommes de sa famille. Il avait toujours su qu'il serait pasteur, mais cela ne l'avait pas empêché de s'entraîner en prodiguant des soins spirituels à des jeunes filles pendant son adolescence. *Son of a Preacherman* aurait pu être l'hymne du père de William.

Et il avait enseigné à de nombreuses brebis, à en juger par les regards nostalgiques que les femmes quinquagénaires lançaient souvent à William. Comme si elles se souvenaient de moments savoureux de leur jeunesse et s'attendaient à ce qu'il soit à la hauteur de ses gènes et s'en prenne à leurs filles d'un instant à l'autre. Et se montraient toujours déçues qu'il ne le fasse pas. Elles voulaient manifestement offrir à leur progéniture une aussi bonne éducation que celle qu'elles avaient reçue. La plupart d'entre elles avaient quitté Broken Wheel pour des villes plus grandes au moment de la crise économique. William, lui, était resté.

Désormais, il était le seul pasteur à Broken Wheel et il s'occupait de toutes les missions religieuses les plus importantes. Les baptistes, les méthodistes et les presbytériens se tournaient vers lui, s'ils n'avaient pas le courage de se rendre dans l'une des nombreuses églises des villes alentour. En règle générale, les catholiques allaient à Hope. Une famille juive vivait à la périphérie de la ville et, un jour, il avait officié à une cérémonie de bar-mitsva avec plus ou moins de succès. Un vieil homme avait affirmé qu'il était un druide et, durant une brève période, William avait été obligé de lui apprendre à baptiser un tremble.

Dieu merci, cet homme reposait à présent en paix.

William supposait que certains individus étaient tout simplement nés pour mener les troupes (ça avait été le cas de son père, sans aucun doute), d'autres pour se jeter sous la coupe du premier leader venu, spécialement choisis pour accomplir le travail des leaders et les irriter avec leurs incessantes suggestions et opinions. D'autres enfin semblaient voués à rester à la traîne : ils avaient déjà une longueur de retard au départ et ne parvenaient jamais à revenir dans la course, ou alors ils trébuchaient et perdaient le rythme. Il en allait ainsi dans toutes les villes.

À ce stade, il l'avait accepté, mais quelque chose dans le nouveau rayonnement de Sara l'avait secoué. Lorsqu'elle était arrivée à Broken Wheel, elle était taciturne, polie et perdue, un peu comme lui. Maintenant, elle avait l'air investie d'une mission.

Il n'y avait rien de mal à opposer un peu de résistance, si ?

La campagne de Sara progressait à grands pas. Grace refusait de croire qu'elle pourrait apprécier un livre particulier, mais accepta d'en avoir un sur le comptoir. Sara lui donna l'intégrale des poèmes de Dylan Thomas dans l'édition de 2000.

— Selon la légende, il est mort dans sa chambre du *Chelsea Hotel* après plusieurs journées passées à boire comme un trou. Ses derniers mots, prononcés alors qu'il faisait du gringue à sa maîtresse, furent : « J'ai bu dix-huit whiskys. Je crois que c'est un record. Je t'aime. »

— Tiens donc, commenta Grace en regardant l'ouvrage de plus près.

Sara jugea inutile de préciser qu'on pensait désormais que ce n'était ni ses paroles ni la vérité. Il n'en avait sans doute même pas bu la moitié.

Andy débarqua à la librairie pour manifester son soutien à la campagne. *The Square* était bien trop excentré pour qu'il puisse y participer. Mais il voulait voir la réaction des habitants de Hope.

— Il faut bien que quelqu'un vende de l'alcool, glissa Sara.

— Rien de plus vrai, répondit-il en observant les lieux.

Soudain, il se figea et se pencha vers l'un des rayonnages.

— Bon Dieu ! lâcha-t-il avant de se redresser et de se retourner vivement. Tu as commandé de la littérature érotique gay !

Sara se força à rester impassible, mais la commissure de ses lèvres tremblait.

— Tu me l'avais demandé.

— Mais je n'aurais jamais pensé que tu le ferais. Caroline va avoir une attaque.

Il s'avança vers le rayonnage et scruta les titres un peu plus attentivement.

— Même si ce ne sont pas les meilleurs. Tu devrais voir ce qu'on peut trouver en ligne.

Elle rougit, même si elle savait qu'il disait précisément ça pour la gêner. Elle répondit cependant avec un calme étonnant :

— Ils ne sont pas si mauvais que ça. Tu devrais leur accorder une chance.

Elle fit le tour du comptoir et en sortit deux.

— Essaie ceux-là, ce sont les meilleurs.

— Tu les as lus ?

— Comment connaîtrais-je ce que je vends sinon ? Et j'en sais aussi un rayon sur ce qu'on peut trouver sur Internet.

*Beaucoup trop*, pensa-t-elle.

Andy riait encore lorsqu'il ressortit de la librairie, mais il avait acheté les deux livres. Enfin, elle ne l'avait pas laissé payer.

*Une première victoire*, se dit-elle et elle fit quelques pas de danse improvisés dans la boutique. Le lendemain, Broken Wheel montrerait à Hope ce qu'était une ville qui lisait.

# Recommandé par les lecteurs
## de Broken Wheel

Sara était prête à accueillir les habitants de Hope. Elle avait entraîné ses recrues et les sentait toutes avides de revanche.

On décida d'un signal et on en informa tout le monde : quand la première berline serait repérée, Grace sortirait, allumerait une cigarette et soufflerait trois anneaux de fumée. Sur ce, chacun sortirait son livre et plongerait son nez dedans, comme s'il était absorbé par une lecture passionnante et passait de toute façon ses samedis matin à lire en public. En revanche, personne ne devait mentionner de titre ou d'auteur. Si quelqu'un était à proximité de la librairie et que Sara suggérait un ouvrage, il devait accepter.

La météo était aussi de la partie. Ce samedi était une journée chaude et ensoleillée. Même si on était déjà dans la deuxième quinzaine de septembre, une chaleur estivale flottait dans l'air. Ce jour semblait fait pour que des flâneurs bouquinent adossés à des façades.

Le dernier préparatif de Sara consista à installer un nouveau rayonnage sur lequel elle plaça tous les livres illisibles qu'elle put trouver, plus tous les lauréats du prix Pulitzer, deux du

Nobel et tous ceux qui avaient été nommés pour le Booker Prize.

Sara en avait lu quelques-uns, mais certainement pas tous. Ses connaissances livresques n'avaient jamais été systématiques. Plusieurs fois, elle avait cherché à les améliorer et s'était engagée dans une formation quelconque. Quand on passait le plus clair de son temps dans les bouquins, on était censé maîtriser les Nobel, les classiques et tous ces textes dont tout le monde parlait sans les avoir lus, comme Mark Twain aurait dit. Sara avait enchaîné les programmes de lecture ambitieux, mais cela se passait rarement bien. Il était ennuyeux de considérer des livres comme des lectures incontournables au motif que d'autres les avaient lus, et puis elle était beaucoup trop facile à distraire. Il y avait trop de livres pour s'en tenir à une thématique plus ou moins vaste. À l'âge de seize ans, elle avait essayé de lire les classiques de A à Z, par ordre alphabétique. Elle était allée jusqu'à la bibliothèque municipale de Stockholm et avait presque tourné de l'œil en constatant le nombre de livres disponibles. Il y en avait trop pour que sa vie soit suffisante à tous les lire, même si elle s'était enfermée vingt-quatre heures sur vingt-quatre et si elle avait connu plusieurs langues. Elle s'était donc prise en main et avait dressé une espèce de liste minimaliste pour chaque lettre. Elle avait déjà lu Dickens et Austen. Un Dostoïevski, de préférence deux. Un Boulgakov.

Elle avait abandonné à G, se rappelait-elle, après *Les Souffrances du jeune Werther*, surtout parce qu'elle avait été distraite par Gabriel García Márquez et s'était alors lancée dans une odyssée à la découverte des auteurs latino-américains. Puis elle avait vu *Le Temps d'un automne* et avait cherché M. Rothberg sur la liste des meilleurs auteurs américains sans le découvrir nulle part. Elle avait dû se créer sa propre liste où elle avait inscrit Fitzgerald, Auster et Twain (à ce point, elle s'était laissé distraire par *Wilson Tête-de-mou* et avait alors dérivé vers les ouvrages sur le racisme). Au moment de lire les écrivains prolétariens, elle avait lu quatre œuvres de Moa Martinson et pas une seule de Harry. Elle avait lu la plupart des comédies de Shakespeare, mais aucune de ses tragédies, et tous les textes d'Oscar Wilde. Elle avait lu de nombreux lauréats du Nobel, mais jamais avant qu'ils ne remportent le prix. De ce point de vue, son seul espoir était que Joyce Carol Oates finisse par le décrocher.

Beaucoup des favoris d'Amy comptaient parmi les auteurs plus littéraires et Sara était impatiente d'en lire le plus possible. Après les avoir tous réunis sur un rayonnage, elle le baptisa RECOMMANDÉ PAR LES LECTEURS DE BROKEN WHEEL.

Elle éprouva une satisfaction particulière à y ranger deux exemplaires de l'intégrale d'*À la recherche du temps perdu*. Elle préleva cinq tomes et les cacha sous le comptoir, uniquement pour montrer qu'un habitant de Broken Wheel venait de savourer la série d'une manière éduquée et littéraire.

Lorsque le premier 4 × 4 rutilant entra dans Broken Wheel le samedi matin et s'arrêta au feu, tout le monde était prêt. Andy avait envoyé quelques clients réguliers du *Square*. L'un d'eux tenait un livre à l'envers et un autre donnait tous les signes d'un endormissement imminent, mais sinon tout se déroulait selon le plan.

William Christopher était adossé à la façade du cinéma et riait avec un plaisir non feint à la conversation de Don Camillo avec Jésus.

Grace imposait un ouvrage à chacun de ses clients et les obligeait à marquer une pause au cours de leur repas pour scruter le texte à côté de leur assiette avec une mine sinistre. Un client protesta, désespéré : il était pressé, mais Grace lui lança un regard mauvais ; il n'en fallut pas plus pour que tout le monde lise.

George était installé dans l'un des fauteuils de la librairie, mais il ne lisait pas Proos. Sara lui avait donné un Kinsella à la place.

Sara, elle aussi, était évidemment prête. Elle était sur le seuil de la librairie, disposée à décocher son sourire le plus suave dès que les clients de Hope sortiraient de leur voiture.

— Mais qu'est-ce que c'est que ce bordel ! s'exclama spontanément un homme.

Une femme sourit spontanément à Grace qui lui répondit par un regard peu amène.

Sara adressa des grands signes désespérés à Grace qui se fendit sans attendre d'un grand sourire amical, ce qui fit reculer la femme, effrayée.

Sara prit le relais.

— Puis-je vous être utile ? s'enquit-elle aimablement.

Broken Wheel était en bonne voie d'apparaître comme une ville charmante, bien portante et presque normale. Même le bitume semblait plus chaleureux et plaisant quand les gens s'y promenaient avec un livre.

— Je ne suis pas trop en faveur des livres, mais celui-ci paraît très bien, reconnut Gertrude à contrecœur devant Annie May alors qu'elle en avait lu la moitié.

Annie May lança un regard dubitatif à la couverture.

— Il n'est pas un peu... dégoûtant ?

Gertrude pouffa.

Leur fenêtre donnait sur un petit coin de la grand-rue, où des véhicules et des lecteurs semblaient à présent se rassembler.

— Que se passe-t-il aujourd'hui ? demanda Annie May.

Gertrude l'ignorait, mais elle ne l'aurait reconnu pour rien au monde. Elle s'abstint donc de répondre à la question.

— Et elle t'a donné ce livre ?

Gertrude acquiesça et le retourna dans ses mains.

Annie May lâcha un soupir rêveur.

— Est-ce qu'une belle histoire d'amour n'aurait pas été plus savoureuse ?

Elle ajouta :

— Rien de déplacé, bien sûr. Des vagabonds. Des princes et...

— Oui, je sais. Des grenouilles.

Une heure plus tard, Annie May contemplait le beau temps avec envie. Elle jetait des coups d'œil en direction de Gertrude, à moitié endormie dans son fauteuil, une cigarette allumée encore fumante dans le cendrier et son livre ouvert sur les genoux. Peut-être allait-elle sortir faire une promenade ? Le soleil brillait. Elle aurait pu passer par hasard devant la librairie.

Personne ne pourrait y trouver à redire.

Un chaos où se mêlaient chaleur et coups d'épaule régnait dans la librairie. Des habitants de Hope circulaient entre les rayonnages et assimilaient le classement particulier. Un client feuilletait nerveusement *Ulysse* de James Joyce et *Geography and Plays* de Gertrude Stein tandis qu'un autre semblait se demander qui à Broken Wheel avait recommandé *La Mer, la mer* d'Iris Murdoch.

Annie May choisit ce moment pour se faufiler à l'intérieur de la boutique. Elle se fraya un chemin jusqu'au comptoir. Les habitants de Hope s'écartèrent gentiment sur le passage de cette vieille dame, ce qui impliqua malheureusement qu'ils se retrouvèrent amassés autour d'elle, tournés vers Sara, lorsqu'elle se pencha en avant et demanda dans un chuchotement que tout le monde entendit :

— Excusez-moi, je voudrais des… romans d'amour.

Elle regarda autour d'elle, se pencha encore davantage et dit tout aussi fort :

— Rien d'indécent, bien sûr.

Puis elle ajouta, pleine d'espoir :

— Avez-vous des Harlequin ?

Lorsque les clients de Hope quittèrent les lieux, le pasteur était le seul encore en train de lire. Les clients du *Square* s'étaient endormis sur leur livre.

Il n'y avait qu'une chose à faire : Sara éclata de rire devant le spectacle. Elle réussit à se contenir jusqu'à ce que le dernier client de Hope ait quitté le magasin, puis elle rit pendant plusieurs minutes d'affilée en songeant au fiasco des Harlequin et des bibliophiles endormis. Même lorsqu'elle se fut ressaisie, ses yeux brillaient encore de rire réprimé. Elle s'efforça d'avoir l'air normal quand Jen parla de leur succès, de la gazette et de la foire aux livres. George était toujours installé dans son fauteuil. Andy avait déjà appelé pour exiger un rapport. Sara n'avait rien dit au sujet de ses clients réguliers.

— Nous devrions avoir un office de tourisme, déclara Jen.

C'en fut un peu trop pour George qui demanda :

— Tu penses vraiment que ce serait malin ? demanda-t-il, dubitatif.

— Pourquoi pas ? Maintenant que nous avons une librairie, nous devrions nous en servir. Il y a d'autres activités sympathiques à faire à Broken Wheel. Comme... Euh, je suis sûre que nous pourrions trouver quelque chose en faisant des efforts. Des efforts. Voilà ce qui nous manque dans cette ville. Un office de tourisme, répéta-t-elle. Voilà qui mérite une tentative.

— Et quelles informations y fournirais-tu ? persista George.

— *The Square*, peut-être ? On pourrait acheter un livre ici, puis y prendre un bon repas – voire assister à des soirées dansantes. Ils en organisaient avant, je le sais. Mon mari m'en a parlé.

Il y avait encore un éclat dangereux dans le regard de Sara.

— Dans ce cas, tu devrais afficher une photo de Carl. Est-ce que ça ne serait pas susceptible de les faire mordre à l'hameçon ?

Sara Lindqvist
7 Kornvägen, 1 tr
136 38 Haninge
Suède

Broken Wheel, Iowa, le 10 novembre 2010

Chère Sara,

C'est amusant que tu t'intéresses autant à notre petite ville. Aujourd'hui, j'ai pensé au rire, alors il est pertinent que je te parle un peu plus d'Andy. J'ai pensé au rire parce que Andy est venu me rendre visite avec Tom et Carl, l'ami très proche d'Andy. Andy a le rire dans le sang. Il a également des cheveux bouclés indomptables. Parfois, j'ai le sentiment que les deux sont liés.

Je ne crois pas qu'il ait été très facile de grandir avec de telles boucles. Je sais que les filles en étaient jalouses et que les garçons les méprisaient. Mais Andy se contentait d'en rire. Un jour, j'ai entendu un gamin se moquer de lui et dire qu'il avait volé les bigoudis de sa mère. Tom a piqué une crise de rage et s'apprêtait à se bagarrer avec toute la bande, et Claire semblait décidée à lui prêter main-forte. Tom prend parfois les choses trop à cœur, à mon avis. Pas ce qui le concerne directement bien sûr, mais d'autres gens, surtout ses amis. Ce jour-là, je me demandais si je devais intervenir, mais Andy a désamorcé toute la situation en riant si fort qu'il s'en tenait les côtes, plié en deux. « Excuse-moi, mais l'idée que j'ose voler quelque chose à ta mère est tellement dingue », a-t-il haleté entre deux éclats de rire. La mère du garçon était connue pour avoir la main leste. « Imaginez-moi en train d'essayer de m'enf… m'enfuir (il riait tant qu'il avait du mal à aligner deux mots), les p… poches pleines de bigoudis, comme des épluchures de pommes ! » Cette image déclencha un fou rire général, qui gagna même Tom. J'ai souvent pensé que le rire était la meilleure défense. En revanche, cette stratégie ne fonctionnait jamais avec le père d'Andy. Il me console de penser que c'est moi qu'Andy est venu voir quand il a quitté Broken Wheel.

Amitiés,

Amy

# Incitation à l'homosexualité

La nouvelle de l'existence du rayon de littérature érotique gay s'était répandue en ville comme une traînée de poudre, aussi sûrement que si Jen en avait parlé dans la gazette.

Quelques jours après la foire aux livres, un nouveau client pénétra dans la librairie. Il ne paraissait pas avoir plus de vingt-cinq ans, mais il se mouvait avec une espèce d'assurance déterminée qui le faisait paraître plus vieux. Comme si à un moment ou un autre, il avait résolu de ne plus être nerveux. En revanche, il ne paraissait pas tout à fait sûr de ce qu'il faisait dans une librairie. Il entra d'un pas vigoureux, puis s'arrêta, le dos toujours droit, le regard d'un calme presque agressif, mais sa manière d'éviter de regarder Sara et les livres indiquait qu'il n'était pas aussi à l'aise qu'il essayait d'en avoir l'air. Son expression ne dévoilait rien, mais Sara eut l'impression qu'il était en proie à un débat intérieur.

Pour finir, Sara lui demanda :

— Puis-je vous être utile ?

— Non, répondit-il. J'habite à Hope.

— Vous vous y plaisez ? s'enquit-elle, faute de trouver mieux à dire.

— Pas particulièrement.

— Cherchez-vous quelque chose en particulier ?

Il parut prendre sa décision. Un sourire perça dans ses yeux, à mi-chemin entre le puéril et le mondain. Sara parlait d'un livre, mais il répondit par une question :

— Un petit ami ?

Elle éclata de rire.

— Le rayonnage au fond à gauche, en bas.

— Ma mère m'a parlé de vous. Elle a dit que vous alliez brûler en enfer pour incitation à l'homosexualité.

Sara se sentit assez blessée par cette attaque émanant d'une femme qu'elle ne connaissait pas, mais aussi, elle devait le reconnaître, assez fière. Elle, Sara Lindqvist, incitait à l'homosexualité ! Qui aurait pu le prédire ? Elle répliqua sur un ton léger :

— Que dire ? C'est une publicité inespérée.

Il hésita.

— Vous êtes… ?

Cela paraissait avoir une telle importance pour lui que Sara envisagea de mentir. Elle l'aimait bien. Elle choisit un compromis :

— Bisexuelle, déclara-t-elle alors qu'elle n'avait même pas vu la Gay Pride, et elle rougit légèrement.

Il sourit.

— Comme tout le monde, non ? Vous n'êtes pas du coin, hein ?

— De Suède.

Il acquiesça, comme si cela expliquait tout.

— Ah, commenta-t-il.

Il gagna la section consacrée à la littérature érotique gay et Sara se remit à lire. Au bout d'un moment, il s'avança vers le comptoir avec deux livres.

Sara avait acheté de beaux sachets décorés d'un chêne et du nom de la librairie. Elle glissa les deux ouvrages dans l'un d'eux sans poser de question. Il paya, mais s'attarda dans la boutique. Planté entre elle et la porte, il ne faisait pas mine de s'engager dans une direction ou dans l'autre.

— Puis-je… ? finit-elle par demander.

— J'espérais…, commença-t-il avant de marquer un temps d'hésitation. J'espérais pouvoir faire des connaissances ici.

— *The Square*. Parlez à Andy et à Carl.

— Ils sont… ?

— Ensemble.

Il semblait hésiter entre la joie et la déception.

— Ils connaissent peut-être un bon endroit où aller, ajouta-t-elle. Passez-leur le bonjour de ma part.

Elle tendit la main.

— Au fait, je m'appelle Sara.

— Joshua, mais tout le monde m'appelle Josh.


Le commentaire de Sara sur Carl et l'office de tourisme n'était qu'une plaisanterie, mais elle soupçonnait Jen de prendre tout cela très au sérieux. Lorsque Andy l'appela pour la prier de passer au *Square*, elle craignit le pire.

— Tu ne devineras jamais qui est passé aujourd'hui, déclara Andy une fois qu'elle fut installée au bar avec une bière fraîche.

— Non ? répondit-elle sur un ton prudent.

Il fronça les sourcils avant de dire :

— Josh.

— Ah bon, dit-elle, soulagée. J'espère que ce n'était pas un problème.

— Bien sûr que non. Pourquoi nous, les gays, ne serions-nous pas tous des agences matrimoniales ?

*Ne pas rougir*, se dit-elle. Sans qu'elle sache pourquoi, cette situation lui semblait embarrassante.

C'était cette perpétuelle peur de ne pas être politiquement correcte, se convainquit-elle.

Carl se pencha vers elle au-dessus du bar, comme s'il avait décidé qu'elle ne risquait plus de se jeter sur lui.

— C'était chouette de ta part de faire ça.

— Au fait, Sara, reprit Andy. Bisexuelle, vraiment ? Jamais je n'aurais…

À son grand soulagement, elle n'entendit plus parler de l'office de tourisme. Elle regrettait d'avoir sorti cette plaisanterie. En revanche, la gazette relative à la librairie semblait avoir été diffusée à l'extérieur de Broken Wheel et continuait d'attirer des visiteurs.

Ce samedi-là, la clientèle était étonnamment nombreuse. Et essentiellement composée de grandes femmes en jeans affreux, chemises à carreaux, bottillons poussiéreux et Stetson.

Sara ne parvenait pas à détacher ses yeux d'elles, comme lorsqu'on reste à regarder un accident de voiture malgré soi. Dire que les gens portaient vraiment des Stetson. Sérieusement. Sara ne s'était toujours pas habituée à ce que de telles femmes existent réellement. Étaient-elles conscientes de ce que des films, des livres et des séries télé avaient fait pour elles ? Elle ignorait si elles rendaient les films plus réalistes ou si elles transformaient les États-Unis en gigantesque fiction. La seule différence avec les films, c'était qu'elles pesaient toutes au moins vingt kilos de plus et n'employaient pas le moindre maquillage.

Elles arrivaient par groupes. Certaines achetaient des livres, puis s'attardaient dans le magasin. Elles parlaient un dialecte traînant et ne prononçaient jamais une parole superflue.

Grace passa au moment où un groupe se pressait pour entrer dans la librairie. Elle se faufila jusqu'au comptoir où Sara feignait de lire, s'y appuya et regarda ostensiblement autour d'elle.

— À une époque, toutes ces femmes seraient venues chez moi, déclara-t-elle.

Elle ne se donna pas la peine de baisser la voix pour poursuivre.

— Toutes ces femmes – de vraies femmes solides, toutes autant qu'elles sont, je le vois tout de suite. Ce sont des femmes comme elles qui ont bâti ce pays.

Elle secoua la tête.

— Qu'elles soient finalement de retour en ville, mais autour de livres et pas d'alcool, ce n'est pas naturel.

Sara ferma son livre et releva les yeux vers Grace.

— Qu'y a-t-il de mal à se réunir dans une librairie ? demanda-t-elle en faisant un geste large avec son roman pour inclure tous les ouvrages. N'est-ce pas justement parce que ce sont des femmes solides et authentiques qu'elles veulent lire des histoires au sujet de femmes comme elles ?

— Baratin. On n'a jamais écrit de livres sur la véritable nation américaine, juste sur les pensées foireuses d'hommes foireux. La vraie vie est dure, brute, authentique. Les livres sont édulcorés, compliqués et bien trop obsédés par tout ce qu'on pense et ressent à longueur de temps. Et puis, ils sont pleins d'hommes. Qu'ont-ils jamais fait pour l'Iowa ?

— Pas forcément, marmonna Sara. Puis elle continua pour elle-même : Juste parce qu'elles portent des Stetson, sont dures et braillardes, elles n'auraient pas le droit d'apprécier les livres ? Pourquoi les livres seraient-ils réservés aux hommes foireux ? Ces femmes fantastiques ne les ont-elles pas mérités plus que quiconque ?

Elle fit un nouveau geste englobant avec son roman. Certes, elle avait peut-être été plus méprisante qu'admirative quand elle avait pensé à elles au départ, mais une femme peut bien changer d'avis, non ? Elles étaient manifestement toutes des femmes fortes et dures. Et un peu, un tout petit peu repoussantes. Elle aurait continué son plaidoyer en chuchotant si l'une de ces femmes fortes ne s'était pas malheureusement avancée à ce moment-là pour demander :

— Excusez-moi. Savez-vous comment se rendre à ce bar ?

Grace éclata de rire.

— Alors, les filles, pourquoi êtes-vous dans cette librairie, en fait ?

— L'article disait qu'elle valait le détour, répondit la femme qui avait demandé son chemin.

Elle regarda autour d'elle, visiblement dubitative.

— Et puis le bar n'ouvre qu'à cinq heures.

Sara considéra la horde de femmes cow-boys avec l'énorme pressentiment que quelque chose de terrible était sur le point de se produire.

— J'ai entendu dire qu'il y avait d'autres bonnes raisons de faire un détour au *Square*, déclara la même femme. Une, en tout cas.

Tout cela n'inspirait absolument rien de bon à Sara.

— Ne vous inquiétez pas, dit-elle sur un ton lugubre. Il y en a deux.

Tom l'attendait lorsqu'elle revint de la librairie. Avec la campagne de lecture, elle l'avait presque oublié, et voilà qu'il se tenait devant elle.

— Salut, lança-t-elle sur un ton hésitant tout en se dirigeant vers le perron.

Elle s'arrêta juste devant lui et, lorsqu'il lui sourit, il se pencha en avant, très légèrement, jusqu'à ce qu'ils se touchent presque.

Elle leva les yeux vers lui et chercha désespérément quelque chose à dire afin de pouvoir baigner dans son petit sourire quelques instants supplémentaires. C'était l'un de ces moments où le temps avance à la fois avec une incroyable lenteur et bien trop vite, comme si on sentait chaque seconde s'égrener dans son corps. Elle savait qu'il lui faudrait très rapidement lancer une conversation ou s'éloigner de lui.

Avant qu'elle n'ait eu le temps de trouver un sujet, il se racla la gorge et déclara :

— C'est Carl qui m'envoie.

Elle cligna des yeux.

— Il a besoin de ton aide. Il a dit que tu le lui devais. Il avait l'air très stressé. Je lui ai proposé de te conduire.

Mais Tom était toujours planté juste devant elle, bien trop près pour qu'elle puisse se soucier des éventuels problèmes de Carl.

— Maintenant ? demanda-t-elle.

— Ça paraissait urgent.

Il s'éloigna de quelques pas et lui ouvrit la portière. Elle s'efforça d'éprouver du soulagement à pouvoir à nouveau respirer.

Elle fut d'abord frappée par le bruit. Elle l'entendait déjà sur le parking, un bruit lourd et bourdonnant de voix hautes et de conversations animées entre des gens enfermés dans un local trop petit. Puis par la chaleur. Qui se jeta sur elle lorsqu'elle ouvrit la porte. L'air était étouffant, chargé d'odeurs de sueur, de bière et de chaleur humaine. Puis par la quantité absurde de femmes imposantes en jeans mal coupés et Stetson.

— Mon Dieu ! s'exclama-t-elle. Il doit bien y en avoir cinquante.

Tom paraissait en état de choc. Il resta derrière elle, comme si elle lui servait de bouclier.

— D'où viennent-elles toutes ? s'enquit-il.

— De la librairie, répondit-elle sur un ton sinistre.

Elle n'avait pas le temps de lui expliquer. Carl lui faisait signe. Il n'avait pas l'air amusé.

Ils durent se frayer un chemin jusqu'au bar. Derrière le comptoir, une précipitation efficace régnait. Andy servait des bières et des boissons à un rythme de plus en plus rapide tout en encaissant, souriant et plaisantant avec chaque cliente. Il avait l'air d'un Tom Cruise version gay, d'un incroyable professionnalisme. Sara était absolument certaine qu'il aurait jonglé avec les bouteilles, si le public avait été un tant soit peu réceptif à ce genre de prouesse. Mais le public en question buvait des Bud et du whisky, et ne voulait pas qu'on jongle avec quoi que ce soit.

Carl était plaqué contre les rayonnages et le miroir le long du mur. Il servait des bières en se penchant en avant, le reste du corps toujours à distance respectable. Son visage était totalement impassible, mais une panique refoulée transparaissait dans ses yeux. Sara songea à lui dire que sa position ne faisait que mettre en valeur les muscles de ses épaules et de son torse, mais décida d'attendre pour lui soumettre cette remarque.

Carl ne cessait de toucher Andy le plus ostensiblement possible en l'appelant « chéri ». Plus d'une cliente pensait qu'il s'adressait à elle et souriait de ravissement. Plus d'une cliente parvint à lui toucher le bras ou le ventre en tendant la main pour saisir sa boisson.

— Sara, dit-il sur un ton renfrogné. Tu ne devineras jamais qui est passé l'autre jour.

— Josh, suggéra-t-elle, pleine d'espoir.

— Jen.

Une femme se fraya un chemin jusqu'au bar et commanda un whisky. Carl la servit rapidement sans lâcher Sara des yeux. Sara remarqua que la cliente laissait un pourboire généreux, mais Carl ne se laissa pas impressionner.

— As-tu la moindre idée de ce qu'elle voulait ? demanda Carl.

La femme au whisky regarda Tom et Sara tour à tour, et Tom se protégea en passant un bras autour d'elle.

— Non, répondit Sara sur un ton innocent.

La musique et les conversations avaient beau produire leur lot de décibels, elle n'avait aucun mal à entendre ce que Carl disait. En raison de la cohue, elle était quasiment obligée de se plaquer contre Tom et pouvait sentir le rire réprimé dans son corps.

— Elle voulait prendre une photo. Pour l'office de tourisme.

— Cette femme n'y connaît rien à la publicité, déclara soudain Andy.

Il était obligé de crier pour se faire entendre depuis son côté du bar.

— Une photo du *Square* n'est pas une idée si bête que ça, répliqua Sara.

De manière presque imperceptible, elle laissa l'un de ses bras glisser autour de la taille de Tom d'un geste aussi léger qu'une plume. Comme il ne protestait pas, elle se rapprocha de lui et éprouva une certaine fascination en sentant les muscles et le jean tendu sous sa main.

242

— Le truc, c'est qu'elle ne voulait pas juste une photo du *Square*, pas vrai ? lança Carl sur un ton de reproche. Elle estimait qu'un cliché de moi serait plus « vendeur ».

Sara entendit les guillemets autour de ce mot. Le corps de Tom tremblait de rire et elle s'autorisa à lui faire les gros yeux, comme s'ils étaient ce genre de couple qui riait ensemble et se taquinait.

— J'ai proposé de poser avec Carl, mais elle était persuadée que ça n'aurait pas « l'effet escompté », ajouta Andy.

— Elle s'est montrée étonnamment modeste concernant la paternité de cette brillante idée, reprit Carl. Elle ne voulait absolument pas en récolter les lauriers. Elle a dit que c'était tout à ton crédit.

— Comment une photo de moi pourrait-elle ne pas avoir l'effet escompté ? s'enquit Andy tout en servant une bière et trois verres de whisky.

— Je pensais que ça ferait une bonne publicité pour le bar, se défendit Sara.

— En quoi ma présence sur le cliché ne serait-elle pas vendeuse ?

Carl balança un papier chiffonné et un peu humide. C'était un exemplaire de la gazette. Sous une grande – démesurément grande – photo de Carl, on lisait : « Le bar le plus sympa de l'Iowa. Leur vie, c'est l'accueil. »

Puis venait un texte ridiculement court sur *The Square* qui expliquait qu'ils servaient de l'alcool et de la petite restauration (en cela, ils n'étaient guère différents de la plupart des bars, se dit Sara), qu'ils étaient très sympas et très, très accueillants.

Jen s'était surpassée. Tom riait à gorge déployée à présent.

— Je te tiens pour personnellement responsable de toutes les conséquences, déclara Carl.

— Je toucherai une commission ?

— Si tu prends ma place, tu auras la moitié de mon royaume et l'aîné de mes fils.

— Tu es gay, lui rappela Sara.

— Nous pouvons adopter.

— Je ne veux pas d'enfants.

— Mon royaume ?

Elle éclata de rire.

— D'accord. Appelle-moi la reine Sara.

Elle fit mine de quitter Tom à contrecœur. Il protesta en la serrant encore plus fort.

— Ne me quitte pas, lâcha-t-il sur un ton désespéré.

Elle savait que c'était uniquement parce que les femmes autour d'eux étaient plus effrayantes qu'elle ne le serait jamais, mais elle ne put s'empêcher de s'appuyer contre lui un bref instant.

Puis Carl lui lança un regard implorant et elle s'arracha à Tom pour faire le tour du bar. Une femme essaya de se faufiler en même temps qu'elle, mais Carl se hâta de refermer la porte saloon derrière elle.

Sara fut étonnée de constater à quel point tout était différent de ce côté du bar. La cohue chaude se transformait en une masse sans visages qui déferlait sur elle en vagues irrégulières. Mais elle avait également plus de recul et pouvait distinguer les expressions de celles qui se tenaient le plus près du bar, lire leurs pensées et leurs espérances ainsi qu'espionner des bribes de conversations (qui, à cet instant, tournaient toutes autour de Carl et de Sara. La plupart lui enviaient sa nouvelle promotion). Tom était collé contre le bar à environ un mètre d'elle.

— Comment je fais ? s'enquit Sara en considérant les bouteilles, les verres et le chaos autour d'elle.

Une planche à découper couverte de rondelles de citron, un évier rempli de verres vides, de la glace et le réfrigérateur le long du mur. *Ok, Sara*, pensa-t-elle. *En piste !*

— Ouvre les bières et sers le whisky, répondit Andy en lui montrant rapidement où se trouvaient les bouteilles. Ne te soucie pas des cocktails. La plupart veulent de la bière ou du whisky. Si elles demandent autre chose, tu nous les envoies.

— Et, quoi que tu fasses, ne lésine pas sur le whisky, sinon elles vont retourner les tables, précisa Carl.

Sara éclata de rire.

— Oh là, ma petite dame, deux bières et deux whiskys. Vite fait encore. J'ai le gosier desséché, lança l'une des femmes.

Cela lui prenait trois fois plus de temps pour servir un whisky qu'à Andy et Carl. Pour les paiements, c'était plus facile, elle avait l'entraînement de la librairie. Elle compta rapidement la monnaie et la donna à la femme, qui la conserva. Celle que Carl venait de servir laissa en revanche un pourboire. La présence de Sara allait sérieusement réduire leurs recettes.

Trois heures plus tard, elle était fatiguée, échauffée et en nage. Tom était parti sans qu'elle le remarque.

— Dieu merci, c'est fini, marmonna Carl.

Il alluma les plafonniers et constata avec soulagement que la plupart des clientes se levaient et s'apprêtaient à quitter les lieux. Dans leur sillage, il y avait des bouteilles vides, des verres renversés, des serviettes en boule et des bols de cacahuètes à moitié vides.

Carl leur servit un whisky à tous les trois et Sara s'effondra, épuisée, sur l'un des tabourets de l'autre côté du comptoir pour reposer ses pieds fatigués.

— Merci pour ce soir, déclara-t-il, ce qui était extraordinairement généreux venant de lui.

— Pardon, répondit-elle.

— Tu crois qu'elles étaient sérieuses lorsqu'elles ont parlé de revenir ? s'inquiéta Andy.

— J'en ai bien peur, confirma Carl tout en faisant le tour de la salle pour ramasser des verres encore à moitié pleins et des serviettes sales.

— Surtout si nous organisons cette soirée dansante dont elles nous ont rebattu les oreilles, intervint Sara.

D'un instant à l'autre, elle allait se laisser glisser au bas du tabouret pour l'aider à nettoyer, mais pour le moment, elle dégustait une gorgée de whisky en essayant de se masser discrètement les pieds à travers ses chaussures.

— Je ne danse pas, répliqua Carl.

— Moi, j'aime bien danser, intervint Andy.

Il paraissait infatigable. Il ajouta avec encore plus d'enthousiasme :

— Une soirée dansante !

— Nous n'avons pas assez de personnel, contra Carl.

— Sara pourra nous donner un coup de main.

— Nous n'avons pas les moyens de payer quelqu'un.

— Que diriez-vous de Josh ? suggéra Sara. Il serait sans doute prêt à donner un coup de main sans demander trop en échange.

— Une soirée dansante, répéta Jen.

— Une soirée dansante, répéta Caroline.

Elles étaient à nouveau réunies dans la librairie, mais comme Caroline était là, Grace se tenait à l'écart. Sara était installée derrière le comptoir et essayait de lire. Caroline était devant le comptoir et l'en empêchait. Jen, elle, s'était confortablement assise dans l'un des fauteuils.

— Cela n'aboutira qu'à de la beuverie et des débordements, déclara Caroline.

— Je peux en parler dans la gazette, déclara Jen.

Caroline la dévisagea.

— De la soirée dansante, je veux dire, précisa-t-elle.

— Inconvenant, lâcha Caroline, mais son ton n'était pas aussi tranchant que d'habitude.

— Peut-être, commença Sara, l'air innocent, peut-être pourrions-nous combiner cet événement avec un marché ? Pour l'église. Une journée de fête pour toute la famille. Et une soirée dansante respectable au *Square* le soir.

Sara était presque sûre que « respectable » n'était pas du tout ce qu'Andy avait en tête, mais elle estimait qu'il valait mieux ne pas évoquer ce sujet devant Caroline.

— C'est vrai que l'église aurait besoin d'argent, reconnut Caroline.

Josh passa à la librairie deux jours plus tard. En entrant, il croisa Caroline, portant une belle écharpe et de grandes lunettes de soleil. Il la considéra avec admiration. *Une femme élégante*, sembla-t-il penser.

— On m'a appelé du *Square* pour me demander si je voulais bosser pour eux. Ils m'ont dit que je serais payé en nature.

Sara avala son café de travers.

— Non, je plaisante, mais je n'aurais rien contre le fait de les payer en nature. Ce qu'ils m'ont dit, c'est qu'ils me donneraient les pourboires. Apparemment, ils ont surtout des clientes, mais des clientes généreuses.

Il noua ses mains, puis les dénoua.

— Je suis capable de charmer des femmes aussi.

— Je n'en doute pas.

Il regarda autour de lui.

— Qui était la femme qui vient de sortir ?

Sara détourna les yeux.

— Oh, c'était... Je ne dévoile jamais le nom de mes clients.

*Il faut vraiment que j'apprenne à mentir*, pensa-t-elle.

Josh marqua un temps d'hésitation sur le seuil.

— Merci, Sara, finit-il par dire.


Une fois que Caroline eut reconnu que l'église avait besoin d'argent, le projet fut lancé pour de bon. Tout le monde était si inspiré à l'idée d'organiser une soirée dansante que son rapide consentement passa inaperçu. Ils ne remarquèrent pas non plus qu'elle avait l'air plus fatiguée que d'habitude.

Mais Caroline était secouée. Et tout avait commencé avec la littérature érotique gay.

# Caroline 0 – littérature 3

Il était plus de vingt-trois heures, mais Caroline était toujours éveillée. Elle n'arrivait pas à dormir. Elle fixait le livre, qui la fixait en retour.

Touche-moi, disait-il.

Lis-moi.

Prends-moi.

Elle détestait ce maudit livre.

Caroline avait été mise au courant de l'importation du péché dans leur petite ville, ce qui expliquait qu'elle soit à présent seule dans son séjour à fixer un livre.

Elle avait naturellement été passablement bouleversée. Il était inconcevable qu'on vende du porno pédé à Broken Wheel. Ces mots en eux-mêmes étaient impensables.

Broken Wheel n'avait peut-être plus qu'une église désormais et un pasteur qui laissait pas mal à désirer, mais si longtemps qu'elle, Caroline, serait là, une provocation aussi manifeste contre tout ce qui était honorable et décent ne passerait pas. En tout cas, pas sans qu'elle tente tout pour l'empêcher.

*Et puis, tu as besoin d'un cheval de bataille, Caroline*, se disait-elle. C'était une femme honnête. Elle avait commencé à s'empâter. Il y avait bien trop longtemps qu'elle n'avait pas accompli quelque chose. Elle s'empâtait et se laissait aller.

Elle n'imaginait pas un instant que Sara représente un grand challenge pour quiconque. Cette femme s'affaissait toujours d'une manière agaçante dès que Caroline s'approchait d'elle. Charmante, certes, mais manifestement pas aussi chrétienne que les habitants de l'Iowa.

Européenne. Cela excusait pas mal de choses, mais pas l'importation de pornographie contre nature dans leur belle ville honorable.

Caroline avait débarqué à la librairie, remontée à bloc.

Et Sara s'était affaissée derrière son comptoir, comme Caroline s'y attendait.

— Sara, avait-elle commencé sur un ton qui n'augurait rien de bon.

— Caroline ?

— Vous vendez de la pornographie.

Caroline n'était pas du genre à tourner autour du pot.

Sara s'était redressée, ce qui avait inspiré un certain respect à Caroline, à son grand dam. Rares étaient ceux qui se redressaient devant elle. Rire dans son dos, oui, mais pas la défier les yeux dans les yeux. Et lorsqu'ils riaient, ils s'assuraient d'abord qu'elle ne puisse pas les entendre.

Caroline avait été enseignante à l'école communale pendant presque quinze ans. Rares étaient les habitants de Broken Wheel qu'elle n'avait pas sermonnés un jour ou l'autre.

— Pas du tout, répliqua Sara.

— *Pas du tout* ? répéta Caroline.

Lorsqu'elle était contrariée, sa tendance à l'emphase était encore plus prononcée.

— Je vois la section *d'ici*. Vous l'avez *signa-lée*. Et vous osez *prétendre* que ce n'est pas vrai ? Quels que soient vos défauts (le ton de Caroline indiquait qu'elle estimait nombreux les défauts de Sara), je ne pensais pas que la malhonnêteté en faisait partie.

— Érotique, pas pornographique.

— Ne jouez pas sur les mots avec moi.

Caroline la dévisageait.

Sara soutint son regard. L'espace de quelques instants, en tout cas, puis elle détourna les yeux.

— C'est de l'érotisme. De la littérature. Des histoires d'amour et d'amitié. Bien sûr, elles comportent du sexe, mais à la différence de la *pornographie* (elle imita inconsciemment l'emphase de Caroline, qui eut le souffle coupé devant une telle provocation), ce n'est pas le sujet princi-pal. Même les histoires d'amour hétérosexuelles impliquent des scènes de sexe.

— Osez-vous affirmer qu'il n'y a pas de diffé-rence ?

— Oh si, rétorqua Sara. Contrairement à vous, moi, je les ai lus.

— Vous les avez *lus* ?

— Bien sûr, persista Sara. J'ai toujours pensé qu'il y avait quelque chose d'immoral à juger des livres ou des gens sans les avoir entendus d'abord.

— D'immoral ?

Caroline était consciente que ses joues s'étaient colorées d'une teinte écarlate aussi indigne que peu seyante. La discussion ne se déroulait pas du tout comme elle l'avait prévu. Une pensée désagréable la perturbait sans qu'elle parvienne à mettre le doigt dessus ; elle la taquinait juste dans un recoin de son esprit sans se manifester clairement.

— Oui. D'antiaméricain. Presque antichrétien.

— *Antichrétien* ?

Son sentiment de malaise se renforça. Caroline comprit ce qui la dérangeait : Sara avait peut-être raison. Et ses paroles étaient un défi ouvert. Or Caroline n'avait pas l'habitude de se coucher face à un défi.

— Il faut que j'y réfléchisse, avait-elle répondu avec fermeté avant de quitter la librairie en trombe.

Elle était très, très en colère.

Le pasteur fut dérangé dans son travail de jardinage par la silhouette droite de Caroline qui projetait son ombre sur sa plate-bande.

— William Christopher, lança-t-elle sans dissimuler sa désapprobation.

Il sursauta. Il l'avait eue comme institutrice.

— Le seul pasteur de Broken Wheel ne devrait-il pas avoir des choses plus importantes à faire que de désherber ? Ce n'est pas digne de vous.

William soupira (mais très silencieusement et intérieurement), puis il se redressa.

— Oui, dit-il et Caroline acquiesça. Que puis-je faire pour vous ?

Il ne doutait pas que ce soit davantage elle qui avait l'intention de l'aider, sans doute dans un domaine pour lequel il ignorait jusque-là avoir besoin d'aide.

Mais elle le surprit en déclarant :

— Il y a une question à laquelle j'ai réfléchi...

Elle ne finit pas sa phrase, comme si elle s'attendait à ce qu'il émette un commentaire.

Il attendit.

Elle parut chercher les termes appropriés, gardant le silence presque une minute entière, avant de poursuivre, quelque peu confuse :

— Si on a entendu parler de... de quelque chose qui devrait être mal, mais qu'on n'en a pas fait l'expérience, mais qu'on l'a entendu de source fiable et que toute la logique indique que ça devrait être mal, est-il alors acceptable de juger quelque chose sans en avoir fait l'expérience soi-même ?

William ne la suivait pas du tout, mais reconnut que, de la manière dont il voyait les choses, et ce n'était évidemment que son opinion, on ne pouvait jamais se montrer trop prudent lorsqu'il s'agissait de juger quelque chose qu'on ne connaissait pas soi-même, enfin, lorsqu'il s'agissait de juger tout court.

Caroline renifla bruyamment. Ne pas juger quelque chose était un jugement aussi, et ne rien faire était également un acte. Mais il lui avait apporté une réponse et elle reconnut en son for intérieur qu'il avait peut-être raison.

Tout cela la mettait extrêmement mal à l'aise.

Elle lâcha un soupir.

— Merci beaucoup, dit-elle et William sursauta à nouveau.

— Il n'y a pas de quoi, bégaya-t-il.

Une Caroline qui lui demandait conseil et le remerciait, voilà qui le rendait nerveux.

Elle avait à nouveau débarqué à la librairie.

— D'accord, avait-elle lancé après s'être assurée que la boutique était vide. Donnez-m'en un.

— Un quoi ?

— Un de ces livres.

Elle ne pouvait s'abaisser à prononcer les mots « pornographie gay ».

— Je suis une femme juste, dit-elle sur un ton digne. Comme vous l'avez signalé fort à propos, il est mal de juger quelque chose qu'on ne connaît pas. Ou qu'on n'a pas lu, en l'occurrence. Alors, donnez-m'en un.

Elle ajouta d'une voix lugubre :

— Je vous livrerai mon opinion après.

Sara la dévisagea. Comme Caroline ne montrait aucun signe d'hésitation, elle gagna avec précaution la section consacrée à la littérature érotique gay et glissa par chance l'ouvrage dans une pochette opaque. Caroline hocha la tête et paya sans commentaire.

Mais une fois de retour chez elle, elle ne sut quoi faire du livre.

À ce moment-là, dans le feu de l'action, elle avait peut-être admis que c'était antichrétien de juger un texte sans l'avoir lu, mais à présent, seule chez elle, elle n'en était plus si sûre.

Elle avait des sueurs froides rien qu'à songer qu'*elle* avait un *tel* ouvrage chez elle.

Caroline le manipulait encore et encore. Elle s'assura d'abord qu'on ne voyait pas l'illustration à travers la jaquette, puis le plaça sous une pile de journaux, pour plus de sécurité. Ensuite elle vérifia que le titre n'était pas visible sur le dos. Puis le déplaça et le cacha derrière le tableau en points de croix sur son chevet, au cas où quelqu'un viendrait et feuilletterait les journaux dans le hall. Elle frissonna à cette pensée.

Chaque fois qu'elle cédait à la tentation de toucher le livre, l'attirance se faisait plus forte. Une voix douce et séductrice lui parlait : Devrais-tu vraiment le juger sans l'avoir lu ? lui rappelait-elle, puis : Quel danger peut représenter un chapitre, après une longue vie de conduite exemplaire ?

Le livre semblait la fixer. Il y avait longtemps que plus personne ne l'avait mise mal à l'aise. Et en plus de vingt ans, *nul* n'avait réussi à avoir le dessus sur elle en la fixant. Pourtant, ce livre lui faisait baisser les yeux.

Il était là, dans sa pochette avec les beaux chênes apaisants. *Oak Tree Bookstore*, était-il inscrit dans la même couleur jaune chaude que le feuillage d'automne sur l'image. Mais dessous, elle avait l'impression que la représentation de deux hommes à moitié nus et enlacés brillait comme les enseignes au néon qui ornaient les quartiers indécents des grandes villes.

Pornographie ! Pornographie ! Pornographie ! semblait-elle hurler au monde.

Mais personne ne pouvait s'imaginer qu'elle *voulait* lire ça, si ? Caché avec soin. Peut-être devrait-elle le laisser sorti, aux yeux de tous. Regarde ce qu'ils vendent dans cette librairie, dirait-elle, bouleversée, à Jen lorsqu'elle passerait.

Elle avait fait deux pas vers la chambre lorsqu'elle se ravisa. Bon Dieu, mais qu'est-ce qui lui était passé par la tête ? Avoir un livre avec deux hommes quasi nus dans le vestibule et en parler à Jen ? Voilà qui lui donnerait indéniablement matière à commérage !

Le livre resterait où il était.

Elle dormait d'un sommeil agité à côté de lui. À chaque nuit qui s'écoulait, son pouvoir se renforçait. Elle perdit son calme et sa concentration à force d'insomnies. Elle se mit à déambuler dans sa maison d'une manière clairement inappropriée pour une femme de son âge.

Elle décida de lire un chapitre, dans un souci scientifique. Elle aurait juré que le livre se moquait d'elle lorsqu'elle finit par l'ouvrir.

— Si d'autres livres sont aussi effrontés que toi, je ne suis pas étonnée que des gens vous aient brûlés sur des bûchers pendant des siècles, déclara-t-elle sur un ton qui lui imposa vraiment le silence.

Elle sourit, satisfaite.

Elle prit son courage à deux mains et ouvrit le livre. *Quinze ans d'enseignement*, se rappela-t-elle. *Rien ne m'effraie.*

Elle commença la lecture.

Sara Lindqvist
7 Kornvägen, 1 tr
136 38 Haninge
Suède

Broken Wheel, Iowa, le 19 janvier 2011

Chère Sara,

Tom n'a jamais été particulièrement doué pour accepter de l'aide ou reconnaître qu'il en avait besoin. J'écris ceci avec amour, bien sûr. Parfois, j'ai le sentiment qu'il est assez seul, mais il ne l'admettrait pas. En fait, il protesterait qu'il n'a besoin de personne. Et de rien. Si j'affirmais qu'il avait besoin d'oxygène, il secouerait la tête, me sourirait et me dirait de ne pas m'inquiéter pour lui. « Ça ira », me dirait-il et il n'est pas du tout impossible qu'il soit effectivement persuadé d'être le seul homme sur Terre à ne pas avoir besoin de respirer. Un seul cheveu sépare l'indépendance de la bêtise, si tu veux mon avis.

Le soir où Andy s'est disputé avec son père, la veille de son départ pour Denver, il a passé la nuit chez moi. J'étais déjà veuve à l'époque, alors je n'avais pas à fournir d'explication à mon mari.

257

Je n'ai jamais raconté que c'était chez moi qu'il avait dormi ni que je lui avais payé son billet de bus et quelques semaines d'hébergement. Il est allé jusqu'à Denver parce qu'il voulait quitter toute cette partie de l'État, pas uniquement Broken Wheel. J'ignore s'il a jamais pardonné à son père, mais à cette époque, j'espérais que la distance faciliterait les choses.

Je ne veux pas que tu penses qu'Andy s'est contenté de prendre mon argent. Il est aussi fier que Tom et Claire. C'est juste que sa fierté est différente. À ce moment-là, je pense qu'il avait besoin de sentir que des gens se souciaient de savoir s'il avait un toit sur la tête. Mais environ un mois après son départ, j'ai reçu un colis. Il contenait tout l'argent que je lui avais prêté et une carte postale représentant un jeune homme en tenue très légère. Je ne voulais pas récupérer l'argent, mais la carte m'a fait plaisir. Elle prouvait qu'il était encore capable de rire de la vie.

Amitiés,

Amy

# Inflation onirique

Maintenant que la librairie était ouverte depuis plusieurs semaines, Sara savourait vraiment les journées qu'elle y passait, mais c'était une forme mélancolique de plaisir. Elle avait pris l'habitude de laisser la porte entrouverte afin que l'air humide de l'automne se mêle au parfum des livres. Elle avait toujours pensé que l'air automnal et les livres allaient bien ensemble, que les uns comme les autres se mariaient bien avec des plaids, des fauteuils confortables et de grandes tasses de café ou de thé. Cela ne lui était jamais apparu plus clairement que dans sa propre librairie.

Dans sa librairie et celle d'Amy. C'est cela qui la rendait triste. Elle pensait sans cesse à des choses qu'elle aurait dû lui demander. Elles avaient correspondu pendant presque deux ans, et pourtant il y avait tant de sujets que Sara avait oublié d'évoquer. Que lui avait-elle écrit, en réalité ?

— Que penses-tu du fait de jeter des livres ? interrogeait-elle à présent Amy tout haut.

Elle essayait de s'abstenir de parler à Amy lorsqu'il y avait des clients dans le magasin, mais à l'approche du marché, la plupart des habitants de Broken Wheel semblaient avoir mieux à faire que de lui rendre visite.

Elle était en train de préparer une nouvelle section. Elle était tentée de l'appeler RENCONTREZ LES AUTEURS et avait l'intention de commander d'autres biographies d'écrivains. Pour l'instant, elle en avait trois, mais elle pourrait également y placer des ouvrages relatifs aux livres, et c'était Helene Hanff qui l'avait poussée à se demander ce qu'Amy pensait du fait de jeter des livres.

Elle venait de poser *84, Charing Cross Road*, qui était sans doute l'un des ouvrages les plus charmants jamais écrits sur les livres, même après la publication du *Cercle littéraire des amateurs d'épluchures de patates*. En Suède, la fantastique correspondance de l'Américaine à l'expression si libre Helene Hanff avec un bouquiniste britannique guindé avait fait l'objet d'une nouvelle édition sous le titre *Lettres à un libraire*, agrémentée d'une suite presque aussi merveilleuse, *La Duchesse de Bloomsbury Street*, quand Helene Hanff visitait enfin son Angleterre.

Mlle Hanff ne comprenait pas les gens qui ne jetaient pas de livres. Pour elle, il n'y avait rien de moins sacré qu'un livre mauvais ou médiocre, mais Sara n'était pas d'accord.

Il s'agissait toujours de livres.

Sara les revendait ou les donnait, mais était incapable de les jeter. Même lorsqu'ils s'avéraient tellement mauvais qu'elle n'était pas sûre qu'il soit moralement défendable de les transmettre à un autre lecteur innocent. Elle se demandait ce qu'Amy en avait pensé.

Dans la catégorie biographies d'écrivains, la collection d'Amy ne comptait qu'un ouvrage sur Jane Austen, un sur Charlotte Brontë et un roman relatif à la vie des sœurs Brontë. *Le Goût du chagrin*. Un titre bien choisi. Sara lâcha un soupir. Pour l'instant, cette section était bien maigre.

— Est-ce que tu crois que l'écriture de livres rend plus heureux ou plus malheureux ? demanda-t-elle en y rangeant la biographie de Jane Austen.

Elle espérait que les écrivains en concevaient du bonheur. Elle avait toujours imaginé que Jane pouvait du moins observer son environnement et se dire : « Je suis capable de créer un monde meilleur que celui-ci » ou « Tu es insupportablement ennuyeux et je ne peux peut-être rien dire sans être impolie, mais tu seras sévèrement puni dans mon prochain livre. » Et en même temps quel dommage de ne pouvoir rêvasser à M. Fitzwilliam Darcy (comment ce prénom lui était-il venu ? L'un des nombreux mystères insondables de l'histoire de la littérature), uniquement parce qu'on l'avait créé soi-même.

Elle avait lu *Orgueil et préjugés* pour la première fois lorsqu'elle avait quatorze ans, et longtemps cela avait presque occulté à ses yeux les autres œuvres de Jane Austen, oui, ainsi que les livres en général, voire les hommes réels. C'était un monde à l'ordre si parfait qu'on était forcément déçu d'en sortir. Les femmes les plus dures obtenaient les hommes les plus intéressants, celles un peu moins bonnes ceux un peu moins riches, etc. Après cette expérience de lecture, Edward Ferrars n'était pas assez riche et un peu trop confus, ne pouvait s'empêcher de penser Sara, même si elle n'était pas en position de juger qui que ce soit sur ce point. Bien sûr, l'écriture de *Mansfield Park* était d'une finesse enivrante, mais Sara avait du mal à pardonner à Edmund Bertram de ne pas succomber aux charmes de la bonne Fanny Price bien plus tôt, et surtout de le faire par faiblesse et lassitude. Désormais, elle les appréciait tous et trouvait que *Persuasion*, avec sa douce mélancolie, était presque aussi bon qu'*Orgueil et préjugés*, mais cela lui avait demandé des années d'entraînement. De fait, elle n'avait même pas eu le bon sens de s'émouvoir du sort de *Sanditon*, le dernier roman inachevé de Jane Austen, mais elle avait savouré en secret les cinquante premières pages, écrites par Jane elle-même, et le reste du livre, débridé et légèrement invraisemblable, inventé par « une autre dame ».

— Crois-tu que Jane avait de toute façon cessé de rêver à ce stade ? demanda-t-elle à Amy.

Amy ne répondit pas et Sara saisit le roman sur les sœurs Brontë. Elle décida de ne pas le lire. Penser à elles était bien trop déprimant. Le plus grand rêve de Charlotte Brontë avait été une maison au bord de l'eau où elle puisse vivre avec ses sœurs et son frère, et peut-être continuer à écrire. De préférence sans avoir à enseigner et diriger une école dans la maison, mais ce n'était pas une exigence.

Elle n'espérait pas plus, mais c'était quand même un rêve hors de portée, qu'il était presque ridicule d'envisager.

Sara avait l'impression que désormais tous les gens rêvaient de mille choses possibles. Voyager, aimer, avoir une carrière merveilleuse et une famille heureuse et, en outre, rester tout le temps svelte, mignon, populaire et harmonieux.

— Amy, penses-tu qu'il y ait de l'inflation dans nos rêves ?

— Oui, répondit une voix sur le seuil de la porte.

Sara sursauta, se retourna, coupable, et découvrit Tom, un sourire amusé aux lèvres.

Elle se demanda s'il avait entendu le début de la phrase. Si tel était le cas, il n'en montra rien.

Il portait une ceinture d'outils autour de la taille et lorsqu'elle regarda son pick-up, elle vit des planches soigneusement empilées à l'arrière. Il suivit son regard et expliqua sur un ton distant :

— Un de mes amis avait besoin d'un petit coup de main.

Sara préféra répondre à son premier commentaire :

— Tu as sans doute raison, mais cela nous rend-il plus heureux ou plus malheureux ?

Il haussa les épaules.

— Je n'ai jamais remarqué que les rêves rendaient les gens plus heureux.

Non, Sara non plus. Parfois, elle se demandait quand même si cela ne rendait pas les gens plus… vivants. Elle ne pensait pas que Tom soit une personne qui rêve beaucoup, ce qui la dérangeait un peu. En même temps, elle n'avait jamais eu un véritable rêve dans sa vie. Les autres filles de la librairie semblaient vouloir faire des choses. Ne serait-ce que voyager. Économiser pour partir en vacances. Avoir des enfants, rencontrer quelqu'un ou rénover la cuisine. Des choses concrètes au sujet desquelles elles pouvaient fantasmer ou parler au travail. Sara, elle, lisait.

Mais le temps qu'elle avait passé à Broken Wheel l'avait poussée à réfléchir sur ce qu'elle avait *fait* en Suède. Ses soirées et ses weekends n'étaient plus que des souvenirs flous à présent. Ils se confondaient sans qu'aucun ne se démarque. Cela l'effrayait et elle doutait à l'avenir d'être encore capable de se contenter de lire et de travailler. Mais comment devenait-on une personne qui avait des rêves et un but dans la vie ? Sara ne pouvait s'empêcher de penser qu'elle n'était jamais montée dans le train de sa propre existence. Longtemps, elle n'avait fait que suivre les événements de loin. Tant que les autres n'étaient que des adolescents malheureux et plus ou moins ridicules, cela n'avait pas été un problème, mais soudain, ils s'étaient tous transformés en adultes tandis qu'elle, elle lisait toujours.

Jusqu'à maintenant. Certes, elle lisait encore beaucoup, mais il y avait des choses autour d'elle. Des gens lui parlaient. Parfois, ils cherchaient même activement à entrer en contact avec elle et elle s'était plusieurs fois surprise à ne rien avoir contre le fait de poser son livre. Elle pourrait reprendre sa lecture plus tard, se disait-elle, ce qui constituait un sentiment nouveau et étrange.

— Un café ? demanda-t-elle. Je viens d'en préparer du frais.

Il acquiesça presque imperceptiblement, comme s'il n'avait pas eu l'intention de le faire et cédait à contrecœur.

Elle avait emporté quelques tasses en porcelaine à la librairie et en servit une à chacun tandis que l'odeur de café se diffusait dans la boutique.

— Est-ce que tu crois qu'Amy était une rêveuse ?

Tom s'installa dans l'un des fauteuils. Sara s'assit à côté de lui et replia ses jambes sous elle afin de pouvoir s'appuyer sur l'accoudoir, penchée vers lui.

— Non, répondit-il, puis il hésita. Je ne sais pas, en fait.

Sara hocha la tête.

— Il y a tant de choses que je n'ai pas eu le temps de lui demander.

Il la surprit en lui demandant :

— Et toi ? De quoi rêves-tu ?

Il avait posé cette question sur un ton presque ironique, mais une note de sérieux perçait, comme si l'ironie était une manière de s'excuser d'avoir osé cette question.

— Je ne rêve pas, s'empressa-t-elle de répondre, puis elle prit une gorgée de café pour éviter d'avoir à ajouter quelque chose.

— Que vas-tu faire en rentrant chez toi ?

Elle chassa cette pensée. *Chez elle.*

— Ouvrir une autre librairie ?

Elle secoua la tête. Ça, au moins, elle pouvait l'affirmer avec certitude.

— Il faut connaître des tas de choses pour ça. La gestion, par exemple.

Tom considéra les lieux avec amusement.

— Je suppose que cette expérience pourrait t'aider.

Et il fallait assurément des capitaux.

— Tom, crois-tu que John désapprouve ? La librairie, je veux dire, se hâta-t-elle d'ajouter alors que la question qu'elle voulait réellement poser était : Crois-tu qu'il *me* désapprouve ?

— Pourquoi serait-ce le cas ?

— Par rapport à Amy, je veux dire. C'est juste… qu'il n'est même jamais entré ici.

— Je ne crois pas que John se soucie de grand-chose.

Ils restèrent ensuite silencieux un moment jusqu'à ce que Tom considère sa tasse vide et déclare :

— Je devrais peut-être me mettre en route.

Mais il ne paraissait pas pressé de partir et Sara n'avait rien contre le fait de repousser sa lecture encore un peu.

D'où lui vint cet élan ? Elle l'ignorait. Peut-être simplement parce qu'il semblait apprécier de rester silencieux à côté d'elle, ou alors parce qu'il avait toujours l'air d'aller travailler quelque part, le fait est que soudain elle se lança :

— Ça te dirait de venir manger à la maison ce soir ? Chez Amy.

Si elle ne pouvait rien faire d'autre pour lui, elle pouvait au moins lui préparer un repas. Il l'étonna en répondant :

— Avec plaisir. Vers sept heures ? J'ai besoin de repasser chez moi avant.

— D'accord, dit-elle en essayant de contrôler sa panique. Sept heures, c'est bien.

Elle avait pensé fermer plus tôt et faire ses courses chez John, pour avoir le temps de tout préparer, mais elle fut retardée par Gertrude et Annie May qui vinrent s'approvisionner en livres. Elles avaient commencé à venir après la campagne de lecture.

Au début, il était manifeste que Gertrude n'accompagnait Annie May que pour se moquer de ses choix de lectures. La première chose qu'elle avait dite à Sara était :

— Ah, les grenouilles ! Rien qu'un ramassis de mensonges !

Puis elle était partie d'une quinte de toux, qui était peut-être un éclat de rire.

Mais depuis qu'elle savait qu'elle pouvait fumer dans la librairie, Annie May prenait le temps de fouiller dans les rayonnages, tandis que Gertrude capturait Sara dans un nuage de fumée. Elles venaient une fois par semaine. Annie échangeait ses livres et Gertrude fumait en interrogeant Sara sur ses goûts littéraires.

Vous croyez à ces trucs ? Le romantisme et ce genre de fadaises ? Ou bien : Pourquoi portent-ils des tenues si bizarres ? Est-ce que vous coucheriez avec un type aux cheveux longs et en

chemise de soie violette ? Violette ! De la soie !
En plus, elle n'est même pas boutonnée.

Sara laissait Annie May échanger ses livres gra-
tuitement du moment qu'elle rapportait les pré-
cédents. Mais elles étaient passées la veille, Annie
May était repartie avec cinq Harlequin et même
Gertrude avait choisi un ouvrage de la section
SEXE, VIOLENCE ET ARMES.

— Pas de romantisme, avait-elle lancé sur
un ton menaçant, et Sara lui avait donné *Les
hommes qui n'aimaient pas les femmes* pour être
certaine qu'il n'y aurait aucune histoire d'amour
romantique à l'arrière-plan.

Gertrude se dirigea droit vers le comptoir avec
des gestes rapides et brusques sans même se donner la peine d'allumer une cigarette. Lorsqu'elle
se rapprocha, Sara vit ses cernes sombres et son
regard presque désespéré.

— Vite ! lança-t-elle en s'agrippant au comptoir. La deuxième partie. J'ai besoin du tome
suivant.

Puis elle se ressaisit et se redressa. Elle ajouta,
sur un ton plus calme et presque d'excuse :

— J'ai lu toute la nuit. J'en ai même oublié
de fumer.

Lorsqu'il s'agissait de Gertrude, apparemment
plus rien ne pouvait surprendre Annie May, mais
elle s'enquit quand même avec nervosité :

— Vous l'avez en stock, n'est-ce pas ? La
deuxième partie, je veux dire, comme si sa tran-
quillité d'esprit en dépendait, ce qui était sans
doute le cas.

Les séries inachevées pouvaient se révéler
catastrophiques pour l'entourage.

Elle leur adressa un sourire apaisant.

— Bien sûr, répondit-elle. Vous croyez vraiment que je vous mettrais la première partie

entre les mains pour ensuite vous annoncer que je n'ai pas la suite ?

Elle fit le tour du comptoir et alla chercher *La Fille qui rêvait d'un bidon d'essence* et *La Reine dans le palais des courants d'air*. En anglais, tous les titres commençaient par *La Fille*... C'était peut-être un peu plus racoleur comme ça, mais Sara avait toujours trouvé que *La Fille au dragon tatoué* était une étrange traduction de *Les Hommes qui n'aimaient pas les femmes*. Elle posa les ouvrages sur le comptoir devant Gertrude.

— Mieux vaut que vous preniez les deux, déclara-t-elle en retournant tout de suite à sa caisse.

— Deux autres ! s'exclama Annie May avec une pointe d'effroi dans la voix.

— Merde, tiens ! lâcha Gertrude. Je ne vais pas dormir pendant plusieurs jours.

Dès qu'elle eut encaissé le paiement (Gertrude avait refusé de lui remettre le premier tome en échange), Sara ferma la librairie. Elle n'avait encore aucune idée de ce qu'elle allait cuisiner et il était déjà plus de cinq heures. Elle éteignit rapidement toutes les lampes du magasin, ferma à clé et parcourut les quelques mètres qui la séparaient de la boutique de John.

Rien n'avait changé depuis sa première visite. Désormais, elle prenait machinalement l'un des vieux paniers près de la porte et le remplissait en fonction de la liste notée dans un coin de sa tête. Il n'y avait pas assez de marchandises pour rendre un shopping improvisé attractif, mais elle n'avait jamais pris la peine de demander à George de la conduire dans l'un des supermarchés de l'autre côté de Hope.

Elle devait sans cesse faire de son mieux pour ne pas lorgner du côté de John, ou du moins pour qu'il ne le remarque pas. Il se montrait encore réservé chaque fois qu'elle venait, pas vraiment distant, juste un peu... absent. Pour finir, elle se décida pour une poêlée d'automne, surtout parce que les morceaux de viande et les légumes racines étaient ce qu'il y avait dans le magasin à ce moment-là. Elle hésita devant les quelques bouteilles de vin et de bière que John avait en stock, mais opta pour un rouge. Au pire, elle pourrait s'en servir pour préparer le plat.

Lorsqu'elle paya, John effectua tous les mouvements nécessaires, mais il évita toute implication et n'échangea pas un regard. Elle tendit les billets, il lui rendit la monnaie et lorsqu'elle le remercia, il la considéra, perdu, comme s'il ignorait complètement ce qu'il devait répondre.

— John, dit-elle spontanément. Je suis profondément désolée... Pour Amy, je veux dire. Elle signifiait beaucoup pour moi.

Mais John parut effrayé. Elle recula donc en terrain neutre, prit ses sacs, répéta ses remerciements et sortit précipitamment.

Sara Lindqvist
7 Kornvägen, 1 tr
136 38 Haninge
Suède

Broken Wheel, Iowa, le 22 février 2011

Chère Sara,

Ce n'est pas possible !

Nous échangeons des lettres et des livres depuis plusieurs mois et je ne t'ai pas envoyé *Dewey, le chat de bibliothèque* – sans doute l'ouvrage le plus charmant jamais écrit sur l'Iowa et une constante source de fierté nationale pour moi. C'est quand même quelque chose d'habiter dans un État qui a eu un chat de bibliothèque. Quoi qu'il en soit, en voici un exemplaire. Il me semble qu'il en dit long sur l'importance que peuvent revêtir les livres pour une communauté qui se retrouve à genoux ou, en l'occurrence, ce qu'un chat dans une bibliothèque peut avoir de primordial.

Moi, j'ai toujours trouvé que les livres possédaient une certaine force de guérison et, du moins, divertissent-ils. Tom m'a dit qu'il avait à nouveau vu des affiches « à vendre » à Hope.

Elles pullulaient là-bas comme à Broken Wheel au moment de la dernière crise, mais je suppose qu'il ne reste pas grand-chose sur le marché cette fois-ci. Comme je déteste ces panneaux ! Durant la crise des années quatre-vingt, j'en ai tellement vu que j'ai développé une véritable phobie à leur égard. Ils ne disparaissaient jamais. Des gens qui étaient forcés de vendre leur maison de famille sans qu'aucun acquéreur ne se présente et si, par bonheur, ils parvenaient à vendre, le prix qu'ils obtenaient ne suffisait jamais à couvrir leur emprunt.

Je crois que les villes en crise ont besoin d'un centre d'intérêt autour duquel faire corps et, à Spencer, ce fut Dewey, le chat de la bibliothèque. Il a été découvert parmi les arrivages de livres par un glacial matin de janvier et on lui a donné le nom de la classification Dewey. Un jour, ils ont organisé un concours pour lui trouver un nom, mais les gens s'étaient déjà habitués à Dewey. Ils organisaient régulièrement des concours dans cette ville, qui connaissaient rarement un fort taux de participation. Un concours offrant un bon prix pouvait attirer cinquante contributions, et si la récompense sortait vraiment de l'ordinaire, une télé par exemple, le nombre pouvait monter à soixante-dix. Celui intitulé « Donnez un nom au chat » suscita non moins de trois cent quatre-vingt-dix-sept propositions. La plupart voulaient conserver Dewey, mais ils ajoutèrent « Davantage de Livres » pour lui conférer une noblesse digne de lui.

Dewey faisait souvent la sieste dans les cartons de cartes d'abonné, de fiches de renseignements et de mouchoirs, voire, à l'occasion, sur les genoux des usagers ou sur leur sacoche. Lorsque les gens ont commencé à fréquenter la bibliothèque pour utiliser ses ordinateurs et consulter des offres d'emplois qui ne paraissaient jamais, il s'installait sur leurs genoux.

Je veux croire que cela les aidait.

Amitiés,

Amy

# Pas un rencard

Ce n'était pas un rencard, bien sûr que non.

Tom espérait juste que Sara en était également consciente. En toute franchise, il ignorait pourquoi il avait accepté. Il avait eu l'intention de rentrer chez lui, de travailler un peu sur la voiture du fils de Mike (ou plutôt ce qui serait la voiture du fils de Mike, s'il la terminait un jour), éventuellement de boire une bière, puis d'aller déposer les planches au cours de la soirée, quand Pete serait de retour du travail. Il se rendit compte qu'il ignorait si Pete travaillait de nuit cette semaine-là, alors peut-être que le moment où il les lui déposerait était sans importance.

Tom se rendit directement chez lui pour se débarrasser de cette tâche et déchargea les planches qu'il empila soigneusement le long d'un mur.

C'était sans doute tout aussi bien que Pete ne soit pas là. Il aurait probablement insisté pour payer, alors que Tom n'avait aucune intention d'accepter son argent. Au bout du compte, comme toujours, il repartirait avec plus de conserves et de confitures confectionnées par l'épouse de Pete qu'il ne pouvait en manger.

Quand Tom avait fait la connaissance de Pete, il était ébéniste, un véritable artisan d'art. Il possédait une entreprise prospère qui faisait souvent appel aux services de la société de Mike pour transporter ses meubles, une épouse mignonne et une maison assez grande pour impressionner les concitoyens d'une ville comme Broken Wheel.

Il avait été obligé de déposer le bilan au moment de la récession, lorsque la majorité des gens n'avaient plus eu les moyens de s'offrir de luxueuses commodes ou n'avaient plus eu de maisons où les mettre. Il y avait évidemment de plus grandes villes et des sociétés encore plus haut de gamme qui ciblaient des clients qui avaient encore de l'argent. Tom était assez vieux pour savoir que, quelle que soit l'ampleur d'une crise, certaines personnes continuent à faire des profits. Parfois malgré la crise, parfois grâce à elle. Il était également assez vieux pour savoir que ceux qui continuaient à faire des profits n'avaient aucun problème à acheter des meubles luxueux faits main quand le reste du pays avait du mal à manger un repas par jour.

Mais Pete n'était pas assez distingué pour les sociétés plus luxueuses ou les villes plus grandes. Il avait donc pris des emplois dans deux supermarchés différents et acceptait volontiers toute heure supplémentaire. Vivre en gagnant six dollars de l'heure était impossible, quel que soit le nombre d'heures qu'on effectue. La banque avait saisi sa maison, et Pete et son épouse en avaient été réduits à s'installer ici, dans un bungalow à peine salubre.

Trois des chambranles de fenêtres étaient sur le point de se désolidariser ; la peinture des murs s'écaillait depuis longtemps et Tom était presque sûr qu'il pleuvait à l'intérieur. En tout cas, lors des pires tempêtes d'automne. Le chalet comportait un séjour, petit, une cuisine, encore plus minuscule, et un réduit où l'on pouvait à peine mettre un lit, mais qui faisait office de chambre.

Les planches étaient destinées à réparer le perron. Il ne faisait qu'un mètre de large, mais servait de pièce supplémentaire en été. La moitié du sol était vermoulu et on ne pouvait atteindre la porte que si l'on savait où poser les pieds. Tom pourrait peut-être dénicher assez de bois pour transformer cet espace en véritable pièce.

Il songea à laisser un mot, mais il était presque six heures et, rencard ou pas, il fallait quand même qu'il prenne une douche avant.

Il avait presque atteint sa voiture lorsqu'il entendit le bruit sans équivoque de la porte intérieure qu'on ouvrait, suivi du craquement de l'une des lames.

— Tom ? lança l'épouse de Pete, et il se força à sourire avant de se retourner.

Elle portait une robe en coton bleu ciel, de grosses chaussettes en laine, un pull tricoté main et l'une des vestes de Pete par-dessus le tout. Le chalet était sans doute impossible à chauffer.

— Katie, dit-il en lui adressant un signe maladroit. Je ne faisais que passer avec les planches.

Elle lança un regard en direction de la pile bien nette.

— Est-ce que Pete et toi... avez réglé ça ?

— On verra ça plus tard, répondit-il en priant pour qu'elle ne lui impose rien de comestible.

Elle paraissait toujours dubitative.

— Je ne sais pas... Il pensait qu'il serait à la maison quand tu viendrais.

— J'ai dû changer mon programme. Je repasserai dans la semaine.

— Dis... Attends un instant, s'il te plaît.

Elle disparut et Tom résista à son envie de s'enfuir. *Pitié, pas la compote de pommes,* pensa-t-il. Il en avait déjà une étagère pleine chez lui. Il n'avait encore rien trouvé pour accompagner la compote de pommes.

Le chalet disposait d'un petit bout de terrain où la femme de Pete consacrait le plus clair de son temps à cultiver un potager afin qu'il leur fournisse des fruits et légumes presque toute l'année. Lorsqu'un produit était de saison, elle réussissait toujours à créer de nouveaux plats avec. Elle en conservait une partie et en donnait beaucoup aux voisins qui n'avaient pas le temps ou la place de faire pousser les leurs.

Tom savait que Pete rapportait souvent des denrées périmées et, lorsque la situation était au pire, Katie faisait la queue pour obtenir des coupons alimentaires dans le dos de son mari. D'une manière ou d'une autre, ils parvenaient à s'en sortir au jour le jour et ne se plaignaient jamais. Lorsque Tom aidait Pete, ils l'invitaient à manger alors qu'il les soupçonnait de ne s'octroyer qu'un repas par jour.

Elle revint avec un bocal.

— Tiens, un peu de compote de pommes.

Il hocha la tête.

— Merci beaucoup, déclara-t-il, puis il lui sourit et mentit sans hésiter. Je venais juste de finir celle que tu m'as donnée la dernière fois.

Elle lui rendit son sourire, à présent soulagée d'avoir pu lui donner quelque chose.

Lorsqu'il rentra enfin chez lui, il était presque six heures et demie, mais il s'accorda quand même une douche. Tandis que l'eau chaude massait ses épaules et son dos, il sentit la tension des dernières vingt-quatre heures et de la vie se dissiper. Il prit tout son temps, ferma les yeux et tourna le visage vers le jet. C'était son moment préféré de la journée, le seul où il s'autorisait vraiment à lâcher prise.

Il souriait tout seul sous la douche. Là, et quand il traînait dans une librairie presque vide.

Ce n'était pas un rencard, bien sûr.

Sara espérait juste que Tom n'était pas allé s'imaginer un truc pareil. Il ne s'agissait que d'un repas entre amis.

Ce qui ne rendait guère les choses plus faciles, car elle ne s'y connaissait pas beaucoup plus en repas entre amis qu'en rencards.

De retour chez Amy, elle avait déballé toutes les denrées sur le plan de travail, sorti l'une des grandes marmites en fonte d'Amy, puis s'était immobilisée. Devrait-elle commencer par préparer le repas afin qu'il soit prêt à son arrivée ? Ou était-il plus important qu'elle ait eu le temps de se doucher ?

Elle fit un compromis : elle fit revenir les morceaux de viande avec les oignons avant de les arroser avec du bouillon et de laisser le tout mitonner pendant qu'elle se préparait. La tuyauterie produisait encore des bruits inquiétants, mais l'eau était au moins tiède. Elle espérait que le mitigeur n'allait pas lâcher. Certes, la majeure partie de sa réserve financière était intacte, mais elle ne voulait pas y toucher pour changer un mitigeur et elle ignorait complètement comment le faire elle-même. Elle sourit intérieurement en pensant à la tête de Tom, si elle lui demandait son aide. Même si, en réalité, il se contenterait probablement de hausser les épaules et de venir le réparer après son travail.

Elle se lava les cheveux à la va-vite et sortit de la douche avant de prendre froid. Elle se demanda un instant si elle devait enfiler une tenue plus sophistiquée, mais se contenta d'un jean et d'un chemisier en coton. Elle hésita face au petit assortiment de maquillage qu'elle avait emporté, mais décida qu'un peu de mascara ne pouvait pas lui nuire.

Entre amis, juste comme ça.

De retour dans la cuisine, elle constata que la viande, les oignons et le bouillon avaient bien mijoté, et elle ajouta les pommes de terre, les carottes et un peu de thym.

Pendant que le tout cuisait, elle en profita pour laver deux des plus belles assiettes dans le placard – de la belle porcelaine écrue fine avec un fin liséré de roses – ainsi que deux verres à vin qui semblaient ne pas avoir été utilisés depuis longtemps.

Elle se servit un verre, surtout parce que cela lui donnait le sentiment d'être adulte et qu'il était presque normal qu'elle soit là, dans la cuisine, à attendre un ami, avec une cocotte sur le feu et un verre de vin à côté d'elle.

C'était une si belle soirée qu'elle ne put s'empêcher de faire un tour dans le jardin. Il ne restait plus qu'à couper les légumes pour en faire une salade, mais cela pouvait attendre que Tom soit là.

Elle enfila les bottes en caoutchouc qui étaient toujours dans la cuisine, sortit et laissa la porte ouverte. La lumière en provenance de la fenêtre et de la porte éclairait à quelques mètres devant elle, puis les ombres gagnaient progressivement l'herbe.

Il ne faisait pas encore totalement noir, mais assez pour que le jardin paraisse froid et abandonné en contraste avec la chaleur de la maison. Par pure curiosité, elle se dirigea vers l'ancien carré de pommes de terre et déterra cinq petits tubercules emprisonnés dans un réseau de fines racines terreuses.

Elle les brossa et les rapporta vers la maison, mais n'entra pas tout de suite. Il flottait une odeur de terre froide et de feuilles humides, si forte qu'elle avait presque l'impression de sentir le goût de l'automne lorsqu'elle respirait. Il y avait quelque chose de revigorant dans cet air frais quand on avait passé la journée à l'intérieur.

En Suède, elle ne s'était jamais donné la peine de cultiver quoi que ce soit. Même pas des plantes vertes. Elle se demandait à présent l'effet que cela lui ferait de nettoyer le potager et de lui rendre son ancienne utilité.

Elle commençait tout juste à avoir froid quand une veste se matérialisa comme par magie dans son champ visuel.

Elle sourit et tendit les pommes de terre pour montrer qu'elle ne pouvait pas l'enfiler elle-même. Tom la posa sur ses épaules.

— J'ai frappé, mais personne n'ouvrait, alors je suis entré. C'est comme ça qu'on faisait ici avant.

Sara était heureuse qu'ils se retrouvent dehors. Elle avait besoin d'un peu de temps pour s'habituer à sa présence.

— J'ai apporté une bouteille de vin. Je l'ai laissée dans la cuisine.

Elle jeta un coup d'œil à l'intérieur et vit une seconde bouteille à côté de celle qu'elle avait placée sur la table. Exactement la même. Elle sourit.

— Il n'y a pas tellement de choix chez John, mais, en général, il est bon.

Lorsqu'ils entrèrent dans la lumière, elle vit qu'il avait pris une douche et que ses cheveux étaient encore humides. Son odeur lui faisait l'effet d'une présence supplémentaire dans la cuisine.

Il semblait chez lui ici. Il se servit un verre de vin et remplit le sien avant de remarquer qu'elle était toujours sur le seuil, la veste d'Amy sur les épaules et les petites pommes de terre dans ses mains en coupe. Il tendit une main et elle les y déposa.

— J'espère que ce n'est pas tout ce qu'il y a à manger, déclara-t-il en les plaçant dans l'évier pour le moment.

Elle éclata de rire et désigna la marmite.

— Je voulais préparer un plat américain, avoua-t-elle en prenant le verre qu'il lui tendait.

— Une poêlée de viande ?

— Je n'ai rien trouvé. Il y a quelques jours, je me suis rendu compte que je n'avais quasiment pas fait de repas typiquement américain alors que je suis ici depuis plusieurs semaines.

Il se mit à rire.

— Comment as-tu survécu, si tu refuses toute nourriture locale ?

— Tu sais ce que je veux dire. Vraiment américaine. Les plats classiques.

Elle n'était absolument pas pressée de se lancer dans les derniers préparatifs. La marmite bouillonnait doucement. Elle s'installa sur l'une des chaises, fascinée par le côté douillet de cette cuisine, avec ses placards jaune pâle usés et tout. Tom lorgna vers les légumes pour la salade, mais ne se donna pas la peine de commencer à les couper non plus. Au lieu de ça, il prit une gorgée et la regarda.

— Qu'est-ce que tu as cuisiné jusqu'à maintenant alors ?

— Des macaronis avec du fromage, mais ils avaient juste le goût de, oui, de pâtes au fromage. Pour être franche, c'était une déception.

— Tu t'y es sûrement mal prise.

280

— J'avais même mis du bacon.

— Du bacon ? – Il secoua la tête. – Sacrilège !

— Mais… j'ai trouvé une recette avec du bacon. Plusieurs, en réalité.

— Ne t'inquiète pas, je suis sûr qu'on peut considérer ça comme des macaronis au fromage.

— Mais c'est mal ?

— Carrément. Je ne mentionnerais le bacon devant personne si j'étais toi. Antiaméricain.

Elle éclata de rire.

— Le bacon ne peut quand même pas être antiaméricain. Vous en mettez partout.

— Il y a autant de recettes de macaronis au fromage qu'il y a de mamans. Mon père affirmait que seule la saucisse convenait. Mais le vrai secret, c'est le fromage. Il faut que ce soit du cheddar.

— Mmh, fit Sara.

Elle était sceptique. Cela ressemblait étrangement au gratin de macaronis. Rien de bien exotique.

Elle vint se placer à côté de lui, brossa les pommes de terre supplémentaires, les coupa en morceaux encore plus petits et les ajouta dans la marmite.

— Qu'est-ce que tu as tenté d'autre ?

— Je pensais faire des corn dogs ce soir, répondit-elle et elle sourit en le voyant s'étouffer sur son vin.

— Des corn dogs et des macaronis au fromage ! Quelle soirée ç'aurait été !

— Le problème, c'est que je ne sais pas comment on fait. On peut les préparer soi-même ?

— Bien sûr, si on y tient. On peut aussi les acheter surgelés et les réchauffer au micro-ondes, mais je ne le recommanderais pas.

— Tant mieux, parce que je n'ai pas de micro-ondes.

Il regarda autour de lui, comme s'il découvrait ce détail.

— Ou alors des Sloppy Joes, dit-elle, mais je ne sais pas ce que c'est.

— Ah, une spécialité de l'Iowa. Inventée par Sloppy Joe à Sioux City.

— Je vais devoir poursuivre mes recherches sur Google, dit Sara sur un ton lugubre.

Trouver la recette s'était révélé plus difficile qu'elle ne le pensait. Elle ignorait la signification de la moitié des ingrédients, et ne comprenait rien au système de mesures. Et puis, il y avait toutes ces variantes. Apparemment, on ne trouvait pas deux Américains qui préparaient ce plat de la même manière.

— Il va falloir que je t'emmène faire une excursion culinaire un de ces quatre, déclara Tom, mais elle sentit qu'il regrettait ces paroles à l'instant même où il les prononçait.

Elle esquissa un sourire et secoua la tête pour le rassurer : elle n'allait pas accepter sa proposition. Mais une partie de l'atmosphère décontractée avait disparu. S'il ne souriait pas, son visage paraissait fatigué, usé. Les sillons autour de ses yeux s'étaient creusés et il avait l'air plus pâle que l'après-midi. Sara soupçonnait que c'était là sa véritable apparence, lorsque les attentes des autres ne le stimulaient pas.

— Tom, est-ce que ça t'arrive de ne pas travailler ?

— C'est le cas maintenant, répondit-il, surpris.

— Non, je veux dire... de ne rien faire. Une grasse matinée, un bon livre au lit, traîner en pyjama toute la journée.

— Je ne mets pas de pyjamas, répliqua-t-il, et l'espace d'un instant Sara fut incapable de penser à autre chose qu'à son corps nu, chaud et lourd de sommeil un samedi matin ensoleillé...

Elle se força à se concentrer à nouveau sur la préparation du repas et de la table.

— Et que ferais-je d'un livre ?

Ses yeux pétillaient avec ce charme irrésistible qui lui fit songer à la façon dont Amy décrivait Tom dans ses lettres. Pas vraiment un rire, mais presque.

— Être obligé d'en lire un ne m'aiderait certainement pas à me détendre.

— Le café au lit, alors, suggéra-t-elle en se maudissant de ne cesser de l'évoquer dans un lit. Regarder la télé sur le canapé, se ravisa-t-elle. Tu sais... se relaxer.

Il haussa les épaules.

— Ça m'arrive, dit-il, mais Sara avait la forte intuition qu'il ne l'avait pas fait depuis une éternité.

Il se tourna à moitié et se mit à couper les légumes tandis qu'elle vérifiait où en étaient la viande et les pommes de terre. Encore quelques minutes de cuisson. Tom prépara la salade et improvisa une vinaigrette pendant qu'elle mettait la table. Celle-ci était assez grande pour accueillir quatre à cinq personnes, mais assez petite pour qu'on s'y sente à l'aise à deux.

Pendant le repas, ils discutèrent de leur journée, comme de banals amis qui dînent ensemble, tout naturellement. Sara s'aperçut qu'elle n'était même pas nerveuse. Elle lui parla de Gertrude et de Stieg Larsson, et il lui confia l'histoire de son ami Pete et de la compote de pommes. Ce n'est qu'à cet instant qu'elle vit le bocal à côté de la bouteille de vin.

— Un cadeau, dit-il en riant.

Ils firent la vaisselle à deux. Elle lavait, il essuyait, le tout dans un silence confortable. Les seuls bruits audibles étaient ceux des couverts qui cliquetaient et d'une soudaine rafale de vent qui agitait les branches des arbres. Ce n'était en aucun cas une soirée magique et Sara se doutait qu'elle n'avait aucune signification particulière pour lui. Mais pour elle... Pour elle, c'était une soirée où elle avait plaisanté et ri de manière détendue avec un homme, une soirée où, d'une certaine manière, elle avait... vécu.

Juste vécu.

Quelques mois plus tôt, cela aurait été inconcevable. Elle sourit en songeant à ce que les filles de la librairie auraient dit du fait qu'elle, Sara, ait invité un séduisant Américain à dîner. Elle rit en pensant qu'elle avait officié en tant que barmaid pour un séduisant Américain. Si la librairie existait encore, elle leur aurait envoyé une carte postale représentant Carl.

Tom fronça les sourcils et secoua la tête, un sourire toujours aux lèvres.

Puis elle se tourna vers lui, une assiette à moitié lavée à la main, et lui demanda :

— Amy et John ont-ils jamais... été ensemble ?

Il éclata de rire.

— Tu te demandes s'ils couchaient ensemble ?

— Non... Enfin, si. Peut-être.

— Pas que je sache, mais je ne leur ai jamais posé la question.

— Mais... est-ce qu'ils étaient, comment dire, amoureux l'un de l'autre ?

— Oui.

— Dès le départ.

— J'en ai le sentiment.

Sara ne put s'empêcher d'éprouver une certaine déception à l'égard d'Amy. Elle frotta l'assiette avec trop de vigueur, jusqu'à ce qu'il la lui prenne doucement des mains, la rince et l'essuie.

— Lorsqu'ils se sont rencontrés, le contexte ne se prêtait pas vraiment à ce qu'un homme noir fasse la cour à une femme blanche. Je ne pense pas que John ait rencontré de problèmes ici, pas comme en Alabama, et Amy a pu devenir son amie, mais de là à ce qu'ils se marient... Comment auraient-ils même pu avoir un rendez-vous galant ?

— Et ensuite elle s'est mariée ?

— Oui.

— Mais pas John.

— Non.

— J'espère qu'elle était infidèle, lâcha-t-elle spontanément et Tom éclata de rire.

Il ne protesta pas.

— Je comprends qu'on ne puisse pas quitter quelqu'un, mais cela n'interdit pas d'avoir une vie en dehors du couple. Prends *L'homme qui murmurait à l'oreille des chevaux*. Bien sûr, elle ne peut pas quitter son mari alors que sa fille vient d'être amputée d'une jambe et s'en remet à peine, mais elle aurait quand même pu y aller une semaine par an et se faire un peu de bien, non ?

— Oui, bien sûr, répondit Tom.

Ses lèvres tremblaient.

Sara secoua la tête.

— Je veux dire, quelques semaines avec Robert Redford, ça ferait du bien à n'importe qui, non ?

Tom rit ouvertement à présent.

— Moi, je passe mon tour.

— Tu vois ce que je veux dire.

Le roman était évidemment aussi mauvais que le film. Sara ne comprenait pas comment, à partir de la même histoire, on pouvait fabriquer deux fins malheureuses. Dans le livre, au moins, ils couchaient ensemble, mais il était ensuite tué par des chevaux sauvages. Dans le film, ils se contentaient d'une danse platonique, mais Robert Redford survivait. Une sorte de morale américaine, pensa-t-elle.

Elle revint à l'essentiel.

— Mais pourquoi ne se sont-ils pas mariés après la mort de son mari ?

— Pour être franc, je ne pense pas qu'ils l'estimaient nécessaire à ce stade. Ils étaient déjà amis. Ils s'aimaient d'une manière qui dépassait la simple vie de couple. John savait toujours ce qu'elle voulait. En tout cas, c'est l'impression que j'avais quand j'étais enfant. Il ne pouvait pas forcément le lui donner, mais il savait, sans exception.

Elle acquiesça.

— Tu sais, quand tu m'as demandé si Amy rêvait ?

— Oui.

— En fait, je dirais que oui. Mais Amy n'était pas une de ces personnes dont les rêves se réalisent. D'un autre côté, elle était capable de se satisfaire de très peu. J'ignore ce qui est le mieux. Elle ne se plaignait jamais.

Lorsqu'il se prépara à partir, elle le suivit dans le hall et ils restèrent plantés là, elle appuyée contre un mur, les bras croisés sur la poitrine, lui, une épaule contre l'autre mur, tourné vers la porte, prêt à sortir, mais manifestement pas pressé de le faire.

— Tom, de quoi rêves-tu ?

— Je ne rêve pas.

— Sérieusement.

— Je suis sérieux.

Elle s'aperçut qu'elle était mal placée pour faire un commentaire, vu son propre manque d'ambitions. Ou plutôt leur totale absence.

Elle s'enquit en hésitant :

— Tu n'en as jamais marre ? De ne faire que travailler, je veux dire.

— Assez souvent.

Sara eut l'impression que cette confession le surprenait lui-même, mais il ne prit pas la peine de la nier ou de la modifier.

— Mais je me demande si ça ne rend pas les choses encore pires quand on se relâche. Le truc, c'est juste de continuer à trimer. Quand on s'arrête et qu'on réfléchit trop, alors les problèmes commencent.

— Oui, convint-elle.

C'était indubitablement vrai, mais elle ne pouvait accepter qu'il suffise de continuer à trimer, pas maintenant qu'elle avait connu autre chose.

Sara Lindqvist
7 Kornvägen, 1 tr
136 38 Haninge
Suède

Broken Wheel, Iowa, le 9 mars 2011

Chère Sara,

La famille de John n'a jamais vraiment trouvé
sa place à Broken Wheel. Sa mère était une
femme formidable qui avait amené tous les siens
ici. Je me souviens qu'elle dégageait toujours
cette force propre aux femmes tellement habi-
tuées aux catastrophes que les périodes d'accal-
mie les ennuient. Elle ne semblait pas savoir quoi
faire de toute cette énergie, si elle n'était pas sans
cesse mise à l'épreuve. Tous ses enfants sauf John
– un autre fils et trois filles – étaient de la même
trempe. Ils vivaient, pensaient et respiraient le
combat politique et, durant la période où ils
ont habité ici, dans une petite bourgade engourdie, ils paraissaient sans cesse déçus et un peu
désorientés. Petit à petit, ils ont tous déménagé
à Chicago. L'un d'eux est devenu juge, un autre

avocat, un autre auteur et le dernier médecin. C'était ce genre de famille.

John, lui, déambulait dans Broken Wheel, comme si tous ses souhaits s'étaient soudain réalisés et qu'il n'en croyait pas encore ses yeux. Pour lui, l'engourdissement était une forme de sérénité harmonieuse. La première fois que je l'ai vu, il était parfaitement immobile sur un banc dans un parc. Les feuilles des arbres par une journée sans vent étaient plus actives que lui. Lorsqu'il m'a vue, il a paru effrayé, comme si à seize ans, la vie lui avait déjà appris que les Blancs constituaient une menace, même sous la forme d'une fluette adolescente de quinze ans avec un chemisier en coton délavé et de fins cheveux indomptables. Je crois que c'est à ce moment-là que j'ai décidé d'être son amie. Mais il m'a fallu des années pour le convaincre que c'était possible.

Bien sûr, à cette époque, il avait peut-être raison et il y a eu des moments de notre relation où il a indéniablement été le plus courageux.

Amitiés,

Amy

# Broken Wheel
## se prépare pour le marché

Les membres de l'assemblée se répartirent en équipes pour planifier les préparatifs du marché. Jen était responsable de la publicité, Caroline du marché en lui-même et Andy de la fête. Les habitants de Broken Wheel se soumirent, essayant de se dérober lorsqu'ils les voyaient dans la rue, dans l'espoir d'éviter toute implication trop lourde. C'était une pensée bien naïve. En une semaine, la majeure partie de la population était enrôlée dans le dernier projet en date de l'assemblée.

George n'avait rien contre le fait d'aider, même s'il n'avait pas encore réussi à se faire donner des instructions. Il essayait de se mettre en avant lors des réunions, qui se tenaient à présent plus ou moins n'importe où et n'importe quand. Là, il venait de découvrir Jen et Andy au comptoir de Grace, occupés à tracer les lignes directrices du marché. Caroline n'était pas là.

— Quand va-t-il avoir lieu ? demanda Jen. Il faut que nous ayons le temps de l'organiser et d'en faire la publicité.

George se demandait s'ils allaient se mettre d'accord avec Caroline par la suite ou si, en réalité, elle avait déjà décidé de la date et n'en avait simplement pas encore informé les autres.

— Dans un mois, suggéra Andy.

George se racla la gorge.

— Sara ne sera pas rentrée chez elle à ce moment-là ?

— Chez elle ! s'exclama Jen à qui cette idée n'était apparemment même pas venue à l'esprit.

— Je crois qu'elle repart fin octobre, dit-il avec prudence.

Il préférait ne pas penser à son départ et ne souhaitait pas contribuer à la prise de décisions, mais ils ne pouvaient organiser le marché en l'absence de Sara. Ce n'était pas juste. Il n'aurait jamais eu lieu, sans elle.

Jen et Andy le considérèrent. On était le 21 septembre. Ils évacuèrent la question de la date et discutèrent d'autres sujets avant de se séparer pour poursuivre les préparatifs chacun de leur côté.

George rentrait chez lui lorsqu'il passa devant l'appartement de Claire.

Elle habitait dans la même résidence que lui. Des petits appartements impersonnels dans un affreux bâtiment de plain-pied avec une bande de pelouse commune et des bennes qui débordaient. Les gens avaient pris l'habitude de s'y débarrasser de meubles cassés, de pneus, de chaussures, de bouteilles d'alcool et d'autres détritus. En ce moment, traînaient là un matelas dont le rembourrage jaune était dispersé aux alentours et deux chaussures dépareillées. George était tellement habitué à ces déchets qu'il les remarquait à peine. En revanche, il ne put rater Claire.

Elle était appuyée contre le plan de travail et fixait le vide par la fenêtre de la cuisine. Son regard le transperçait presque, et pourtant il devina qu'elle ne le voyait absolument pas. Au bout de quelques secondes, elle baissa les yeux et son expression était si lasse et résignée que George décida qu'il ne pouvait se contenter de l'ignorer et de rentrer chez lui.

Il se dirigea vers sa porte, marqua un bref temps d'hésitation, puis frappa.

Elle avait un peu meilleure mine lorsqu'elle lui ouvrit. Elle réussit du moins à lui adresser un sourire fatigué. Comme si elle avait enfilé son masque habituel, pensa George, et d'une certaine manière, cela le déstabilisa. Il ne pouvait concevoir que quelqu'un ait besoin de son aide, à lui, mais il était trop tard à présent. Elle avait déjà ouvert et l'avait fait entrer dans le vestibule. Elle fut obligée d'évacuer d'un coup de pied deux paires de chaussures abandonnées au milieu du passage.

— Ne fais pas attention au fouillis, dit-elle en grimaçant. Mon Dieu, voilà que je m'excuse pour le désordre maintenant !

George ne fit pas de commentaire. Il se contenta de la suivre dans la cuisine, où elle prépara du café qu'ils burent debout, lui appuyé au réfrigérateur et elle contre le plan de travail, peut-être pour ne plus avoir la vaisselle sous les yeux. Le regard particulièrement résigné qu'elle avait lancé aux assiettes et verres sales, casseroles et poêles couvertes de nourriture séchée ne lui avait pas échappé.

Elle fixait le sol.

— Les attentes des gens ne sont-elles pas bizarres ? Je vais à leur encontre quasiment depuis toujours. Surtout avec Lacey.

George détourna les yeux, gêné, mais elle poursuivit sans y prêter attention.

— À cette époque où les gens s'intéressaient encore aux grossesses des adolescentes. Ensuite en refusant de me marier et en ayant un foyer sale et, pour finir, en refusant de me racheter une conduite. En toute franchise, j'ignore ce qui perturbe le plus les gens. On peut penser qu'ils auraient dû comprendre à la longue, et qu'ils me laisseraient tranquille.

George ne savait pas vraiment qui ce « ils » désignait et se demandait s'il y était inclus.

Elle jeta un coup d'œil à la montagne de vaisselle à côté d'elle.

— Quand suis-je devenue si écœurée de tout ? Je n'arrive tout simplement pas à m'attaquer à la vaisselle. Ensuite, il faut que je parte travailler. Lacey va bientôt revenir avec la voiture et tout me paraît si lourd à porter. N'est-ce pas étrange ? Parce que c'est quoi la vie, bordel, à part la vaisselle, le boulot, préparer les repas, tout ça en boucle ?

George n'avait pas de réponse à sa question et but une gorgée de café pour éviter de se prononcer.

— Et maintenant, on va organiser un marché. C'est sûr que les choses sont plus vivantes depuis que la touriste est arrivée.

— Sara ?

— Je me demande ce qui pousse une personne à partir sur un autre continent. Tu le ferais, toi ?

George secoua la tête. Pour être franc, il ne se voyait même pas franchir la frontière de l'État.

— Et pour aller où ? À Broken Wheel !

Elle secoua la tête.

— Ce n'est certainement pas le bon endroit pour une touriste. Il n'y a absolument rien à voir. Rien.

— C'est une belle ville.

Elle éclata de rire.

— Broken Wheel ! Pas de travail. Pas d'avenir. Visites guidées tous les jours à deux heures.

Elle se retourna et regarda par la fenêtre.

— Authentiques figurants. Qui sait, on pourrait peut-être même être payés pour rester là à glander.

Il esquissa un sourire.

— Je ne suis pas sûr que les gens soient meilleurs ailleurs.

Claire parut y réfléchir sérieusement.

— Ma foi, les gens ne sont sans doute ni meilleurs ni pires. Mais je ne comprends toujours pas pourquoi quelqu'un parcourrait des milliers de kilomètres pour venir ici.

George n'avait pas non plus d'explication.

— En tout cas, elle est là maintenant, dit-il, sans parvenir à dérider Claire.

— N'est-ce pas ironique ? Elle a ouvert la librairie il y a moins d'un mois et la boutique ressemble déjà plus à un foyer que mon appartement. Alors que je vis ici depuis quinze ans. Quinze ans avec d'affreux papiers peints jaunis.

Il sourit.

— Les miens le sont aussi.

— Bon Dieu, qu'est-ce que je ne donnerais pas pour un peu de couleur ! Ceci n'est pas un foyer.

— Tu te trompes, répliqua-t-il et il fut lui-même étonné de cet élan de protestation.

Décontenancé, il finit par dire :

— Regarde cette veste, ces chaussures et ces assiettes…

La veste poussin démentielle de Lacey traînait sur un fauteuil dans le séjour. Elle était jaune vif et avait une espèce de col en plume. Il y avait d'autres assiettes sur la table. Dans le hall, quatre paires de chaussures traînaient pêle-mêle le long du mur. Une famille. C'était plus important pour un foyer que la couleur sur les murs.

— C'est clair qu'il y a pas mal de bazar, lâcha-t-elle avec un rire tremblant. Quand est-on censé avoir le temps de tout faire ? Et maintenant Caroline a décidé que je tiendrais un stand pour vendre des gâteaux maison.

Il détourna les yeux, ennuyé.

— Je suis nul en pâtisserie. Sinon, je t'aurais aidée. Moi, j'ai le temps, au moins.

— Bon Dieu, George ! Moi aussi, je suis nulle en pâtisserie. Je vais être obligée d'acheter ces foutus gâteaux.

La librairie avait beaucoup moins de visiteurs à présent que tout le monde gesticulait pour préparer le marché et la soirée dansante. Le seul qui passait encore était Tom. Sara avait l'impression qu'il la regardait différemment désormais, comme s'il avait accepté sa présence en ces lieux. Il lui parlait de gens qu'elle n'avait jamais connus, comme s'il s'agissait de vieux amis communs, comme si elle faisait partie de la ville.

Ce jour-là, il s'installa dans l'un des fauteuils et, pendant un certain temps, ils restèrent là, seuls avec les livres, sans ressentir le besoin de se parler.

Elle tourna les yeux vers lui.

— Tu sais, un jour, je vais trouver un livre pour toi aussi.

À cet instant, elle aurait pu jurer que ses yeux riaient bel et bien. Il ne protesta pas et se cala simplement, satisfait, contre le dossier.

— Je crois que je vais déménager à Hope, annonça-t-il.

Sara se força à garder un ton neutre.

— Hope, commença-t-elle, mais cela ne lui semblait pas du tout naturel.

Elle se racla la gorge.

— Pourquoi… Comment se fait-il ?

Il haussa les épaules.

— J'ai trouvé du travail là-bas. Cela me paraît inutile de continuer à vivre ici.

Inutile. Elle déglutit.

— Et tu serais capable de déménager ? De tout laisser derrière toi ?

Elle pensait qu'il se déroberait, mais il la fixa, sourit et secoua la tête. Elle ignorait si ce geste s'adressait à elle ou à lui-même.

— Je ne sais pas, reconnut-il. Parfois, je me dis que j'aurais dû le faire depuis longtemps. Quand mon père est mort et que la ferme a été vendue, peut-être.

— Amy était encore là ?

*Mais plus maintenant*, pensa-t-elle.


Jen passa devant la librairie et les vit assis là. Elle fit signe à Andy qui arrivait en même temps et lui désigna la vitrine avec une satisfaction manifeste.

— Regarde. Mon plan fonctionne bien.

Elle poursuivit, comme si elle se parlait à elle-même :

— Une librairie. Quelque chose à faire… Presque un rêve qui se réalise pour elle, il faut quand même le reconnaître. Et puis… l'amitié avec Tom, bien sûr. Je me demande si elle va réellement rentrer chez elle en octobre.

La scène paraissait effectivement idyllique avec le soleil qui scintillait sur la vitrine. Sara et Tom ignoraient qu'on les observait. Mais Andy se montra sensiblement plus pessimiste.

— Que vont-ils faire quand son visa va expirer ? Y as-tu pensé ? Qu'adviendra-t-il de son rêve à ce moment-là ?

# Une petite question de visa

— Le visa de Sara va expirer, fut la première chose que Jen dit devant l'assemblée réunie.

Il y avait tant de choses à régler désormais qu'ils ne se donnaient plus la peine de gagner la salle de cinéma. Toutes leurs réunions se tenaient debout dans le foyer.

— Il faut que nous fassions quelque chose.

— Vraiment ?

Le ton de Caroline était acéré. Elle en avait assez de la conspiration contre Sara. On pouvait dire ce qu'on voulait de cette fille, en tout cas, elle savait faire preuve de discrétion. Caroline avait épié tout signe indiquant que les gens étaient au courant de sa... lecture pendant toute la semaine, mais, pour autant qu'elle pouvait le déterminer, Sara n'en avait pas pipé mot.

— Il faut que nous nous arrangions pour qu'elle puisse rester, reprit Jen. Nous sommes *américains*, pour l'amour de Dieu. Si nous ne pouvons même pas inviter notre propre amie à vivre dans notre pays, à quoi a servi la guerre d'Indépendance ?

— Veut-elle rester, au moins ? s'enquit Caroline. Y a-t-elle fait la moindre allusion ?

— Oui et non. Mais il est plus que probable qu'elle le voudra et, à ce moment-là, nous devrons être prêts à l'aider.

Caroline songea à la manière dont Sara et Tom s'étaient tenus côte à côte lors de la fête improvisée, silencieux et observant la foule, décontractés. Très peu de gens étaient capables de rester ensemble sans parler. Cela l'inquiétait. Et puis, il s'était rendu à la librairie. Peut-être le plan insensé de Jen était-il plus fondé qu'elle ne voulait l'admettre.

— Ne devrions-nous pas lui poser la question ? demanda-t-elle.

— Il vaudrait peut-être mieux que nous vérifiions d'abord s'il est possible qu'elle reste, avant de lui donner des idées, intervint Andy.

— Possible ?! Bien sûr que c'est possible ! Ce pays n'est-il pas libre ?

Caroline ne se donna même pas la peine de commenter, mais elle savait ce qu'elle allait faire.

Après la réunion, elle attendit cinq minutes près de l'entrée du cinéma jusqu'à ce qu'elle soit sûre que ni Jen ni Andy ne reviendraient. Puis elle se dirigea vers la librairie, certaine de la mission qui lui incombait, mais étonnamment indécise quant à la manière de la mener à bien.

Elle s'installa dans l'un des fauteuils et fit signe à Sara de prendre place dans l'autre.

Amy aurait dû être là pour se charger de cette conversation, pensa-t-elle avec lassitude. Amy aurait su enrober ses questions, prendre un ton amical inspirant la confiance et amener Sara à parler de ses problèmes et de ses rêves. Comme si parler pouvait changer quelque chose. Caroline redressa le dos, prête à entamer cette discussion.

*Montre-toi juste diplomate, Caroline. Choisis tes mots*. Elle grimaça.

— Quand ton visa expire-t-il, Sara ?

Sara se leva et se détourna de la vitrine, comme si elle ne supportait soudain plus de voir la grand-rue.

— Dans un mois et demi, mais mon billet d'avion est réservé pour le 18 octobre, de New York.

Sara tournait toujours le dos à Caroline, si bien qu'elle ne pouvait pas déchiffrer son expression.

— Et tu vas rentrer chez toi à ce moment-là ?

— Je... Oui, bien sûr.

Caroline hocha la tête pour elle-même et se leva.

— C'est tout ce que je voulais savoir.

Elle allait devoir s'occuper de ça aussi, mais elle savait précisément qui elle allait appeler.

Sara Lindqvist
7 Kornvägen, 1 tr
136 38 Haninge
Suède

Broken Wheel, Iowa, le 28 mars 2011

Chère Sara,

Mon mari ne riait jamais. Ce n'était pas un homme particulièrement heureux. Il n'en a pas toujours été ainsi. Sa mère a quitté son père alors qu'il avait treize ans et quand j'y repense, je crois que son départ a laissé derrière lui un poison qui a agi si lentement qu'il était difficile de déterminer quand il avait commencé à nuire. Mais je sais qu'il riait avant ça et je sais qu'il n'a plus du tout ri après. Aucun rire heureux, en tout cas.

Je crois qu'il a encaissé plus durement la démission de sa mère que son père. Dans un premier temps, il a été triste, mais ensuite, c'est la colère qui l'a gagné. Je crois que c'est pour ça qu'il ne lui a jamais été facile de se faire des amis à l'âge adulte, et c'est dommage, car je crois que c'était quelqu'un de bien, au fond.

Je n'ai jamais pu regarder *Sur la route de Madison* (l'action se déroule dans l'Iowa, tu sais) sans me demander si elle n'avait pas fait le bon choix en restant. J'ai vu de près ce qui arrive à la famille qu'on laisse derrière. Bien sûr, j'ai également vu ce qui advient de la femme qui reste et il y a des moments où j'implore Meryl Streep de tourner cette poignée et de s'enfuir sous la pluie. Contente-toi de courir, je me dis.

Amy

# Une *chick lit* tout à fait banale
## (littérature 3 – vie 1)

Tous les gens répétaient à l'envi que l'automne était une saison mortelle, mais Sara n'était pas d'accord. Il n'y avait rien d'aussi vivant, d'aussi changeant, que cet automne à Broken Wheel. Le matin, elle voyait les feuilles des arbres exploser de couleurs dans le vent.

L'été refusait de lâcher prise, mais, malgré les journées chaudes isolées, il était évident que la métamorphose avait commencé. L'équilibre s'était modifié. Le monde autour d'elle s'acheminait inexorablement vers l'hiver et vers la fin de son séjour à Broken Wheel.

Lorsque George vint la chercher, elle posa son plaid et se dirigea lentement vers la voiture. Elle ne fit que des réponses lasses et monosyllabiques à ses tentatives de conversation. Des nuages noirs s'amoncelaient au-dessus de la ville et le vent agitait les branches, mais rien ne pourrait rendre la librairie douillette ce jour-là. Au contraire, elle lui paraissait exiguë et absurde à faire peur.

Elle regardait la bise arracher les feuilles. C'était comme si l'hiver se rapprochait à chaque feuille qui tombait, irrémédiablement, tandis que les branches se dénudaient et que le vent emportait sa vie ici.

Peut-être était-ce aussi bien qu'elle rentre chez elle, se disait-elle. Elle avait fait l'expérience de la ville d'Amy, porté un toast à Mlle Annie, rencontré Andy, Claire et... Oui, tout le monde. Et elle leur avait donné des livres. Peut-être son travail était-il achevé.

Mais les gens étaient étranges. Elle avait beau sans cesse s'acquitter de sa dette à leur égard, ils trouvaient en permanence de nouveaux moyens de la faire se sentir redevable. C'était comme si elle se battait tout le temps pour payer les intérêts d'intérêts.

La conversation avec Caroline l'avait secouée. Il lui restait trois semaines. Ensuite, elle serait obligée de rentrer en Suède. Les images de la maison agréable d'Amy, de la librairie au charme paisible et des gens autour d'elle s'estompaient devant les contours flous d'un appartement à Haninge et d'une autre librairie, si elle avait de la chance. Mais elle ne parvenait pas à se les représenter clairement et cela l'effrayait.

Quand avait-elle cessé de penser à la Suède ? Elle essayait de se rappeler qu'elle y avait une famille qui l'attendait, mais en toute franchise, cet argument n'était pas très efficace.

Sa mère avait manifestement perdu tout intérêt pour son périple américain dès qu'elle avait compris que Sara n'avait pas l'intention de poursuivre vers une grande ville passionnante. Elle soupçonnait que son père avait renoncé lorsqu'il avait appris qu'elle passait son temps à travailler gratuitement dans une librairie. Sa sœur n'aurait sans doute même pas remarqué son absence si Sara ne lui avait envoyé une carte postale quelques semaines plus tôt.

Elle fit le tour de la boutique en s'efforçant de ne pas penser à la Suède. Elle n'avait rien à faire, mais elle était incapable de rester assise. Puis son regard se posa sur les livres devant elle. Elle éclata de rire. En tout cas, elle avait trouvé le livre idéal pour Grace. Des femmes robustes qui avaient construit le pays. Même Grace ne pourrait pas résister à ce texte-là, se dit-elle, tout en enfilant sa veste et en franchissant au pas de course les quelques mètres qui la séparaient du snack.

Elle n'avait pas la force de discuter avec Grace aujourd'hui et se contenta de déposer le livre sur le comptoir avec un sourire triomphal et un « Des femmes dures à cuire ! », puis elle repartit. C'était encore sa librairie, non ? Oui, bien sûr, ça l'était.

Mais cet entrain ne dura pas longtemps. L'agitation ne tarda pas à la gagner de nouveau et elle se rendit compte que le reste de la journée allait être une épreuve. Peut-être devrait-elle fermer plus tôt, se dit-elle. Elle n'avait plus rien à faire ici.

À cinq heures, elle était toujours plantée au milieu de la librairie et vit la pluie arriver. Elle atteignit l'autre côté de la rue et, l'espace d'un instant, ce fut comme s'ils se mesuraient, elle et l'orage imminent. Même la pluie hésitait à l'approcher.

Puis elle se décida. D'abord de petites gouttes, comme un escadron de reconnaissance, avant que l'averse ne s'abatte, claquant sur la vitrine embuée jusqu'à ce que Broken Wheel ne soit plus qu'une brume floue à l'extérieur de son petit monde.

Elle attendit une demi-heure que ça s'arrête, puis ne supporta plus la vue de la librairie douillette, tableau complété par la pluie, la vitrine et tout le reste. Elle éteignit les lampes et demeura un moment dans l'obscurité. La grand-rue de Broken Wheel était déserte, comme abandonnée.

*De circonstance*, pensa-t-elle. *Tout à fait de circonstance.*

Dans le réduit, il y avait un imperméable qu'elle avait rapporté de chez Amy. Une fois qu'elle l'eut enfilé, elle sortit affronter la pluie. Ce n'est quand même pas donné à beaucoup de gens de faire l'expérience d'un orage précisément au moment où on en a besoin, se dit-elle. Elle passa devant le snack sans même s'arrêter pour admirer l'image réconfortante de Grace seule à son comptoir en train de boire de l'alcool, comme si c'était encore un bar. Devant elle, un verre et une bouteille contre laquelle était calé le livre que Sara lui avait donné. Sara aurait pu jurer que Grace riait bel et bien en le lisant.

Dans d'autres circonstances, cette vision lui aurait remonté le moral, mais là, elle ne s'arrêta même pas. Elle baissa la tête et poursuivit son chemin.

Les champs de maïs l'entouraient et la suivaient sur la route. La pluie produisait un autre son en touchant la végétation ; elle était plus lourde, plus pleine, presque comme une pluie d'été. Seul le froid sur ses joues lui rappelait que tout était sur le point de prendre fin.

Lorsqu'elle arriva à la patte-d'oie qui menait chez Amy, elle continua à marcher. Elle ne supportait tout simplement pas la perspective du silence et du vide qui l'y attendaient.

*Tu n'es pas chez toi ici*, pensa-t-elle. C'était ridicule de le croire. Ridicule, ridicule, ridicule. Elle tourna le visage vers la pluie, dans un mouvement de défi, tandis que l'eau et le froid s'emparaient de ses jambes.

Au fond, Sara savait qu'elle allait chez Tom. Pour une raison ou une autre, elle avait le sentiment qu'elle pourrait lui parler de ce qu'elle éprouvait. Il s'apprêtait peut-être à déménager à Hope, mais il devait quand même encore se soucier de la ville, non ? Il devait être capable de comprendre à quel point il lui était pénible de tous les quitter.

Arrivée devant sa maison, elle s'arrêta. Soudain, cela lui parut déplacé de débarquer à l'improviste. Mais elle se souvint de leurs moments silencieux dans la librairie et de leur discussion dans le hall d'Amy. Ne pas juste continuer à travailler. Se sentir chez soi quelque part.

Elle espérait que Caroline ne l'avait pas percée à jour. Elle avait tenté de dissimuler le choc que lui avait causé la prise de conscience de son prochain, très prochain retour en Suède. Elle ne voulait pas que tout le monde l'apprenne, mais elle avait besoin d'en parler à quelqu'un. Une chose était sûre : Tom ne le divulguerait pas. Ça, elle en était certaine.

Elle frappa à la porte. L'obscurité régnait dans le hall et dans une partie de la maison, mais la lumière était allumée dans la cuisine. Personne n'ouvrit.

En pensant à la pluie, au trajet à pied qui l'attendait pour rentrer chez elle et en constatant, quand elle appuya avec précaution sur la poignée, que la porte n'était pas fermée à clé, Sara se dit que c'était parfaitement normal de vouloir s'abriter un moment avant de repartir.

Elle traversa lentement le hall. Il menait à un séjour ouvert avec, au fond, la cuisine et son coin repas. Elle aperçut les contours sombres d'un canapé et d'un fauteuil d'un côté, et un couloir de l'autre.

— Tom ? lança-t-elle.

Toujours pas de réponse. Elle retira son imperméable et son manteau, se déchaussa et fit quelques pas supplémentaires. Elle observa les lieux, oubliant provisoirement tous ses scrupules face à la curiosité que lui inspirait le foyer de Tom. Enfin, foyer n'était peut-être pas le bon mot. Tout était remarquablement impersonnel et extrêmement propre.

Il n'y avait pas de bibliothèque, même pas une étagère à CD ou DVD. En fait, on aurait dit qu'il avait soigneusement évité tout objet susceptible de révéler quoi que ce soit sur lui ou de transformer sa maison en foyer chaleureux. Les meubles étaient neutres tant par leurs couleurs que par leurs formes, et toutes les surfaces étaient vides et nettoyées.

Il n'y avait pas de photos, pas de vaisselle sale ou de livres commencés qu'on aurait posés là où on les avait lus, pas de stylos cassés, de menue monnaie ou de vieux reçus.

Dans la cuisine, seulement deux assiettes propres sur l'égouttoir et trois canettes de bière vides alignées sur le plan de travail.

Mais c'était la fenêtre qui dominait vraiment la pièce et gommait la frontière entre l'intérieur et l'extérieur. Les vitres tremblaient légèrement sous les assauts des bourrasques. Du coup, Sara se sentit à nouveau sans défense, comme si elle était encore dehors, soumise aux éléments. Mais cette proximité de la nuit et de l'obscurité avait aussi un effet apaisant.

Au-delà des champs de maïs plongés dans les ténèbres et du rideau de pluie, on devinait les lumières de Broken Wheel et celles de la maison d'Amy, qu'elle avait oublié d'éteindre. Elle ne le faisait presque jamais. Le sentiment de solitude était moins grand quand elle revenait dans une maison éclairée. Les lampes allumées lui donnaient l'impression qu'Amy l'attendait.

Broken Wheel était partout présente dans la maison de Tom, pensa-t-elle. Elle se demanda s'il cessait jamais de s'inquiéter pour ses habitants, mais en y réfléchissant, elle s'aperçut que ce n'était pas les gens qui dominaient le panorama. Ce qu'on avait sous les yeux, c'était un paysage intemporel, le maïs, les nuages qui s'amassaient au-dessus et les granges isolées dans les champs, tout ce qui constituait une partie de la vie ici à une époque révolue depuis longtemps.

Pour finir, elle regagna le séjour et s'installa sur le canapé. Lorsque le silence devint trop pesant, elle se leva à nouveau et mit la radio dans la cuisine, puis elle retourna dans le canapé. Soudain, elle se sentit très fatiguée et très loin de chez elle.

Elle fit alors la seule chose appropriée dans une telle situation : elle s'endormit.

Lorsqu'elle se réveilla quelques heures plus tard, son agitation avait disparu. Le sommeil avait apaisé son corps, chaud et lourd. Elle s'étira et son pied effleura une jambe.

Une jambe.

Elle se redressa et regarda autour d'elle, confuse. Tom. Elle était chez Tom. Il y avait une couverture sur elle. Il devait l'avoir déposée quand il était rentré et l'avait découverte endormie sur son canapé. Puis il s'était lui-même assoupi dans le fauteuil. Elle sourit. Il était incroyablement attirant lorsqu'il dormait.

Elle tendit le bras et toucha sa jambe avant d'avoir eu le temps de se contrôler, puis elle se leva et se pencha au-dessus de lui. Son menton et ses joues étaient couverts d'une barbe naissante, les sillons autour de ses yeux étaient décrispés et son expression presque paisible.

— Tom, dit-elle doucement.

Son visage n'était qu'à une vingtaine de centimètres du sien.

Il bougea et ouvrit les yeux. S'il fut étonné de la voir si près, il n'en dit rien.

Tout se déroula avec une infinie lenteur. Elle se demanda si les baisers de cinéma n'étaient pas un peu exagérés et si ces interminables moments d'hésitation avant le baiser existaient vraiment.

Puis elle se rendit compte de ce qu'elle s'apprêtait à faire et se hâta de reculer. Elle atterrit à nouveau sur le canapé et essaya de trouver quelque chose à dire. C'était sans espoir. Elle tenta un sourire à la place, ce qui fut un peu plus concluant.

— Sara, commença Tom en la scrutant d'un regard pénétrant. Une amourette de vacances ne m'intéresse pas, déclara-t-il avec une brutalité parfaitement inutile.

Il poursuivit alors qu'il s'était déjà exprimé avec une clarté sans équivoque et qu'elle était incapable d'ajouter quoi que ce soit :

— J'ai déjà donné. Les relations à distance aussi.

Bien sûr qu'il avait déjà donné. Elle, pas. Elle n'avait jamais eu de véritable relation. Elle avait essayé une fois pour faire comme tout le monde, mais cela n'avait mené nulle part.

Il s'assit à côté d'elle et elle recula instinctivement.

— Si nous tombions amoureux l'un de l'autre, ce serait… irritant. Et si nous ne le faisions pas, ce serait dénué de sens.

C'était évident : il n'avait pas l'intention de tomber amoureux d'elle. Pourvu qu'il ne la pense pas assez irréaliste pour croire que c'était possible. Et pourtant. Elle ne pouvait s'empêcher d'éprouver une légère indignation qu'il ait décrit une éventuelle aventure avec elle comme dénuée de sens et irritante.

Elle releva le menton et répliqua :

— Il est clair que tu ne vas pas succomber à mes charmes, mais je ne vois pas en quoi ce serait dénué de sens et irritant.

Il tendit la main et tourna délicatement son visage vers le sien. Lentement, presque inconsciemment, il suivit le contour de sa joue, de sa mâchoire et de son cou du bout du doigt. La caresse fut si légère que Sara n'était pas tout à fait sûre qu'elle se soit produite. Si ce n'est que sa main était à présent posée sur sa clavicule et son cou.

— Tu crois vraiment…, dit-il tout bas avant de s'interrompre.

— Oui ? s'étonna-t-elle, mais sa question ressemblait plus à un raclement de gorge.

Il l'attira à elle et, sans qu'ils sachent vraiment qui avait pris l'initiative, elle retomba sur le canapé et il se retrouva allongé de tout son poids sur elle, si proche qu'elle sentait sa respiration dans son propre corps.

Elle tendit la main à son tour et toucha la peau juste au-dessus de son col, juste parce qu'elle en avait encore la possibilité. Mais pas « encore » parce qu'elle allait repartir en Suède à un moment ou un autre. Bon Dieu, les relations prenaient fin, ce n'était qu'une excuse de son côté. Non, c'était juste parce qu'elle savait qu'en réalité, il ne voulait pas d'elle et qu'elle était obligée de profiter du temps dont elle disposait.

Il recula un peu quand elle l'embrassa. C'était presque imperceptible, mais elle sentit le poids de son corps se modifier, s'alléger. Elle essaya de se redresser, mais alors il l'embrassa, d'abord doucement, plein de retenue, puis avec force. Son corps pesa à nouveau sur le sien tandis que sa main caressait son épaule, sa mâchoire et ses cheveux avec des gestes rapides et appuyés.

Le baiser prit fin et ils restèrent un moment à se regarder.

Il avait le souffle court, comme s'ils étaient réellement en train de faire l'amour. Cette pensée n'aida pas Sara à contrôler son propre désir.

Elle ferma les yeux et visualisa toutes les manières dont elle voulait le toucher et comment elle voulait qu'il la touche. Prends-moi, avait-elle envie de l'implorer. Elle tendit le dos pour se plaquer davantage contre lui. Ses bras s'agrippaient à son dos et leurs jambes étaient si entremêlées qu'elle était pressée contre sa cuisse. Elle déplaça les hanches, un besoin oppressant et douloureux montait du plus profond d'elle-même et se prolongeait dans toutes les parties de son corps en contact avec lui.

Elle savait qu'elle n'était pas douée pour le sexe. Elle avait toujours beaucoup trop conscience d'elle-même et doutait d'avoir jamais eu de… penchant naturel pour ça. Pour une fois, néanmoins, son corps semblait savoir précisément ce qu'il voulait faire et, pour une fois, c'était précisément la bonne chose. Peut-être n'avait-elle simplement jamais désiré quelqu'un comme elle désirait Tom à cet instant.

Pour une raison qu'elle ignorait, cela l'attristait. On aurait dit une blague ironique d'un dieu au comble de l'ennui : créer tant de désir pour ne pas le satisfaire.

— Va au diable, Sara, lâcha Tom, comme s'il pensait la même chose, mais il n'avait pas l'air en colère.

— Va te faire voir, répondit-elle sur le même ton.

— Tu crois vraiment que nous pourrions nous abstenir de tomber amoureux l'un de l'autre, si nous en avions la moindre chance ?

Il se redressa et elle l'imita. Ils restèrent un moment assis l'un à côté de l'autre en silence, fixant le vide devant eux, tandis que leur respiration revenait lentement à la normale et que Sara essayait de comprendre ce qui s'était vraiment passé et si elle avait envie de rire ou de pleurer.

Ils ne couchèrent pas ensemble. Mais plus tard, Sara conserverait le souvenir précis de ce qu'ils avaient fait, de ce qu'ils s'étaient dit et de la façon dont son corps s'était pressé contre le sien. Elle soupira, mi-comblée, mi-frustrée. Sans aucun doute ce fut la meilleure relation sexuelle qu'elle n'ait pas connue.

Et il avait bel et bien dit que le risque qu'il tombe amoureux d'elle existait. Il avait sous-entendu que, dans une espèce d'univers parallèle (obéissant manifestement à de tout autres règles que celui-ci), il y avait une possibilité que cela se produise. Et puis, il l'avait embrassée.

Sara s'aperçut qu'elle n'avait pas envie de pleurer. Elle avait envie de rire, de chanter et de le crier au monde entier : elle l'avait séduit. Elle sourit. Toute son inquiétude à la perspective de devoir – dans plusieurs semaines, presque un mois, ce qui leur laissait tout le temps ! – repartir pour la Suède s'envolait lorsqu'elle songeait qu'à cet instant, elle était en train d'analyser les sentiments et les actes d'un homme, comme si elle s'était transformée en Bridget Jones pour un jour. Comme si elle était le personnage principal dans un roman *chick lit* parfaitement banal.

Et dans quelques jours, elle le verrait à nouveau à la soirée dansante. Enfin, si elle survivait d'abord au marché.


Tom la vit s'éloigner et se dit qu'il était un sacré crétin.

Le temps et cette histoire d'amourette de vacances n'étaient évidemment qu'une excuse, et pas particulièrement brillante en prime, mais c'est tout ce qu'il avait trouvé sur le moment.

Soudain, il lui était devenu insupportable de penser qu'elle allait repartir en Suède, que ce serait comme si elle n'avait jamais été là. D'une certaine manière, il avait le sentiment que c'était comme s'il n'avait jamais existé, comme si lui et Broken Wheel n'étaient qu'une parenthèse dans la vie de Sara. Un souvenir, une anecdote peut-être, racontée à des gens si éloignés qu'il ne parvenait même pas à se les représenter. La Suède.

*Ressaisis-toi, Tom*, pensa-t-il, et il appuya son front contre la fenêtre du séjour, comme s'il pouvait absorber le calme et l'obscurité qui régnaient à l'extérieur par la simple force de sa volonté. *Il suffit que tu te tiennes à carreau pendant les quelques semaines restantes*, se dit-il dans une forme de version inversée d'un discours de motivation, *elle t'oubliera avec autant de facilité qu'elle semble avoir refoulé tous ses amis et connaissances suédois*.

Elle n'en avait jamais dit un mot. Elle aurait aussi bien pu avoir des dizaines de petits amis abandonnés aux quatre coins de la Suède. Mais bon, ce n'était pas ses affaires. Il voulait juste qu'elle retourne auprès d'eux ; le plus vite serait le mieux.

Il n'avait en aucun cas besoin d'une femme qui n'était même pas mignonne, avec laquelle il n'avait rien en commun et qui lui préférait les livres la plupart du temps. Il n'avait aucune intention de se conformer à ses idées romantiques débiles sur des héros qui perdaient des bras, des mains, la vue ou la raison pour que Sara obtienne sa fin heureuse. S'il y avait bien une chose qu'il avait apprise dans la vie, c'est que les fins heureuses n'existaient pas. La vie continuait, c'était tout.

Mais alors, pourquoi l'avait-il embrassée ? Ou plutôt : pourquoi s'était-il jeté sur elle pour la peloter sur le canapé ?

Il aurait dû mieux se maîtriser. Il se maîtrisait mieux. C'était juste la surprise de la découvrir endormie chez lui à son retour, comme cela lui avait paru normal et l'effroyable sérénité qu'il éprouvait en sa présence. Comme si tout devoir et responsabilité… Non, ce n'était pas qu'ils disparaissaient, pas vraiment, mais ils lui semblaient si éloignés que l'espace de quelques instants, il réussissait à se représenter une vie où ils ne vous accablaient pas en permanence. Ensuite, quand il s'était réveillé, elle était là, toute proche, et il n'avait pas réfléchi.

Parce qu'il était un sacré crétin, tout simplement. Ça ne faisait pas un pli, bordel.

Mais ce n'était pas la fin du monde. Il suffisait de lui manifester ostensiblement qu'il n'était pas du tout amoureux d'elle et que c'était sans espoir.

Il lâcha un soupir. Si seulement il avait pu se convaincre lui-même !

Un peu de volonté et d'autodiscipline devrait suffire. Car c'était la meilleure solution, lorsqu'il s'agissait de Sara.

# On appelle un avocat
## à la rescousse

— Mais vous comprenez bien, déclara l'avocat dans son bureau en écartant les bras dans un geste de désespoir devant le groupe.

Il leur avait déjà expliqué la situation trois fois, mais aucun des membres de cette délégation bigarrée ne semblait l'écouter. Ils étaient polis et bien éduqués, et ne l'interrompaient pas, mais il était clair qu'ils n'acceptaient pas les informations qu'il leur livrait. Il sentit poindre le mal de tête et se massa discrètement les tempes.

Cela avait paru si simple quand Caroline Rohde l'avait appelé. Un avis d'expert sur les règles relatives au visa pour une femme qui séjournait chez elle en tant qu'invitée. Il était parti du principe qu'il ne s'agissait que de prolonger un visa de tourisme, une tâche dont il devait pouvoir s'acquitter en deux temps trois mouvements avant le déjeuner. Il ne s'attendait pas du tout à ce que cinq personnes débarquent dans son cabinet, persuadées qu'il pouvait obtenir un titre de séjour permanent d'un claquement de doigts.

Il aurait dû s'en douter. Rien n'était jamais simple avec cette satanée Caroline Rohde. Sans tous les bons services qu'elle avait rendus à son épouse, il l'aurait déjà jetée dehors. Au nombre de ces services, comptait bien sûr ce petit détail : Caroline avait réussi à convaincre sa femme de le reprendre après la légère entorse à leur contrat de mariage dont il s'était rendu coupable.

Et le reste de la délégation ne valait pas mieux. Une femme au foyer hystérique, un type nerveux qui portait une veste qui ne lui allait même pas, et deux autres hommes dont il commençait à soupçonner qu'ils étaient en couple. L'un d'eux était irrésistiblement mignon pour un homme. L'avocat ne voyait pas les hommes mignons d'un bon œil. Ce n'était pas naturel, pensait-il, sombre.

— On doit bien pouvoir faire quelque chose pour qu'elle reste, déclara Jen. Qu'est-il arrivé aux principes qui veulent que nous naissions tous libres et égaux et avons le droit de rechercher le bonheur ?

— C'est davantage une... façon de parler, répondit-il sur un ton las. Dans cette histoire de Constitution, le choix des mots est maladroit. Il faut que vous compreniez que cela a toujours été davantage une vision, un encouragement, qu'une description de la réalité. En outre, ils ne s'appliquent pas aux personnes qui ne possèdent pas la citoyenneté américaine.

Il se frotta les yeux. Pour lui, le fait que cette Sara puisse rester ou pas n'avait aucune importance, même si elle était sans doute très sympathique dans son genre.

— Les États-Unis sont devenus un symbole, un rêve, un pays dans lequel on vient, comme madame l'a fort justement indiqué, pour se construire une vie meilleure et trouver le bonheur pour soi et les siens. Mais la législation sur l'immigration est dure. Bien sûr, elle a pas mal évolué dans les années quatre-vingt-dix. Le nombre d'immigrants qui obtenaient un titre de séjour permanent a augmenté de manière dramatique jusqu'à atteindre près de sept cent mille par an. Mais la législation avait surtout pour but d'autoriser l'immigration des individus possédant des qualifications particulières – des chercheurs, des ingénieurs, des médecins – ou des gens prêts à investir d'importantes sommes d'argent dans des entreprises américaines. Des sommes conséquentes, souligna-t-il. Depuis, l'atmosphère s'est à nouveau durcie, surtout à cause des lois antiterroristes et de la mauvaise santé du marché du travail. Personne ne veut laisser des étrangers voler les quelques emplois restants.

Il haussa les épaules, peut-être dans un geste d'excuse, mais qui signifiait sans doute également qu'il n'était en rien responsable de ces règles.

— Dans quelles circonstances peut-on rester alors ? s'enquit Caroline.

— Le droit d'asile, bien sûr, mais uniquement si on fuit une guerre ou des persécutions. Et même dans ces cas, ce n'est pas facile.

— Et si on a un travail ? demanda Jen.

— Cela ne joue pas un grand rôle. Employer cette personne serait très compliqué et très onéreux. Beaucoup de paperasserie, une procédure coûteuse. Par ailleurs, l'employeur doit pouvoir démontrer qu'elle possède une compétence spécifique qui manque dans notre pays. Possède-t-elle une compétence particulière ?

— Elle a travaillé dans une librairie, répondit Caroline. Elle est très douée dans son domaine. Elle aime les livres.

Il y avait quelque chose de désapprobateur dans son ton.

— Ce n'est pas franchement ce qui manque ici, l'interrompit-il.

— Et tous ces Sud-Américains qui travaillent dans les abattoirs ? lança l'échalas à la veste démodée. Ils possèdent une compétence spécifique, eux ?

— Certains d'entre eux ont peut-être obtenu un permis de séjour grâce à des liens de parenté, ou alors ils sont entrés sur le territoire de manière illégale et ont ensuite bénéficié d'une amnistie, mais il n'est pas exclu que beaucoup soient des clandestins.

Il les regarda dans les yeux, l'un après l'autre. Tous soutinrent son regard sans vaciller.

— Il est de mon devoir de déconseiller avec la plus grande fermeté à votre amie de rester illégalement. À maintes reprises, j'aurais aimé pouvoir en faire davantage pour aider les personnes qui s'étaient mises dans cette situation, mais je peux au moins mettre en garde les autres de ne pas tenter le diable.

Il avait la quasi-certitude qu'ils ne l'écoutaient toujours pas.

— Pensez seulement au risque de se faire prendre ! Nous parlons d'amendes très élevées, de garde à vue, peut-être même de prison ferme, pour elle comme pour ceux qui l'auraient aidée. Et si elle s'en sortait sans amende ni incarcération, ce qui n'est pas du tout sûr, elle serait expulsée sur-le-champ. Et après avoir séjourné une fois de manière illégale dans notre pays, il ne lui serait plus jamais possible d'y remettre les pieds.

— Et Tom alors… ? commença Caroline.

— Tom ? s'étonna-t-il.

Il aurait pu jurer que les autres étaient surpris aussi.

Elle leur sourit.

— Il va être anéanti.

— Anéanti, répéta la femme au foyer.

— Qui est Tom ?

— Son petit ami. Il leur a fallu plus d'un mois pour se décider, mais nous savions bien sûr dès le départ qu'ils allaient se plaire.

La femme au foyer afficha une expression inquiétante. Peut-être à cause de la lueur obsessionnelle dans son regard ou du sourire qui mangeait tout son visage.

— Dès le départ, confirma-t-elle.

— Mais les jeunes sont si coriaces de nos jours, reprit Caroline.

La femme au foyer se redressa.

— Il est évident que Sara et Tom sont extrêmement amoureux l'un de l'autre.

Enfin un élément un peu positif.

— Vous voulez donc dire qu'elle a rencontré quelqu'un ici ? Un citoyen américain ?

— Tom est aussi américain qu'il est possible de l'être, déclara Caroline.

L'autre femme hocha la tête avec enthousiasme.

— Très américain. Autant que la tarte aux pommes.

— Se connaissaient-ils avant qu'elle ne vienne, lorsqu'elle a demandé son visa ? C'est important. Si les autorités pensent qu'elle est venue avec un visa de touriste dans l'objectif de se marier et de rester plus longtemps, elles peuvent lui refuser le titre de séjour.

— Non, ils se sont rencontrés ici, le rassura la femme au foyer avant d'ajouter sur un ton déterminé : Grâce à moi.

— Et elle a bien un visa ? Elle n'est pas ici par le biais d'un programme particulier ?

— Elle a un visa.

— Dans ce cas. Si ce Tom est assez anéanti pour l'épouser, elle devrait pouvoir rester. En comparaison, c'est un processus assez simple. À condition, bien sûr, qu'elle ne soit pas restée sur le territoire américain après l'expiration de son visa, ne serait-ce qu'un jour.

— En aucun cas. Un mariage aiderait donc ?

— S'ils s'aiment assez pour ça, précisa-t-il.

— Naturellement.

— Et il faut qu'ils se marient, ajouta-t-il. Se fiancer ou s'installer ensemble ne suffit pas.

Il songea à une chose.

— Pourquoi ce Tom n'est-il pas venu me poser ces questions lui-même ?

— Les jeunes d'aujourd'hui, pas du tout organisés comme à votre époque et à la mienne, quand…, éluda Caroline.

L'avocat leva les mains devant lui.

— Ah ça, c'est bien vrai.

Il consulta sa montre. Il était grand temps qu'il aille déjeuner.

— Si les choses en arrivent là, je pourrai vous aider à constituer le dossier. Il lui faudra également un certificat médical et elle aura quelques formulaires à remplir.

Il se leva et leur tendit la main pour leur signifier que l'entretien était terminé. Toute la délégation l'imita poliment. Caroline lui serra la main et le remercia du temps qu'il leur avait consacré.

— Jane, prenez mes appels. Je sors déjeuner, dit-il au téléphone tandis qu'ils quittaient son cabinet.

— Tom ? demanda George lorsqu'ils se furent un peu éloignés.

Caroline haussa les épaules.

— Il fallait bien que je trouve quelque chose.

Elle n'était pas tout à fait satisfaite de ses talents d'improvisation. Était-il vraiment moral de se marier pour obtenir un titre de séjour ? Elle en doutait. Ça avait été une bouteille à la mer, une manière de garder toutes les portes ouvertes, mais quelque chose lui disait que Jen allait veiller à ce qu'elle ne puisse plus reculer, maintenant qu'elle avait ouvertement exprimé son soutien à son idée.

— Il faut qu'elle se marie, déclara Jen. C'est sa seule chance de rester.

Andy et Carl échangèrent un regard, comme s'ils étaient fascinés par la facilité avec laquelle les hétéros pouvaient prononcer cette phrase.

— Elle doit se marier, se dirent-ils, mais plus bas.

— Ne lui dites rien pour l'instant, leur ordonna Caroline afin de limiter les dégâts.

— Non, faisons en sorte que ce soit une belle surprise, renchérit Jen sur un ton joyeux. En fait, mieux vaut que nous n'en disions rien à Tom non plus.

— Tom est le candidat idéal, affirma Andy.

Carl avait l'air sensiblement plus sceptique, mais Andy poursuivit sans s'en soucier :

— Il a le bon âge. Il est célibataire et hétéro.

— En plus, elle l'apprécie, ajouta Jen.

— Mais a-t-il la moindre envie de l'épouser ? demanda Caroline. Et a-t-elle envie de se marier avec lui ?

— Il y a vouloir et vouloir, répliqua Jen. Après tout, ce n'est qu'un morceau de papier. Il peut quand même bien se sacrifier un peu pour cette ville. En fait, il est grand temps qu'il fasse quelque

chose pour elle. Il ne s'était même jamais abonné
à la gazette.

Ce serait donc Tom. Il n'était pas là pour
se défendre, ce que tous considéraient comme
un avantage. Une attaque surprise. La voilà, la
bonne stratégie.

— Nous ferons la demande en mariage pendant la soirée dansante. Ça va être la fête du
siècle, conclut Andy.

# Une offre inattendue

George était incapable de faire les gâteaux, mais il disposait de tout son temps et savait faire le ménage.

Personne ne fermait jamais sa porte à clé à Broken Wheel. Il y avait très peu de choses dignes d'être volées et encore moins de personnes qui l'auraient fait. Il entra sans ressentir le moindre embarras.

Par où allait-il commencer ?

Il fallait passer l'aspirateur, récurer, épousseter et faire la vaisselle. Il décida de commencer par cette dernière tâche, parce qu'elle l'avait mentionnée. Il se surprit à fredonner en triant la vaisselle et en allant récupérer les assiettes dans le séjour.

Il travailla soigneusement, ne lésina pas sur le produit et inspecta chaque assiette et chaque verre en quête de traces de nourriture tenaces. Puis il les essuya et les rangea bien à leur place. Il vit avec satisfaction la pile de vaisselle sale se réduire à chaque nouvelle pièce lavée. La cuisine semblait s'agrandir sous ses yeux : elle devenait plus spacieuse, plus aérée et accueillante. Comme si le soleil brillait davantage alors qu'il n'avait pas encore nettoyé les vitres. Mais il lui faudrait bientôt s'y atteler.

Il appréciait les travaux où l'on se voyait progresser. Pas comme à l'abattoir où le tas d'animaux morts attendant d'être découpés ne diminuait jamais, quels que soient les efforts fournis, et où les déchets d'abattage à nettoyer revenaient sans cesse, le plus souvent avant qu'on ait fini d'évacuer les précédents.

Une fois la vaisselle finie, il essuya le plan de travail et les autres surfaces de la cuisine jusqu'à les voir briller. Dans la mesure du possible, du moins. On faisait du mieux qu'on pouvait avec ce qu'on avait.

C'était une belle cuisine, pensa-t-il. Agréable à vivre et facile à entretenir.

Il décida ensuite de passer aux sols. Aspirer et épousseter. Il accrocha les manteaux et les sacs dans le hall, puis déposa tous les objets en tas sur le canapé afin d'essuyer la table.

Il fredonnait tout en passant l'aspirateur. Il y avait longtemps qu'il n'avait pas eu quelque chose de sensé à faire, en dehors de la librairie, bien sûr. Il se redressa. Sophy aurait été fière de lui, si elle l'avait vu.

— Tu vois, dit-il à voix haute, papa n'est pas encore bon à mettre à la casse.


— Ah, Claire, dit Grace, comme si sa présence en ces lieux était tout à fait normale.

Claire n'était pas venue depuis plusieurs années. Grace supposait qu'elle avait plus que sa dose de hamburgers sur ses deux lieux de travail.

Elle leur servit du café pendant que Claire s'installait sur le tabouret face à elle.

— Tu sais, déclara-t-elle, je t'ai toujours bien aimée.

Elles avaient le même âge, mais il n'y avait rien de condescendant dans le ton de Grace.

— C'était un bon choix de ta part de ne pas épouser Graham. Ce type est tellement ennuyeux.

— Comment sais-tu que c'était lui ?

Grace balaya la question d'un geste de sa cigarette.

— J'ai procédé par élimination. Les candidats ne se bousculaient pas au portillon, et puis tu as décidé tellement vite que tu ne voulais pas te marier. Si Tom ou l'un des autres avait été le père, tu l'aurais au moins envisagé.

— Tom et moi n'avons jamais...

— Du gâchis, à mon avis. Quoi qu'il en soit, c'est aussi bien que tu t'en sois tenue à ta décision. Tu as élevé une battante. Elle a de la classe.

Elle lui adressa un clin d'œil.

— Malgré Graham. Même si, en toute franchise, nous autres, les Grace, sommes aussi tombées amoureuses des mauvais hommes à notre époque. Rien de mal à ça, bien sûr. Le truc, c'est de ne pas rester avec eux.

— Tu ne trouves pas bizarre qu'on puisse se retrouver avec des hommes avec lesquels on va tellement mal qu'on a ensuite l'impression d'en avoir été « guérie » ? demanda Claire. Comme d'un rhume. On les attrape, on en guérit et on poursuit sa route.

— Un rhume, répéta Grace. Pas mal comme image.

Grace examina son uniforme de travail – une jupe noire courte, des baskets et un polo blanc –, son attitude et son expression fatiguées et se rendit compte alors qu'elle avait déjà effectué un service.

— Tu ne vas pas bosser quand même ?

Claire travaillait dans deux fast-foods et prenait tous les services qu'on lui proposait.

— Il faut que je trouve un endroit où je peux acheter des gâteaux maison.

— Une soudaine fringale de sucre ? demanda Grace, et Claire éclata de rire.

— Caroline m'a ordonné de tenir un stand de gâteaux maison. Il faut croire que ce ne serait pas un vrai marché sinon.

Une certaine lassitude ironique perçait dans sa voix, mais si elle s'attendait à de la compassion, elle se faisait des illusions.

Grace rit et secoua la tête.

— Je me demande combien de ces gâteaux passent simplement d'un marché à l'autre.

— Pas autant que les bocaux de confiture, en tout cas, répondit Claire.

Elle lui adressa un sourire fatigué, puis fit mine de se lever.

— Attends, je veux tester un truc sur toi.

— Mmh ?

— J'ai toujours dit qu'il fallait s'abstenir de se mêler des histoires des autres.

Claire ne semblait pas avoir la moindre idée de ce que Grace voulait dire, mais elle s'assit à nouveau.

— Ça me paraît malin.

— Ça l'est, mais mon amie Idgie m'a ouvert les yeux.

Claire se demanda qui diable était cette Idgie, mais Grace passa outre sa mine étonnée. Elle poursuivit :

— Quand on est dure à cuire, forte en gueule et, enfin, pas aussi paumée et idiote que la moyenne, n'est-on pas censé offrir son aide aux gens ? N'a-t-on pas une espèce de responsabilité morale ?

— Peut-être, répondit Claire avec prudence. Même si je ne sais pas si j'en aurais l'énergie. Le simple fait d'aller au travail me demande déjà assez d'efforts.

— Idgie offrait de l'alcool et de la nourriture à des clodos et si on avait besoin d'un éléphant à gagner dans une partie de poker, eh bien, elle n'hésitait pas à le faire non plus. Ça donne à réfléchir, non ?

Grace se pencha vers le comptoir et alluma une cigarette.

— En effet, convint Claire. Mais… un éléphant. Tu as besoin d'un éléphant ?

Grace agita sa cigarette avec impatience.

— Je peux m'occuper de ces gâteaux pour toi. Peu de gens le savent, mais en fait, je suis une bonne pâtissière. J'ai une vieille recette de famille pour un gâteau au rhum absolument fantastique. Le secret consiste à ne pas utiliser de rhum.

Claire ferma les yeux.

— Le marché a lieu samedi.

— Aucun problème.

— Je te paierai, bien sûr.

— Hors de question. File maintenant.


George éprouva une extraordinaire félicité lorsqu'il vit la voiture de Claire revenir. Il était dans sa cuisine et la vit se garer et descendre d'un pas encore fatigué, mais pas aussi résigné que la dernière fois. Pourtant, elle marqua un temps d'hésitation devant la porte et y appuya le front quelques secondes, comme si la perspective de l'ouvrir et d'être à nouveau confrontée à ce qui l'y attendait était au-dessus de ses forces.

Il était heureux d'avoir fait le ménage. Il était persuadé qu'elle apprécierait. L'espace de quelques instants, il se réjouit en imaginant son sourire lorsqu'elle découvrirait le sol propre. Elle se mettrait peut-être même à rire de soulagement devant le plan de travail vide.

Puis le premier doute s'insinua en lui : le trouverait-elle sans-gêne ? D'oser s'introduire chez elle ainsi ? Comprendrait-elle même que c'était lui ? Aurait-il dû laisser un mot pour s'excuser ?

Pour finir, elle ouvrit, entra et referma derrière elle.

— Mais c'était quand même gentil de ma part, Sophy, non ? demanda-t-il avec nervosité.

Il ne voyait plus Claire. Il n'avait pas la moindre idée de ce qu'elle ressentait.

Elle arriva une demi-heure plus tard. Elle n'avait pas l'air contente. Son visage était impassible et son corps tendu, comme si elle faisait des efforts pour se contrôler. Il la considéra avec inquiétude et la guida jusqu'à la cuisine où elle se laissa tomber sur l'une des chaises, comme si elle n'avait plus la force de tenir debout.

George se demanda s'il devait s'excuser, s'expliquer, mais en fin de compte, il se contenta de préparer du café et de s'adosser au réfrigérateur, comme il l'avait fait chez elle. Il lui paraissait préférable de ne pas s'asseoir.

— Je suis venue te remercier, déclara-t-elle, mais sa voix n'exprimait aucune reconnaissance.

En fait, elle avait un ton plutôt agressif. Ce n'est qu'à cet instant qu'il s'aperçut qu'elle avait apporté une bouteille de vin. Elle suivit son regard, comme si elle se rendait compte soudain que ce n'était peut-être pas le cadeau idéal pour un alcoolique fraîchement abstinent et, à la consternation de George, elle réagit en fondant en larmes.

Il ne savait pas quoi dire.

Elle lâcha ce qui aurait pu être un rire autant qu'un sanglot.

— Bon Dieu ! s'exclama-t-elle. Regardez-moi. Voilà que je chiale à cause d'un plan de travail vide comme une parfaite crétine !

— Je…, commença-t-il, puis il se tut. Tu veux peut-être un verre de vin ?

Elle éclata de rire, un vrai rire, cette fois-ci. Puis elle demanda sur un ton hésitant :

— Est-ce que tu… ?

— Je vais prendre une tasse de café. Ne t'inquiète pas, je suis sobre depuis assez longtemps pour résister à une bouteille de rouge. De toute façon, ça n'a jamais été mon truc. Les alcools forts, par contre…

Elle esquissa un sourire.

— D'accord, dit-elle.

— J'espère que tu ne t'es pas mise en colère. Je voulais juste te donner un coup de main.

— Un coup de main !

Elle parcourut son appartement des yeux. C'était une copie conforme du sien, mais en plan inversé et propre de fond en comble.

Il sourit.

— Je n'ai rien de mieux à faire.

— Manifestement.

— C'est vrai, confirma-t-il calmement.

Il déboucha la bouteille d'un geste rapide et expert, et Claire fronça les sourcils. Il lui adressa un clin d'œil.

— Longue expérience, commenta-t-il. Même si ce n'était pas ma boisson préférée, je ne la refusais pas quand on m'en offrait.

Il lui servit un verre, et une tasse de café pour lui.

— Mais bon, je ne suis quand même pas tout à fait tranquille, reconnut-il. Je ne suis pas sûr que ce soit une bonne idée d'aller à cette soirée dansante. Il se pourrait qu'elle ait lieu au *Square* et il vaudrait peut-être mieux que je me tienne loin des tentations.

— Comment… ça se passe ? demanda-t-elle, soucieuse.

— Ça va. Je t'assure. Je n'ai pas bu depuis presque trois mois.

Claire acquiesça.

— C'est Sophy, déclara-t-il.

— Et Michelle ?

Il lui adressa un sourire, plus las, cette fois.

— Non, elle n'a plus grande signification pour moi.

— Ne t'inquiète pas pour la soirée. Si nécessaire, je peux garder un œil sur toi. Si je te repère à proximité d'une bouteille, je te la fracasse sur le crâne.

À ces paroles, il se sentit beaucoup plus à l'aise. Mais il voulait quand même s'assurer qu'ils s'étaient bien compris.

— Ce n'est pas nécessaire, si c'est une bouteille de Coca.

Claire rit de si bon cœur à sa tentative de plaisanterie que son inquiétude s'envola tout à fait. Elle l'assommerait bel et bien, s'il faisait mine de rechuter. *Tout va bien se passer, Sophy*, se dit-il.

Claire finit son verre et se leva. Avant de partir, elle marqua un temps d'hésitation dans le vestibule. Il eut l'impression que son corps était plus détendu à présent. Et si ses yeux brillaient toujours autant, du moins n'étaient-ils plus remplis de larmes.

— George, lança-t-elle par-dessus son épaule sans vraiment le regarder. Ton ménage…

Il hocha la tête.

— C'est la plus belle chose qu'on ait jamais faite pour moi.

Après son départ, il resta dans la cuisine à observer la bouteille de vin entamée. Il n'hésita qu'un instant avant de remettre le bouchon et de la ranger sur le plan de travail.

— Tu sais, Sophy. Je crois vraiment que je peux te promettre de ne plus jamais boire.

# L'amitié de Grace et d'Idgie est mise à l'épreuve

Lorsque Caroline rendit visite à sa nièce le jour suivant, elle fut impressionnée à plusieurs égards. Non seulement le ménage était inhabituellement bien fait (même son regard particulièrement critique ne trouvait rien à redire), mais Claire avait par ailleurs réussi à préparer un gâteau au rhum absolument fantastique.

Caroline eut la mansuétude de se couper une deuxième petite part et de demander gentiment la recette. Elle se sentait mieux disposée envers sa nièce qu'elle ne l'avait été depuis des années.

Mais Claire ne parvint qu'à débiter une description tout à fait invraisemblable du gâteau devant elles. Si invraisemblable que Caroline ne put s'empêcher de se demander si Claire n'avait pas été un peu… sous influence lorsqu'elle l'avait préparé. D'un autre côté, si elle est capable de réaliser ça en état d'ébriété, c'est encore plus impressionnant, lui signala une partie d'elle.

*Caroline !* la rappela à l'ordre l'autre partie.

Pour finir, Claire avoua qu'elle ne l'avait pas fait elle-même.

— Tu l'as acheté ?

Caroline avait envie de dire pas mal de choses, mais elle réussit à se refréner et demanda juste :

— Comment allons-nous faire pour le marché alors ? Il nous faut un stand avec de la pâtisserie maison. Si tu m'en avais parlé plus tôt, j'aurais pu trouver une autre solution, mais maintenant...

— Nous aurons un stand, la rassura Claire.

— Mais comment ? Tu ne peux pas acheter assez de gâteaux pour un stand complet. Tu en as les moyens ?

Elle réfléchit.

— Je suppose que je vais devoir les payer de ma poche, déclara-t-elle à contrecœur.

La perspective de vendre des gâteaux industriels sur un marché la contrariait, mais pas autant, reconnut-elle intérieurement avec un sourire forcé, que ce qu'elle avait acheté ces derniers temps.

— De combien as-tu besoin ?

Mais Claire ne semblait pas aussi intéressée par son aide que Caroline ne l'avait imaginé. On voyait qu'elle était en proie à un débat intérieur.

— Je ne l'ai pas acheté, finit-elle par déclarer.


Un quart d'heure plus tard, Caroline débarquait chez Grace.

— J'ai appris que tu avais aidé ma nièce, lança-t-elle.

Grace s'appuya sur le comptoir et répondit :

— Je fais ce que je peux.

Puis elle demanda, soupçonneuse :

— Aidé ?

— Pour le gâteau.

— Elle a révélé mes talents de pâtissière ? Elle n'aurait pas pu dire que j'étais l'antéchrist à la place ?

— Ton gâteau au rhum est fantastique.

— Ce n'est pas du rhum.

— Je ne veux pas savoir.

Grace haussa les épaules.

— Je pense que tu devrais tenir un stand sur le marché, à ton propre nom.

Grace recula involontairement d'un pas et lui lança un regard choqué.

— Le stand de hamburgers de Grace ? demanda-t-elle avec autant de sarcasme qu'elle put en mettre dans ces mots.

— Je pensais plus à quelque chose du style « Les gâteaux maison de Grace ».

Sara releva les yeux, étonnée, lorsqu'une ombre noire occulta la lumière en provenance de la porte. Grace se dressait sur le seuil, une expression bouleversée sur le visage, et Sara se sentit reconnaissante qu'au moins, elle ne soit pas armée d'un fusil. Grace portait toujours ses vêtements de travail et dégageait une forte odeur de friture, mais elle avait retiré son tablier. Elle lui débita toute l'histoire des gâteaux, de Claire et de Caroline en trois phrases aussi rapides que concises.

— Quelle humiliation ! poursuivit Grace. Et c'est ta faute. Toi, ta maudite Idgie et tous ses clodos qui m'ont rendue sentimentale.

— Salut, répondit Sara. Tu ne veux pas entrer ?

Grace se rua dans la librairie et se laissa tomber dans l'un des fauteuils avec des gestes brusques et chargés de colère. Sara, dubitative, resta derrière son comptoir. Soudain, la boutique lui paraissait très petite. Grace avait la capacité d'occuper tout l'espace, où qu'elle aille.

— Elles veulent que je tienne un stand sur le marché.

— Ah bon. Et pour vendre quoi ?

Elle n'était pas tout à fait sûre qu'il soit vraiment approprié de vendre de la gnôle maison sur un marché fréquenté par des enfants et des adolescents.

— Des gâteaux maison, répondit Grace sur un ton lugubre.

— Voilà qui paraît sympa ! commenta Sara, soulagée.

— Sympa ! Elle le fait uniquement pour me provoquer. Le fait est que les Grace ne se laissent jamais impliquer dans les problèmes de la ville. Nous en créons éventuellement de nouveaux. Les Grace sur un stand de gâteaux maison ! Comme si... comme si nous récoltions des fonds pour *l'église*. Et ouvertement, en prime. Même nous, on n'a pas un tel culot.

Elle réfléchit.

— Enfin, peut-être que maman...

— Je t'offre un petit café ?

— Le faire de manière anonyme, c'est une chose. Je ne dis pas que les Grace n'ont jamais contribué, encore que peut-être pas directement, pour les collectes de l'église. Et puis maman... Bon, elle était ce qu'elle était.

— Une femme de cœur, déclara Sara, qui ne l'avait évidemment jamais rencontrée.

— Quoi ? Euh, oui, je suppose.

Grace semblait dubitative. Madeleine.

— Enfin, cela ne fait de tort à personne.

— Alors, comment vas-tu faire pour le marché ?

— Refuser, bien sûr.

— Mais qu'est-ce qui l'a poussée à te le demander à toi, bon sang ?

— Claire a vendu la mèche. Je lui ai proposé de préparer les gâteaux pour elle. Sous mon nom, naturellement. Mais pourquoi tout va de travers ?

Le sourire de Sara disparut.

— Donc Claire va quand même être obligée de préparer les gâteaux ? Si tu refuses, je veux dire.

— Quoi ? Non. Je ne sais pas. J'imagine.

— Comment va-t-elle trouver le temps ? s'enquit Sara. Je croyais qu'elle avait deux emplois, non ?

— Elle est nulle en pâtisserie. Elle va les acheter, ses gâteaux, répondit Grace, visiblement ennuyée. Les préparer pour elle ne me pose aucun problème. Je lui ai proposé de le faire. Bon, c'était peut-être une erreur de mettre mon nez dans les problèmes des autres, mais je tiens toujours parole. Mais pas sous mon propre nom.

— Comment va faire Claire, maintenant que Caroline sait...

Grace la considéra, l'air soupçonneux. Elle réfléchit.

— Aucune idée, reconnut-elle.

Elle mit sa tête entre ses mains.

— Je suppose qu'il va falloir que je relève le défi. C'est la dernière fois que je suis volontaire pour faire quelque chose pour cette ville, si c'est comme ça qu'on est remerciée.

— Tu veux que je te dise ? Oui, ça me paraît vraiment ingrat de la part de Caroline.

— Tu te moques de moi, protesta Grace.

— C'est fort possible, répondit Sara en lui souriant. Tu sais qu'Idgie a été sauvée par un pasteur ? Après avoir tué un homme, l'avoir découpé en morceaux, fait griller et vendu dans son café.

— Voilà qui donne quelques idées, commenta Grace, visiblement impressionnée à son corps défendant.

Puis elle lâcha un soupir.

— Ce maudit bouquin !

# La morale et les gens

Cela aurait amusé Grace de savoir qu'à cet instant précis, Caroline se débattait avec sa conscience. Elle s'était à peine remise de sa lecture que déjà un nouvel événement menaçait son équilibre mental.

Au début de l'après-midi, elle ne s'était pas du tout attendue à une nouvelle attaque contre sa sérénité. Elle s'était rendue à l'église au cours de l'une de ses rondes presque quotidiennes et s'y était déplacée à pas lents. Elle avait ramassé une Bible abandonnée sous un banc, avait débarrassé les bougies consumées et avait changé les fleurs de l'autel. Elle s'était demandé si les fenêtres avaient besoin d'être lavées, mais en était arrivée à la conclusion que c'était surtout elle qui avait besoin d'une occupation.

L'église n'avait rien de particulièrement chaleureux, mais Caroline l'appréciait. Elle évoquait plutôt une salle de réunion avec ses murs écrus, ses fenêtres tout à fait normales et les bancs en bois lisses séparés en deux rangées par une large allée centrale. Il y avait de la place pour une centaine de personnes, mais Caroline n'en avait jamais vu plus de vingt, en tout cas, depuis le début du nouveau siècle.

*Dis, Toi, que penses-tu de cette histoire avec Sara ?*

Dieu ne répondit pas et Caroline éprouva un soulagement secret. Si elle avait entendu une voix lui parvenir de là-haut, elle aurait pensé à une pathologie mentale plutôt qu'à une forme de manifestation divine.

En outre, elle était presque sûre qu'elle n'entendrait pas des choses agréables, si, contre toute attente, Dieu s'abaissait à lui parler.

Le Dieu avec lequel elle avait grandi n'avait jamais cherché à remporter un quelconque concours de popularité. Si les gens estimaient qu'elle, Caroline, était dure, ils auraient dû voir son Dieu.

Elle avait également la quasi-certitude qu'Il ne lisait pas ses pensées. Après le roman érotique gay, elle l'espérait, du moins. Sans qu'elle sache pourquoi, elle ne parvenait pas à oublier l'histoire de ce garçon esseulé.

Pour sa défense, elle se dit qu'il s'agissait d'une histoire plus ou moins platonique, mais cet argument n'aurait guère satisfait le Dieu avec lequel elle avait grandi.

Juste un garçon solitaire et un amour interdit dans une petite ville. Pas même un baiser avant la page 178 (Caroline ne pourrait jamais avouer, même à elle-même, qu'elle avait instinctivement pensé : tout ça pour ça).

Dieu a sans doute déjà bien trop à faire pour te surveiller en continu, se dit-elle, ce qui était à la fois un sermon et une consolation. Mais quand même. Elle s'efforça de garder des pensées respectueuses, et sans aucun lien avec les livres. Elle s'efforçait aussi de limiter le recours à l'emphase. Au cas où.

Mais les églises avaient ce quelque chose qui rendait la conversation avec Dieu tentante. Peu importe s'Il écoutait ou non. Elle haussa les épaules. En tout cas, Il ne répondait pas.

Une fois qu'elle eut fini tout ce qu'elle put trouver à faire dans l'église et effectué un nouveau tour superflu pour tuer le temps, elle ressortit par la porte arrière et ferma à clé derrière elle. Elle aurait dû rentrer chez elle et faire quelque chose ; quoi, elle ne le savait pas encore, mais il y avait toujours des choses à faire. Au lieu de ça, elle fit le tour de l'église et hésita à la vue des bancs situés dans la tentative de parc que possédait Broken Wheel.

Le parc consistait en bouleaux graciles qui surveillaient une petite pelouse tondue. Près des bancs, deux minuscules cerisiers étaient déjà d'un rouge éclatant. Ces arbres lui évoquaient toujours des enfants, impatients de sortir, quelle que soit la saison. Les bouleaux, eux, n'avaient pour l'instant pris qu'une vague couleur moutarde.

C'était une si belle journée que Caroline ne put résister à l'appel des bancs. Son manteau, son écharpe et ses gants la protégeaient efficacement du froid automnal et, tandis qu'elle était assise là, elle s'efforçait de ne pas trop montrer à quel point elle savourait cet après-midi.

Ce n'était jamais une bonne idée de choquer les habitants de la ville en exhibant un accès inhabituel de bonne humeur rayonnante, mais c'était dur – oui, ça l'était – de rester sérieux par une journée d'automne si radieuse.

C'était l'effet de l'air. Les journées d'automne vraiment claires et froides avaient un caractère purifiant, du moins quand on avait assez de bon sens pour s'être bien couvert. Pour la première fois de l'année, quand Caroline respirait, son souffle formait des petits nuages devant sa bouche.

Que ce fût ou non lié au beau temps, ses pensées revenaient sans cesse au garçon du roman, et elle considérait l'idylle des deux hommes avec ce qui ressemblait beaucoup à une indulgence émue.

Il y avait quelque chose dans cette histoire qu'elle n'arrivait pas à lâcher. Peut-être ce sentiment d'être observés en permanence. Comme si tout ce qu'ils faisaient – chaque regard, le moindre petit contact – était analysé, catégorisé et jugé. Beaucoup de gens pouvaient s'enivrer, faire des choses bien pires les uns avec les autres, voire mettre des ribambelles d'enfants au monde sans que personne ne le remarque réellement. Tandis que pour certains... on aurait dit qu'un regard suffisait à déclencher les commentaires.

Après cet été où elle avait fêté ses dix-sept ans, un homme s'était bel et bien intéressé à elle. Ils ne s'étaient pas vus assez souvent pour qu'elle tombe amoureuse, mais il l'avait raccompagnée chez elle plusieurs fois après la messe. Pas comme ça. Il l'avait juste escortée jusqu'à sa porte. Il lui avait souri, peut-être, même si elle ne lui avait jamais rendu son sourire. Il ne l'avait même pas tenue par la main.

Mais cela avait suffi. Les gens avaient parlé et ri, et elle avait mis un point final à toute cette histoire très rapidement.

Elle se demandait si ce qu'elle éprouvait à présent était du remords ou une curiosité d'ordre purement hypothétique. Un petit sentiment de « Et si » s'infiltra en elle en même temps que l'air frais.

Elle était tellement plongée dans ses pensées qu'elle ne remarqua pas l'homme qui s'assit à côté d'elle avant qu'il ne se tourne vers elle, lui sourie et lui dise :

— J'espère que cela ne vous dérange pas que je vous tienne compagnie ici.

Peut-être une partie de sa bonne humeur transparaissait-elle, car l'individu ne semblait nullement douter ou vouloir s'excuser. Il arborait un sourire aussi rayonnant que le temps autour d'eux. La commissure des lèvres de Caroline se releva légèrement et il lui adressa un signe de tête complice, comme si elle avait aussi bien pu éclater de rire.

— Je vous ai aperçue depuis la route, expliqua-t-il.

Elle haussa légèrement un sourcil, mais ne dit rien.

— Je vous ai également croisée à la librairie il y a quelques jours.

Dans un premier temps, ce commentaire la figea, tandis qu'intérieurement, elle se demandait si elle devait riposter ou s'enfuir, mais l'expression de l'inconnu ne semblait impliquer aucun sous-entendu. Comme s'il pensait qu'elle avait juste acheté des livres.

*Ce qui est bel et bien ce que tu as fait, Caroline*, se rappela-t-elle.

*Mais oui*, répondit une autre partie d'elle, impitoyable.

Après coup, elle se demandait si les lunettes de soleil étaient vraiment une bonne idée. Elles pouvaient paraître suspectes à la fin du mois de septembre.

— C'est une belle journée, se sentit-elle obligée de dire pour changer de sujet.

Pour plus de sécurité.

Il acquiesça et regarda autour de lui en silence. De temps à autre, il ouvrait et refermait les mains, lentement, probablement sans en être conscient. Il avait de belles mains. De longs doigts. Pas de gants, mais bon, il était jeune.

— C'est une belle ville, déclara-t-il soudain.

Elle le considéra avec étonnement. Entre eux et la grand-rue, il y avait la petite allée bordée de banales maisons basses délabrées, avec leurs rez-de-chaussée vides qui avaient un jour été des commerces. La grand-rue n'était guère plus impressionnante. On en avait un aperçu d'ici, baigné dans la clarté froide du soleil. Une partie de la librairie et un fragment de la quincaillerie, avec un arbre entre elles, c'était tout.

Mais il avait l'air sérieux et sincère. Elle était d'accord avec lui, maintenant qu'elle y pensait. C'était étrange qu'elle n'y ait pas songé plus souvent.

— Oui, convint-elle d'une voix hésitante. Vous n'êtes pas d'ici ?

— De Hope.

— Ah.

Son ton déclencha l'un de ses grands sourires fulgurants.

— Exactement, déclara-t-il avant de se tourner vers elle et de lui tendre la main.

Elle sentit sa poignée de main chaude et ferme à travers son gant.

— Josh, se présenta-t-il.

— Caroline.

Après cela, il garda le silence, mais pas un silence gêné. Très peu de gens avaient assez de bon sens pour apprécier le silence, se dit-elle, même si ses pensées perfides en profitaient pour passer en revue un échec personnel après l'autre.

Peut-être était-ce le beau temps. Des journées comme celle-ci invitaient à la méditation, ce qui, dans son cas, impliquait presque toujours un bilan sans pitié. Elle pensait à la demande en mariage de Sara et ce qui avait bien pu la pousser à avoir cette idée. Mais elle savait ce qui l'y avait poussée : le regard de Sara lorsqu'elle lui avait demandé si elle allait rentrer chez elle, juste avant qu'elle ne se détourne. Pas vraiment du désespoir, plutôt une espèce de bravoure désespérée, comme si elle était fermement déterminée

à ne montrer à personne à quel point elle voulait rester. Caroline était capable de respecter un
tel refoulement. Elle y avait parfois eu recours,
même si elle avait été plus douée pour le cacher.

Était-ce l'une de ces occasions où sa mère et
les femmes de son entourage auraient volé au
secours de Sara ? Ou se seraient-elles dérobées
et auraient-elles jasé dans son dos ? Difficile à
déterminer. Elle soupçonnait qu'elles n'avaient
pas toujours su comment elles devraient agir.

Elle se surprit en disant :

— Vous savez, la vie serait tellement plus
simple s'il n'y avait pas tous les gens.

Il éclata de rire.

— Certains sont quand même sympathiques.

— Peut-être.

Il devait avoir perçu le doute dans sa voix, car
il rit à nouveau.

— Les gens sont surévalués. Je crois que je
gérerais très bien les choses, s'ils n'étaient pas là.

— Il vous faudrait toujours vous débrouiller
avec vous-même, répliqua-t-il avec un sourire.

Mais là n'était pas le problème. Il y avait des
décennies qu'elle se contrôlait parfaitement.

— C'est juste une question de discipline,
affirma-t-elle sur un ton catégorique.

*Même si la demande en mariage est bel et bien de
ta faute, Caroline*, se rappela-t-elle. *C'est toi qui as
évoqué l'idée de Jen chez l'avocat.* Elle grimaça. Par
chance, l'homme ne le remarqua pas. Elle n'avait
pas la moindre intention d'avouer sa dernière faiblesse à qui que ce soit, même pas à un étranger.

— Vous ne doutez jamais de vous-même ?
s'enquit-il.

Sa question paraissait sincère, comme s'il se
souciait réellement de connaître sa réponse, ce
qui était une expérience nouvelle pour Caroline.

— C'est une pure perte de temps, douter de soi. Si vous commettez la moindre erreur, quelqu'un en parlera pour vous.

Elle ajouta en souriant :

— Sans doute quelqu'un comme moi.

Il partit d'un nouveau rire.

— Donc, si vous me dites que j'ai commis une erreur, je n'ai pas besoin de m'inquiéter ? Pratique. Mon compas moral personnel. Cela vaut-il uniquement pour les questions de nature plus éthique ou également pour les autres choix de vie ?

Elle lorgna de son côté pour voir s'il se moquait d'elle, mais il avait l'air détendu, comme s'il savourait le temps et la conversation. Un rire profond, sincère et tout à fait involontaire lui échappa avant qu'elle n'ait le temps de le modifier.

— Si j'étais vous, je ne me fierais pas à mes opinions, déclara-t-elle.

Il sourit à nouveau, avec plus d'assurance cette fois.

— Il est trop tard pour reculer à présent. Je vous fais entièrement confiance. La question est de savoir si je dois venir vous voir avant de faire quelque chose ou s'il suffit que je vous consulte après ? Pour obtenir l'absolution.

— Je ne viendrais pas me voir non plus pour obtenir le pardon, si j'étais vous. Je n'ai jamais été particulièrement douée en la matière.

Les gens comptaient trop sur le pardon. Caroline croyait en la pénitence et au remords, bien sûr, et à la rémission des péchés peut-être, mais souvent les gens oubliaient le regret, la réparation et l'amendement, misant tout sur le fait que l'église et tous les autres tendraient l'autre joue. D'après elle, être dorloté n'avait jamais amené quelqu'un à s'améliorer.

Il la considéra, presque inquisiteur, comme s'il évaluait ses paroles. Puis il haussa les épaules.

— Personne n'est doué en matière de pardon. Pas dans la pratique.

Pour une fois, elle ne savait pas quoi dire. Elle avait l'impression que sa dernière discussion sincère avec quelqu'un remontait à des décennies. Il semblait tellement jeune pour tenir un tel discours.

Elle secoua la tête pour elle-même et répondit :

— Qui sait, je ferais peut-être une exception pour vous. Mais pas de péché mortel.

— Je crois que je ne me souviens même pas de la liste.

Elle était sur le point de les énumérer lorsqu'elle vit son sourire. Elle rit et secoua à nouveau la tête, à son intention cette fois.

— Andy m'a demandé mon aide pour la soirée samedi, dit-il.

Elle ne fit pas de commentaire, mais son silence n'avait rien d'hostile.

— Parce qu'ils attendent beaucoup de monde.

Comme elle ne disait toujours rien, il poursuivit, plus hésitant :

— C'est moi qui me suis rapproché d'eux. Pour... en rencontrer d'autres.

— Vraiment chouette, répondit-elle.

C'est tout ce qu'elle put trouver. Elle lut tant de reconnaissance dans ses yeux qu'elle se surprit à souhaiter avoir dit quelque chose qui l'en rende digne. Puis elle songea au garçon dans le livre et se demanda si le plus important n'était pas ce qu'elle n'avait pas dit.

Elle réajusta son écharpe et son manteau pour se protéger du froid, mais décida de rester assise quelques instants supplémentaires. Elle jeta un coup d'œil vers lui. Elle n'était pas du genre à colporter des ragots. Pour une fois, elle allait s'abstenir de s'en mêler.

— Vous partez ? demanda-t-il.

Elle se redressa un peu. Il interpréta mal son geste et se leva.

— J'étais ravi de vous rencontrer.

Il commença à s'éloigner lentement tandis qu'elle restait assise. Avant de disparaître dans la grand-rue, il se retourna, mais comme le soleil était dans son dos, elle ne put voir son expression.

— J'espère que vous viendrez samedi. Si vous le faites, je vous promets de vous préparer un bon cocktail.

Elle le fixa tandis qu'il s'éloignait, totalement incapable de prononcer un mot.


Elle n'avait toujours pas bougé. Irait-elle ? Cette idée ne l'avait même pas effleurée jusque-là, alors qu'elle aurait dû. Ils allaient demander Sara en mariage et une partie de la responsabilité de cette triste affaire lui revenait – une partie bien plus grande qu'elle ne voulait l'admettre. Il aurait été mal de chercher à échapper aux consé-quences.

Il serait également fondamentalement mal de participer à ce qui allait de toute évidence être une débauche d'ébriété et de désordre.

— Immoral, tenta-t-elle, mais elle eut le sen-timent qu'elle avait perdu son intransigeance habituelle.

En tout cas, une chose était certaine : elle ne boirait pas de cocktail.

Sara Lindqvist
7 Kornvägen, 1 tr
136 38 Haninge
Suède

Broken Wheel, Iowa, le 14 avril 2011

Chère Sara,

Tu sais, Sara,
Parfois, je te vois ici, à Broken Wheel, comme dans une série de diapositives. Cela peut paraître effronté, mais c'est ce qui arrive quand on pousse des personnes âgées à parler de leur histoire. Elles vous y intègrent facilement. Cela est peut-être surtout dû au fait qu'une grande partie, de l'histoire donc, n'existe qu'en moi. C'est une espèce de soulagement de savoir qu'à présent, tu la portes également en toi. Mais je ne m'y attacherais pas trop, si j'étais toi. Se raccrocher aux souvenirs des autres est dangereux. J'espère que tu auras compris que vieillir ne m'a jamais attristée, mais aujourd'hui, ça y ressemble. Ce n'est pas uniquement le fait qu'on ait beaucoup moins d'avenir, mais aussi qu'on perde tant de son histoire, deuil après deuil. Je l'observe chez les personnes âgées

autour de moi. Désormais, leur vie est rythmée par les dates de morts. Maris, amis, voire enfants. « Mon mari est mort il y a neuf ans », « Il y a sept ans que mon fils est décédé ».

Je suppose que j'ai de la chance que tous mes jeunes soient encore là. Mais parfois, j'ai l'impression que tout le monde, toute la ville est engluée dans un cercle semblable où tout ce qui adviendra jamais est déjà advenu. Dans ces moments-là, cela me console de t'imaginer ici. Je ne sais pas précisément à quelle époque tu seras ici. Dans mon esprit, tu es étrangement présente tout au long de ma vie. Tu pourrais peut-être vendre des Bibles avec Caroline, ou distribuer des livres avec Mlle Annie, ou juste bavarder un peu avec mon John.

Amitiés,

Amy

# Le livre des livres

Comment, mais comment avait-elle pu se laisser convaincre ?

Sara considérait son reflet dans le miroir de sa chambre, déprimée. Son visage arborait l'expression d'une personne qui a trop enduré pour être capable de souffrir patiemment en silence. Elle ressemblait à un mélange d'enfant boudeur et d'adolescente très triste.

Elle était certaine que d'autres personnes avant elle avaient éprouvé la même chose, lorsqu'elles s'étaient trouvées sur un marché ou dans un centre commercial, déguisées en un produit débile qu'elles étaient censées vendre. N'était-ce pas ainsi que les acteurs survivaient, en tout cas, à en croire les films et les séries télé ? Ne se déguisaient-ils pas en tomate et en poulet dans des publicités, pour les plus chanceux, ou sur des marchés et dans des centres commerciaux ?

À la différence près que Sara ne voulait pas devenir actrice et qu'eux, ils étaient rémunérés. Et puis, leur déguisement était inoffensif. Elle était déguisée en livre. Et pas n'importe quel livre. Le livre des livres.

Comment en était-elle arrivée là ?

Les livres n'auraient vraiment pas dû être humiliés ainsi, comme de vulgaires acteurs de série Z. Ils auraient dû être dignes, des portes magiques vers des énigmes, du suspense et des histoires d'amour. Pas une espèce d'accès flatteur à ses sous-vêtements. Enfin, après l'avoir vue dans cet accoutrement, personne n'aurait envie de la voir en sous-vêtements. Il fallait être complètement cinglé pour éprouver du désir à la vue d'un tel tableau. Oui, il fallait tout simplement être cinglé.

Jen avait débordé d'enthousiasme. La librairie serait ouverte comme d'habitude plutôt que d'avoir son propre stand, puisque de toute façon, le marché se tiendrait dans la rue devant. Mais il fallait faire quelque chose pour la rendre un peu plus festive.

— Le livre des livres, avait-elle baptisé son idée, avec une fierté compréhensible. Et les gens pourront venir te poser des questions sur les livres !

Ils auraient tout aussi bien pu le faire si elle avait porté des vêtements normaux, avait signalé Sara. Elle était même prête à porter un t-shirt spécial pour l'occasion, mais cette tentative de compromis n'avait eu aucun effet sur Jen.

— Un t-shirt ? Alors que je peux te coudre un costume génial ? Ça ne te donne même pas de travail supplémentaire, vu que c'est moi qui fais tout. Ce n'est pas que j'aie trop de temps avec mes deux enfants et tous les préparatifs du marché, mais je me soucie de cette ville.

— Moi aussi, avait protesté Sara avec mollesse.

Il devait quand même y avoir d'autres moyens de montrer son amour qu'en se déguisant en livre, non ?

Non, il n'y en avait pas et elle était donc là, prête à se tourner en ridicule au nom de l'amour, comme tant d'autres avant elle.

Le costume n'était pas flatteur.

Jen avait imaginé du tissu brillant et une coupe ajustée, avec une armature au niveau des épaules pour représenter le dos du livre frappé de belles lettres en or, tel un ouvrage ancien. Mais le froid était arrivé avec le mois d'octobre et elle avait été obligée d'accepter d'ajouter de la flanelle et même d'accepter que Sara porte un jean en dessous.

Sara songea à son impatience de revoir Tom, pour la première fois depuis le soir sur le canapé. Elle avait imaginé qu'elle serait détendue et tout à fait naturelle, bien sûr, mais en même temps mystérieusement plus belle que d'habitude.

Il était onze heures. Le marché commençait à midi. D'une minute à l'autre, George allait venir la chercher et elle avait l'air d'un étrange épouvantail littéraire. Aucun autre mot ne convenait mieux pour la décrire.

En plus, comme pour la narguer, le temps était particulièrement radieux. L'été indien avait fait son retour pour un jour avec un vent aussi léger que doux et un soleil déjà chaud. Elle se représentait des quantités de gens satisfaits de cette belle météo, impatients de participer au marché, tandis qu'elle se regardait dans le miroir et s'attendait à une journée d'humiliation publique.

Elle appuya le front contre la glace et ferma les yeux. Elle allait revoir Tom déguisée en livre.

Le bitume de Broken Wheel n'avait jamais paru si hospitalier. Des banderoles de fanions bariolées étaient suspendues entre les deux côtés de la rue et formaient les couleurs du drapeau américain. La chaussée était si large qu'elles pendaient malheureusement un peu trop bas au milieu, mais tout le monde s'accordait quand même à dire que c'était très joli. Des stands s'étalaient sur la grand-rue, mais étaient arrimés pour résister au vent de l'Iowa. Pour une journée, ces étals faisaient paraître raisonnable la taille de la chaussée.

Grace vendait ses gâteaux maison et ne paraissait qu'un peu contrariée. Elle avait placé une affiche de mise en garde : « Attention ! Peut causer des maux de tête. » Caroline était en train de la retirer. Grace protestait sans trop de conviction, sans doute parce qu'elle n'avait jamais cru qu'elle resterait.

Un stand vendait différents objets de décoration et des services en porcelaine incomplets, mais peints à la main. Un autre des coussins brodés, des pulls, des gants et des bonnets tricotés main aux couleurs gaies, pour affronter la bise automnale.

La plupart des habitants de Broken Wheel étaient déjà là. Sara essaya de se faufiler dans la librairie pour repousser un peu le moment de l'humiliation, mais Grace l'en empêcha. Elle regretta de ne pas être venue dans sa tenue normale et de ne pas s'être changée dans la boutique, mais elle avait eu peur de ne pas en avoir le temps. Elle s'était donc assise de biais pour faire entrer ses épaules dans l'armature et elle était à présent obligée de se confronter à tout le monde sans avoir eu le temps de s'y préparer.

— Qu'est-ce que c'est que cet accoutrement ? lui demanda Grace et elle rit à gorge déployée quand Sara lui raconta l'histoire.

Jen vola à son secours et expliqua le concept, mais c'était une maigre consolation, étant donné que ce n'était pas Jen qui était forcée de se promener en épouvantail littéraire.

Une publicité ambulante pour les livres, peut-être, mais également une protection mobile contre les corneilles.

Sara soupçonnait que c'était un repoussoir tout aussi efficace pour les hommes. Par chance, Tom n'était pas encore arrivé. Elle se dit qu'avec un peu de chance, il était souffrant.

Les voitures arrivaient peu à peu et les gens en débarquaient tels des bataillons prenant la ville d'assaut pour une journée. Des familles composées d'enfants turbulents et d'adultes impatients. Des jeunes qui se plaçaient dès le départ de manière stratégique à la périphérie de tout et qui, pour une raison sans doute génétique, trouvaient tout de suite les bancs abîmés du parc. Des adultes célibataires qui formaient des groupes bruyants ; des couples de parents, dont l'homme se plaçait près de ce qui était comestible tandis que la femme inspectait les services incomplets en fredonnant. Tous les habitants de Broken Wheel étaient là et beaucoup de ceux de Hope aussi.

La plupart parurent ne pas trouver le livre des livres étrange une fois qu'on leur eut expliqué ce que la tenue de Sara était censée représenter. Cela fascinait Sara, mais elle en arriva à la conclusion qu'ils devaient avoir l'habitude de voir des gens déguisés en poulet et ce genre de choses. Elle pensait rester en sécurité dans la librairie, mais bientôt, elle ne put résister à l'appel du marché.

— Viens nous tenir un peu compagnie, lança Grace. Tu feras fuir les oiseaux.

Les gens se pressaient autour d'elles.

— D'où viennent-ils tous ? s'enquit Sara.

Elle ne pouvait imaginer que Broken Wheel compte autant d'habitants.

Grace haussa les épaules.

— C'est l'Iowa. Les voisins les plus proches habitent parfois à des kilomètres, mais cela ne veut pas dire que les nouvelles ne circulent pas.

Sara scrutait la foule en quête de Tom, mais ne le repéra nulle part. Elle se détendit. C'était une belle journée. Si elle n'avait pas à rencontrer Tom avant d'avoir retiré ce costume, elle pourrait même se révéler parfaite.

Andy faisait de la publicité pour la soirée dansante. On ne servait pas d'alcool sur le marché lui-même (« Nous ne voulions pas inciter au désordre », avait expliqué Caroline à Sara. « Nous ne voulions pas que les gens soient ivres avant d'arriver chez nous », avait dit Andy. Vu le nombre de flasques que Sara avait déjà vues, ils étaient sans doute tous les deux condamnés à être déçus).

— Alors, commença-t-il, est-ce que tu vas porter ce… costume ce soir ?

— Bien sûr que non, répliqua Claire, qui aidait Grace sur le stand.

— Et pourquoi pas ? lança une voix derrière Sara. Il te va bien. Qu'est-ce que tu es censée représenter ?

Tom lui adressa un clin d'œil et embrassa Claire sur la joue.

— Je suis un livre, répondit Sara sur un ton sinistre.

Il parvint à ne pas pouffer, mais son rire réprimé pétillait dans ses yeux.

— J'imagine que ça aurait pu être pire, ajouta Sara, comme si elle n'y croyait pas une seconde.

Elle réfléchit.

— Ils auraient pu m'enterrer sous un tas de livres… me déguiser en un énorme ouvrage en plastique… la reine des livres, peut-être, sur un trône de livres et avec une tiare… coller de vrais ouvrages sur moi... me forcer à être nue avec seulement quelques titres choisis pour sauver mon honneur.

Elle aurait pu énumérer d'autres exemples de catastrophes plus graves, mais Tom paraissait ne plus l'écouter. Son regard la décontenança.

Pour Caroline, le marché était un tel succès qu'il lui rendit toute l'estime de soi que la littérature érotique gay lui avait éventuellement fait perdre. Elle observait la scène sous ses yeux avec une satisfaction bien méritée. Elle nota que même Grace se tenait à carreau.

L'homme du parc apparut à ses côtés. Elle se rendit compte qu'elle était heureuse de le revoir, ce qui était très inattendu et potentiellement inquiétant.

— Quelle magnifique journée ! s'exclama-t-il, et à son plus grand effroi, Caroline s'aperçut qu'elle souriait.

*Ressaisis-toi, Caroline.* Sans qu'elle sache pourquoi, l'image d'une Buick se présenta à son esprit.

— Nous avons eu de la chance côté météo, répondit-elle.

Un sujet de conversation simple et sans danger.

Il n'avait pas l'air pressé de continuer son chemin. Elle se convainquit que cela ne signifiait rien. Il ne tarderait à s'apercevoir qu'il y avait des personnes plus amusantes dans la ville et il se mettrait alors à sourire dans son dos plutôt que face à elle. *Et cela ne saurait se produire assez vite,* se dit Caroline en redressant le dos.

— Vous venez ce soir ? s'enquit-il.

# Épouse-nous !

— C'est maintenant que commencent les choses sérieuses, dit Andy à personne en particulier.

Ils n'avaient plus rien à faire. Tout était préparé. *The Square* était prêt. On allait longtemps parler de cette soirée dansante. On allait servir de l'alcool, passer de la musique et des événements allaient se produire.

Le bar n'avait jamais eu meilleure allure ; son Carl était plus mignon que jamais et Josh, son extra, apprenait apparemment avec facilité. Cette soirée dansante était son grand triomphe, son meilleur projet jusqu'à présent. La demande en mariage y avait bien sûr son importance.

Jen et son mari furent les premiers habitants de Broken Wheel à arriver. Le mari avait l'air résigné mais détendu dans sa veste beige une demi-taille trop petite, qui était manifestement le choix de son épouse. Jen était en tenue de fête : une robe noire discrète taillée dans une épaisse toile qui lui conférait un aspect vaguement anguleux.

— Alors nous sommes les premiers ? demanda-t-elle.

Ce n'était pas tout à fait vrai. Des hôtes venus de plus loin s'étaient déjà installés avec des bières et des whiskys à une table dans le fond du local. Elle se pencha au-dessus du comptoir et chuchota d'un air théâtral à Andy :

— Et la banderole ? Tout est prêt ?

Il acquiesça.

— Nous sommes parés.

Tom franchit la porte à cet instant précis, suivi de près par Claire et George. Cela mit fin à toute discussion.

À la différence des touristes, les habitants de Broken Wheel se réunirent autour du bar, aussi raides et embarrassés que des gens qui se rassemblent rarement sur leur trente et un peuvent l'être. Grace rompait agréablement l'embarras, car elle ignorait ce que c'était. Elle avait enfilé une chemise immaculée et repassée et se comportait comme si elle repassait ses chemises tous les jours. Elle s'installa sur l'un des tabourets libres et commanda un whisky avant de se donner la peine de saluer les personnes présentes.

— Sara n'est pas encore arrivée ? s'enquit-elle. On peut dire ce qu'on veut, mais il se passe vraiment des choses en sa présence.

— Tu ne le penses pas, répliqua Tom sur un ton sec.

Andy et Jen échangèrent un bref regard.

— Sacrée bonne femme, cette Sara, commenta Grace en secouant la tête avant de rire, comme si elle venait de sortir une bonne plaisanterie. Sans parler d'Idgie. Elle offre de l'alcool à des clodos et carrément avant le déjeuner. Et puis des éléphants et je ne sais quoi encore.

Elle poursuivit sans se soucier des regards confus.

— L'autre femme devient vraiment dure à cuire aussi, quand elle commence à fantasmer à l'idée de tuer des hommes. Towanda, c'est ça ?

Comme les autres la dévisageaient, elle écarta les bras.

— *Beignets de tomates vertes* ! Un roman sur les battantes de ce pays ! Elle connaît ses bouquins, la Sara. Il n'y a sans doute jamais eu de femme plus coriace que cette Idgie Threadgoode. À l'exception possible de ma grand-mère, bien sûr.

Puis, par souci de justice, elle ajouta :

— Enfin, même ma grand-mère n'a jamais rien eu à faire avec des éléphants. Pour autant que je le sache, évidemment.

Cela évoqua un vague souvenir à Andy.

— Ce n'était pas un film ? demanda-t-il.

Grace secoua la tête.

— Un film. Oui, d'accord. Mais je suppose que tout le monde ne peut pas être aussi cultivé que Sara et moi.

Pour une raison que Tom ne comprenait pas vraiment, ils ramenaient toujours la conversation à Sara. Comme s'ils ne pouvaient pas passer une soirée sans parler d'elle, pensa-t-il.

Même s'il y avait quelque chose de touchant à les voir tous l'attendre ainsi. Chaque fois que la porte s'ouvrait, quelqu'un jetait un coup d'œil dans sa direction, et chaque fois que ce n'était pas elle, ils détournaient les yeux.

Elle était là depuis un mois et demi et ils se comportaient comme si elle avait toujours été parmi eux. Comme si elle serait toujours là. Avec sa librairie, au milieu de gens qui, s'ils prenaient jamais un livre entre leurs mains, préféreraient frapper sur la tête de quelqu'un avec plutôt que de le lire.

Il sourit malgré lui.

Pendant un moment, il eut du mal à s'imaginer la grand-rue sans la librairie, mais il se persuada que ce n'était qu'une question d'habitude. Elle ne tarderait pas à repartir et tout reviendrait à la normale.

Il but une gorgée de bière et se força à sourire à Jen, qui parlait à côté de lui. Il ne se donna pas la peine de chercher à comprendre ce qu'elle disait. Quelque chose au sujet d'éléphants.

Le mieux serait qu'il réussisse à l'éviter jusqu'à ce qu'elle rentre chez elle. Il savait qu'il avait commis une erreur en lui parlant sur le marché, mais comment aurait-il pu s'en empêcher, avec un tel déguisement ?

Si elle s'abstenait de mentionner son corps nu, il n'aurait aucun problème à l'ignorer à partir de maintenant. Il lui adresserait un bref salut pour montrer qu'il avait de l'éducation, puis se tiendrait à distance pour le reste de la soirée. Il tourna résolument le dos à la porte et échangea des bavardages anodins avec Jen.

Mais lorsque Sara arriva, il regarda quand même dans sa direction.

Elle avait l'air adulte et incroyablement belle. Elle portait une robe simple sans manches avec de larges épaulettes et un décolleté carré assez profond pour être festif, mais pas trop osé non plus. La robe était légèrement évasée sur les hanches et s'arrêtait juste au-dessus du genou. Sa couleur jaune vif faisait paraître ses cheveux encore plus foncés, presque noirs, et ses yeux étaient encore plus grands que dans son souvenir. La coupe mettait en valeur sa silhouette svelte et lorsqu'elle se déplaçait, elle avait l'air souple, sûre d'elle et sexy à en être agaçante. Sa robe capturait la lumière tamisée et faisait briller ses bras et la peau pâle de ses clavicules.

*Contente-toi de l'éviter*, se dit-il, sans parvenir à détacher les yeux d'elle. Elle allait retourner en

Suède et le plus tôt serait le mieux, pensa-t-il. Il compta en silence. Deux semaines peut-être, tout au plus. Ensuite, tout serait comme avant.

La chaleur et l'amitié des habitants de Broken Wheel la frappèrent dès qu'elle franchit la porte. Ils lui adressèrent des sourires de bienvenue et lui firent signe, comme s'ils l'avaient attendue. Comme s'ils avaient bel et bien remarqué qu'elle n'était pas encore là. C'était une expérience inédite.

Pour finir, son regard chercha instinctivement Tom. Lorsque leurs yeux se croisèrent, il détourna tout de suite les siens. Elle aurait juré qu'il grimaçait. Cela lui en dit davantage qu'elle ne voulait en savoir. Son sourire s'éteignit, mais elle se laissa attirer vers le bar par Jen et Grace et lança un vague bonjour à Josh de l'autre côté du comptoir. Des gens l'entourèrent, la saluèrent et rirent avec elle, comme si elle habitait dans leur ville depuis des décennies.

Hormis Tom, qui lui adressa un signe de tête raide, puis partit dans la direction opposée en riant à une plaisanterie de Claire.

Sara se força à ne pas le regarder non plus. Comme pour la narguer, il portait une chemise blanche qui soulignait ses larges épaules et qui, hélas bien repassée, tombait sur un ventre plat et des hanches musclées mal dissimulées sous un jean... Elle détourna à nouveau les yeux.

Elle se souvenait mieux à présent de la première partie de l'épisode sur le canapé que de la seconde, et elle renonça d'autant plus vite à ses fantasmes qu'elle n'y avait sans doute jamais vraiment cru. Elle était impatiente qu'il oublie tout ça lui aussi afin qu'il n'ait plus à l'éviter.

La musique et la danse occupaient tout l'espace à présent. La plupart des habitants de Broken

Wheel restaient près du bar, mais, au-delà, des gens du marché et une grande partie du troupeau de femmes de la fête improvisée se pressaient. Elles ne s'étaient pas donné la peine de venir au marché, mais elles étaient bel et bien là à présent. Andy et Jen ne cessaient d'échanger des regards, mais Sara avait tant d'autres sujets de préoccupation qu'elle n'y prêta pas plus d'attention que ça.

Elle n'était évidemment pas amoureuse de Tom.

Elle voulait juste conserver son amitié. Cette amitié qui l'avait poussé à venir à la librairie de temps à autre et qui l'avait fait rire en la voyant lire.

Elle ignora donc résolument cette partie d'elle – pour l'instant située quelque part du côté de son plexus solaire – qui était en permanence consciente de sa position dans la salle.

Ce n'était qu'un… baiser ou quelque chose comme ça. Cela arrivait. Même entre amis. On est par hasard assis ensemble dans un canapé, on est distrait et on se retrouve avec quelqu'un allongé sur soi.

*Un accident*, se dit Sara. Rien qu'ils n'aient à prendre tellement au sérieux. Ils surmonteraient ça, oublieraient même que c'était arrivé ou en riraient peut-être ensemble. Ha ha, quelle folie, dire que tu as atterri sur moi comme ça ! Puis ils seraient à nouveau amis.

Simple.

Elle ne dirait rien du tout au sujet de la soirée sur le canapé et elle espérait que Tom ferait de même. Les choses reviendraient sans doute à la normale petit à petit.

Pourtant, ce fut elle qui, quelques minutes plus tard, fut dangereusement proche d'évoquer cet incident.

Elle venait de quitter Grace pour se diriger vers George et s'était assez détendue pour ne pas remarquer que Tom se dirigeait justement vers Claire. Ils se retrouvèrent ensemble dans un quartet embarrassé. Sara regarda ostensiblement George, mais pas avant d'avoir deviné un sourire dans les yeux de Tom.

C'en était vraiment trop. Elle ne lui avait pas adressé la parole de toute la soirée. Elle ne l'avait même pas vu au cours de la dernière heure et maintenant qu'elle lui avait lancé un – un seul ! – regard inconscient, juste pour éviter une collision, il avait le toupet d'en sourire, comme s'il croyait qu'elle avait fait exprès de se trouver sur son chemin.

Elle banda ses muscles. Son regard lança un éclair et elle se tourna vers lui, prête à...

La musique se tut.

Elle se retrouva soudain au milieu d'un halo de lumière. Une banderole surgit de nulle part derrière le bar. Elle couvrait tout le pan de mur.

Sur un vieux drap blanc, en grands caractères rouges tracés à la main, une inscription incompréhensible : ÉPOUSE-NOUS !

# Consolation auprès de Candide

Elle avait l'air d'un chevreuil surpris par les phares d'une voiture.

Caroline serra involontairement le cocktail rose dans sa main tout en écoutant Andy tenter d'expliquer leur plan débile. L'espace d'une courte seconde, ils eurent l'impression que tout allait fonctionner. Sara sourit, d'abord hésitante, puis de plus en plus rayonnante. Ses yeux brillaient d'une lueur qui ressemblait à de la gratitude. Elle se tourna de manière à tous pouvoir les inclure dans son sourire.

Il y avait une joie si pure et évidente en elle que Caroline sentit son visage se figer, sourire bloqué.

Andy et Jen continuaient à exposer l'idée, mais Caroline savait que personne n'entendait réellement leurs paroles, tant le regard de Sara était intense. C'était quand même quelque chose, eut-elle le temps de penser avant que tout ne vire au cauchemar, d'avoir suscité un tel regard et un tel sourire chez un être humain.

Ensuite, Caroline fut la seule à remarquer le changement d'expression chez Sara, peut-être parce que, à ce stade, elle était la seule encore plus ou moins sobre.

Sara était heureuse, c'est vrai. C'était une idée si folle, si bizarre qu'elle ne pouvait s'empêcher de rire. Et puis, elle était émue. C'était une manière de lui montrer qu'ils l'appréciaient, elle le savait, une espèce de geste d'adieu disproportionné. Quoi qu'il arrive, cette banderole symbolisait la place qu'elle avait eue ici.

Andy et Jen poursuivirent :

— Les villes ne peuvent évidemment pas se marier en tant que telles, déclara Jen, et Sara éclata de rire. Alors nous avons décidé de désigner un, comment dire, un représentant.

— Un représentant, confirma Andy sur un ton approbateur. Nous avons décidé de sacri... désigner Tom.

— Il s'agit bien sûr d'un mariage purement formel, précisa Jen, et Sara acquiesça.

Bien sûr. Elle lança un bref regard à Tom, rempli d'humour et de rire. Sa résolution de l'ignorer s'envola sur l'instant face au besoin de partager ce moment avec quelqu'un. Ce n'est qu'alors qu'elle prit conscience de son expression.

Son visage était totalement impassible, à l'exception d'un sourire forcé et d'un regard froid, presque en colère. Deux taches rouges de fureur prenaient naissance juste au-dessus de son cou et se diffusaient lentement vers ses joues. Comme il souriait aussi, personne hormis Caroline et Sara ne remarqua l'éclat dans ses yeux. Sara déglutit.

Puis le projecteur braqué sur elle s'éteignit, la musique retentit à nouveau et tous se regroupèrent autour d'elle. Elle chercha Tom du regard pour vérifier si elle avait juste imaginé cette colère, mais de nouvelles personnes ne cessaient d'apparaître à côté d'elle et le lui dissimulaient. Elle répondait sur un ton mesuré et presque inconsciemment à ce qu'on lui disait. Lorsqu'elle le repéra à nouveau, il s'était retiré au bar où Carl lui servait un whisky. Qu'il avala bien trop vite.

Je m'en fiche, se dit-elle. C'était elle qu'on avait demandée en mariage. Ils l'appréciaient.

Ils l'aimaient même assez pour inventer toute cette histoire folle de mariage arrangé et elle avait l'intention de savourer ce moment.

Elle riait et souriait donc en veillant à garder la tête haute tandis qu'elle se déplaçait lentement dans le local. Des gens qu'elle connaissait à peine ou n'avait jamais rencontrés lui tapaient dans le dos et plus d'une femme arborant un Stetson la serra dans ses bras.

— Est-ce que cela signifie que le type au bar est libre à présent ? lui demanda l'une d'elles, mais Sara n'eut pas à trouver de réponse, car une autre femme qui s'était frayé un chemin pour la féliciter lui avait tapé si fort dans le dos qu'elle était provisoirement privée de sa capacité d'élocution.

Durant tout ce temps, elle ignora volontairement la silhouette raide de Tom au bar.

Maudit Tom.

Lorsque ce fut inévitable, elle se dirigea enfin vers lui.

— Quelle histoire de fous ! lâcha-t-elle en souriant.

Elle espérait le détendre un peu.

Il regarda autour de lui, sans doute pour s'assurer que personne ne les écoutait. Carl était occupé à l'autre bout du bar et la musique était si forte qu'il était impossible d'entendre les conversations autour d'eux, mais il baissa quand même la voix.

— Je suppose que je devrais te féliciter. Ou plutôt nous.

Sa voix exprimait une désapprobation si injuste qu'elle ne put résister à la tentation de déclarer :

— Je note qu'il est absolument évident que tu es l'homme le plus heureux de cette ville.

Il y avait encore de la dérision dans sa voix, ce qu'il ne sembla pas apprécier.

— Bon Dieu, Sara, réfléchis au moins un peu avant de le faire.

Il regarda à nouveau autour de lui.

— Est-ce que je peux te raccompagner ? s'enquit-il et elle s'aperçut qu'il tenait déjà son manteau à la main.

La fête battait son plein et tous les autres rayonnaient de joie. La plupart s'étaient agglutinés au milieu de la salle, mais plusieurs s'étaient déjà mis à danser. Un groupe jouait même sur une petite scène installée pour l'occasion au fond du local ; une guitare, une chanteuse, un violon et une batterie. Sara les considéra avec envie.

Les occasions de danser étaient tellement rares, pensa-t-elle, et puis il était encore tôt. Il lui tendit son manteau et elle le prit avec un soupir silencieux.

Elle aurait d'autres occasions, se dit-elle.

Puis elle s'arrêta.

Il n'y aurait pas d'autres occasions, pas d'autres danses ou de demandes en mariage improvisées. Elle allait rentrer en Suède et le souvenir de cette soirée s'estomperait comme tout ce qu'elle avait vécu ici. Mais Tom était déjà à mi-chemin de la porte et la regardait avec impatience.

— Tu n'as pas envie de danser avant ? demanda-t-elle.

— Bon Dieu ! cracha-t-il en ouvrant la porte brusquement.

Il posa la main sur ses reins et la poussa presque dehors.

— Visiblement, non, marmonna Sara.

Elle s'autorisa un dernier regard sentimental à tout le monde. Ils étaient les premiers à partir. Même Caroline était encore là.

Il lui ouvrit la portière dans un élan distrait de politesse. Il ne lui avait encore rien dit, mais la sentence était imminente, supposa Sara. Il n'y avait qu'une raison pour qu'il la raccompagne et avec une telle autorité.

En effet.

— En tout cas, réfléchis aux conséquences, commença-t-il dès qu'ils furent sortis du parking.

Il était si prévisible qu'elle sourit, ce qui manquait peut-être de diplomatie.

— Je suis sérieux, Sara.

Il était toujours follement attirant. Sa chemise blanche n'était presque pas froissée. Il avait roulé ses manches et ne s'était pas donné la peine d'enfiler sa veste pour effectuer le court trajet jusqu'à la voiture. Ses doigts pianotaient avec agressivité sur le volant.

— Je ne connais pas les règles exactes, mais si tu te fais coincer, tu ne pourras plus jamais revenir dans ce pays et tu devras sans doute payer une amende aussi. C'est un crime, bordel.

Sara se dit que l'automne était vraiment une saison affreuse pour rentrer en Suède.

— Tu m'écoutes au moins ?

— Crime, amende, effroyables conséquences, répéta-t-elle, obéissante, sans le regarder.

— Je ne plaisante pas.

Ils étaient déjà arrivés à la maison d'Amy, mais elle resta dans la voiture. Elle soupçonnait qu'il n'en avait pas fini. Mieux valait le laisser vider son sac. Il continua effectivement de parler. « ... de nous », entendit-elle soudain et elle ne put s'empêcher de tourner les yeux vers lui.

— Je sais qu'il n'y a pas de « nous », poursuivit-il, mais est-ce que cette histoire a quelque chose à voir avec ce qui s'est passé ce soir-là ?

Elle rougit à son corps défendant.

— Bien sûr que non.

Il la scruta, mais elle n'avait pas l'intention d'en dire davantage, même s'il cherchait à la faire parler pendant les deux semaines restantes.

— Tu sais à quoi c'était dû, dit-il.

Peut-être en avait-elle trop révélé, même en ne disant rien. Elle se força à sourire et fut presque surprise de si bien y parvenir.

— Je pensais ce que j'ai dit à ce moment-là. Que ça ne fonctionnerait jamais.

Elle acquiesça.

— Tu n'es pas amoureuse de moi, commença-t-il, et cette fois elle l'interrompit sur-le-champ.

— Non, confirma-t-elle en veillant à regarder par la vitre. C'est évident que je ne le suis pas.

— Et je ne suis pas amoureux de toi.

Elle le savait, bien sûr.

— Combien de temps pensais-tu même rester ici ?

*Aussi longtemps que j'y serais autorisée*, pensa-t-elle.

— Quelles étaient tes intentions ? M'épouser, rester quelques mois jusqu'à ce que tu sois morte d'ennui, puis m'envoyer la demande de divorce par la poste depuis la Suède ?

Il paraissait étonnamment en colère, comme s'il était fermement déterminé à lui montrer qu'elle n'avait pas sa place ici. Une méchanceté bien inutile après ce qui n'avait été qu'un geste d'amitié.

Elle ne put s'empêcher de sourire en y pensant. Ce drap était absolument fantastique. Ses doigts suivaient des petits motifs dans la buée sur la vitre froide. *Ce n'est pas vraiment comme si j'avais quelque chose vers quoi retourner*, pensa-t-elle. L'avenir l'effrayait davantage qu'elle ne voulait le reconnaître. Seule, à nouveau.

Mais elle ne dit rien. Elle n'avait pas l'intention de lui révéler à quel point elle avait peu de choses vers lesquelles retourner. Pas maintenant qu'il était si manifeste qu'il ne voulait pas d'elle ici.

— Et puis, se marier pour obtenir un titre de séjour... C'est trop risqué, Sara.

Elle haussa les épaules.

— Tout s'arrange pour le mieux dans le meilleur des mondes, dit-elle à voix basse.

Elle avait toujours trouvé une certaine consolation dans le destin et les aventures de Candide. Quoi qu'il lui arrive, Candide avait déjà connu pire. Ce n'était peut-être pas exactement le sentiment que Voltaire avait cherché à créer, mais ça fonctionnait bel et bien.

Les yeux de Tom redevinrent de glace.

— Bordel, réfléchis au moins un peu avant de le faire.

*Bien parlé, cher philosophe, mais cultivons à présent notre jardin*, pensa-t-elle en ouvrant la portière. Avant de descendre, elle se tourna vers lui.

— Ce n'était peut-être pas une plaisanterie, mais ce n'était pas si grave non plus. Moi, j'y vois un geste sympathique, c'est tout. La seule chose que tu aies à faire est de leur dire que nous n'avons pas l'intention de nous marier.

Elle sortit de la voiture, mais uniquement pour être debout et un peu plus loin de lui quand elle déclara :

— Il est clair que nous n'allons pas nous marier. Tu ne croyais quand même pas sérieusement que je m'attendais à ce que tu fasses une chose pareille pour moi ? Et puis, personne ne peut te forcer à épouser qui que ce soit.

Sur ce, elle claqua la portière avec davantage de force que nécessaire. Le bruit étouffa les derniers mots presque désespérés de Tom :

— Tu ne les connais pas aussi bien que moi ! suivi par un : Et merde, tiens !

Il resta immobile jusqu'à ce que Sara soit entrée dans la maison. Ce n'est qu'alors qu'il quitta les lieux, la laissant seule dans la cuisine. *Qui sait*, se dit Sara, *il retourne peut-être carrément à la fête*.

Elle consulta l'heure. Vingt et une heures trente. La soirée devait encore battre son plein.

# Sweet Caroline

Les choses avaient commencé à se calmer au *Square* et Caroline se détendit pour la première fois de la soirée.

Lorsqu'elle était arrivée, elle avait presque été choquée par le nombre de gens qui s'y pressaient, le niveau sonore insupportable et le manque de politesse des uns et des autres. Elle s'était frayé un chemin en répétant ses « Pardon » et « Excusez-moi ».

Elle avait été à deux doigts de faire demi-tour sur le seuil.

Elle, à une fête, pour retrouver un homme. Au fond, Caroline savait de quoi il en retournait. Elle voulait le revoir, mais il y avait très longtemps qu'elle avait cessé de penser qu'on pouvait être une femme forte et intelligente, et vivre une vie normale. Même si, jusqu'à l'été 84, elle avait carrément cru qu'il existait des hommes qui appréciaient la force chez les femmes.

*C'était ridicule*, pensait-elle tandis qu'on la poussait dans un sens et dans l'autre et qu'elle essayait de déterminer si cela valait la peine de se forcer un passage alors qu'elle ne se souvenait même pas du nom de cet homme. Mais elle se rappelait toujours la sensation que ses collants avaient produite sur sa peau, de l'odeur du feu et des gaz d'échappement et de la manière dont son cœur avait battu la chamade quand elle était arrivée là-bas. Elle avait oublié le rapport sexuel en lui-même, mais elle se rappelait le goût de tabac et d'alcool lorsqu'il l'avait embrassée et comme il avait été lourd sur elle.

*Ressaisis-toi, Caroline*, se dit-elle. Elle était uniquement là pour Sara. Josh l'aperçut plus ou moins au même instant et avant qu'elle n'ait eu le temps de protester, il lui avait préparé un cocktail, un truc rose complètement fou qui n'était en aucun cas sans alcool.

Peut-être aurait-elle fui, s'il ne l'avait repérée à cet instant précis.

À présent, les gens formaient des petits groupes et discutaient de sujets qui les intéressaient. Ils se penchaient au-dessus des tables pour se faire entendre, touchaient un bras ou une main pour attirer l'attention ou témoigner de leur amitié à leur interlocuteur. Trois couples dansaient tranquillement, comme de vieux amis, et de temps à autre un couple sortait pour prendre un peu l'air frais. Caroline hochait la tête, compréhensive. Elle en aurait vraiment bien eu besoin elle aussi.

Derrière le bar, Andy, Carl et Josh se détendaient de plus en plus à mesure que la soirée avançait. Josh prit deux bières et vint la rejoindre. Il effleura son bras et lui désigna une table libre avec l'une des canettes.

— Viens, dit-il en l'attirant vers un coin.

Il se cala contre le dossier et ferma les yeux.

— Quelle soirée !

— Vous êtes fatigué ?

— Un peu, reconnut-il. Mais quelle soirée !

Il se redressa et se pencha au-dessus de la table.

— Merci d'être venue, dit-il en touchant sa main presque sans s'en rendre compte.

Ses doigts caressèrent à peine le dos de sa main, mais elle sentit quand même une soudaine palpitation derrière ses côtes. Elle déglutit et dut faire un effort pour ne pas retirer sa main dans un geste de panique. Au lieu de ça, elle ouvrit et ferma lentement ses doigts.

— C'était sympa, dit-elle.

Ça l'avait été, oui, en tout cas sur la fin. Quelle douceur de pouvoir discuter sereinement un moment. Elle sirota avec précaution sa bière, d'une fraîcheur réconfortante. Non qu'elle ait l'intention de la finir, bien sûr.

Pendant un certain temps, ils restèrent assis en silence, comme sur le banc dans le parc, à observer les rares personnes encore là. Quelqu'un trébucha sur la piste de danse et se raccrocha à sa partenaire. Caroline tourna instinctivement les yeux vers Josh et leurs yeux brillèrent d'un éclat de rire complice. Le guitariste et la chanteuse jouaient toujours, mais le batteur était appuyé contre le mur, une bière à la main, ses baguettes désormais inutiles sur les genoux. La violoniste était sortie prendre l'air avec un type d'une ferme voisine.

— Puis-je vous raccompagner chez vous ?

Elle acquiesça, mais ils ne bougèrent ni l'un ni l'autre.

— Vous avez bien travaillé aujourd'hui.

— Je me suis bien amusé. Avez-vous aimé votre cocktail ?

Elle hocha la tête à nouveau. Un mensonge pieux ne pouvait pas faire de mal.

Quand ils partirent, Andy et Carl s'attaquaient déjà au ménage. Lorsque Josh haussa un sourcil interrogateur, ils lui firent signe de rentrer chez lui.

Ils restèrent silencieux pendant le trajet. Caroline eut l'impression que cela prenait beaucoup plus longtemps que d'habitude, mais qu'ils arrivèrent trop vite à destination. Il la surprit en la suivant jusqu'à sa porte.

Elle hésita avant de l'ouvrir. D'une certaine manière, elle ne voulait pas que cette soirée prenne fin. Il ne semblait pas pressé non plus de regagner sa voiture.

— Merci pour ce soir, dit-il si bas qu'elle ne l'entendit presque pas.

Il se pencha vers elle et elle le fixa, confuse.

L'espace d'un instant, elle crut qu'il allait l'embrasser, tant il était proche. *Ne sois pas ridicule, Caroline*, eut-elle le temps de penser, puis leurs lèvres s'effleurèrent et elle se figea.

Elle savait qu'elle aurait dû partir. Ouvrir la porte et fuir. Pourtant, elle était incapable de bouger.

Il se recula un peu et caressa sa joue du bout d'un doigt. Elle ne parvenait pas vraiment à croiser son regard.

— Tu vois, dit-il. Tu ne m'as même pas dit que j'avais commis un péché.

Puis il l'embrassa à nouveau.

# Good times
## never seemed so good

*Tu sais, Caroline*, se dit-elle, *je crois que tu as complètement perdu la raison.*

Elle était installée dans son fauteuil habituel dans le séjour avec une tasse de thé pour calmer ses nerfs en pelote. Cela ne fonctionnait pas. Le breuvage avait déjà refroidi. Dehors, son beau jardin n'était qu'une coquille sombre, jonchée de fleurs fanées et de feuilles. Elle n'était guère en meilleur état, comme l'ombre de l'ancienne Caroline : elle voyait son reflet dans la vitre, un visage pâle et figé, un regard de bête traquée.

Elle s'était lancée dans un sermon dès son réveil. La soirée précédente avait été mal. Elle aurait dû mieux gérer plutôt que de l'encourager. Elle avait plus de quarante ans, bon sang ! Une femme chrétienne respectable qui se conduisait comme une adolescente amourachée. Avec un adolescent. Un adolescent homosexuel.

Il devait avoir au moins vingt-cinq ans, s'était-elle dit.

*C'est tout ce que tu trouves à dire pour ta défense ? Vingt-cinq ans !*

*Doux Jésus !*

La conversation avec Josh ne s'était pas déroulée comme prévu.

Sans savoir comment, elle avait su qu'il passerait aujourd'hui. Elle était restée chez elle pour ne pas avoir à le croiser. Elle avait même négligé son ménage. Elle !

Toute une matinée assise à la table de la cuisine à s'inquiéter de ce que les gens diraient s'ils l'apprenaient. *Ils vont se moquer de toi, si cela arrive à leurs oreilles*, se dit-elle, comme si le monde entier tournait autour d'elle. Mais les gens finissaient toujours par apprendre ce genre de choses.

L'été où elle était encore jeune et stupide, elle avait soupçonné que l'homme auquel elle avait cédé n'avait pas été impressionné par son intelligence, mais elle pensait qu'il fallait choisir entre être futée et être acceptée. Elle l'avait accompagné à une fête en dissimulant tous ses traits de personnalité sous une nouvelle robe, du maquillage et une coiffure complètement délirante. Elle n'en revenait pas d'avoir été aussi naïve. Comme si les gens allaient lui pardonner son manque d'intelligence uniquement parce qu'elle buvait de l'alcool, fumait une cigarette en toussant et perdait sa virginité sur la banquette arrière d'une Buick.

Elle avait volontairement abaissé toutes ses défenses, déposé dans la joie toutes ses armes, pour se retrouver finalement démunie face aux moqueries. Elle avait vécu un été affreux.

Et voilà qu'elle remettait ça.

Lorsqu'on avait frappé à la porte juste après le déjeuner, elle avait su que c'était Josh. Un instant, elle avait songé ne pas ouvrir.

Il était d'une bonne humeur agaçante et pas le moins du monde gêné. Il avait envahi son séjour, comme s'il y était à sa place. Elle se le représentait à présent : fort, sûr de lui et d'une jeunesse et d'une beauté humiliantes. Elle s'enfonça plus profondément dans son fauteuil, comme si elle voulait échapper à ce souvenir.

— C'était sympa hier, avait-il dit, osant même lui adresser un clin d'œil.

Elle avait alors dû lui expliquer que la veille avait été une calamité à tout point de vue. Il n'avait pas protesté ni demandé la moindre explication. Il s'était contenté de hausser les épaules et de dire :

— Je voulais juste m'assurer que tu ne te cachais pas ici pour éviter de me voir.

*C'était méchant*, pensait-elle à présent. Bien sûr qu'elle se cachait.

Tout était la faute de Sara. Avant son arrivée, une telle chose ne se serait jamais produite.

Elle se leva et se dirigea vers la cuisine pour se préparer un nouveau thé. Elle était bien trop vieille pour ce genre de folies. Elle s'était comportée comme l'une de ces femmes d'âge mûr au maquillage outrancier qui flirtaient avec les jeunes serveurs sans se rendre compte qu'ils rentraient ensuite chez eux et se moquaient d'elles avec leur petite amie.

Ou petit ami.

*Tu n'es pas exactement équipée pour ça, Caroline. Et puis, soyons francs : l'équipement que tu as est passablement vieux et usé. Il a beaucoup de kilomètres au compteur.*

*Pas toutes les pièces.*

*Caroline !*

*(Oui mais c'était vrai.)*

Josh revint le même soir.

— Pourquoi était-ce mal ? demanda-t-il avant même d'entrer dans le vestibule.

Elle se retourna et se dirigea vers le séjour. Le vestibule était bien trop petit pour qu'elle y reste seule avec lui.

— Je ne veux pas en parler, répondit-elle.

Il la suivit.

— Ce n'était qu'un baiser. En plus, j'aime bien t'embrasser.

Elle blêmit.

— Doux Jésus ! marmonna-t-elle.

— Je ne crois pas qu'il ait grand-chose à voir avec ça.

*Tu ne le crois pas*, se dit-elle, mais il réussit quand même à lui soutirer un petit sourire.

— Ce n'était pas bien, répéta-t-elle calmement, comme si elle ne faisait que constater une évidence.

Ce qui était précisément le cas.

— Est-ce que cela a un rapport quelconque avec l'église ? Y a-t-il un verset s'opposant aux relations entre les femmes chrétiennes et les mecs bi ?

Elle le considéra avec étonnement. De quoi parlait-il ?

— Je ne serais pas surprise, répondit-elle. L'Église a édicté des tas de règles sur tout un tas de sujets. Mais ce n'est pas pour ça.

— J'aurais juré que tu avais apprécié aussi.

Elle frissonna de découvrir qu'elle était si facile à démasquer et fut obligée de se détourner.

— Je... ce n'était pas bien.

— Pourquoi ?

Il était pile devant le fauteuil où elle s'asseyait toujours et elle fit involontairement un pas en arrière. Où devait-elle poser les yeux ? Sa présence dans son séjour paraissait absurde. Jeune, plein de vie, de force et d'énergie, entouré d'objets vieux, démodés et féminins. Elle se sentait prise au piège entre lui et les tableaux en points de croix.

— Tu es jeune et je suis... pas jeune.

*Pas jeune ? Bon Dieu, Caroline !*

— Je suis vieille, se corrigea-t-elle. Bien trop vieille pour toi. Tu devrais être avec une personne aussi jeune et belle que toi...

Elle rougit de colère en se rendant compte de ce qu'elle venait de dire.

— Aussi jeune, répéta-t-elle en espérant qu'il n'avait pas entendu le reste.

— Tu es belle.

Il ne semblait pas du tout l'écouter.

— Tu l'es à mes yeux. N'est-ce pas ce qui compte ? Et ce n'était qu'un baiser, bon sang !

— C'est clair que ce n'était qu'un baiser. Quoi d'autre, sinon ?

Il haussa les sourcils, mais ne dit fort heureusement rien.

— C'est donc une question de différence d'âge ? demanda-t-il.

— Entre autres.

— Tu m'estimes trop jeune ?

— Je suis trop vieille, rectifia-t-elle.

Il balaya cet argument d'un geste agacé.

— C'est la même chose.

Elle éclata de rire.

— Certainement pas. Ton problème disparaîtra. Le mien ne fera qu'empirer.

Ces paroles suscitèrent un large sourire.

— J'ai le sentiment que la différence d'âge restera constante.

Elle cessa de sourire.

— Et quoi d'autre alors ?

Son regard se mit à errer.

— D'autre ?

— Tu as dit l'âge, entre autres ? Qu'as-tu d'autre contre moi ?

Habituellement, les gens ne lui demandaient pas ce qui clochait chez eux. Elle devait le leur dire sans y avoir été invitée. Comme c'était ironique, pensa-t-elle : pour une fois qu'on lui posait la question, c'était elle le problème.

— C'est plutôt de moi qu'il est question, reconnut-elle.

*« Le problème ne vient pas de toi, mais de moi » ? Bordel, Caroline, plus personne ne dit ce genre de choses !*

Elle rougit.

— Inutile de me répondre, dit-elle. Je n'ai jamais prétendu être au courant des dernières expressions à la mode.

— Ce n'est pas une question de mode, mais de clichés. Des clichés éculés et vides de sens.

— Ils ne sont pas éculés pour moi. En fait, c'est la première fois que celui-ci sort de ma bouche.

Il lâcha un juron étouffé, puis se remit à rire.

— D'accord. Qu'est-ce qui cloche chez toi ?

Elle s'aperçut que maintenant que le problème venait d'elle, elle n'avait aucune envie d'en parler. Ironique aussi.

— Je suis trop vieille.

— Tu l'as déjà dit, répliqua-t-il avec brutalité.

Elle nota qu'il ne la contredisait pas, ce qui était logique. Elle se sentit étrangement déprimée.

— Je ne suis pas… assez belle.

Elle s'empressa de poursuivre pour ne pas lui laisser le temps d'objecter à cet argument aussi.

— Usée. Ce corps a bien trop de kilomètres au compteur.

— Mais, d'un point de vue pratique, il est quasiment neuf. Son propriétaire précédent ne l'utilisait que pour aller à l'église le dimanche.

C'était d'une vérité si pathétique qu'elle ne trouva même pas la force d'en rire. Il n'ajouta rien. Il demeura là, au milieu de son séjour, refusant de la laisser en paix avec ses reproches.

— Je n'ai pas le bon équipement, lâcha-t-elle, à court d'arguments.

Elle songeait au garçon dans le livre.

— Tu devrais trouver un jeune garçon sympathique sur lequel jeter ton dévolu.

— Équipement, Caroline ?

Elle rougit à nouveau. Elle avait perdu le contrôle de cette conversation. Rien ne se déroulait comme elle l'avait imaginé.

— Quelle femme fantastique tu es ! ajouta-t-il, comme s'il se parlait à lui-même.

Pas du tout comme elle l'avait imaginé.

— Mais c'est vrai, protesta-t-elle.

Il fronça les sourcils, comme si le sens de sa phrase lui échappait.

— Je suppose que j'aime les deux. C'est possible, tu sais. Je n'ai jamais été attiré par des femmes, mais manifestement, c'est le cas maintenant. Qui a la moindre idée de ce qui se produira à l'avenir ? Peut-être succomberai-je aux charmes d'un jeune homme bien élevé ou peut-être pas. Est-ce que c'est vraiment important pour nous à cet instant ?

— Il n'y a pas de nous, se hâta-t-elle de répondre, par souci de clarté.

Il haussa les épaules, mais une lueur effrayante apparut dans son regard. Une détermination. Un défi. La nuit était complètement tombée à présent et la fenêtre du séjour n'était plus qu'un miroir noir. Son grand corps nonchalant occupait tout l'espace.

Il avança d'un pas, mit un bras autour de sa taille et la plaqua contre lui. Elle en eut le souffle coupé et fut obligée de s'avouer qu'il ne s'agissait pas de terreur. Cette fois, elle était presque certaine qu'il avait l'intention de l'embrasser, mais il fit quand même traîner les choses. Un genre de sourire jouait au fond de ses yeux. Lorsqu'il vit qu'elle ne savait où poser son regard, les commissures de ses lèvres remontèrent. Il se moquait vraiment d'elle. Cela l'agaça assez pour qu'elle plante ses yeux dans les siens. Et là, il l'embrassa.

Ses lèvres étaient à la fois douces et pressantes. Son corps, jeune, ferme et viril. Lorsqu'elle ferma les yeux, elle vit des corps masculins nus et en érection se toucher dans l'obscurité.

Elle fut surprise d'y prendre goût. Elle sentait des parties profondes et étranges de son corps se réveiller. Elle ne se serait pas crue capable d'apprécier. Elle pensait que l'âge avait balayé tout ça. Une partie d'elle en était fascinée.

Une autre, terrorisée.

Elle s'éloigna un peu et déclara :

— Je suis marguillière, nom de Dieu !

Il lui sourit.

— Je suis pédé, nom de Dieu !

Mais il la lâcha, toujours avec ce rire dans les yeux, et recula d'un pas. Il lui adressa un clin d'œil.

— Je t'avais bien dit que tu n'avais rien contre.

Elle ne l'aurait jamais avoué, mais lorsqu'il s'éloigna, elle éprouva un sentiment qui ressemblait fort à de la déception.

— Je reviens mardi. D'ici là, tu te seras peut-être décidée.

Elle fut à deux doigts de demander : décidée à quel sujet ? Mais elle doutait fort de vouloir entendre la réponse énoncée à voix haute.

Caroline n'était pas la seule habitante de Broken Wheel à avoir été quelque peu secouée par la soirée dansante. George, le seul pourtant à n'avoir rien bu, était assurément le plus perturbé.

Lorsque la journée commença, il ignorait d'ailleurs que le chaos et la confusion se dirigeaient vers lui à presque cent quarante kilomètres heure sur l'Interstate 34.

Il avait passé une soirée paisible et agréable. Il n'avait pas bu. Plus fantastique encore : il avait raccompagné Claire chez elle et elle s'était penchée en avant pour l'embrasser afin de le remercier, comme s'il était un véritable ami. À son réveil, ce souvenir persistait.

Il se leva en souriant, but son café et alla même jusqu'à se raser alors qu'il l'avait fait la veille, puis il lorgna vers le deuxième tome de Bridget Jones en se demandant ce que la journée lui apporterait.

De fait, il avait le sentiment que cette journée pourrait lui offrir une surprise, ce qui était un sentiment nouveau et révolutionnaire pour lui. Il sirota son café et ne tripota même pas la cuillère. Il avait eu envie de lait et de sucre aujourd'hui. Rien de bien compliqué.

Il se demanda s'il devait aller chercher Sara pour la conduire à la librairie, mais il soupçonnait qu'elle préférerait marcher. Certes, il y avait des nuages dans le ciel, mais il ne pleuvait pas et, au pire, il pourrait toujours aller la récupérer dans l'après-midi.

Lorsqu'on sonna à sa porte, il se demanda, content, si c'était Claire. Il ouvrit avec un sourire amical sur les lèvres.

Et là, il resta bouche bée.

Elle était beaucoup plus âgée qu'il ne l'avait imaginé, et plus petite. Elle lui arrivait à peine au menton. Pourtant, dans son esprit, elle avait atteint des proportions presque mythiques. Elle était mignonne plutôt que belle, mais elle avait un regard dur. Qu'il reconnut.

— Bonjour, George.

— Et Sophy ?

— Moi aussi, ça me fait plaisir de te voir.

L'humidité avait fait friser ses cheveux de cette manière qu'elle détestait.

— Où est Sophy ?

— Aucune idée. Je l'ai larguée il y a quelques années chez un ex.

Il blêmit et eut du mal à intégrer ce qu'elle venait de dire.

— Ne sois pas idiot, George. Elle est dans la voiture.

Il regarda par-dessus son épaule, comme s'il venait de comprendre ce qu'était une voiture. Il y avait une personne sur le siège passager, mais il ne pouvait pas la voir distinctement.

Elle entra dans le vestibule en passant devant lui et il resta sur le seuil, indécis, déchiré entre l'envie de voir Sophy et le fait que leur rencontre pourrait se révéler embarrassante.

— Mais va lui dire bonjour, nom de Dieu, lâcha Michelle, glaciale.

— Combien de temps restez-vous ? demanda-t-il pour gagner du temps.

Michelle haussa les épaules avant de disparaître dans le séjour.

— Pas pour l'éternité, si c'est ce qui t'inquiète.

Ce n'était pas le cas. Il tourna les yeux vers la voiture. Sophy se dirigeait vers le coffre, sans doute pour en sortir les valises. Elle était de la même taille que Michelle, mais beaucoup plus mignonne. C'était encore une adolescente pas tout à fait habituée à son corps et elle n'avait rien de l'assurance envahissante de Michelle. Elle était la plus belle chose qu'il ait jamais vue.

Il la rejoignit pour l'aider à porter les valises. Elles en avaient deux, l'une comme l'autre usées et à fleurs, mais l'une sensiblement plus grande que l'autre.

— Celle de maman, expliqua-t-elle.

Elle ne dit rien d'autre. Lui aussi garda le silence, content de pouvoir l'aider. Elle le précéda dans l'immeuble avec la plus petite des valises, mais s'arrêta dans l'entrée.

Il ne trouvait pas les mots, alors qu'il lui avait parlé durant toutes ces années. Certes, il n'avait pas toujours été sobre quand il le faisait et il rougissait en songeant à tout ce qu'il l'avait laissée voir, même si, en réalité, elle n'avait évidemment rien vu, ce qui était dommage, mais tout aussi bien, étant donné qu'il n'avait pas toujours été sobre... Il s'embourbait dans ses pensées et se contenta de lui sourire à nouveau.

— Je m'appelle Sophy, déclara-t-elle, comme s'ils ne s'étaient jamais rencontrés.

Cela lui provoqua un petit pincement au cœur, mais rien qu'il ne soit incapable d'encaisser. Il ressentit un besoin absurde d'en discuter avec Sophy.

— Je m'appelle George. À une époque, tu m'appelais papa.

— Appelle-le George, lança Michelle depuis la cuisine.

Il était content d'avoir fait la vaisselle la veille. L'appartement était impersonnel et triste, mais au moins, il était propre. S'il avait su qu'elle allait venir, il en aurait fait davantage. Repeint peut-être. Acheté de nouveaux meubles. Acheté une nouvelle maison.

Sophy lui adressa un sourire hésitant et jeta un coup d'œil en direction de la cuisine.

— George me convient aussi, la rassura-t-il.

Il se rendit compte qu'il tenait toujours son livre dans une main et posa la valise sur le sol. Il regarda autour de lui pour voir où il pouvait se débarrasser de son roman. Pour finir, il le posa aussi sur le sol.

— C'est bien ? s'enquit-elle.

Elle avait une petite voix douce.

— Quoi ? demanda-t-il, puis, quand il se fut ressaisi : Tu veux que je te le prête ?

— Peut-être un peu plus tard, suggéra-t-elle en souriant.

Il acquiesça. Elle lorgna à nouveau en direction de la cuisine.

Elle voulait être avec sa mère, évidemment. Elle ne le connaissait pas du tout et n'en avait peut-être pas envie. Il fallait lui laisser le temps de s'habituer.

Elle n'aura même pas à m'apprécier, je ne l'exige pas, promit-il à Dieu ou aux saints protecteurs de ses aïeux ou à qui que ce fût, maintenant qu'il ne pouvait plus adresser ses prières à sa fille dans sa tête. Du moment qu'elle sait qu'elle peut me faire confiance et venir me voir si jamais elle a un problème. Il le lui expliquerait lorsqu'elle se serait un peu habituée et aurait constaté qu'il était tout à fait normal et, comment dire, cool ? Ou qu'il allait le devenir. Pour elle, il allait même cesser d'être ridicule et embarrassant.

Pour l'instant, il allait lui demander sur un ton tranquille si elle voulait un peu de thé ou quelque chose à manger. Ne pas la forcer, bien sûr, juste lui demander amicalement.

— Est-ce que je peux faire quelque chose pour toi ? De quoi aurais-tu besoin ? Une tasse de thé ? Un truc à manger ? Une nouvelle voiture ?

Sa proposition de lui fournir une voiture la fit sourire. Il lui adressa un sourire de soulagement et prétendit que c'était une plaisanterie.

— Je n'ai pas le permis.

— Tu as besoin d'argent pour les leçons de conduite.

Il pourrait vendre quelque chose. Le canapé, peut-être.

Son sourire se fit plus vague et elle lorgna à nouveau vers la cuisine.

— Une tasse de thé ne serait pas de refus, finit-elle par dire.

# Un livre pour tous

Sans savoir comment, Sara avait survécu à la journée suivant le marché. Elle s'était rendue à la librairie à pied, car elle avait besoin d'évacuer un peu les tensions accumulées. Puis elle avait passé le reste de la journée derrière son comptoir à regarder les habitants de la ville démonter les stands et nettoyer la rue.

Ni George ni Caroline n'étaient là. En revanche, elle avait vu le pick-up de Tom passer. Elle avait littéralement été incapable de sortir le voir. Qui savait quand il reviendrait à la boutique ?

Elle était donc restée là, silencieuse et désœuvrée, lasse de Tom comme d'elle-même.

Elle doutait que le lendemain fût meilleur, mais lorsqu'elle arriva à la librairie le matin, une cliente attendait déjà devant la porte.

Une silhouette menue et isolée, penchée devant la vitrine. Sara se dit qu'elle n'avait guère plus de quinze ans. Ses cheveux pendaient en mèches mouillées autour de son visage. Elle avait dû demeurer un moment sous la bruine, mais elle sourit à Sara lorsqu'elle ouvrit la porte.

— C'est ta librairie ? demanda-t-elle en la suivant à l'intérieur.

— Plus ou moins.

Sara accrocha son manteau dans la réserve et alluma toutes les lampes. Elle rassembla quelques livres à trier sur un rayonnage avant de les empiler sur le comptoir et de s'installer derrière pour laisser la jeune fille en paix. Elle se tenait près de la porte et regardait autour d'elle, fascinée.

— Je m'appelle Sophy.

Ce nom évoqua quelque chose à Sara, sans qu'elle parvienne à déterminer quoi. Elle haussa les épaules. Ça lui reviendrait à un moment ou à un autre.

— Et tu aimes les livres ? s'enquit Sara.

Sophy acquiesça. *Une fille intelligente*, pensa Sara. Dehors, il pleuvait toujours, mais la présence de Sophy réchauffait l'atmosphère du magasin. Voilà tout le pouvoir d'une jeune fille aux cheveux mouillés.

— Quels sont tes préférés ? demanda Sara. Tu en as ?

Sophy secoua la tête. Elle fit quelques pas supplémentaires dans la boutique et considéra les rayonnages avec une expression sérieuse.

— Est-ce que tous ces livres t'appartiennent ?

— Oui… d'une certaine manière. – Sara réfléchit. – Ce sont plutôt ceux de la ville, en fait. Jusqu'à ce que quelqu'un les achète, bien sûr.

— Ça ne t'ennuie pas de les voir partir ?

Sara aurait peut-être dû lui expliquer quelques principes économiques bien choisis à ce moment-là. Comme le fait qu'elle ne se séparait pas vraiment d'eux mais recevait de l'argent en échange, qu'elle pouvait utiliser pour acheter d'autres choses, économiser à la banque ou sous son matelas, mais cela paraissait incroyablement cynique et fort peu crédible. Pourquoi préférerait-on les billets aux livres ? Un petit morceau de papier avec une citation biblique pathétique et le portrait d'un politicien contre des liasses de pages couvertes d'histoires merveilleuses ?

Sara doutait d'avoir elle-même jamais compris les principes économiques régissant une entreprise.

Elle prit donc la question au sérieux et y réfléchit.

— En fait, non. Je ne pourrai jamais lire tous ces livres. Si une autre personne les acquiert, au moins, ils sont appréciés. Et puis, on a toujours envie de diffuser les livres qu'on aime.

— Et ceux dont on ne veut pas alors ?

— Il y a toujours un lecteur pour chaque livre. Et un livre pour chaque lecteur.

La jeune fille lui adressa un bref sourire, puis se tourna vers un rayonnage au hasard.

— Même pour moi ? lança-t-elle par-dessus son épaule.

— Bien sûr.

Sophy parut se satisfaire de cette réponse et ne demanda pas de conseil de lecture ni d'ouvrage spécifique. Au lieu de ça, elle déclara juste poliment :

— C'était vraiment sympa de te rencontrer.

Sara lui sourit.

— Reviens quand tu veux.

Puis elle fut à nouveau seule et décida de se consacrer au ménage.

Mais la question de Sophy avait fait son chemin dans l'esprit de Sara. Il manquait une catégorie. C'étaient les livres de la ville, oui, mais surtout ceux d'Amy. Alors, avant de s'attaquer au ménage, elle réunit tous les livres qu'Amy et elle avaient échangés et les perles de sa collection. Louisa May Alcott y obtint la place d'honneur. Elle le méritait bien. Elle baptisa cette section LE COIN D'AMY. Cela voulait tout dire.

Comment une librairie sans clients pouvait-elle être aussi sale ? s'interrogeait Sara tandis qu'elle récurait le sol avant de le rincer. Elle s'efforçait de ne pas trop penser à Tom en travaillant, mais elle ne pouvait empêcher une certaine irritation de parasiter ses élans de fée du logis. Décidément, il exagérait.

Ce n'était pas comme si elle était amoureuse de lui, ce qui aurait pu le froisser, elle en était consciente. Les béguins pouvaient ne pas être réciproques, de même que l'amour et le désir – toutes ces choses exigeaient une forme de retour. L'amour était égoïste. Cela demandait sûrement des efforts d'endurer les soupirs enamourés, les attentes démesurées d'une autre personne et de devoir se tenir en équilibre sur un piédestal où l'on n'avait pas choisi de monter.

Mais elle n'était pas amoureuse de lui. Ce qu'elle ne comprenait pas, c'était pourquoi Tom ne voulait même pas d'elle en tant qu'amie, voire simple connaissance. Elle aurait été contente s'ils s'étaient vus une fois par semaine pour partager un silence complice, ne serait-ce qu'un petit quart d'heure. Du moment qu'elle pouvait le voir.

Lorsqu'elle cessa de savonner et passa au rinçage, cela crissait encore sous ses pieds. Elle lâcha un soupir et fut presque reconnaissante à Jen de venir interrompre son ménage.

Elle se dirigea droit vers le comptoir. Sara posa donc son balai à franges et la rejoignit.

— En quoi puis-je t'être utile ? s'enquit-elle.

— Signe là.

Elle considéra le document sous ses yeux. *Formulaire 1-130*, était-il inscrit dans le coin supérieur. *Petition For Alien Relative*. Elle ne put s'empêcher de sourire face à cette législation qui assimilait les non-citoyens à des extraterrestres.

— C'est bien un visa de tourisme que tu as ?
Un B-2 ?

Sara acquiesça. Jen désigna une ligne au bas.

— Signe là.

Elle avait déjà rempli l'encart de Tom. *Tom
Harris.* Amy devait avoir repris son nom après la
mort de son mari.

Sara ne savait même pas que c'était le patronyme de Tom. Elle soupçonnait néanmoins que
prendre le même nom que son amie n'était pas une
raison suffisante de se marier. Il n'avait pas signé.
Il ne lui avait pas parlé non plus depuis la soirée dansante. Elle releva les yeux vers Jen. Puis
elle lui adressa un sourire frondeur et apposa sa
signature ponctuée d'une arabesque théâtrale.

*Voilà*, pensa-t-elle. *Qu'il se débrouille avec Jen !*

# Pas un sujet dont on parle

Quand Josh arriva le mardi soir, Caroline n'avait pas pris la moindre décision.

En fait, elle avait refusé d'y penser. Une partie d'elle essayait de la convaincre que c'était mieux ainsi. Qu'il était évident qu'elle ne ferait rien qui mérite même qu'elle y réfléchisse.

Une autre était très proche de reconnaître que si elle n'y avait pas pensé, c'était qu'elle ne voulait pas entendre toutes les raisons pour lesquelles il ne se produirait jamais rien entre eux.

Lorsqu'il se présenta devant sa porte, elle fut avant tout surprise. Elle avait cru que quelques jours de réflexion suffiraient à lui faire perdre tout intérêt pour elle.

Puis une espèce de joie confuse l'emporta. Lorsqu'il se pencha et l'embrassa sur la joue, presque inconsciemment, elle n'eut pas le moindre mouvement de recul ni de surprise.

Il avait l'air fatigué. Une mèche pendait sur son front et il avait de fines rides sous les yeux qu'elle ne lui avait jamais vues. Il s'assit sur le canapé et ferma brièvement les yeux, comme si c'était la première fois de la journée qu'il se détendait. Elle s'assit à côté de lui et résista à son envie de tendre la main et de ramener la mèche en arrière.

Il lui adressa un sourire ouvert et parfaitement paisible, comme s'il était heureux de la voir et comme s'ils étaient... amis. Elle lui rendit son sourire, fascinée. Très peu de gens lui souriaient comme s'ils étaient heureux de la voir ou comme s'ils étaient détendus en sa compagnie. Une amitié, c'était bien.

— Où en sont les projets de mariage ? s'enquit-il.

— Les projets ? demanda-t-elle.

Elle n'avait manifestement pas beaucoup pensé à la ville ces derniers temps, négligeant honteusement son devoir.

Puis elle haussa les épaules. À qui cela manquait-il réellement ?

Josh semblait déjà se désintéresser du sujet. Il la regardait avec un tout autre sourire. Il y avait une question dans ses yeux. Ou une invitation.

Elle détourna les yeux.

— Caroline, dit-il.

Elle lorgna avec précaution vers lui. *Et merde, tiens.* Le regard rieur était de retour.

— Tu ne crois pas qu'il est temps que tu m'embrasses ?

Elle le dévisagea. *Mais bon Dieu, ce n'est pas le genre de choses dont on parle*, pensa-t-elle. Ce qui, elle devait l'avouer, était à des années-lumière de « ce n'est pas quelque chose qu'on fait ».

Elle se leva, perdue, pour éviter la tension purement physique qui venait de naître entre eux. Josh se leva également. Il était d'un calme agaçant.

Pourtant, il ne chercha pas à la toucher. Il resta juste complètement immobile, à une cinquantaine de centimètres d'elle, attendant.

C'était à elle de prendre la décision suivante, bien sûr. Elle espérait presque qu'il l'embrasse à nouveau et la libère de ce choix. Elle savait que tout cela était mal, mais maintenant qu'elle avait la possibilité concrète de le toucher, elle ne se rappelait plus ce qui le lui interdisait.

*Juste une fois*, se dit-elle. *Je peux le toucher maintenant, une simple petite parenthèse dans ma vie par ailleurs si pieuse, puis je reviendrai aux fondements de l'Église. À nouveau.*

Elle n'y croyait pas vraiment, mais elle n'aurait jamais d'autre chance de le toucher.

Puis elle tendit tout simplement la main et elle le fit. Elle entendait presque le sang circuler à toute vitesse dans ses veines et elle déglutit de nervosité tandis que ses doigts atteignaient sa clavicule et descendaient sur son torse. Elle n'hésita qu'un bref instant au premier bouton de sa chemise, puis elle les defit tous à mesure qu'ils gênaient sa progression.

*Pourquoi ne devrais-je pas faire ça ?* pensa-t-elle, frondeuse. Puis elle regarda autour d'elle, comme si elle redoutait que quelqu'un – Dieu ? Sa mère ? – ne lui réponde.

*Je n'aurais peut-être plus jamais la chance de toucher quelqu'un.*

Il était toujours immobile, mais son regard changeait. Le rire y disparut et il se fit plus intense, plus sombre. Elle comprit que c'était le désir qui provoquait cette transformation et elle se sentit plus audacieuse.

Il le perçut, passa le bras autour de sa taille et l'attira à lui. Elle avait produit le déclic, mais il reprenait désormais l'initiative. Il paraissait plus adulte, plus sûr de lui. Caroline jouissait de laisser quelqu'un avoir le contrôle et répondit à son baiser en s'appuyant plus sur son instinct que sur sa raison.

— Doux Jésus ! lâcha-t-il et elle inclinait à penser comme lui.

Vivre avec Michelle et Sophy n'était pas de toute simplicité. George ne savait toujours pas combien de temps elles allaient rester. D'après ce qu'il avait pu déterminer, il s'agissait d'une dispute avec le copain du moment. Il ne pensait pas qu'elles feraient un long séjour, mais il espérait avoir le temps de réapprendre à connaître Sophy. Il s'efforçait de ne pas penser à ce qui se produirait après. Mais simple, non, ça ne l'était pas.

Michelle passait le plus clair de son temps dans sa chambre (lui dormait désormais sur le canapé). Elle était arrivée avec un ordinateur, ce qui l'avait surpris. Elle ne s'était jamais intéressée à la technique durant leur mariage. À présent, elle passait la majeure partie de ses journées devant.

Vivre avec Michelle ne lui posait aucun problème. D'une certaine manière, il était encore habitué à elle. C'était Sophy qui lui donnait du fil à retordre.

Il fallait sans cesse qu'il se rappelle de ne pas parler tout seul en sa présence. Une fois, alors qu'il se pensait seul, il avait commencé une phrase par « Sophy » et, à sa surprise, avait entendu un « Oui ? » en provenance du hall.

En plus, elle était gentille et mignonne. C'était dur de l'avoir à nouveau auprès de lui et de devoir se comporter comme un étranger. Il était reconnaissant, oui, il l'était, mais il aurait aimé obtenir davantage.

— Je suis allée à la librairie aujourd'hui, lui raconta-t-elle tandis qu'ils préparaient le repas ensemble.

Il veillait à ne pas la regarder et à river ses yeux sur la planche à découper. C'était la première fois qu'elle se laissait aller à une confidence spontanée. D'habitude, elle attendait qu'il engage la conversation. Ils semblaient aimer rester silencieux en compagnie l'un de l'autre. Parfois, il la questionnait sur son école, ses amies ou sa vie. Elle répondait toujours poliment, mais sans enthousiasme. Il ne savait même pas dans quelle ville elle habitait. Il pensait qu'elles étaient toujours dans l'Iowa, mais il n'en était pas certain. En tout cas, il y avait un homme dans l'histoire, ce qui ne le surprenait pas.

— Tu as rencontré Sara ? s'enquit-il.

— Oui. Elle a dit qu'il y avait des livres pour moi.

— Je ne savais pas que tu aimais lire.

— Je ne sais pas si j'aime ça, répondit-elle en souriant. Mais tous ces livres... Ils étaient si beaux, George.

S'entendre appeler George le fit légèrement sursauter, mais il commençait à s'y habituer, oui, vraiment. Il ne dirait rien à ce sujet.

— Elle a dit que c'était la librairie de la ville. C'est vrai ?

Il y réfléchit.

— Je suppose que oui, mais tout le mérite en revient à Sara.

— Mais est-ce que cela signifie qu'une partie des livres t'appartient ?

Il sourit.

— Peut-être une petite partie. J'ai donné un coup de main avant l'ouverture.

Au nom de l'honnêteté, il ajouta :

— Surtout pour le ménage et pour la conduire, bien sûr. Sara n'a pas le permis.

— Alors tu crois que Sara a raison ? Qu'il y a un livre pour moi ?

— Si Sara le dit, c'est vrai.

Elle lui rendit son sourire.

— Merci... papa.

Michelle surgit derrière eux.

— George, la corrigea-t-elle par réflexe.

Mais Sophy lui avait souri, presque comme s'ils partageaient un secret.

Gavin Jones était un bon bureaucrate. Il savait que beaucoup considéraient ça comme un oxymore. Bon et bureaucrate dans la même phrase. Mais les lois étaient édictées pour une bonne raison. Les gens votaient pour élire leurs représentants, puis une majorité d'entre eux décidaient quelles lois étaient justifiées. Il aurait été absurde de passer par toute la procédure des élections pour ensuite n'avoir personne qui veille à ce que les mesures votées soient appliquées. Gavin était donc indispensable. On le payait pour faire ce travail, alors il le faisait. Il était compétent et futé, alors il le faisait bien.

Trois raisons expliquaient que Gavin soit doué pour son travail. Primo, il sentait instinctivement quand un détail ne collait pas. Secundo, il prenait toujours ses intuitions au sérieux et était prêt à travailler d'arrache-pied pour vérifier tous les faits. Tertio, il saisissait des informations au vol et les enregistrait. Une touriste qui avait vécu longtemps dans une ville voisine sans qu'il ait vu passer de demande de visa, par exemple. Une rumeur concernant un ouvrier qui ne parlait pas anglais. Des adresses temporaires.

On peut dire qu'il voulait juste faire du bon travail, non ? Il lisait les journaux locaux, mémorisait des détails et vérifiait des pistes. Son flair reposait sans doute sur un stock d'informations qu'il avait saisies de manière plus ou moins inconsciente çà et là. Cette fois-ci, rien de précis ne lui avait mis la puce à l'oreille. Il parcourut la demande déposée par un certain Tom Harris par le biais d'un avocat en ville. Mais Tom n'était pas de Hope.

Broken Wheel ? Avait-il entendu parler de cette ville ? Il le pensait. Il haussa les épaules. S'il y avait un lièvre dans ce dossier, il le lèverait tôt ou tard.

# Le parfum des livres
## et de l'aventure

— Bonjour.

Sophy se tenait sur le seuil et observait Sara, hésitante. Sophy l'avait surprise le nez dans un livre, littéralement. Sara releva les yeux et posa lentement l'ouvrage sur le comptoir. Elle était en train de déballer un carton de nouveaux arrivages et n'avait pu s'empêcher de plonger le nez dans leurs pages pour les renifler.

— Entre, l'invita Sara en faisant le tour du comptoir.

Elle ouvrit le carton sur le côté.

— As-tu déjà senti des livres ?

Sophy secoua la tête. Sara lui tendit un poche. Le dernier roman de Marian Keyes. La couverture était dans des couleurs pastel brillantes, un bleu chaud, des nuances roses et des lettres stylisées.

— Ouvre-le, lui indiqua-t-elle.

Sophy s'exécuta avec réserve, comme si elle craignait de l'abîmer.

— Non, non, dit Sara et Sophy eut un mouvement de recul. Ouvre-le complètement.

Sara lui montra.

— Il faut que tu puisses enfoncer ton nez dedans.

Sophy porta le livre à son visage, toujours avec précaution, et inspira lentement par le nez. Elle sourit.

— Tu sens ? L'odeur des livres neufs. Des aventures pas encore lues. Des amis dont on n'a pas encore fait la connaissance, des heures d'escapade hors de la réalité qui attendent.

Sara était consciente que Sophy n'aurait peut-être pas su l'exprimer ainsi, mais elle était certaine qu'elle comprenait cette sensation. Sara saisit un autre ouvrage sur un rayonnage, un bel album de photos de chênes, avec le papier glacé et la solide couverture typique des livres de ce genre. Les pages épaisses dégageaient un parfum tout différent de plastique et d'impression couleur de qualité.

— Et celui-ci.

Une édition normale cette fois, avec une couverture rigide, mais du papier plus fin un peu jauni. Elles le reniflèrent.

Sara sourit. Les livres reliés et les éditions de poche exhalaient des odeurs complètement différentes, avec en outre des variations entre les multiples éditions de poche, et entre les suédois et les anglais. Les textes classiques, par exemple, se démarquaient des autres. Les manuels scolaires possédaient leur parfum spécifique et les ouvrages universitaires ne pouvaient en aucun cas se confondre avec les manuels destinés à l'école primaire, qui fleuraient les salles de classe, l'agitation et le renfermé. Mais le nombre d'élèves qui faisaient l'expérience du parfum des livres neufs avait chuté au fil des ans.

C'était toujours les livres neufs qui avaient l'odeur la plus prononcée. Sara supposait que l'odeur de l'imprimerie y était retenue, qui disparaissait logiquement peu à peu, quand les lecteurs ouvraient, lisaient et feuilletaient les textes. C'était là un point de vue purement rationnel, mais qui ne lui suffisait pas. Elle pensait en réalité que le parfum qu'elle percevait était celui d'aventures et d'expériences de lecture qui n'attendaient qu'elle.

Sophy semblait sensiblement plus assurée. Elle posa le livre et parcourut lentement les rayonnages. Sara retourna à Marian Keyes. Peut-être était-il idiot de faire rentrer de nouveaux livres alors qu'il ne lui restait que deux semaines à Broken Wheel, mais c'était le seul moyen pour elle de supporter le temps restant. Le moment de prendre cet avion viendrait bien assez tôt et il faudrait qu'elle s'en accommode.

— Quel sujet t'intéresse ? s'enquit Sara.

Sophy haussa les épaules.

— Je ne sais pas.

La jeune fille faisait le tour de la boutique. Elle ne paraissait pas lire les titres, simplement jeter un coup d'œil aux livres. De temps à autre, elle tendait la main et touchait les dos en passant, comme on effleure la surface de l'eau.

Elle resta presque une demi-heure. Avant de partir, elle déclara :

— Les dragons. J'aime les dragons. Un jour, je trouverai un livre sur les dragons. Ou avec un dragon, peu importe.

*Des dragons, tiens donc*, pensa Sara.

— Attends, dit-elle. Combien de temps vas-tu rester en ville ?

Sophy haussa les épaules.

— Je ne sais pas.

— Où vis-tu habituellement ?

— À Bloomfield.

Sara fit glisser une feuille sur le comptoir et demanda à Sophy d'y inscrire son adresse. La jeune fille s'exécuta, sans poser de questions.

Sara ne dit rien de plus, mais elle était fermement décidée à trouver le livre idéal pour Sophy, si possible avant le départ obligatoire.

Elle songeait encore aux dragons quand Jen fit son entrée.

Elle devait avoir parlé à Tom à présent, non ? pensa Sara. Et il devait avoir dit non, pas vrai ? S'il ne l'avait pas fait, le moment était venu que Sara s'en charge.

— Tu vas avoir besoin d'une robe de mariée.

Sara planta son regard dans celui de Jen avec autant de détermination qu'elle le put et déclara :

— Je...

— Il faut que tu ailles chez Mme Higgins, l'interrompit Jen. Sa boutique de robes de mariée a au moins l'âge de Caroline.

Sara avait vu la vitrine de Mme Higgins et cette vision ne l'avait pas inspirée.

Jen baissa les yeux vers un document qu'elle tenait à la main. Une liste, apparemment, qu'elle se mit à réciter par cœur :

— Un enterrement de vie de garçon et de jeune fille, pour les photos. Il faut préparer un dossier. Il y a des gens suspicieux au service de l'immigration.

*Quels soupçons infondés !* pensa Sara avec cynisme.

— Jen, dit-elle. C'est de la pure folie.

— Je ne dis pas que nous ayons besoin d'organiser de vrais enterrements de vie de jeune fille et de garçon.

Elle éclata de rire.

— Même si ça aurait valu la peine, rien que pour voir la tête de Caroline découvrant le stripteaseur. Ne t'inquiète pas, j'ai pensé à tout. On invitera juste quelques personnes triées sur le volet à l'essayage de la robe et on offrira un peu de vin. De belles photos, rien à organiser. Et puis, tu auras droit à quelques conseils vestimentaires.

— Ce mariage est de la pure folie, précisa Sara. C'est illégal, pour commencer. Et puis, Tom ne veut pas se marier.

— Tom ! s'exclama Jen, comme si c'était sans importance.

Elle plongea son regard dans celui de Sara sans hésiter.

— Tu veux rester ? demanda-t-elle.

À cette question au moins, Sara pouvait répondre sans le moindre doute :

— Oui !

# Rien à raconter

— Est-ce que tu en parleras à tes parents un jour ?

Elle était allongée, nue, à côté de lui dans le lit. La lampe était évidemment éteinte, mais comme c'était le beau milieu de la journée, il faisait clair. Elle ne parvenait pas à déterminer si cela renforçait son impression de péché, ou au contraire l'en libérait ou lui était insupportable.

De fait, Caroline ignorait totalement ce qu'elle devait penser de tout ça. Sa voix intérieure s'était tue. Plus le moindre mot de remontrance depuis plusieurs heures. Comme si tout… ça était si inconcevable que sa boussole morale avait jeté l'éponge. Elle avait déjà eu une relation sexuelle de très nombreuses années auparavant. Une expérience insignifiante, qui ne valait vraiment pas l'embarras et le péché. Mais là. Elle ne se doutait absolument pas qu'une relation sexuelle pouvait ressembler à ça. Elle avait couché avec Josh, pour l'amour du ciel !

— De nous ? s'enquit Josh.

Elle le fixa et faillit se redresser sur le lit avant de se souvenir qu'elle était nue. Elle releva la couette jusqu'au menton et s'enfonça dans les oreillers. Il n'avait pas paru le moins du monde surpris.

— Non, pas de nous, bien sûr, répondit-elle, choquée.

Elle ne comprenait même pas que cette pensée ait pu l'effleurer. Personne ne devait l'apprendre, en aucun cas. Ni ses parents (elle fut à deux doigts de cacher sa tête sous la couette lorsqu'elle imagina la scène), ni aucun habitant de Broken Wheel.

— De toi. Du fait que tu... préfères les hommes.

Il éclata de rire et l'attira à lui de telle sorte que sa tête repose contre son épaule et son cou au lieu de la taie. Bizarrement, c'était plus confortable.

— Ça ne paraît pas du tout d'actualité.

Elle essaya de trouver une réponse, en vain. Pour finir, elle demanda juste :

— Tu sais qu'il n'y a pas de nous, n'est-ce pas ?

Il ne se donna pas la peine de répondre.

— Tu trouveras un bon et gentil jeune homme et tu traceras ta route. Ou une femme, si tu préfères. De ton âge, précisa-t-elle.

Il le ferait sans doute. Elle était trop vieille. Mais contrairement à lui, elle s'était habituée à cette idée. Pour elle, ce ne serait pas un problème. Enfin, si personne ne l'apprenait... Et encore, mais cette éventualité, elle pourrait y survivre.

*Tu es folle, Caroline ? Ce serait la mort assurée, si quelqu'un venait à l'apprendre. Ils te tailleraient en pièces.*

Et ce serait tout aussi catastrophique pour lui. Elle ne pensait pas qu'il soit conscient de la méchanceté et du manque d'égard dont pouvaient faire preuve certains individus, pourtant sympathiques par ailleurs, lorsqu'ils trouvaient un souffre-douleur.

Il ne se donna pas la peine de commenter ça non plus. Pour plus de sécurité, elle ajouta :

— Personne ne doit savoir pour nous, Josh. Ils ne feraient... que se moquer.

L'un de ses doigts se déplaçait sur son épaule. Il improvisait lentement des motifs sur sa peau. Elle se détendait, tout en continuant à se demander s'il avait compris.

— Comme il n'y a pas de nous, il n'y a évidemment rien à raconter, déclara-t-il.

Elle acquiesça contre son épaule. Exactement. Peut-être pouvait-elle juste apprécier, le temps que ça durerait.

# On subodore un complot

— Haha, dit le voisin de Gavin.

C'était le genre d'homme à exprimer son hilarité par onomatopées plutôt qu'un véritable rire. Il était appuyé sur la clôture mitoyenne et ne montrait pas la moindre envie de le laisser tranquille.

— Vous avez expulsé des Mexicains dernièrement ? demanda-t-il.

Gavin lâcha un soupir. Quelques minutes plus tôt, il était occupé à ramasser des feuilles par un paisible vendredi soir, et voilà qu'il subissait soudain la stupidité humaine.

— Cette rafle à Postville il y a quelques années, vous vous en souvenez ? poursuivit son voisin. Ces centaines de pauvres Mexicains qui n'avaient rien fait d'autre que de trimer pour la moitié du salaire que ces fainéants d'Américains sont prêts à accepter...

Ce n'était évidemment pas son service qui avait procédé à ces arrestations, mais Gavin n'avait pas apprécié cette opération non plus. C'était l'une des raisons pour lesquelles il avait changé de plan de carrière.

— Et vous vous sentez bien dans vos baskets ? Vous ne pourriez pas laisser ces pauvres bougres en paix, non ?

Le mois précédent, son voisin lui avait reproché de ne pas coincer les travailleurs au noir qui prenaient leurs emplois. *Tu n'en voudrais même pas, de ces emplois*, avait-il pensé à l'époque. Et maintenant il s'agissait de pauvres bougres. Il haussa les épaules. Il savait qu'il ne pouvait rien y faire.

Lui, il avait préféré travailler pour le bureau local du service d'immigration où il consacrait ses journées aux Européens qui s'étaient peut-être ou peut-être pas mariés avec un citoyen américain. Il s'agissait essentiellement de paperasserie, mais cela pouvait s'avérer gratifiant.

Il possédait un sixième sens pour déceler les déclarations mensongères. Il impressionnait ses collègues, mais parfois, aussi, ils le considéraient avec une sorte de dégoût. Comme s'ils ne croyaient pas assez au bien-fondé de leur mission pour qu'il soit acceptable d'être doué dans ce domaine. Il s'était donc lentement éloigné des immigrants illégaux qui essayaient de gagner leur titre de séjour, pour coincer ces sans-gêne d'Européens qui s'estimaient au-dessus des lois. Les Européens semblaient considérer que rester aussi longtemps qu'ils le voulaient aux États-Unis faisait partie des droits de l'homme. Contrairement aux Latino-Américains qui, conscients qu'il n'y avait pas de droits en ce bas monde, ne s'attendaient à rien d'autre qu'un travail dur et ingrat, une vie loin de leur famille et un salaire de misère.

Coincer des gens ne lui apportait aucune satisfaction. Ses collègues pensaient que c'était ce qui le motivait – le plaisir de voir des gens fébriles se trahir devant lui. Et il savait que cela en excitait certains. Mais dans son service, il ne se passait rien de bien grave. Les Européens étaient condamnés à verser des amendes, puis renvoyés dans leur pays. Avec les Mexicains, c'était une autre paire de manches. Certains se retrouvaient en prison sans avoir compris ce qui leur était arrivé, et ils vivaient l'expulsion comme une véritable catastrophe.

— J'ai peut-être un tuyau pour vous, déclara son voisin.

Gavin se força à poser son râteau et à se tourner vers lui, au cas où une écoute attentive inciterait son voisin à en finir plus rapidement.

— Attendez ici, dit l'homme en s'éloignant, mais il fut de retour à peine une minute plus tard, avec deux feuilles imprimées.

Gavin les prit, dubitatif. *Gazette de Broken Wheel*, était-il écrit tout en haut. Il considéra son voisin avec davantage d'intérêt.

— Une nouvelle librairie à Broken Wheel, expliqua son voisin.

Gavin lut l'article. Sara. C'était peut-être une coïncidence, bien sûr. Ou alors il y avait deux Sara suédoises dans cette ville. L'article ne mentionnait pas son patronyme. Mais la Sara Lindqvist de la demande en attente sur son bureau était arrivée sur le territoire avec un visa de tourisme (pas encore expiré), puis avait apparemment rencontré un citoyen américain dont elle était tombée amoureuse.

On n'avait pas le droit d'ouvrir une librairie avec un visa de tourisme, ça, c'était clair. Et, si elle l'avait fait, son coup de foudre pour le bon Tom Harris apparaissait également sous un jour nouveau.

— Cela vous dérange, si je garde ça ? s'enquit-il à contrecœur en désignant la publication.

— Pas du tout, répondit le voisin en écartant les bras, révélant par la même occasion une portion supplémentaire de son torse.

On était presque en octobre et l'homme était encore bronzé. Trois des boutons de sa chemise étaient défaits sous sa veste.

Gavin soupira. Il allait devoir se rendre à la librairie et parler à cette Sara. Il vit sa journée libre du lendemain disparaître sous ses yeux.

Le lendemain après-midi, Gavin n'eut aucun problème à reconnaître la Sara qu'il avait vue sur la feuille d'information. De sa position dans la rue, il la distinguait parfaitement, en plein travail. À cet instant précis, elle était en train de recommander deux livres à un client et elle se mouvait avec le calme naturel d'une personne qui était assurément la patronne ou l'employée de la boutique.

Il n'entra pas tout de suite. Dans les cas comme celui-ci, il préférait avoir des éléments solides avant de parler aux suspects. Mais il ne doutait pas qu'il apprendrait la vérité.

La Sara Lindqvist de la demande se trouvait dans l'Iowa depuis à peine deux mois. Si elle avait vraiment eu un coup de foudre au point d'être prête à se marier pour d'autres raisons que l'obtention d'un titre de séjour, les habitants de la ville seraient au courant. Les lieux bourdonne-raient de leur histoire d'amour. Ils auraient passé énormément de temps ensemble, fous amoureux l'un de l'autre. Selon toute vraisemblance, ils habiteraient déjà ensemble. Il ne pourrait pas passer à côté.

S'ils ne se connaissaient pas avant, bien sûr. Mais les gens seraient sans doute au courant aussi dans ce cas. Il aurait pu la présenter comme sa petite amie ou son amie de Suède. Et il était tout aussi illégal d'entrer sur le territoire avec un visa de tourisme dans l'intention de se marier.

Le snack de l'autre côté était relativement plein, mais la femme au comptoir avait l'air seule et désœuvrée. Elle avait l'attitude d'une personne au fait des dernières nouvelles. Après un bar, un snack était le meilleur endroit pour capter les rumeurs.

Il entra et s'installa sur l'un des tabourets. La femme commença à faire griller un hamburger dont il soupçonna qu'il lui était destiné. Rien qu'à l'odeur, il sentait monter les vagues de nausée. *Prends ton courage à deux mains*, se dit-il, *et essaie d'en apprendre autant que possible aussi vite que possible.*

Il avait déjà conduit quantité d'interrogatoires avec d'innombrables personnes du même genre que cette femme au comptoir. Les gens avaient envie de parler, d'après son expérience. Au moindre encouragement, ils vous racontaient tout ce que vous vouliez savoir. Le truc consistait à leur faire oublier la prudence, puis à se contenter de les écouter et à poser quelques questions complémentaires. Souvent, pour relancer la conversation, il suffisait de répéter la dernière phrase qu'ils avaient prononcée en y ajoutant un point d'interrogation. Ce n'était pas franchement de la neurochirurgie.

Il grogna un merci pour le café qui apparut devant lui et leva la tasse en un toast silencieux.

— Je suppose que votre famille vit à Broken Wheel depuis longtemps ? commença-t-il.

Une question amicale sur la famille suffisait à rompre la glace avec n'importe qui.

Grace s'éclaira.

— Oh, dit-elle, amusant que vous me posiez la question !

Elle tendit la main.

— Grace, se présenta-t-elle. Enfin, mon vrai nom de baptême est Madeleine…

Trois quarts d'heure plus tard, Gavin avait la nausée et se sentait las. Il n'avait rien appris sur Sara, mais plus qu'il n'en fallait sur le fusil de chasse qui se trouvait sous le comptoir. À un moment, un shérif avait également été impliqué.

Il espérait qu'il s'agissait d'une anecdote historique. Même si elle avait mentionné quelque chose au sujet d'un fusil à immatriculer, ce qui paraissait d'une actualité inquiétante. Il n'avait dû sa libération qu'au fait que, pour une raison ou une autre, l'établissement devait fermer plus tôt ce jour-là. Et lorsqu'il en était finalement sorti, la librairie était elle aussi vide et plongée dans les ténèbres.

Sara Lindqvist
7 Kornvägen, 1 tr
136 38 Haninge
Suède

Broken Wheel, Iowa, le 4 mai 2011

Sara !

Je n'ai plus qu'une feuille de papier et répondrai de manière plus complète à ta dernière lettre quand John m'en aura racheté, mais il faut que je t'écrive tout de suite pour te dire que j'ai demandé à Tom de me sortir des livres de mes bibliothèques tout l'après-midi ! Et tu avais raison : ils ont tous une odeur différente. Quelle découverte à l'automne de la vie ! Je ne réussirais sans doute pas un *blind test* maintenant, mais je peux te dire que je vais m'entraîner. J'ai déjà commandé trois sortes de poches différentes, un album de photos et un roman relié pour sentir leur odeur « fraîche ».

Je dois reconnaître que Tom n'a pas vraiment compris ce que je fabriquais. Je lui ai dit que c'était un tuyau de « Sara, ma bonne amie de Suède », ce qui lui a cloué le bec. À mon âge,

413

ce n'est pas une mince affaire que de pouvoir se vanter de nouveaux amis.

Non que Tom ait réellement fait la moindre remarque. Il est bien trop poli pour ça. Il se contente de me regarder *de cette manière*, comme s'il riait avec vous ou plutôt de vous, mais vous appréciait assez pour jouer le jeu. Un regard rieur n'est pas un défaut chez un homme. Tom prend peut-être les choses un peu trop au sérieux, mais rire avec les yeux, ça, il sait faire. Parfois, j'ai le sentiment que c'est ce qui en dévoile le plus au sujet d'un homme et que ce n'est malheureusement pas une chose qu'on peut apprendre. Il est parfois possible d'être heureux sans ça, mais, suis mon conseil : n'épouse jamais un homme qui n'a pas un regard rieur. Moi, pour ma défense, je dirais qu'on ne m'avait pas prévenue. J'étais jeune à l'époque et j'ignorais ce que je cherchais. Les yeux de John, eux, ne rient jamais de moi, mais ils sourient souvent, alors je crois que c'est surtout une question de circonstances.

Si tu viens ici un jour, j'espère que tu apprécieras John. C'est sans aucun doute la personne la plus extraordinaire que j'aie jamais rencontrée. Tandis que j'écris ces lignes, il est assis dans son fauteuil habituel à côté de mon lit (t'ai-je raconté que je souffrais d'une ridicule petite affection qui m'obligeait parfois à rester alitée ? Cela n'a aucune importance). Je suis presque certaine qu'il sait que j'écris à son sujet et qu'au fond, il voudrait protester – il sait que je n'écris que des choses positives et pense que j'exagère –, mais il reste quand même là à renifler un poche. C'est l'une des choses qui m'apportent de la satisfaction quand je repense à ma vie : avoir vécu une telle amitié, connu un tel homme et eu le bon sens de l'apprécier.

Voyez donc ça. Ma feuille est terminée, juste au moment où je devenais insupportablement sentimentale. Juste une dernière pensée : ne peux-tu pas venir ici ?

Amitiés,

Amy

P.-S. : Il ne s'agit pas du **SOS** d'une vieille dame. Si un jour tu as envie d'une petite ville ou de vacances dans un endroit tranquille, sois bien certaine que je t'accueillerai avec joie. Je pourrais te montrer Jimmie Coogan Street, nous pourrions discuter de livres et, comment dire, passer du temps ensemble. Et tu ne serais pas du tout dépendante de moi. Nous prendrions tous soin de toi et te divertirions du mieux que nous le pourrions. Réfléchis-y. Affaire à suivre.

# Juste un objet sexuel

— Es-tu sûre de vouloir te marier en robe ?

Sara n'en était pas du tout sûre, non. Ils étaient agglutinés dans la boutique délirante de Mme Higgins. Même Tom était présent. Il s'efforçait de ne pas rire face au spectacle de Sara dans une robe meringue presque jaunie manifestement conçue pour une matrone de l'Iowa avec davantage de… coffre.

— Tu es magnifique, déclara Jen.

— Savez-vous pourquoi les femmes se marient en blanc ? lança Andy.

Personne ne se donna la peine de lui répondre.

— C'est évident : tous les appareils électroménagers sont blancs !

Sara éclata de rire. Jen prit une photo.

Le magasin de Mme Higgins était assez grand pour tous les accueillir, mais ils devaient se diviser en plus petits groupes pour circuler parmi les robes volumineuses. La vue sur Second Street était complètement bouchée par trois mastodontes de robes d'un rose criard.

Andy avait disposé des bouteilles de vin et plusieurs rangées de gobelets en plastique sur le comptoir. À présent, tous ceux qui avaient le malheur de se trouver à proximité de lui avaient droit à des anecdotes relatives à la période que Sara avait passée parmi eux.

— Sa tête quand nous l'avons demandée en mariage. Terrifiée, pas vrai ?

Il adressa un clin d'œil à Josh.

— Mais pas autant que Tom. Même si c'était un choix logique. Pendant un moment, j'ai cru qu'ils allaient essayer de nous convaincre, moi ou Carl.

Il donna un coup de coude à Josh.

— Cela aurait presque été aussi dingue que de te choisir toi, hein ?

Josh lui lança un regard froid. Il était coincé entre Andy et Grace et un cintre lui rentrait en permanence dans le dos. Caroline était à l'autre bout de la boutique. Elle sursautait chaque fois qu'il s'approchait un tant soit peu.

— Je veux dire, tout le monde sait que nous sommes pédés. Bien sûr, les habitants de Broken Wheel sont très tolérants, mais les gens ne seraient pas assez fous pour marcher dans la combine.

— C'est clair, intervint Grace en donnant un coup de poing dans le bras de Josh.

Il prit une mine encore plus renfrognée.

— Nous n'aurions certainement pas été dupes, si tu avais été le futur marié.

— Pourquoi…, commença Josh, mais Jen l'interrompit par un rire cristallin.

Sara s'aperçut qu'elle avait renoncé à faire comprendre le sérieux de la situation à Andy, surtout que ni elle ni Tom ne montraient aucun signe dans ce sens. Elle se faufila à nouveau dans la cabine d'essayage, un recoin uniquement fermé par deux pièces de tissu, et s'extirpa de cette robe désastreuse. Enfin, l'essentiel était qu'elle soit blanche. Même les services de l'immigration ne pouvaient exiger qu'elle soit belle sur les photos.

— Bon Dieu, non, déclara Jen. Je dois avouer que j'ai d'abord songé à Carl. En tout cas, il est assez mignon pour que n'importe qui puisse croire que Sara ait succombé à son charme en quelques semaines.

Sara sortit de la cabine juste à temps pour entendre cette réplique et Tom posa sur elle ses yeux rieurs suite à cette mise en question déguisée de son pouvoir d'attraction. Elle lui était si reconnaissante de ne pas se mettre en colère qu'elle lui rendit instinctivement son sourire, avant de se souvenir qu'il ne l'appréciait pas du tout et qu'elle s'en fichait.

— Mais personne n'aurait pu croire que Josh soit soudain tombé amoureux d'une femme.

— Je ne comprends pas pourquoi il serait inconcevable que j'épouse une femme, rétorqua Josh, irrité. La bisexualité, ça existe, vous savez.

Claire et George se tenaient un peu à l'écart du groupe. Il se sentait plus détendu que d'habitude, presque sûr de lui dans sa chemise en coton simple, mais repassée. Le bouton du haut était ouvert et le col blanc de son t-shirt formait un contraste frais avec le bleu de sa chemise. Il se pencha vers Claire et dit en souriant :

— Tu te demandes peut-être pourquoi je ne suis pas passé ces derniers temps ?

— Non.

Il éclata de rire.

— Tu dois l'avoir vue, bien sûr.

— Oui.

— Sophy, je voulais dire.

— Et Michelle.

— Oui... Mais Sophy en vaut la peine. C'est une gamine fantastique.

Il ajouta avec générosité :

— Comme Lacey.

Mais elle n'émit aucun commentaire. Claire fixait toujours Tom et Sara avec une mine maussade. George haussa les épaules.

Tandis que les autres membres du groupe étaient plongés dans leurs conversations, Sara rangea l'effroyable robe et commença à envisager les autres possibilités.

Elle ignorait pourquoi elle faisait tout ça. Elle allait discuter avec Jen et mettre un terme à ce projet débile. Elle lorgna le sourire surexcité de Jen et sa boulimie photographique, et frissonna. Peut-être pas ce soir, en fait.

Elle leva une robe pour mieux l'examiner. Si elle s'était mariée, celle-ci aurait pu faire l'affaire. De fait, cette robe semblait sans illusions sur l'amour et le mariage. Parfaite pour un mariage blanc.

Elle lâcha un soupir et la reposa, mais pas assez vite. Lorsqu'elle se retourna, Tom était à côté d'elle et l'avait vue au milieu des robes, comme si elle avait toujours l'intention de le forcer à l'épouser.

— Tom, commença-t-elle en lui touchant le bras sans lui laisser le temps de dire quoi que ce soit.

L'échange de regards s'intensifia à ce contact et son expression s'adoucit, comme si, pour la première fois, il la voyait ou l'autorisait à le voir. Sara songea qu'en général, les gens n'en révélaient pas tant d'un seul regard, et réalisa à quel point elle appréciait Tom.

Bizarrement, cette prise de conscience ne fut pas bouleversante dans un premier temps. Aucun signe de panique. Elle se contentait de le regarder, parfaitement immobile, tandis que tout son corps s'accordait à cette pensée absolue qu'elle l'aimait. Un constat paisible, comme d'admettre que la Terre est ronde ou bien les lois de la pesanteur et de la gravitation : des faits absolument évidents auxquels on ne peut rien. Elle était certaine que cet amour mènerait progressivement à des problèmes, mais, pour l'instant, elle le considérait davantage comme une forme de… paix.

En tout cas, cela lui donna le courage de dire :

— Tom, tu n'auras pas à faire ça.

Sa main était toujours sur son bras.

— J'ai dit à Jen que cette histoire était insensée.

Tom éclata de rire.

— Et, bien sûr, elle a bu tes paroles et annulé toute l'opération ?

— Je vais lui parler à nouveau.

— Sara, j'ai signé la demande.

— Mais… – Elle ferma les yeux. – Pourquoi ?

Il haussa les épaules.

— C'est ce qu'Amy aurait voulu.

— Ce n'est pas juste, protesta-t-elle.

Il le faisait uniquement parce qu'il n'avait pas le choix, pensa-t-elle. Parce qu'il avait un besoin irrépressible de toujours se mettre au service de tout et de tout le monde.

— Pourquoi pas ? demanda-t-il en désignant le portant devant eux. Tu as une robe.

Elle grimaça.

— Et je sais de source sûre que Jen a déjà parlé au pasteur et a réservé samedi prochain pour nous.

Ses yeux riaient toujours.

— Mieux vaut le faire. Impossible de tout arrêter maintenant. Même si, évidemment, tu as toujours la possibilité de dire non pendant la cérémonie.

Sara essayait de se raccrocher à une forme de réalité. On ne pouvait pas se marier pour un titre de séjour. On ne pouvait pas se marier dans un pays étranger avec une personne qu'on ne connaissait pas. Et on ne pouvait certainement pas forcer quelqu'un d'autre à le faire.

Elle fixa les vieilles robes sur leurs portants, comme si les tissus usés, les couleurs et les coupes démodées pouvaient l'ancrer dans la réalité.

Mais tout ce qu'elle voyait, c'était un précipice.

*C'est étrange*, se dit-elle, *comme souvent on reste sur les sentiers balisés dans la vie, on coiffe ses œillères et on ne regarde que le bout de ses pieds, faisant de son mieux pour profiter du panorama. Découvrir à quelle hauteur on se trouve, le ravin, toutes les possibilités qui existent, juste se lancer et planer, du moins pour un instant.*

Elle s'était contentée de la sécurité des rambardes toute sa vie, et pour la première fois, elle était au bord du précipice et tâtonnait à l'aveugle, consciente qu'il existait d'autres manières de vivre bien plus intenses et grandioses.

Elle réagissait à cette prise de conscience comme elle aurait réagi devant un véritable abîme. Elle éprouvait du vertige et une violente envie de sauter, peu importaient les conséquences. Comment ce serait de tomber, tout simplement. Elle voulait en faire l'expérience, mais ressentait une envie tout aussi puissante de reculer pour se mettre en sécurité.

*Tu l'aimes*, pensa-t-elle, mais elle ignorait s'il s'agissait d'un argument pour se lancer ou battre en retraite.

— Allez, Sara, dit Tom, comme s'il lisait ses pensées.

Elle aurait vraiment aimé que ce soit le cas.

— Tu veux rester, non ?

— Oui, répondit-elle rapidement et simplement.

Elle le considéra.

— Je trouve juste que tout ça est excessif. Mais c'est la première fois que j'ai le sentiment d'être à ma place quelque part.

Elle se tut quelques instants.

— As-tu toujours l'intention de déménager à Hope ? s'enquit-elle.

Elle n'avait pu s'en empêcher.

— Je n'aurais jamais déménagé à Hope, mais je vais commencer à travailler là-bas dans quelques semaines. Ce n'est absolument pas un problème.

Il haussa les épaules.

— Si nous nous marions, tu n'auras en tout cas pas besoin de déménager avec moi à Hope, dit-il avec un sourire en coin. Peut-être vaudrait-il mieux que tu t'installes chez moi quelque temps, poursuivit-il. Nous allons avoir besoin d'apprendre à nous connaître. Il faut que je sache si tu manges des graines pour oiseaux au petit déjeuner, par exemple.

— Des graines pour oiseaux ? s'étonna-t-elle.

Elle avait l'impression d'avoir perdu le fil de la conversation.

— C'est tiré d'un film, expliqua-t-il en souriant. Gérard Depardieu et Andie MacDowell, ça te dit quelque chose ?

— Ah, je ne regarde pas beaucoup de films. Je...

— Préfère les livres, conclut-il, mais il souriait en prononçant ces mots.

— Alors, lança Jen, vous pensez que Josh est vraiment amoureux de Sara ?

— Qu'est-ce qui te fait dire ça ? demanda Andy.

— Toute cette histoire de bisexualité. J'ai trouvé ça franchement suspect.

Elle remplit son verre de vin.

— Le sujet avait l'air sensible.

— Est-il même allé à la librairie ? s'enquit Grace.

— Non…, concéda Jen sur un ton hésitant. Pas ces derniers temps.

Elle leva son verre vers Grace et Andy qui tendirent le leur.

— Exactement, décréta Andy.

— Mais il y a une femme dans l'histoire, persista Jen. Bon, ce n'est pas forcément quelqu'un de Broken Wheel. La seule femme à qui je l'ai vu rendre visite, c'est Caroline.

Grace et Andy la dévisagèrent.

— Bon Dieu, Jen ! lâcha Andy, mais il ajouta, l'air pensif : C'est vrai qu'ils ont bu une bière ensemble après la soirée dansante.

— De la bière ? s'étonna Jen. Caroline ?

Elle paraissait de plus en plus convaincue.

Ils tournèrent tous machinalement la tête vers Josh et Caroline. Josh avait justement la main sur le bras de Caroline et riait à ses dernières paroles. Elle se déroba sur-le-champ, mais ce n'était pas ce contact qui paraissait louche. Il pouvait bien sûr la toucher sans qu'ils soient ensemble. En revanche, rire à des propos de Caroline ? Là, il fallait vraiment être amoureux.

— Il a peut-être bu…, suggéra Grace.

— Voyez-vous ça, dit Jen.

Andy cessa de protester. Une détermination inquiétante brillait dans ses yeux.

Lorsque Josh passa à nouveau devant lui, il le saisit par le bras :

— Jen nous a soumis une théorie intéressante.

Josh le considéra avec calme.

— Ah bon ?

— C'est vraiment ridicule, en fait. Elle croit que tu es avec Caroline.

Josh ne répondit pas, mais son regard froid devint carrément glacial.

— Une accusation délirante, poursuivit Andy. Caroline, entre toutes les personnes possibles.

— Tiens donc.

— Je savais que ce n'était pas vrai, ajouta Andy. La bisexualité, très bien, et les femmes mûres, d'accord, mais personne ne pourrait s'approcher d'elle sans choper des engelures ou prononcer un subit vœu de chasteté.

Il rit à sa propre plaisanterie, mais par souci de justice, il ajouta :

— Non, je suppose que certains pourraient coucher avec elle. Elle est bien roulée, en tout cas. Mais tomber amoureux ? De Caroline ?

— Il n'y a bien sûr rien entre Caroline et moi, répliqua Josh d'une voix atone.

Andy lui tapota le bras.

— Évidemment que non, dit-il avant d'ajouter avec espoir : Et elle n'est pas intéressée quand même ? Beaucoup de femmes mûres ont soudain le béguin pour des jeunots. Je vois ce genre d'histoires à longueur de temps.

Josh éclata de rire, mais c'était un rire totalement dénué de gaieté.

— Je peux t'assurer que Caroline n'est en aucun cas amoureuse de moi.

— C'est vrai ? demanda Andy, déçu.

— Oui, confirma Josh. Je suis juste son objet sexuel.

# Mrs Hurst
## (littérature 4 – vie 1)

Le goût évoquait un mélange de crêpes très sucrées et de saucisse, ce qui, quand Sara y réfléchissait, correspondait très exactement à la réalité.

Tom lui avait préparé des corn dogs et pendant qu'elle les mangeait en entrée, il éminçait des oignons et faisait revenir la farce pour les Sloppy Joes. Elle cherchait donc désespérément à ravaler ses larmes. Il avait préparé des corn dogs pour elle ! Un véritable plat américain.

Il était allé faire les courses après l'avoir déposée chez Amy, tandis qu'elle empaquetait ce dont elle aurait besoin pour passer quelques jours chez lui. En revenant la chercher, il avait refusé de lui dévoiler le menu.

Les corn dogs se révélèrent être des beignets fabriqués à partir d'œuf, de quantité de sucre (une constante dans la plupart des recettes américaines, pensa-t-elle, après avoir vu Tom en verser également une dose généreuse dans la farce) et de farine de maïs dans lesquels on roulait la saucisse avant de la faire frire du mieux qu'on pouvait dans une sauteuse remplie d'huile brûlante. La pâte avait tendance à couler, si bien que les beignets étaient plus plats et carrés que ceux à la rondeur parfaite qu'on voyait sur les illustrations de recettes, mais Sara les trouvait plus authentiques ainsi. Les saucisses étaient bien cuites et avaient un goût plus sucré que d'habitude. Elle en prit une autre.

Ils n'avaient ni l'un ni l'autre mentionné Caroline, mais Sara ne pouvait chasser cette histoire de son esprit. Elle avait eu un regard si… farouche.

Toutes les personnes présentes dans la boutique avaient entendu le commentaire de Josh et s'étaient instinctivement tournées vers elle, mais Caroline s'était contentée de relever le menton et les avait considérées avec son assurance et sa froideur habituelles. Puis elle avait adressé un signe de tête à Mme Higgins et était sortie, sans le moindre pour Josh ni personne.

Son visage était peut-être un peu blême, songea Sara, et ses traits plus figés, mais c'était tout. Pas un mot. Pas un regard.

Une sortie digne.

De toute évidence, ce n'était qu'une plaisanterie. Andy avait trouvé la blague à son goût, mais pas Sara. Josh l'avait déçue cette fois-ci. Elle avait ressenti une grande compassion pour Caroline, même si celle-ci avait bien géré la situation et ne voulait probablement pas de sa pitié.

Tom se retourna et but une gorgée de bière. Sa posture détendue mettait en valeur les muscles de son ventre et de ses épaules, et la cuisine parut soudain beaucoup plus petite.

— Le truc avec les Sloppy Joes, c'est la consistance, expliqua-t-il. Il faut pouvoir prendre une bouchée sans que tout s'effondre, même si ça doit bien sûr être un peu gluant. Le secret consiste à remuer sans cesse la viande lorsqu'on la fait cuire.

— Donc les Sloppy Joes, c'est de la viande hachée dans un pain à hamburger ?

— Affirmatif.

— Pas de légumes ?

— Il y a du ketchup dans la farce, ça compte ?

Elle éclata de rire et prit une gorgée de bière. Tandis que Tom éminçait un poivron vert, des oignons et des poireaux, elle réfléchit à ce que la vie pourrait être. Travailler à la librairie, rentrer tous les soirs et préparer les repas avec une personne qui la taquinerait sur ses livres, une espèce de monde enchanté de... quotidien et d'amitié. Était-ce vraiment trop demander ? Ne pas être forcément seule tout le temps.

— Tu sais que la farce est prête quand tu peux en prendre une bonne dose sur la spatule sans que tout ne tombe, poursuivit Tom.

Il démontra son propos en saisissant une portion de viande sur la spatule ; elle coula tout de suite sur les côtés.

— Encore un peu, donc.

Elle sourit, mais s'exhorta à ne pas se laisser distraire. C'était précisément parce que cette soirée était si agréable qu'elle savait qu'elle devait aborder un sujet qui la perturbait depuis leur conversation dans la boutique.

— Tom, nous n'aurons pas à continuer à vivre ensemble après. Tu pourras reprendre ta vie normale. Il n'y aura pas de sentiments... dans tout ça.

Elle avait eu l'intention de prononcer ces paroles sur un ton à la fois déterminé et calme, mais l'ensemble sonna davantage comme une question. Elle réussit en tout cas à gâcher l'ambiance légère.

Le sourire dans les yeux de Tom disparut et il se tourna à nouveau vers le plan de travail.

— Bien sûr, dit-il. Pas de sentiments.

— Je peux habiter chez Amy. Ou dormir sur le canapé.

Elle aurait mieux fait de se taire. Dormir sur le canapé ? Quelle réplique stupide. La perspective d'un quotidien agréable céda la place à la vision du défilé des maîtresses de Tom dans la maison au cours des deux années de mariage requises pour obtenir son titre de séjour permanent, tandis qu'elle essaierait de se faire oublier dans le canapé du séjour.

*Ressaisis-toi, Sara*, se dit-elle. *C'est ça ou partir.*

Renoncer à l'amour de Tom était le prix à payer pour se sentir à sa place quelque part.

— Tu peux continuer à en voir d'autres, dit-elle, parce qu'elle y était obligée.

Tom ne se donna même pas la peine de commenter cette proposition. Cela devait être clair pour lui dès le départ.

Ils allaient dormir dans le même lit.

Elle avait répété son offre idiote de dormir dans le canapé, mais, comme il l'avait souligné, c'était vraiment une mauvaise idée. S'ils ne dormaient pas dans le même lit, comment saurait-il si elle ronflait, par exemple ? Sara avait protesté contre cette accusation, mais il lui avait répliqué que ce n'était pas le genre de choses qu'on pouvait savoir soi-même.

Elle n'aurait rien eu contre le fait de partager son lit, si elle avait pensé que c'était un stratagème pour l'attirer dans ses bras. Mais ce n'était pas le cas. Il l'en avait assurée à une vitesse déprimante et ils se trouvaient à présent allongés aussi loin l'un de l'autre que possible.

Ils s'étaient déshabillés dans l'obscurité, mais la clarté lunaire s'infiltrait entre les rideaux et elle avait aperçu la peau nue d'une partie de son torse avant qu'il ne se couche. Cela ne l'avait pas rendue plus sereine.

Elle poussa un soupir silencieux.

Ses draps exhalaient une odeur étrangère, fraîche et masculine. Elle entendait sa respiration à côté d'elle et ressentait une envie irrépressible de tendre la main et de le toucher. Elle noua ses doigts sur sa poitrine pour s'en empêcher et resta étendue ainsi, à fixer le plafond.

Elle ne l'intéressait pas, mais ce n'était pas vraiment une catastrophe, se rappela-t-elle. Ni une nouveauté. Parfois les amours n'étaient simplement pas réciproques. En fait, elle ne s'était pas attendue à autre chose.

Même dans les romans, c'était comme ça. Tom pensait qu'elle préférait les livres, parce qu'ils contenaient plus de bonheur que la vie, mais dans les romans aussi des gens se faisaient larguer et perdaient les personnes qu'ils aimaient. Dans la vie comme dans les livres, ils s'acheminaient ensuite peu à peu vers de nouvelles histoires d'amour. Sur ce point, il n'y avait pas de différence entre la réalité et la fiction.

Bien sûr, dans la vie, on ne pouvait jamais savoir si l'amour qu'on éprouvait à un moment donné était le bon ou alors si c'était celui qui, au fil du temps, ferait apparaître Mr Darcy sous un meilleur jour, par contraste. Mais si on tenait bon, on pourrait rencontrer une autre personne quelques chapitres plus loin.

Et pourtant. Tandis qu'elle était là, raide, sur le dos, à fixer le plafond en écoutant le son doux et régulier de sa respiration, elle se sentit plus seule que jamais à Broken Wheel.

Dans les livres, on pouvait plus facilement se consoler, car la plupart du temps, on savait que l'histoire finirait bien. Il y avait des déceptions et des complications, mais adoucies par la certitude intérieure qu'à la fin Elizabeth obtiendrait

Mr Darcy. Dans la vie, impossible d'avoir une telle conviction. Néanmoins, tôt ou tard, dans le réel aussi, un homme dont on peut s'imaginer qu'il est Mr Darcy finit forcément par apparaître, tenta-t-elle de se convaincre.

Enfin, encore fallait-il être l'un des personnages principaux.

Elle se redressa presque dans le lit face à cette terrifiante prise de conscience. Tom bougea à côté d'elle, elle se força à se détendre à nouveau, mais son cerveau était bien trop sidéré.

*Au secours*, se dit-elle, *ne me laissez pas être un personnage secondaire !*

Elle pouvait vivre avec l'idée de ne pas encore avoir trouvé son Mr Darcy. En fait, elle ne s'était jamais attendue à ce qu'une telle chose lui arrive. À une époque, elle n'aurait pas songé à exiger davantage qu'un rôle secondaire.

Mais maintenant… L'idée que, depuis le début, Tom était peut-être destiné à rencontrer quelqu'un d'autre l'emplissait de pure terreur. Elle se mit aussitôt à penser à Claire, mais la chassa de son esprit.

Et si c'était Caroline Bingley ?

Ou Mrs Hurst ?!

Sara Lindqvist
7 Kornvägen, 1 tr
136 38 Haninge
Suède

Broken Wheel, Iowa, le 22 mai 2011

Chère Sara,

Je suis évidemment contente que tu aies éco-
nomisé de l'argent, surtout si ta situation pro-
fessionnelle est incertaine (mais, dans ce cas,
tu aurais encore plus de temps pour rester chez
nous, non ?). Mais tu ne dois pas mêler l'argent
à ça. C'était une invitation entre vieilles amies
– nos livres se sont rencontrés, ne penses-tu pas
qu'il est temps que nous le fassions aussi ? – alors
je ne peux pas te laisser payer. Je crains que tu
n'aies pas ton mot à dire sur ce point.

Quelle drôle d'idée de payer pour qu'une vieille
femme t'ennuie à mourir ! Pour être franche, tu
me rappelles Tom. C'est comme si vous pensiez
tous les deux que votre seule mission sur terre
consiste à être là pour les autres. Je vous aime
évidemment beaucoup tous les deux, mais la vie

n'est pas un concours visant à déterminer qui s'acquittera le mieux de sa dette sociale.

Vis un peu. Lis un peu. Reste aussi longtemps que tu le veux, de manière totalement gratuite, mais viens vite.

Salutations amicales,

Amy

# Amy Harris s'en mêle,
# par messager interposé

*Ce n'est peut-être pas la fin du monde*, se dit Sara. *Des gens se sont mariés avant. Même avec des personnes banales.*

De l'autre côté de la vitre, le maïs défilait sous ses yeux. On avait déjà commencé à moissonner certains champs et, à intervalles réguliers, il y avait des surfaces plates dans un paysage par ailleurs ondulé de hauts épis.

Tom avait l'air insolemment frais et dispos à côté d'elle et, comme pour la narguer, le temps était beau et clair, un dernier sursaut de l'été qui aurait déjà dû s'évanouir.

Si elle restait, pensa-t-elle, il lui faudrait trouver un moyen d'assurer sa subsistance. Elle avait des économies, mais elles ne dureraient pas éternellement, et elle n'avait pas l'intention de laisser Tom payer pour elle.

Bien sûr, la librairie gagnait régulièrement plus de clients. Désormais, il ne s'écoulait presque plus un jour sans qu'elle ne vende un titre, mais on ne pouvait vivre en écoulant trois malheureux poches par jour.

Si elle voulait rester, il lui faudrait affûter sa stratégie commerciale. Elle sourit intérieurement et jeta un coup d'œil à Tom. C'était une pensée grisante. Avoir du temps pour soi. Pouvoir continuer à développer la librairie. Lorsqu'il remarqua qu'elle le regardait, il lui adressa un bref sourire avant de se concentrer à nouveau sur la route. Ils frôlèrent un autre véhicule arrivant dans l'autre sens.

Peut-être pourrait-elle adjoindre une boutique Internet à la librairie physique ? Elle y avait déjà pensé avant, même en Suède. Un mélange de blog littéraire et de librairie en ligne mettant l'accent sur l'aspect local et personnel. Des interviews avec des auteurs du cru, tous les livres jamais écrits sur l'Iowa ou d'écrivains originaires de l'Iowa. Un équivalent en ligne des petites caisses de livres locales qui existaient à une époque. Elle se demandait combien de kilomètres les gens étaient prêts à parcourir pour se rendre dans une librairie vraiment charmante. De nombreux, soupçonnait-elle, si on y vendait des ouvrages écrits par une personne de leur connaissance. Il ne fallait jamais sous-estimer la force de marketing des amateurs enthousiastes. Un rayonnage Cedar County, bien sûr, et peut-être une section visuelle où chaque comté de l'Iowa serait représenté.

Tom s'arrêta devant la boutique et se pencha devant elle pour lui ouvrir la portière, puis il lui sourit. Peut-être serait-elle immunisée contre son sourire un jour.

— Allez file et vends quelques livres, lança-t-il, et elle sourit, bien déterminée à s'exécuter.

Grace était appuyée contre la porte et adressa un signe de tête à Sara à son passage. Elle avait l'air incroyablement irritée.

— Café ? cria-t-elle, et Sara s'arrêta.

Pourquoi pas ? C'était une si belle journée qu'elle semblait inviter à la discussion.

Grace versa le café dans les tasses et se pencha au-dessus du comptoir. Peut-être était-ce le bonheur manifeste de Sara qui lui fit s'exclamer avec une rare aigreur, même s'agissant de Grace :

— Je ne comprends pas pourquoi tu veux rester.

*Pourquoi ne le voudrais-je pas ?* s'interrogea Sara. Grace n'avait manifestement pas la moindre intention de partir. Pourquoi Grace aurait-elle sa place ici et pas elle, juste parce qu'une erreur s'était produite à sa naissance et l'avait fait atterrir à Haninge au lieu de Broken Wheel ?

— Je t'ai raconté le jour où ils ont lancé un concours de bons mots contre ma grand-mère ? *Amazing Grace Is The Devil In Disguise*, ils l'avaient intitulé.

Elle attendit en trépignant la réaction de Sara, qui jouait avec sa tasse.

— Comme la chanson d'Elvis ! Tu imagines ? Un fan d'Elvis à Broken Wheel. Celui qui a pondu ça, il a dû bien s'amuser. Les dames de l'église ne se sont pas rendu compte qu'il s'agissait d'une citation. C'était l'époque où on considérait encore Elvis comme un provocateur.

Plongée dans ses projets grandioses, Sara se contenta de répondre, un peu distante :

— Je constate que, toi, tu n'as jamais abandonné ce statut.

— Pourtant on a voulu m'y forcer ! répondit Grace sur un ton théâtral avant d'ajouter d'une voix plus prosaïque : Des gâteaux maison !

— Arrête ! Ni toi ni ta grand-mère ne semblez avoir eu le moindre problème pour vous intégrer ici.

— Ça, c'est vraiment méchant !

— Ils t'apprécient, persista Sara. Ils te veulent ici et tu les aimes bien, même si tu fais semblant de ne pas être à ta place. Ta grand-mère aussi est restée. Je te parie ce que tu veux qu'elle aimait cette ville autant que toi.

On aurait dit que Sara avait giflé Grace.

— Ils m'apprécient ?! s'exclama-t-elle avant de continuer, désespérée : Il ne s'agit pas seulement de ma grand-mère. Les Grace ont toujours été marginalisées. Nous vendions de l'alcool ! Nous nous battions ! C'est...

— ... une tradition familiale, pour ainsi dire, compléta Sara.

Par souci de justice, elle ajouta :

— Tu n'es peut-être pas la seule fautive. Les temps changent. Je suppose qu'il doit être plus difficile d'être marginalisée de nos jours.

— Ne m'en parle pas ! répliqua Grace sur un ton boudeur. Plus rien ne choque. L'ébriété, le désordre, la violence... Tout ça, c'est la faute d'Hollywood.

— Ça et puis, maintenant, tu vends des hamburgers.


Caroline n'accepta de le laisser entrer qu'à sa deuxième visite. Il était déjà venu Ce Soir-là (elle avait encore du mal à y penser sans frissonner), mais elle n'avait pas eu la force de lui parler.

— Je sais que j'ai mal agi, dit-il en passant la main dans ses cheveux, hésitant.

— Oui, confirma-t-elle.

Elle n'était pas en colère, au fond. Elle n'avait pas assez d'énergie pour ça.

— J'ai dit que tu n'étais pas amoureuse de moi.

— Tu as dit que nous couchions ensemble.

— Je sais.

Il oublia de prendre l'air repenti.

— Mais ils m'ont cherché, ajouta-t-il avec colère. Est-ce que ça ne pourrait pas être carrément positif ? tenta-t-il. La femme mûre à poigne qui tient les jeunes hommes sous sa coupe… ?

Il s'interrompit en voyant son regard.

— Peut-être pas.

— Peut-être pas, admit-elle.

Elle n'avait pas mis le nez dehors de la journée. Elle songeait sérieusement à ne plus jamais le faire. Mais elle se rendait compte qu'il ne comprenait pas vraiment, et qu'elle devrait au moins essayer de lui expliquer. S'il s'était contenté de garder le silence, ils auraient pu continuer encore un moment… mais tôt ou tard, les gens l'auraient su, c'était inévitable.

— En tant que femme mûre et célibataire…, commença-t-elle.

Il avait l'air intéressé, comme si ses pensées signifiaient quelque chose pour lui. Mais bientôt ce ne serait plus le cas.

— En tant que femme mûre et célibataire, la seule chose dont on puisse être assurée, même quand on ne fait absolument rien, c'est qu'on sera ridiculisée. Les gens se moquent de vous. C'est dans leur nature. En temps normal, je ne m'en soucie pas, parce que j'ai choisi cette situation. Tu comprends ?

Manifestement, non.

— On ne m'apprécie peut-être pas, mais j'arrive à obtenir qu'on fasse des choses. Ils se moquent de moi, ils jacassent dans mon dos, mais d'une certaine manière, je peux dire que j'ai choisi les raisons pour lesquelles ils se moquent de moi. Cela finit toujours par passer. Mais voilà que l'équilibre a changé. Maintenant, ils vont se moquer de moi pour des raisons que je n'ai pas choisies. Tu ne comprends pas qu'à partir de maintenant, je ne vais plus pouvoir être simplement Caroline ?

— Qui pourrais-tu être d'autre ?

Elle ne savait pas vraiment comment l'exprimer.

— Notre ancienne relation…, commença-t-elle.
Désormais, ce sera une partie de ce que je suis. Je
vais devenir Caroline-qui-se-jette-sur-des-jeunes-
hommes ou Caroline-tu-savais-qu'elle-couche-
avec-des-jeunes-hommes ? Toi, je suppose, tu
resteras Josh. Et ils auront raison. Ils en riront
et je ne pourrai rien dire. Lorsqu'ils riaient parce
que j'étais têtue ou tatillonne, je pouvais me
défendre. Et j'étais toujours Caroline.

— Mais pourquoi serions-nous obligés de le
cacher ? Sara et Tom peuvent se montrer autant
qu'ils veulent, se marier devant toute la ville, et
même se fiancer de manière collective, eux !

— Sara et Tom ne sont pas ensemble, pour
commencer, et puis, ils ont le même âge.

Elle ajouta, plus calmement :

— Et le monde n'est pas juste.

Elle essayait de lui faire entendre raison.

— Je ne débarque pas chez tes parents pour leur
parler de toi et de tes petits amis, n'est-ce pas ?
Même si ce n'est pas juste que tu aies à le cacher.

— Je n'ai pas de petit ami, bordel.

Elle ne se donna pas la peine de commenter
cette affirmation. Ils étaient toujours dans le vestibule et elle n'avait pas l'intention de le laisser
aller plus loin, mais cela induisait une certaine
promiscuité.

— Je suis désolé, lâcha-t-il, laconique et en
colère.

Il n'avait pas du tout l'air de regretter.

— Est-ce que je peux faire quelque chose pour
réparer ça ?

Caroline aurait aimé que le monde soit meilleur, ou ne pas être celle qui ouvrait les yeux
de Josh sur sa laideur. Elle appuya une épaule
contre le mur et passa lentement la main dessus.

— Ce n'est pas réparable, Josh. Dans quelque temps, lorsqu'ils constateront que nous ne sommes pas ensemble, j'aurai peut-être la chance de devenir Caroline-cette-pauvre-femme-célibataire-qui-croyait-qu'un-jeune-homme-voudrait-d'elle ou Caroline-tu-savais-qu'elle-avait-été-larguée-par-un-jeune-homme ? Peut-être qu'ils finiront par me laisser tranquille.

— Lorsqu'ils verront que nous ne sommes pas ensemble ?

— Je n'ai pas l'intention de continuer à te voir, dit-elle aussi gentiment que possible, même si elle savait qu'il ne s'en soucierait pas longtemps.

Le visage de Josh se voila d'une pâleur inquiétante et l'espace d'un instant, une étincelle de folie brilla dans ses yeux. Elle recula d'un pas, non par crainte qu'il ne lui fasse du mal, mais parce qu'elle redoutait qu'il la touche et qu'elle aime ça.

Mais lorsqu'il finit par s'exprimer, sa voix était froide, presque atone à force de colère réprimée :

— Quitte-moi, si tu veux, Caroline, mais ne t'imagine pas que c'est uniquement lié au qu'en-dira-t-on. Parce que tu es peut-être Caroline-la-juste-larguée maintenant, pas vraiment un titre flatteur, hein ? Mais tu n'as jamais été juste Caroline. Avant mon arrivée, tu étais Caroline-la-pauvre-vieille-fille ou Caroline-la-grenouille-de-bénitier-ambulante.

Elle le dévisagea.

— Adieu, Josh, dit-elle, sans plus rien d'amical, puis elle passa devant lui et ouvrit la porte à la volée.

Elle lui indiqua la rue d'un signe de tête brusque.

— Caroline ! Je ne le pensais pas...

Mais elle avait déjà refermé la porte derrière lui.

C'est alors qu'elle changeait la pile de livres près du fauteuil que les yeux de Sara tombèrent sur *Eragon*. Elle sourit toute seule, soudain inspirée. Un livre pour une jeune fille qui aimait les dragons. Elle le mit sous le comptoir pour le lui donner la prochaine fois qu'elle passerait.

— Je ne sais pas si tu es au courant, mais Amy et moi étions des amis proches.

Sara releva les yeux. John se tenait sur le seuil. Le soleil brillait dans son dos, si bien qu'il était difficile de voir l'expression de son visage, mais sa voix était lente et lasse, et ses épaules affaissées. Le temps qui s'était écoulé depuis la mort d'Amy l'avait maltraité.

Sara acquiesça.

— Tu ne l'as jamais rencontrée, mais c'était une femme merveilleuse.

— Je sais, dit-elle, puis elle ajouta, sans le regarder : Est-ce que vous croyez qu'elle m'aurait appréciée ?

— Elle t'appréciait.

— Et... la librairie ?

L'ébauche d'un sourire passa sur son visage.

— Elle aurait aimé la librairie aussi.

Il la considéra d'un air grave.

— En revanche, elle n'aurait jamais voulu que tu te maries sans amour.

Elle agrippa involontairement les livres devant elle.

— Ah oui, ça, répondit-elle.

Elle ne pensait pas que John sache à quel point cette mise en garde était superflue. L'époque où elle n'aimait ni Tom ni la ville était bien loin derrière elle. Elle prit son courage à deux mains et déclara :

— Je sais tout ce que vous signifiiez pour elle. Bien plus que son mari. Vous étiez son Robert Kincaid resté sous la pluie.

Mais il poursuivit, comme s'il ne l'avait pas entendue.

— Et elle n'aurait pas voulu que Tom le fasse.

Sara se demanda s'il croyait qu'elle avait forcé Tom à accepter tout ça. Et s'il pensait qu'elle ne faisait que se servir de lui. La colère l'aida à le regarder dans les yeux et à lui répondre :

— Amy l'a fait, elle.

Elle ne put s'empêcher d'ajouter :

— Pourquoi ne vous êtes-vous pas mariés ? Comment Amy a-t-elle pu être si... faible ? Pourquoi n'a-t-elle pas osé défier certains jugements ?

Sara ne le comprenait pas. Amy, qui avait pris soin d'Andy et qu'une photo d'un homme à moitié nu avait rendue heureuse. C'était inconcevable.

— Elle savait ce que c'était que de se marier sans amour, répondit John, une espèce d'aveu qu'il sembla livrer vraiment à contrecœur.

Sara y trouva une certaine consolation. Tiens donc, avait-elle envie de dire. Amy l'a fait. Au même instant, elle comprenait que ce n'était pas là un argument très probant pour faire subir à son neveu ce qu'elle s'était infligé.

— Elle n'aurait pas voulu que Tom le fasse, répéta John.

Sara soupira. Non, elle ne l'aurait pas voulu. Elle supposait qu'il ne suffisait pas qu'un seul des deux époux soit amoureux pour fonder un mariage.

Alors qu'il s'apprêtait à quitter la librairie, il hésita, puis se retourna à nouveau. Sara n'osa pas relever les yeux du comptoir. Elle garda les yeux rivés sur la pile de livres.

— Ce n'est pas Amy qui était trop faible pour m'épouser. C'était moi.

# Les ténèbres rattrapent George

George était rentré de l'essayage de robe improvisé pour se retrouver plongé dans son enfer personnel. Sous la forme de deux papiers griffonnés et d'un appartement cireux et vide.

« George, me suis tirée », disait l'une.

« Merci de nous avoir hébergées », était-il écrit sur l'autre.

Les remerciements venaient de Sophy, mais elle n'avait pas indiqué d'adresse.

Les ténèbres l'avaient rattrapé.

C'était encore plus dur de la perdre cette fois-ci. Peut-être parce que tout avait été beaucoup plus incertain la fois précédente. À l'époque, c'était venu progressivement : les problèmes, les disputes, les valises, puis le départ. Et même à ce moment-là, il n'avait pas imaginé que c'était définitif. Sophy allait revenir, avait-il pensé, même longtemps après les premiers regards compatissants de ses voisins.

Lorsqu'il avait finalement été obligé d'admettre la réalité, il s'était mis à boire. Cela avait anesthésié le plus gros du chagrin quand il eut enfin renoncé à tout espoir.

Quoi qu'il en soit, il avait oublié à quel point ça faisait mal.

Il savait, sans l'ombre d'un doute, qu'on ne pouvait attendre d'aucun père qu'il survive à la perte de sa fille deux fois. Cette prise de conscience lui procurait une forme perverse de consolation. Il avait surmonté la séparation une fois. Il n'avait pas l'intention de le faire une seconde.

Bizarrement, il ne songea pas tout de suite à l'alcool.

Toute la journée qui suivit l'essayage de la robe et la disparition de Sophy, il resta dans sa cuisine à se demander comment un acte aussi simple et automatique que respirer pouvait se révéler soudain si difficile. Les ténèbres s'ouvraient à nouveau devant lui et il ne faisait rien pour s'en protéger.

Mais, lorsqu'il releva enfin les yeux des lettres posées sur la table, il vit la bouteille de vin de Claire. Et se demanda s'il allait la vider.

Il y réfléchit sans la moindre mauvaise conscience, même s'il avait promis à Sophy de ne plus jamais boire. Ce n'était pas la vraie Sophy, il le savait à présent, juste une voix dans sa tête. Pas même une voix, puisqu'elle ne lui avait jamais répondu. Et à présent, il ne pouvait plus se confier à elle. En partant, la véritable Sophy avait emporté l'autre Sophy dans sa tête.

Il n'eut pas l'énergie de se lever et de tendre la main vers la bouteille. Même rester assis lui demandait des efforts. Il gagna son lit en titubant et s'allongea, tout habillé, sans même se donner la peine de prendre un livre.

Peut-être descendrait-il la bouteille plus tard, quand il se sentirait mieux.

Il passa toute la journée suivante au lit.

Il n'avait pas renoncé, pensa-t-il. C'est ce qu'il avait fait la fois précédente, petit à petit. Mais renoncer impliquait d'avoir d'abord essayé. La fois précédente, il avait protesté, puis il s'était menti à lui-même et, durant une longue période d'alcoolisme, il avait renoncé à ses illusions, l'une après l'autre. Cette fois, il n'avait rien à quoi renoncer. Il avait immédiatement accepté qu'il l'avait perdue.

Pas de déni. Ni de colère. Il en avait fait l'expérience la fois précédente et cela n'avait rien changé.

Certes, si on considérait les choses d'un autre point de vue, on pouvait affirmer qu'à présent, il renonçait à prétendre être capable de vivre une vie normale sans elle. Peut-être renonçait-il à la vie même. Mais il avait le sentiment que c'était plutôt la vie qui renonçait à lui.

Sinon, elle ne lui aurait pas ramené Sophy pour la lui retirer aussitôt. Une seconde fois. L'espace d'un instant, cette pensée lui donna le vertige : si seulement elle ne m'était pas revenue. Mais il la repoussa. Une semaine en compagnie de la vraie Sophy valait largement la perte de sa Sophy imaginaire. Un jour même, une heure, une minute, juste un regard posé sur elle.

Même si, bien sûr, il ne l'aurait pas reconnue, si la vie ne lui avait offert qu'un regard. Il fut pris soudain de sueurs froides, de fines perles de sueur sur son front. La voir sans la reconnaître, voilà qui serait cruel !

Donc, il n'avait pas renoncé. Il ne se donnait tout simplement pas la peine d'agir.

Le plafond avait besoin d'être repeint. De grandes lézardes fissuraient la peinture blanche et des taches brunâtres et grisâtres étaient apparues çà et là, de saleté et d'usure.

Il suivit les brèches des yeux et y trouva une certaine consolation. Elle lui procurait quelque chose de concret et de banal à quoi se raccrocher.

Couleur. Repeindre. Ménage. Couvrir les meubles.

Il tourna la tête. Les rideaux étaient fermés. Peut-être aurait-il dû les ouvrir avant de se coucher pour avoir davantage à observer et à penser.

Changer les rideaux. En coudre de nouveaux. Bien sûr, il ne savait pas coudre. D'ailleurs, il n'avait aucune intention de quitter son lit.

Quelqu'un frappa à sa porte, mais il n'eut pas la force de se lever pour aller ouvrir. Et ce n'était que le début. Après, il faudrait parler, écouter, prononcer des mots.

Inconcevable.

C'était probablement Claire. Elle comprendrait. Elle avait sa propre Sophy. Mais il éprouva un bref et violent accès de mauvaise conscience en songeant que c'était peut-être Sara. Elle avait peut-être besoin qu'il la conduise.

# Broken Wheel noie ses chagrins

À seize heures trente, Sara avait renoncé à tout espoir pour cette journée-là. Alors qu'elle allait quitter la librairie, ses yeux tombèrent sur l'adresse de la jeune fille sur le comptoir et elle se rendit soudain compte qu'elle ignorait si Sophy était encore chez George. Elle rédigea un gentil mot et décida de lui envoyer le livre qu'elle avait choisi à son intention, au cas où elle serait déjà repartie. Si Sophy appréciait le roman, Sara lui ferait parvenir les deux autres tomes. Enfin, pensa-t-elle avec tristesse, elle ne le ferait sans doute pas, car à ce moment-là, elle ne serait plus à Broken Wheel.

Elle ne se donna pas la peine d'attendre pour voir si George ou Tom viendrait la chercher. Elle rentrerait chez Amy ou chez Tom en fonction de la situation, et peut-être une idée lui viendrait-elle, chemin faisant. Une pensée déprimante, car tout ce qui lui venait à l'esprit était qu'elle devait partir. Amy l'avait dit. Il restait un jour avant le mariage.

Elle avait l'impression d'avancer en titubant. Comme elle était encore à la lisière de la ville, elle se força à mettre un pied devant l'autre comme une personne normale.

— Sara ! lança une voix d'une fenêtre.

Elle crut d'abord que c'était George, même s'il s'agissait d'une voix féminine. Elle sourit par automatisme, un sourire figé et sans joie, et se retourna. Qui disparut tout à fait lorsqu'elle constata que c'était Claire. Par pure politesse, elle parvint ensuite à remonter légèrement la commissure des lèvres.

— Entre, lui dit Claire en indiquant la porte d'entrée.

Elle disparut de la fenêtre et apparut à la porte quelques secondes plus tard.

D'une certaine manière, c'était moins fatigant d'obéir que de protester. Claire lui tendit une bouteille de whisky et deux verres.

— Viens, dit-elle. Je n'ai pas envie de rester à l'intérieur. Allons quelque part.

Pourquoi pas ?

Claire possédait un vieux pick-up Chevrolet qui avait connu des jours meilleurs. Sara repoussa du pied un gobelet en carton Coca-Cola et boucla sa ceinture.

Elles se garèrent sur une petite colline peut-être à dix minutes environ de la ville. Sara percevait un clapotis, mais s'il y avait un cours d'eau à proximité, les herbes à hauteur de genou le lui dissimulaient. Claire désigna un petit bosquet quelques mètres plus loin, ce qui s'approchait le plus d'un bois à proximité de Broken Wheel.

— Tu sais ce que je préfère ici ?

Sara secoua la tête.

— Pas le maïs. Putain ce que je peux en avoir ma claque du maïs.

Elles s'installèrent sur la plate-forme du pick-up. Une vieille couverture y était roulée en boule, mais, pour le moment, il faisait encore assez chaud pour que Sara n'en ait pas besoin, et Claire portait une épaisse veste militaire kaki.

— Tu sais, dit Claire, je ne t'ai jamais vraiment appréciée.

*Tu ne le penses pas*, se dit Sara. C'était sans importance. Elle vida son verre et l'agita devant Claire, qui le remplit à nouveau. Elle en renversa une partie sur sa main.

— Tu avais de trop beaux vêtements.

— Moi, des beaux vêtements !

— Tu ne portais pas de jean. Tu donnais l'impression d'être une touriste et je savais qu'il n'y avait rien à Broken Wheel qui mérite d'être visité.

— Tu sais, dit Sara, je croyais que Tom et toi alliez finir ensemble.

— Eh bien, il n'est pas trop tard.

Sara s'efforça de ne pas s'en soucier, mais échoua.

— Tu l'apprécies ?

— Pas assez.

— Je pensais que c'était pour ça que tu ne m'appréciais pas.

— Non... Pas à cause de Tom.

Claire secoua la tête.

— Pas à cause de Tom, répéta-t-elle, plus bas. Tu déclenches des événements. La librairie, la fête, le marché. À un moment, j'aurais pu jurer que j'avais à nouveau seize ans, quand nous traînions tous ensemble. Je pensais à ce qui se serait produit si tu avais été là à cette époque. Nous serions-nous quand même dispersés si tu avais été là ?

*Ne pas réfléchir.* Nouvelle gorgée.

— Alors à cause de qui tu ne m'apprécies pas ? Quelqu'un d'autre que Tom ?

— N'appréciais pas. Je t'apprécie maintenant, Sara.

Elle hocha la tête à sa propre intention.

— Je t'apprécie.

— Alors, qui était-ce ?

Claire éclata de rire, puis rougit.

— George, finit-elle par dire.

Sara se tourna vers elle.

— Tu es amoureuse de George ?!

— Pourquoi pas ? répliqua Claire avec irritation. L'amour doit-il toujours être passionnel comme une putain de grippe ? De la fièvre, des hallucinations, des douleurs et aucun antalgique qui fonctionne ?

Sara n'avait aucune idée de ce que Claire voulait dire, mais elle secoua quand même la tête et reprit un peu de whisky. Le ciel semblait s'étaler à leurs pieds et, comme tout le reste sur le continent américain, il paraissait plus grand qu'en Suède.

— Pourquoi juste apprécier quelqu'un, ça ne pourrait pas être de l'amour ? Vraiment apprécier, je veux dire, pas les trucs à deux balles du genre « je t'aime bien, mais je ne t'aime pas ». Se sentir sereine lorsqu'on est avec lui, ne pas avoir à feindre d'être une autre personne devant lui, ne pas avoir besoin d'être si grande gueule ? Quelqu'un qui n'hésite pas à vous le dire quand vous merdez. Ou nettoie votre vaisselle quand vous êtes fatiguée pour vous faire la surprise d'un plan de travail rutilant à votre retour du boulot, à bout de force. Pourquoi ne serais-je pas amoureuse de George ? Il est merveilleux.

— Oui.

Mais d'habitude, être merveilleux ne suffisait pas, pas dans la vie réelle. Sara rit à nouveau.

— George et toi, dit-elle, et Claire écarta les bras avant d'éclater à nouveau de rire aussi.

Le monde semblait plus grand et passionnant, si Claire pouvait être amoureuse de George.


Josh passa devant chez Grace après sa énième visite à la porte de Caroline.

— Bon Dieu, ce que j'ai besoin d'alcool ! lâcha-t-il en s'installant au bar.

Grace tenta une plaisanterie.

— Ah bon. Caroline t'a largué ?

Josh ne rit pas du tout. Grace avait l'impression que ses blagues tombaient un peu à côté de la plaque ces temps-ci. Puis elle fut frappée par quelque chose dans son expression.

— Ne me dis pas que c'est vrai.

— Plus maintenant.

— Caroline qui drague des gamins ! dit Grace à sa propre intention. Je ne dis pas ça méchamment, s'empressa-t-elle d'ajouter. Des hommes plus jeunes, en tout cas.

Elle lui adressa un sourire en coin et déclara sur le ton du réconfort :

— Ne t'inquiète pas, personne ne croira que c'est elle qui a rompu. Et même si c'était le cas, les gens se diraient quand même que, de toute façon, tu l'aurais larguée tôt ou tard.

Ragaillardie, elle ajouta :

— Tu sais, tu as sauvé ma journée. Caroline, la droiture incarnée, bordel.

— La combativité, la corrigea Josh.

Grace lui lança un regard interrogateur.

— Pas droite, combative.

— Oui, c'est clair.

Grace était juste.

— Combative aussi. Mais agaçante. Qui se serait douté ? Elle ne pourra plus jamais dicter leur conduite aux gens à présent.

Ces paroles ne parurent pas améliorer l'humeur de Josh.

— Il aurait mieux valu que tu tiennes un peu plus longtemps, bien sûr, pour qu'elle puisse vraiment se ridiculiser.

— Caroline ne se serait jamais ridiculisée.

— Oh si. Les femmes mûres se ridiculisent toujours lorsqu'elles succombent au charme d'hommes plus jeunes. C'est une loi de la nature. Les hommes mûrs avec des femmes plus jeunes aussi, bien sûr.

Il plaça son visage entre ses mains et produisit un bruit à moitié étouffé qui ressemblait à un râle de souffrance.

— J'ai besoin d'alcool, répéta-t-il.

— Là, je peux t'aider.

Lorsqu'il quitta le snack, il paraissait d'humeur encore plus sombre qu'à son arrivée, mais il avait du moins hérité d'une pleine bouteille de gnôle maison. Grace le vit hésiter devant la porte, puis hausser les épaules de manière théâtrale avant de se diriger vers Hope. Il tenait la bouteille à la main et en prit une gorgée en se mettant en marche. Elle le vit grimacer de sa position derrière le comptoir. Le bon alcool, c'était de la confiture aux cochons dans certains cas. Grace resta seule avec un vague sentiment de malaise. Il lui semblait voir le sourire amical de Sara devant ses yeux. Amical, mais un peu réprobateur.

— Va au diable, Sara, lança-t-elle à personne en particulier. Elle l'a bien mérité. Elle aurait dit la même chose de moi. Ce n'était qu'une plaisanterie.

Et depuis quand avait-elle une conscience ? Ce n'était pas comme si elle était à sa place dans ce bled.

George s'était traîné jusqu'à la table de la cuisine, mais uniquement parce que son corps protestait vigoureusement contre la position horizontale prolongée.

Il fixait le vin rouge. Il pourrait le boire. Ou faire une promenade. Ou rester assis là.

S'il le buvait, il lui faudrait acheter davantage d'alcool. Ça, il le savait : une demi-bouteille de vin ne suffirait pas. Loin s'en fallait. Grace avait toujours refusé de lui vendre de l'alcool, Andy aussi. Au bon vieux temps, cela n'avait pas été un problème : il avait encore ses contacts qui pouvaient l'aider à s'en procurer. Il aurait pu demander à Claire, bien sûr, mais il soupçonnait qu'elle n'avait pas beaucoup d'alcool chez elle.

Il aurait même pu aller à Hope. Il aurait pu marcher pour l'éternité.

Sur la route de Hope, George croisa Josh, qui lui fit signe, une bouteille à la main. Il l'avait apparemment déjà entamée, mais il n'était pas encore ivre.

— Est-ce que je peux t'offrir un verre ?

— Que oui, finit par dire George sans grand enthousiasme.

Josh haussa les épaules et lui tendit la bouteille.

— Les femmes, lâcha-t-il.

Ils continuèrent à marcher. Ils ne se souciaient ni l'un ni l'autre d'où ils échoueraient. Josh but une autre gorgée avant de passer la bouteille à George, qui déglutit sans grimacer le moins du monde.

— Les ténèbres sont de retour, déclara George.

— J'aurais dû m'en tenir aux hommes, répondit Josh. Même si, pour être franc, je dois reconnaître que je n'avais pas beaucoup plus de succès avec eux.

George leva la bouteille.

— À Sophy, dit-il avant de prendre une gorgée et de passer la bouteille.

— À Caroline, lança Josh en levant lui aussi la bouteille.

Son regard était frondeur, mais George ne remarqua même pas qu'il avait dit quelque chose.

— J'aime Caroline, expliqua Josh.

— Elle ne reviendra pas cette fois-ci, répondit George.

Lorsque Tom arriva à la librairie pour récupérer Sara, elle était déjà partie. Il retournait à sa voiture quand il vit John lui faire signe depuis sa boutique.

— J'ai parlé à Sara, annonça-t-il. Du mariage. Je ne pouvais les laisser te sacrifier.

— Je me suis proposé de mon plein gré, répondit Tom.

— Amy n'aurait pas aimé ça.

Tom s'apprêtait déjà à s'en aller, puis il s'arrêta et se tourna à nouveau vers John.

— Qu'a dit Sara ?

— Elle était d'accord avec moi, bien sûr.

John hocha la tête.

— Je crois qu'elle a compris que ce n'était pas une bonne chose qu'elle reste ici. Il n'y a aucune raison qu'elle reste.

Tom gagna sa voiture à grands pas, irrité que Sara ait dit quelque chose qu'il avait lui-même pensé. Pourquoi diable ne pouvait-elle trancher ? Un instant, elle déclarait vouloir rester et paraissait si triste qu'il ne pouvait s'empêcher de l'aider à aller mieux. Un vrai chien battu avec ses grands yeux ! Et l'instant suivant, elle affirmait qu'elle n'avait aucune raison de s'installer ici.

Et que dire de ces histoires d'habiter chez Amy ou de dormir sur son canapé ? Mais qu'est-ce qu'elle avait imaginé ? Qu'elle allait se marier avec lui et continuer à vivre chez Amy, recevant un amant après l'autre pendant qu'il se contenterait de regarder ? Et qui pensait-elle y rencontrer, bon sang ?

Cela aurait même pu être drôle. Il s'imaginait débarquant chez Amy et jouant le rôle de l'époux bouleversé. Cette pensée le fit sourire tout seul. Mais son sourire s'éteignit sur-le-champ. S'il avait surpris Sara avec un autre homme, il soupçonnait fort qu'il n'aurait pas eu à feindre d'être bouleversé.

Elle n'était pas à sa place chez lui non plus. Manifestement, la mascarade était finie. Il traversa le séjour en se rendant dans la cuisine. La vue des livres de Sara le fit presque sourire. Il ne se rappelait pas l'avoir vue lire une seule fois depuis qu'elle habitait chez lui, mais il soupçonnait que les livres de Sara étaient une loi de la nature sans explication logique.

Il emporta un verre et une bouteille de whisky sur le perron, où régnait un calme évident. Les bruits des oiseaux et des insectes lui étaient si familiers qu'ils glissaient à la surface de sa conscience sans qu'il les enregistre. Il les remarquait à peine dans le vague sentiment d'appartenance et de sérénité qu'ils créaient.

En contrebas de la maison, il apercevait les points lumineux de Broken Wheel. La ville en elle-même, ou du moins ce qui en restait, était à peine visible le soir. Il voyait les lumières éparpillées de la maison d'Amy jusqu'à la résidence où habitait Claire. Elles étaient séparées par des zones de ténèbres compactes, les champs de maïs.

Les lumières des habitations lui rappelèrent que la ville était toujours là. Les ténèbres créaient une distance, lui indiquant que tout ce qui s'y déroulait pouvait attendre.

Était-ce fou de songer qu'elle voudrait peut-être vraiment l'épouser ? Surtout maintenant que toute la ville paraissait l'aimer. Parfois, en voyant tout le monde s'éclairer en sa présence, il ne pouvait s'empêcher de penser à Amy.

C'était comme si la ville avait besoin d'un point central, autour duquel se réunir, et Sara avait comblé le vide laissé par Amy, avec le local d'Amy, ses livres et sa gentillesse presque universelle.

Il pensait à Sara, à la librairie, au marché – son esprit s'empressa de passer sur la demande en mariage et la scène de ce soir-là – et à la grand-rue qui semblait revivre, comme si le soleil baignait tout, à une ville qui en l'espace de quelques semaines était passée du noir et blanc à un technicolor saturé.

Broken Wheel en couleurs ! Bientôt dans le cinéma près de chez vous. Sauf que le cinéma avait depuis longtemps fermé ses portes. Et que Sara allait retourner en Suède, que la librairie allait fermer, que les gens allaient à nouveau s'éparpiller et que la grand-rue retournerait à son ancien… calme.

Ce qui était dans l'ordre des choses. Mais il soupçonnait fortement que le contraste en serait trop fort. Que ce serait le coup de grâce pour cette ville qu'il aimait étrangement, qu'un quotidien calme et gris ne suffirait plus après Sara et ses livres.

Mais quelle importance cela avait-il ? Il n'avait pas besoin de livres, de marchés et de soirées dansantes au *Square*, ni d'yeux expressifs… Son esprit perfide s'attardait sur la scène du canapé, le regard dans ces yeux irritants juste avant qu'il ne l'embrasse, la sensation de son corps plaqué contre le sien, chaud et offert.

*Tu es un putain de crétin, Tom.*

Caroline était installée dans sa cuisine avec une tasse de thé froide. Elle s'efforçait d'ignorer les signes évidents de la dépression qui la guettait. Caroline ne se laissait pas aller à la déprime. Elle n'était pas abattue. En aucun cas, elle ne s'autorisait à devenir passive, apathique, à fixer le vide devant elle.

Elle ne pleurait pas non plus.

Peut-être aurait-elle dû piquer une grosse colère, pensa-t-elle. Casser quelque chose, hurler, jeter des objets. Elle but une gorgée de son thé froid et ne trouva pas la force d'en préparer à nouveau.

Il faisait déjà nuit. Il devait être une heure du matin. Peut-être même deux. Quelques heures plus tôt, elle était restée plantée dans le vestibule ; tout aussi passive, silencieuse et incapable de faire quoi que ce soit.

Il avait tambouriné à sa porte avec davantage de force que de bon sens pendant une heure entière, peut-être pour se venger, pour que les voisins aient vraiment matière à parler, peut-être parce qu'il voulait vraiment la revoir.

— Allez, Caroline, avait-il dit à sa porte. Est-ce vraiment le pire de ce que tu puisses être ? Caroline-la-belle-femme-qui-brise-le-cœur-de-jeunes-hommes ? Je peux être Josh-le-cœur-brisé, et nous pouvons aussi vivre heureux jusqu'à la fin de nos jours et laisser les gens se moquer autant qu'ils veulent.

Elle était restée plantée là, n'avait même pas touché la porte, alors qu'elle savait que sa main était posée de l'autre côté.

Cela ne disait rien de ce qu'ils éprouvaient l'un pour l'autre. Ça ne signifiait en aucun cas qu'ils avaient quoi que ce soit en commun et qu'elle aurait dû lui ouvrir. Tous ceux qui parlaient à une porte finissaient par y poser la main. Si elle s'était avancée jusqu'à la porte, elle était certaine qu'elle l'aurait touchée exactement au même endroit que lui. Les choses se déroulaient ainsi, tout simplement.

C'était presque comme le toucher lui, mais ça n'avait aucun sens. Il ne voulait pas ou, en tout cas, ne voudrait bientôt plus la toucher. Si elle s'abaissait à l'approcher à l'abri d'une porte, elle pouvait tout aussi bien lui ouvrir et, dans ce cas, le toucher pour de vrai.

Ou l'embrasser.

Et c'était absurde, puisqu'il la quitterait tôt ou tard. Et, bon Dieu, combien de temps cela lui prendrait-il pour l'oublier ? Quelques mois ? Semaines ? Jours ?

Elle avait fait un pas vers la porte lorsqu'il avait prononcé son nom. On ne peut pas contrôler certaines choses. Elle ne lui manquerait pas, et elle ne parvenait pas vraiment à se convaincre que c'était une bonne chose.

Au fond, c'était ridicule que cela la contrarie tant.

# Broken Wheel a la migraine

Le matin du mariage, le pasteur se préparait à défier ouvertement, bien que dans la discrétion du petit jour, l'étiquette concernant les pasteurs qui faisaient leur jardinage eux-mêmes.

Il avait l'intention de vaquer à ses occupations dans son jardin sans même se donner la peine de mettre un col clérical par-dessus son t-shirt. Il n'y avait pas grand-chose à faire au jardin en plein mois d'octobre, mais les buissons et la terre étaient toujours là, ce dont un enthousiaste pouvait se contenter.

Il s'attaqua à la tâche avec une ferveur religieuse idoine, dévoué à la grandeur de Dieu. Une odeur de terre froide et de feuilles presque décomposées flottait. Il lui semblait également percevoir l'arôme humide de la brume matinale en train de se dissiper, ou bien de la rosée sur l'herbe.

C'était une journée radieuse.

Et un mariage allait avoir lieu ! Désormais, rares étaient ceux qui se mariaient à Broken Wheel. Encore moins nombreux que ceux qui assistaient aux offices. Il aurait préféré que ce soit le contraire. De fait, les mariages étaient encore plus importants pour une ville que les offices religieux. Et, pensait-il, c'était un jour où les gens se rapprochaient plus facilement de Dieu, un jour où ils se rappelaient ce que représentait réellement Dieu.

Il s'apprêtait à procéder à une répétition mentale de son prêche lorsqu'il vit un pied qui dépassait d'un buisson.

L'espace d'un bref instant, il redouta d'avoir à compléter le mariage par un enterrement, puis il entendit un vague gémissement émaner du feuillage et le pied tressauta un peu.

Il se pencha en avant et s'adressa en hésitant au buisson :

— Excusez-moi ?

Qu'était-il censé faire dans une telle situation ?

— Tout va bien, mon enfant ?

Il s'efforça de paraître calme et paternel, mais ses propos sonnaient ridicules. La seconde fois, il préféra appeler le buisson « mon ami ».

Les tressautements du pied s'amplifièrent jusqu'à ce qu'une longue silhouette fine et en piteux état émerge en titubant de la végétation.

— Bonjour, mon père, déclara Josh, et William grimaça.

Il songea à le corriger et à lui expliquer qu'il n'était pas catholique, avant de considérer le jeune homme et de décider de remettre les discussions théologiques à plus tard. Josh était manifestement secoué après une soirée de... débordements, pensa William. Il y avait quelque chose de résigné dans son regard, qui pouvait bien sûr être dû à la punition généralement rapide de ce péché précis, mais qui paraissait ancré plus profondément.

William hocha la tête à sa propre intention.

— Café ? suggéra-t-il en se dirigeant vers sa petite maison attenante à l'église sans attendre de réponse.

Puis il entendit Josh se mettre en mouvement derrière lui.

— Ce n'est pas la meilleure saison pour dormir à la belle étoile, dit-il ensuite tandis que l'eau chauffait.

Il sortit le café et le sucre. Josh déclina le lait, ce qui était aussi bien, car il n'en avait pas.

— Désolé pour le dérangement, dit Josh.

— Pas du tout. J'avais juste l'intention de travailler un peu au jardin tout en passant en revue mon prêche pour la cérémonie.

Il sourit, enchanté.

— Un mariage ! Ici, à Broken Wheel !

— Vous êtes pressé de le célébrer ?

— Bien sûr. Un mariage est un événement merveilleux.

— J'aurais cru… vu les circonstances. Le contexte…

William le dévisagea sans comprendre. Pour finir, il demanda :

— Alors, que puis-je pour vous ?

— Cette visite n'était pas vraiment prévue, répondit Josh en souriant.

— Certes, convint William en fixant à nouveau Josh. Cela est-il lié à… une déception amoureuse ?

Il avait bien sûr entendu parler de la soirée chez Mme Higgins. Personne n'avait pris l'incident trop au sérieux, mais il n'avait pas vu Caroline depuis plusieurs jours.

Josh ne répondit pas.

— Ce n'est jamais une bonne idée de renoncer, reprit William. Et, dans ce cas précis, si tu veux bien m'excuser de te donner mon opinion, cela me paraît précipité.

Josh partit d'un rire sec, qui parut amer à William. En tout cas, totalement dénué de joie.

— Dans ce cas précis, je pense que j'aurais dû renoncer depuis longtemps.

William le considéra avec peine. Josh grimaça et ajouta :

— Je vous prie de m'excuser.

— Et vous en avez parlé avec... elle ?

— C'est plutôt elle qui m'a parlé.

— Oui, reconnut William, Caroline est une... femme formidable.

Josh ne parut pas surpris que William soit au courant. Il se contenta de dire :

— Mais un peu obsédée par ce que les autres pensent d'elle.

William but un peu de café en réfléchissant à la manière dont il allait s'exprimer. Il fit tournoyer sa tasse, pensif.

— Certes..., dit-il sur un ton hésitant. Mais le monde peut se montrer assez impitoyable envers les femmes qui ne se sont jamais mariées. Encore de nos jours, tu sais.

Josh grimaça à nouveau. La même grimace d'excuse un peu méprisante à son propre égard.

— Ne vous inquiétez pas ; je ne la juge pas pour ça. Parfois, je me dis même qu'elle a raison.

Il ne dit rien de plus. Il se contenta de finir son café, de remercier poliment, puis s'en alla. Mais William crut percevoir une nouvelle détermination dans sa démarche. C'est quand même un monde merveilleux, songea-t-il, si Josh peut être amoureux de Caroline.

Et Caroline de Josh.

Il eut le sentiment étrange d'une soudaine bouffée d'oxygène. D'une certaine manière, il avait toujours su qu'en secret, il bénissait la crise économique. C'était affreux, bien sûr, de se réjouir des malheurs de la ville, mais il y avait cette histoire de peloton. Il se sentait plus à l'aise avec ceux qui se retrouvaient à la traîne.

William en oublia tout projet de jardinage : prenant conscience qu'on avait besoin de lui, il fut gagné par un sentiment inhabituel d'euphorie.

Peut-être était-il tout simplement né pour s'occuper des laissés-pour-compte.

Le matin de son mariage, Sara s'aperçut qu'elle était mourante en se réveillant.

Elle gisait en diagonale sur le lit de Tom, portant toujours ses vêtements de la veille, et n'avait aucun souvenir de la manière dont elle avait atterri là. Elle entendait des sons lointains, des pas déterminés et, de temps à autre, le bruit d'un outil quelconque cognant du bois.

Elle essaya de se hisser sur les coudes, mais aboutit à la conclusion que c'était une mauvaise idée et se laissa retomber sur le ventre.

Lorsqu'elle se réveilla à nouveau, il était assis à côté d'elle, avec un verre d'eau dans une main et deux antalgiques dans l'autre.

Il venait de prendre une douche. Ses cheveux étaient encore bouclés du fait de l'humidité et Sara sentait les effluves d'eau chaude, de shampoing et d'après-rasage. Elle se hissa en position assise et accepta avec reconnaissance le verre et les comprimés.

Il y avait quelque chose de si évident dans son attitude, de si détendu, qu'elle ne put s'empêcher de lui sourire. Elle effleura le dos de sa main et il la tourna afin que sa paume soit juste sous la sienne.

Elle détourna le visage.

*Il faut régler ça, Sara*, pensa-t-elle, mais elle ne dit rien. Elle n'en était pas capable. Pas maintenant.

George se réveilla à la périphérie d'un champ, juste à la limite de Broken Wheel. Quelqu'un tapait dans son pied. Il perçut les odeurs d'alcool et d'herbe mouillée. Cela ne le réjouit pas du tout lorsqu'il s'aperçut que c'était Claire qui se tenait quelque part au-dessus de lui. *Elle ne devrait pas me voir dans cet état*, se dit-il, et il se serait à nouveau effondré dans l'herbe si Claire ne s'était pas penchée sur lui et ne lui avait pas dit :

— Mais putain, George.

Il ferma les yeux.

— Lève-toi, lança-t-elle sur un ton résolu. Sara se marie aujourd'hui. Ce n'est pas le moment de craquer.

Il parvint à se mettre sur son séant, ne serait-ce que pour la voir en lui parlant. On aurait dit une espèce de déesse de la vengeance, pensa-t-il, mais d'une belle manière, évidemment. Des bottes dignes de ce nom, un jean, une épaisse doudoune et des cheveux farouchement roux, comme si rien ne pourrait venir à bout de cette femme-là. Il avait du mal à imaginer que c'était la même personne qui s'était effondrée dans sa cuisine parce qu'il lui avait lavé quelques assiettes.

Mais il ne pouvait rien faire pour elle à cet instant. Sara et elle devraient se débrouiller sans lui. Peut-être avait-elle droit à une explication.

— Sophy m'a quitté, déclara-t-il.

— Et ?

Cette réponse le choqua tant qu'il faillit bondir sur ses pieds. Elle le saisit par un coude et l'aida à se redresser.

— Sara se marie aujourd'hui, répéta-t-elle.

Il secoua la tête pour essayer de mettre de l'ordre dans ses idées. Le seul résultat de cette manœuvre fut de lui révéler une belle migraine.

— Sophy, dit-il à nouveau.

— Oui, oui. Partie. Ta charmante ex-femme s'est à nouveau tirée.

Il essaya de lui faire comprendre ce qui était important.

— Avec Sophy.

— Évidemment qu'elle a emmené Sophy, et toi, tu as bu.

Elle le guida vers sa voiture. Il s'effondra sur le siège passager sans vraiment savoir ce qu'il faisait. Ses vêtements étaient froids et humides, mais c'était agréable. Il avait ainsi quelque chose de concret sur quoi se concentrer. Il allait se retrouver avec une méchante pneumonie et n'aurait plus à quitter son lit.

Claire le considéra avec ce qui ressemblait peut-être à de la compassion. C'était la première fois de la matinée qu'elle faisait preuve d'un sentiment un tant soit peu chaleureux. Mais sa voix était toujours dure et déterminée. Il se raccrocha à elle tel un noyé à sa bouée, comme si le son de sa voix pouvait le maintenir à flot jusqu'à ce qu'il soit de retour chez lui.

— Je sais que c'est dur, dit-elle. Et, bien sûr, on va la chercher pour toi, mais ce n'est pas le moment de t'appesantir là-dessus.

Il ferma les yeux.

— La chercher ?

Il ne commit pas l'erreur de la croire. De se réconcilier avec son destin. C'était le seul moyen de traverser ça.

— Mais bon Dieu, on est au vingt et unième siècle. On sait à quoi elle ressemble. Ça doit pas être compliqué de remonter jusqu'à elle. Elle habite sans doute dans l'Iowa, et cet État n'est pas si grand que ça. Elle est peut-être même sur Facebook.

Il n'avait aucune idée de ce qu'était Facebook. Son scepticisme ne lui avait pas échappé, car elle poursuivit :

— On la trouvera, Facebook ou pas. On va en parler à Sara. Elle va régler ça. Il y a sans doute un livre pour ça, *Détective privé pour les nuls*, ou un truc dans le genre.

Oui, Sara serait peut-être capable de régler ça. Rien ne semblait impossible avec elle.

— Ou alors, on fera tout simplement appel à un détective, un de ces types qui boivent du whisky et fument comme des pompiers.

George esquissa un sourire.

— Elle est presque majeure, George. C'est différent à présent. C'est peut-être même elle qui te retrouvera. Pourquoi n'as-tu pas répondu quand j'ai frappé à ta porte, si tu étais si inquiet ? Ou alors tu étais déjà en quête d'alcool à ce moment-là ?

Il secoua la tête.

— Tu aurais dû venir me voir pour l'alcool aussi.

— Je pensais que tu n'en aurais pas assez.

Elle éclata de rire.

— Non, c'est vrai, reconnut-elle. Plus maintenant.

Elle le raccompagna chez lui et attendit de le voir gagner la salle de bains pour prendre une douche avant le mariage.

— Je reviens dans une heure, déclara-t-elle à travers la porte, entre la menace et la promesse.

Il se força à nouveau à sourire, encore plus mollement, maintenant qu'elle ne pouvait plus le voir.


Josh n'était plus bouleversé.

*Ça suffit maintenant*, se dit-il tandis qu'il s'éloignait du presbytère. *Il y a d'autres personnes à aimer. Va à Des Moines ou Denver, demande leur aide à Andy et à Carl. Et passe à autre chose.*

Caroline avait peut-être raison. Du reste, c'était sans importance. Il avait pris sa décision.

Il l'expliqua à la porte de Caroline. Il n'avait pas vraiment cru qu'elle lui ouvrirait, mais il fut quand même pris d'un accès de déception aussi soudain qu'incompréhensible lorsqu'il se rendit compte qu'elle n'était même pas prête à lui dire adieu en face. Ce sentiment s'infiltra derrière la brume protectrice de sa gueule de bois. Cette déception ressemblait à s'y méprendre à de la douleur.

Il appuya la main sur la porte et déclara :

— Ne t'inquiète pas, même si la porte ne paraissait absolument pas bouleversée ou inquiète. Je ne suis pas venu pour te prendre la tête. Je pars pour Denver après le mariage. Je voulais juste te dire au revoir.

Il attendit encore un peu, mais la porte resta coite.

— Adieu, Caroline, lâcha-t-il sur un ton beaucoup plus doux qu'il n'en avait eu l'intention.

Sara Lindqvist
7 Kornvägen, 1 tr
136 38 Haninge
Suède

Broken Wheel, Iowa, le 17 juillet 2011

Chère Sara,

Je comprends que tu trouves cela difficile
de payer en livres si tu es limitée à 20 kilos de
bagages, mais j'ai déjà tous les livres et l'argent
dont j'ai besoin, alors je t'en prie, ne considère
pas que tu as à payer quoi que ce soit. Si tu
y tiens vraiment, je n'ai pas l'intention d'accepter plus de trois cents dollars. C'est ma limite
absolue et seulement à condition que nous en
profitions ensemble. Faute d'autre choix, nous
pourrions nous gaver de repas chez Andy et Carl.

Dis-moi quand tu arrives afin que nous venions
te chercher.

Amitiés,

Amy

# Si quelqu'un a une objection

Sara portait la robe simple de chez Mme Higgins. Le matériau banal et la coupe droite et sans fioritures qui lui atteignait à peine le genou lui donnaient un air un peu triste. Ce n'était pas la robe du bonheur, non, vraiment pas, mais au moins, elle n'était pas affublée de frous-frous et de dentelle.

Tom l'avait déposée à l'église deux heures plus tôt et elle s'était changée dans la petite sacristie. Il restait une demi-heure avant la cérémonie et les habitants de Broken Wheel avaient déjà commencé à se rassembler. Elle jeta un coup d'œil par l'entrebâillement de la porte, mais ne les rejoignit pas. Elle préféra se faufiler dehors par la porte arrière.

Elle se sentit ridicule lorsqu'elle se glissa dans la grand-rue de Broken Wheel en robe de mariée blanche, avec un maigre bouquet de roses roses à la main. Mais elle n'aurait pas dû s'inquiéter : il n'y avait pas âme qui vive. La rue était déserte, la quincaillerie fermée, *Amazing Grace* aussi, et sa propre boutique aussi dépeuplée qu'un local plein de livres peut l'être.

Elle regarda quand même autour d'elle lorsqu'elle ouvrit la porte et pénétra à l'intérieur. Elle ne voulait pas que quelqu'un la repère et vienne lui parler. Elle avait besoin d'être seule pour faire ce qu'elle avait à faire.

Au fond, elle ignorait pourquoi une telle urgence soudain. C'était peut-être juste un moyen de penser à autre chose. Elle s'était presque convaincue qu'elle allait annoncer à tout le monde qu'elle ne pouvait pas épouser Tom, mais elle ne parvenait pas à obtenir de son cerveau têtu qu'il réfléchisse au meilleur moyen de s'y prendre.

Elle ne se donna pas la peine d'allumer les lampes. À quatorze heures trente, il faisait assez clair pour qu'elle distingue les titres sur les rayonnages et sur le comptoir, et toutes ces choses qui lui appartenaient pour quelque temps encore. Elle fut obligée de cligner des yeux pour refouler les larmes qui s'obstinaient à troubler sa vue.

Puis elle les ferma et tournoya lentement sur elle-même, comme si elle essayait de tout graver dans sa mémoire ; l'air sec, l'odeur des livres et des vieux fauteuils, la lumière qui filtrait par la vitrine et dansait sur ses paupières fermées.

Elle s'arrêta. Elle n'avait pas le temps. Elle avait des choses à faire.

Elle posa son bouquet de mariage sur le comptoir et sortit les dernières feuilles et le feutre. Le papier était plus défraîchi désormais, mais elle dénicha une page aux coins presque intacts. Elle la mit sur le côté et commença à déplacer des ouvrages.

Puis elle rédigea une nouvelle affiche : LES LIVRES D'AMY ET DE SARA. Leur amitié, immortalisée.

Jusqu'à ce que la librairie ferme et qu'on déménage les livres, bien sûr.

Elle noua ses mains. Du moins se souviendraient-ils d'elle comme ils se rappelaient encore Amy, même lorsqu'ils n'en parlaient pas. Une vague présence, un autre destin qui s'était imprimé dans les briques et le bitume et qui s'attardait dans des bâtiments désertés.

Peut-être restait-il la possibilité d'un petit miracle, qui lui permettrait de rester. Peut-être Tom la persuaderait-il à nouveau, peut-être Jen la forcerait-elle à se marier, peut-être... Elle se concentra à nouveau sur la boutique tandis qu'elle luttait pour se contrôler. Elle savait ce qu'elle avait à faire. D'une manière ou d'une autre, elle en aurait la force.

Il restait une dernière catégorie. Elle se mit à nouveau à déplacer des livres, en hautes piles qu'elle calait contre sa poitrine et bloquait sous son menton. Puis elle écrivit son titre sur la plus belle feuille, alla chercher une chaise branlante dans le réduit sur laquelle elle monta en équilibre instable afin d'accrocher l'affiche tout en haut, juste dans la ligne de mire depuis la vitrine et la porte.

Sara se raccrocha à cette dernière catégorie, comme si cette feuille d'un blanc éclatant était tout ce qui l'empêchait de tomber. La crème des livres rassemblée sur un rayonnage, la plus grande section de la librairie ; tout ce qui faisait que les livres étaient tellement supérieurs à la vie. FINS HEUREUSES ET AUTRES MONDES POSSIBLES.

Lorsqu'elle se faufila à nouveau dans l'église, tout Broken Wheel y était réuni. Josh était assis sur l'un des bancs tout au fond. Il avait l'air grave et presque triste. Sara se força à penser à Amy et à ce qu'il en coûterait à Tom si elle ne leur disait pas non, à tous.

Quand elle passa à côté de John, elle se pencha au-dessus de son épaule et dit à voix basse :

470

— Ne vous inquiétez pas, je ne vais pas l'épouser.

Peut-être le dit-elle autant pour elle que pour lui, mais cela ne parut pas le réconforter et elle ne se donna pas la peine de sourire. Elle poursuivit simplement le long chemin jusqu'à l'autel.

Lorsque Tom arriva enfin, il affichait une mine aussi sérieuse et blême que Sara. Il se dirigea droit vers elle sans saluer personne. Mais il pressa très légèrement sa main lorsqu'il arriva à ses côtés.

Elle se demanda si elle aurait été plus heureuse sans tous ces rêves, sans ce désir de se sentir à sa place dans cette ville. Elle savait que les personnages étaient traversés par ce genre de pensées dans les livres.

*J'aimerais ne t'avoir jamais rencontré.*

*J'aimerais ne t'avoir même jamais vu.*

*Si seulement je n'étais pas venue ici.*

Mais pas elle. Même à cet instant.

Le pasteur commença à parler devant eux, mais c'est tout juste si Sara entendait son discours. Elle réfléchissait encore. Aurait-elle été plus heureuse ? Ou cette expérience d'un bonheur possible ailleurs la rendrait-elle plus heureuse, plus tard, de retour en Suède, déjà habituée à la perte ? Peut-être qu'elle reverrait ses ambitions à la hausse : son passage ici lui ayant ouvert une autre voie, elle pourrait chercher dans une autre petite ville, dans un autre pays. Certains pays autorisaient qu'on y reste et qu'on y travaille. Aucun dans lequel elle eût envie de se rendre, soit dit au passage.

Elle aurait dû interrompre William maintenant. Mais c'était son prêche et tout se passait si bien pour lui... Il avait l'air si content qu'elle en était incapable. Il ne parut même pas remarquer que Caroline entrait discrètement et s'installait tout au fond, ou que Josh se raidissait en l'apercevant. William parlait avec une telle assurance, il avait si bien répété qu'il parvint même à ignorer Grace qui entrait en titubant dans le local en état de franche ébriété, armée de son fusil de chasse, sans doute dans l'intention de fêter le mariage avec panache. Sara concentra à nouveau son attention vers le pasteur. Il était arrivé à la fin de son discours.

Il se tut et regarda autour de lui, plein d'espoir. L'espace d'un instant, Broken Wheel réussit à s'extraire de ses réflexions égocentriques pour exploser en une salve d'applaudissements spontanés. William sourit avant de se tourner vers Tom et Sara.

Sara aurait vraiment dû s'exprimer maintenant. Sauf qu'elle ne savait pas si sa voix tiendrait. Elle avait la bouche affreusement sèche. Ses joues brûlaient tant que c'en était douloureux. Elle avait envie de pleurer, mais son cœur battait si fort qu'il n'y avait même plus de place pour les larmes.

*Bon Dieu, je suis incapable de parler en public*, se dit-elle.

Une fraction de seconde, elle oublia qu'elle connaissait toutes les personnes présentes, qu'ils étaient ses amis, et se souvint juste à quel point elle était mauvaise lorsqu'elle devait présenter des exposés à l'école.

Un discret toussotement à l'arrière de la pièce la sauva d'avoir à dire quoi que ce soit.

Tous se retournèrent et considérèrent avec surprise le petit homme qui s'était infiltré sans bruit et se raclait la gorge pour attirer l'attention.

— Je cherche Sara Lindqvist et Tom Harris.

Tom avança d'un demi-pas.

— D'après ce que je comprends, vous avez déposé une requête de permis de séjour permanent en raison du mariage auquel je suis sur le point d'assister, n'est-ce pas ?

— Oui.

— Vous êtes déjà mariés ?

Tom lui adressa un sourire ironique.

— Nous étions, comme qui dirait, sur le point de le faire.

— Ah bon. C'est que j'ai une petite objection, voyez-vous.

William le dévisagea.

— Mais je n'en suis pas encore là ! protesta-t-il.

— Je crains que cela ne puisse attendre, répondit l'homme.

Tout le monde se mit à chuchoter face à ce retournement inattendu, hormis Grace, qui avait perdu sa capacité à parler tout bas depuis longtemps.

— Pour qui y se prend, ce connard, avec son objection ? demanda-t-elle à Claire sur un ton impérieux.

Mais celle-ci lui adressa un sourire las et secoua la tête.

— Je ne saurais trop vous recommander de réfléchir à cette histoire.

— Et pourquoi donc ? demanda William.

— Même s'ils se marient, il n'est pas du tout certain que nous accordions ce permis de séjour. Vu la manière dont les choses se présentent, je dois dire que j'en doute même fortement.

— Il va nous prendre notre Sara ! lança Grace avec colère à Claire.

Claire lui imposa le silence et lui tapota le bras, comme si elle était un cheval fébrile ou, en l'occurrence, un cheval fébrile, ivre et armé d'un fusil de chasse.

— Mais comment vont-ils pouvoir vivre ensemble dans ce cas ? s'enquit William.

— Je dois dire que, de mon point de vue, cela ressemble avant tout à un permis de séjour sous de fausses allégations, ce qui est, il me faut vous en informer, un délit.

— Mais ce n'est pas du tout pour ça qu'ils se marient ! protesta William.

Les gens se tortillaient sur les bancs. Sara esquissa un sourire.

— Même s'il n'y avait pas de librairie et d'interrogations autour de ce mariage, je serais sans doute obligé de recommander une annulation.

Grace se leva.

— Nous, les Grace, n'avons jamais laissé aucun maudit gouvernement décider de ce qu'on peut faire ou non.

Puis, arme braquée – quelque peu instable – sur Gavin Jones, qui demeurait imperturbable, elle lança :

— Towanda !

— Grace ! implora Claire, en même temps qu'Andy lui rappelait que le cran de sécurité était enclenché.

Elle baissa son arme et les considéra, dubitative. Claire et George soufflèrent. Andy éclata de rire.

Gavin Jones en profita pour appeler la police.

# Objections

Gavin Jones releva les yeux de ses notes. Les individus dans la salle d'attente ne pouvaient pas le voir, étant donné que la fenêtre était un miroir sans tain. Gavin n'avait aucune idée de la raison pour laquelle on s'était autorisé de telles extravagances lors de la construction des lieux, mais, à cet instant précis, cela lui donnait tout le temps de les observer. L'affaire aurait dû être simple, mais la pure quantité potentielle de cinglés remplissait son âme bien ordonnée d'effroi. Il soupçonnait que rien n'était jamais simple quand il s'agissait de Broken Wheel.

Sara Lindqvist et Tom Harris étaient assis un peu à part, dans un coin, silencieux et renfrognés. La femme était fine, banale et portait une sinistre robe blanche fade. Elle ne s'était même pas donné la peine de faire effet. Selon son expérience, les femmes qui voulaient se marier dépensaient une petite fortune en dentelles et volants, et consacraient des heures à leur coiffure et à leur maquillage. Sara Lindqvist n'avait même pas de rouge à lèvres.

L'homme face à elle était si mignon que c'en était suspect. Si Gavin avait eu le moindre doute avant d'arriver à l'église, celui-ci s'était totalement envolé à présent.

À son sens, une seule raison pouvait conduire un homme comme Tom Harris à épouser une femme comme Sara.

De l'argent avait changé de main, pensa-t-il avec amertume.

— Par qui allons-nous commencer ? demanda le policier à côté de lui. La femme armée ? Le pasteur ? La mariée à la sinistre robe ?

Il semblait trouver cette situation hilarante.

Gavin lança un dernier regard par le miroir sans tain.

Sara Lindqvist, citoyenne suédoise et criminelle probable.

Cela en avait-il mérité la chandelle ? se demanda-t-il silencieusement.

Ils s'attaquèrent d'abord aux moins intéressants. Deux hommes – un couple, notèrent le policier, guilleret, et Gavin, indifférent – furent entendus ensemble.

— Sara et Tom, dit l'un d'eux. – Ses yeux riaient. – Un couple parfait. Nous le savions longtemps avant qu'eux-mêmes n'en soient conscients.

— Et vous avez organisé ce mariage pour eux ? demanda Gavin d'une voix sèche.

— Bien sûr, répondit le même homme.

Il ne semblait pas avoir le moindre remords.

— Qui sait ce qu'ils auraient inventé sinon ?

— Et la librairie ?

— Quelle librairie ?

— Combien en avez-vous à Broken Wheel ?

C'était le policier qui avait glissé la question et Gavin lui lança un regard peu amène.

— Quel est le rapport, je voulais dire.

— C'est Sara qui la dirige ?

L'homme réfléchit.

— Eh bien, elle y est parfois. Mais elle n'est pas payée, si c'est ce que vous croyez, et elle ne lui appartient pas. À strictement parler, je suppose que c'est la propriété du conseil municipal.

Il se mit à rire.

— Ou plutôt d'Amy Harris.

Gavin nota ce nom.

— Et l'arme ? s'enquit le policier, et Gavin lui darda un nouveau regard noir.

— Un malentendu.

L'homme sourit. Ses yeux pétillèrent à nouveau.

Gavin ne se donna pas la peine de poser d'autres questions à ces deux-là. Il aurait parié que l'homme lui avait adressé un clin d'œil.


Gavin Jones nourrissait de plus grands espoirs pour l'interrogatoire suivant, celui de la femme du snack, celle avec l'arme.

— Une belle personne, Sara, déclara-t-elle.

Gavin Jones baissa les yeux vers le formulaire devant lui. Grace. Pas d'indication de patronyme.

— Tom et Sara se sont tout de suite trouvés quand elle a débarqué à Broken Wheel. Ils sont quasi inséparables depuis.

Gavin ne fit pas mine de noter ce qu'elle disait.

— Et l'arme ? l'interrogea le policier.

Gavin lui adressa un regard glacial.

— L'arme ? s'étonna Grace. Un malentendu, rien d'autre. Une manière de célébrer l'événement. Comme pour le 4 juillet.

— Mmm, réagit le policier en souriant.

Gavin n'était pas amusé.

— Dans ma famille, on ne rigole pas avec les cérémonies, ajouta Grace. Cela me rappelle le jour où la mère de ma grand-mère...

— Merci, se hâta de glisser Gavin. Et si nous revenions à Tom et Sara ?

— C'était du tout cuit, cette histoire entre eux, répondit Grace. Pour certains couples, c'est beaucoup trop simple. Pas comme nous, qui avons été obligés de nous battre pour y arriver.

— Vous ?

Gavin ne se donna même pas la peine de lancer un regard désapprobateur au policier cette fois-ci.

— Croyez-moi, les Grace ont dû se battre. Nous, le romantisme, c'est vraiment pas notre truc. Ils s'entêtent à se marier et à se caser au lieu de traîner un peu avec de la gnôle maison et des armes semi-automatiques. Ou des revolvers. Ou des couteaux. Ça, ça nous intéresse plus. Même une poêle une fois, avant qu'on passe au fusil de chasse. On peut dire ce qu'on veut des couteaux et des poêles, comparés à un revolver à une vingtaine de mètres, ça sert pas à grand-chose. Bien sûr, maintenant, je mise sur un Marlin 336.

— Merci beaucoup, s'empressa de dire Gavin. Laissez-nous vos coordonnées. Vous pouvez rentrer chez vous pour le moment.

Le policier haussa les sourcils, mais ne protesta pas.

Caroline était seule à la périphérie de la salle d'attente et s'efforçait de s'abstenir de regarder Josh. En fait, elle aurait dû aller lui parler au point où ils en étaient, mais elle n'en trouva pas la force, pas là, devant les autres.

Il ne restait plus à présent que le pasteur, Sara et Tom, et aucun ne paraissait s'intéresser à elle. Le pasteur avait l'air bouleversé et malheureux. Sara et Tom ne sortaient pas de leur silence. Ce qui était sans doute aussi bien, car qu'auraient-ils pu dire ? Qu'auraient-ils pu se dire ?

Lorsque le policier vint chercher Caroline, elle jeta instinctivement un coup d'œil à Josh. Il se détacha du mur et se plaça à côté d'elle. Ils durent franchir une porte avant de remonter un court couloir parallèle à la salle d'attente. Il lui céda le passage et l'odeur de son après-rasage la frappa au ventre. Elle s'immobilisa malgré elle, mais il posa une main légère dans son dos et la prit par le bras.

— J'ai changé d'avis, dit-il, de manière presque inaudible, tandis qu'il la poussait à avancer.

Bien sûr qu'il avait changé d'avis. Il lui avait déjà dit qu'il ne voulait plus être avec elle, qu'il avait l'intention de partir à Denver ou ailleurs, peu importait l'endroit où il atterrirait. Cela l'attristait, vraiment, surtout maintenant qu'elle avait compris que les gens riraient d'elle, qu'ils soient ensemble ou qu'ils aient rompu. Mais elle n'était pas étonnée.

Ce qu'elle ne comprenait pas, c'était pourquoi il avait tant insisté pour être entendu en même temps qu'elle. Peut-être qu'il cherchait une occasion de lui manifester son irritation et son désintérêt.

Elle sourit intérieurement. Ce n'était pas du tout impossible, pensa-t-elle, et elle l'en apprécia d'autant plus. Pourquoi courberait-il l'échine et la laisserait-il s'en sortir comme ça ?

Le policier ouvrit la porte du bureau. L'homme gris était assis à la table. L'agent s'installa un peu derrière lui et regarda nonchalamment par la fenêtre, au lieu de leur consacrer son attention.

*Mal élevé*, pensa Caroline, mais sans conviction.

Josh ne semblait absolument pas se soucier de l'endroit où il se trouvait ni de ce qui se passait autour de lui. Il s'installa sur l'une des chaises, uniquement parce que Caroline l'avait fait avant lui, et il se tourna tout de suite vers elle. Il paraissait sur le point de poursuivre leur dernière conversation quand le bureaucrate au costume taillé prit la parole. Elle lui était si reconnaissante de son intervention qu'elle lui sourit.

— Parlez-moi de ce… mariage, dit-il.

La suspicion dans sa voix était juste assez forte pour les encourager à raconter la vérité sans se montrer trop insistant – auquel cas les gens faisaient de l'obstruction par pur agacement.

— Que voulez-vous savoir ? demanda Caroline. Ils se sont rencontrés quand Sara est venue ici pour voir Amy.

Le bureaucrate consulta ses notes.

— Pourrait-il s'agir d'une certaine Amy Harris ?

— Feu Amy Harris, déclara calmement Caroline, ce qui poussa le policier à se détourner de la fenêtre pour la considérer avec curiosité.

— Quelle ville ! lança-t-il avec admiration.

Le bureaucrate fronça les sourcils à son intention.

— Bon, ce n'était pas inattendu, mais pas vraiment pratique, il faut bien le dire, ajouta Caroline.

— En effet, admit le policier.

— Sara est restée dans la maison, bien sûr. C'est ce qu'Amy souhaitait.

— Et elle a travaillé dans la librairie, n'est-ce pas ?

— Elle y a donné un coup de main.

— Et ce mariage, était-ce également ce qu'Amy souhaitait ?

— J'imagine qu'elle l'aurait apprécié, mais comme ils ne s'étaient pas encore rencontrés quand elle est décédée, elle n'en pensait sans doute rien du tout.

— Mais elle voulait que la librairie revienne à Sara, non ?

— Il s'agit essentiellement des livres d'Amy, mais ils n'appartiennent pas à Sara. Je suppose qu'on peut dire que nous, le conseil municipal – un groupe de personnes qui aident la ville, comprenez-vous, de manière tout à fait informelle –, en sommes les véritables propriétaires.

— Le terme de ville est peut-être un peu exagéré.

Caroline ne commit pas l'erreur de se tourner vers lui. En effet, Josh se trouvant quelque part entre le policier et elle, elle gardait les yeux rivés sur le bureaucrate. Josh ne disait rien, mais elle percevait à quel point il était tendu. Peut-être n'était-ce que le fruit de son imagination, mais elle n'avait pas l'intention de le fixer pour s'en assurer.

— Sara y travaillait-elle ?

— Elle n'était en aucun cas payée, si c'est ce que vous avez derrière la tête. Elle y lisait parfois et empruntait des ouvrages. Je pense que personne n'y travaillait réellement. Nous nous entraidions tous. De toute façon, il n'y a jamais eu beaucoup de clients. Mais c'était quand même une boutique charmante à tous égards.

Le bureaucrate n'émit aucun commentaire. Il ne prit pas de notes non plus alors qu'il y avait du papier et un stylo devant lui. Caroline ne fut pas particulièrement perturbée par cette désinvolture.

— Il y a également ce petit détail que nous avons découvert concernant leur mariage…

— Je crois qu'il s'agit d'un détail au sujet duquel vous devriez les interroger directement.

— C'est bien prévu, répondit le bureaucrate.

Il s'apprêtait à poser une autre question lorsque le policier releva soudain les yeux et observa Caroline et Josh avec insistance, voire une certaine moquerie.

— Ne me dites pas que vous êtes ensemble aussi, lâcha-t-il.

— Nous ne sommes que des amis, répondit Caroline et elle ne put corriger la petite nuance de tristesse qui s'était glissée dans sa voix.

— Foutaises ! lança Josh.

Elle se tourna instinctivement vers lui. Ce fut plus fort qu'elle. Cela ne lui ressemblait pas de se montrer grossier. Ou cruel. Ses mains tremblaient tant qu'elle fut obligée de les nouer sur ses genoux pour les dissimuler.

— Nous sommes bien amis, non ? demanda-t-elle, sans assurance.

— Je t'ai dit que j'avais changé d'avis, répondit-il.

Qu'il avait changé d'avis, oui, pensa-t-elle. Pas qu'ils n'étaient pas amis. Enfin, elle savait qu'ils ne resteraient pas amis après ça. Mais elle n'avait pas imaginé qu'il l'affirmerait aussi clairement.

Il la regardait. Elle détourna la tête et ferma brièvement les yeux. Elle se força à déglutir, puis, aussi calmement qu'elle le put, déclara :

— Bien sûr.

Mais sa voix n'était qu'un filet gorgé de tristesse. Elle se força également à hocher la tête pour plus de sécurité.

— C'est peut-être mieux comme ça, ajouta-t-elle.

— Je n'ai pas l'intention de partir à Denver et de te laisser en paix uniquement pour te rendre la vie plus facile. N'est-ce pas ça le but de l'amour ? De rendre la vie plus intéressante ?

Caroline esquissa un sourire à son corps défendant.

— Plus intéressant, cela ne fait aucun doute, dit-elle pour marquer son accord avec lui.

Il lui lança un regard noir. Il était très attirant lorsqu'il était en colère.

— Ce sera déstabilisant, compliqué, mal et bizarre. Libre aux gens de se moquer. Cela signifie juste que nous avons une vie plus intéressante que la leur.

Caroline essaya de comprendre ce nouveau développement, en vain, et ne répondit donc rien.

— Il y a deux sortes de personnes dans ce monde, Caroline. Ceux qui vont de l'avant et vivent, et ceux qui les suivent et se moquent d'eux. Et tu auras beau essayer de paraître triste et ennuyeuse, tu ne l'es pas. Il va tout simplement falloir que tu apprennes à vivre en étant un peu plus endurcie que les autres. La seule chose vraiment faible que je t'ai vue faire, c'était de me quitter.

Sa voix se fit plus déterminée.

— Je n'ai pas l'intention de l'accepter. Je refuse.

— Peut-être, répondit Caroline avec prudence.

Il fut décontenancé.

— Peut-être ? Pas non ?

— Oui, dit-elle en souriant. Pas non.

Le bureaucrate toussota pour attirer leur attention. Le policier semblait à moitié fasciné, à moitié dubitatif.

— Qu'est-ce qu'elle a, cette ville ? marmonna-t-il.

Le bureaucrate en profita pour reprendre le contrôle de la situation.

— En ce qui concerne Sara, commença-t-il.

Josh et Caroline parurent tous les deux surpris qu'il se trouve encore dans la pièce. Caroline ne put s'empêcher de sourire à Josh et leurs regards riaient silencieusement, dans une complicité amusée.

— Sara et Tom. Un beau couple, déclara la femme. Ils vont très bien ensemble. Ils ont le même âge, par exemple, et... euh... oui, aucun n'était en ménage avant leur rencontre. Tom était seul depuis longtemps. Trop longtemps. Vous comprenez sans doute que nous trouvions tout cela très... opportun qu'ils se mettent ensemble, non ?

Gavin se massa les tempes. Ce couple était encore pire que le précédent.

— Une femme merveilleuse, Sara, s'extasia l'homme un peu plus jeune. Elle m'a aidé à trouver un travail à Broken Wheel.

— Et la menace armée ? s'enquit le policier.

Gavin avait renoncé à l'espoir de conduire un interrogatoire sans être interrompu.

— Un malentendu, répondit l'homme.

— Tout à fait, renchérit la femme. Une façon de fêter l'événement, vous savez. Cette fem... Grace s'est toujours montrée inspirée dans sa façon de faire la fête.

— Si nous revenions à Tom et Sara, suggéra sèchement Gavin. Ils semblent s'être trouvés à une vitesse ahurissante.

— Providentielle.

— Se connaissaient-ils avant son arrivée sur le territoire américain ?

— Non, pas du tout. Je ne crois pas qu'elle connaissait qui que ce soit ici.

Mort d'ennui, le policier se tourna à nouveau vers la fenêtre après le départ du couple. Le

484

couple qui faisait l'objet de ces discussions était désormais seul dans la salle d'attente. Ils venaient d'être débarrassés du pasteur naïf.

— Pensez-vous qu'ils se doutent que nous pouvons les voir ? demanda-t-il.

— Probablement, répondit Gavin en ne relevant même pas les yeux de ses notes.

Il fallait que l'interrogatoire suivant se déroule bien.

— Alors, ils sont vraiment ensemble uniquement pour le permis de séjour ? s'enquit le policier en regardant toujours le paysage.

— Vraisemblablement.

— Cela changerait-il quelque chose, s'ils étaient réellement ensemble ?

Gavin y réfléchit.

— Je n'en sais rien, en fait, finit-il par répondre.

Le policier planta ses yeux dans les siens.

— Êtes-vous conscient que, pour l'instant, nous n'avons toujours aucune preuve que quelqu'un ait cherché à nous tromper ?

Gavin l'était.

— Allez juste les chercher, dit-il.


Tout était tellement surréaliste.

Sara était là, à fixer un mur couvert de papier peint délavé vieux de plusieurs décennies. Dans un coin, il y avait une fontaine à eau, l'une de celles équipées de gobelets en plastique sur le côté et offrant eau froide et eau gazeuse. Elle n'aurait pas cru qu'on utilisait encore ces modèles. D'ailleurs, ce n'était peut-être pas le cas, car le robinet était recouvert d'un ruban adhésif. Une radio diffusait de la country en fond sonore. La musique émanait sans doute d'un bureau ou d'un système qui s'allumait automatiquement, car elle avait du mal à imaginer qu'on se soit soucié d'en mettre exprès pour eux.

*Voilà donc comment les choses vont finir*, pensa-t-elle.

La réception était plongée dans l'obscurité. On devinait quatre bureaux similaires de l'autre côté de la cloison en plexiglas percée du même nombre de hublots afin qu'on puisse y passer les passeports et autres documents. En ce samedi après-midi, aucun d'entre eux n'était occupé.

Au fond, il était étrange qu'ils aient mis en branle une machinerie si importante uniquement pour s'assurer qu'elle ne formait pas un vrai couple avec lui.

— Tom..., commença-t-elle sans savoir ce qu'elle dirait ensuite, mais elle devait dire quelque chose.

Tout cela était de sa faute. Elle écarta les mains dans un geste symbolisant son désarroi.

Il secoua la tête.

— Nous devrions parler, dit-elle, mais sans grande conviction.

C'était difficile lorsqu'on ne croyait pas du tout à ce qu'on disait.

Une nouvelle chanson commençait tout juste. Il haussa les sourcils.

— Tu veux danser ? s'enquit-il.

Il se leva et lui tendit une main. Après une brève hésitation, elle l'imita. Il prit sa main dans la sienne, puis hésita, mais comme elle ne protestait pas, il passa son autre bras autour de sa taille.

— Je ne pense pas que nous puissions régler ça en parlant, Sara.

Elle ferma les yeux et s'appuya contre lui. Sa chemise blanche était d'une douceur étonnante sous sa main. Ses doigts se déplaçaient comme d'eux-mêmes en petits mouvements circulaires de son épaule vers sa nuque, puis vers le bas de son dos et quelque chose en elle tremblait.

La main de Tom se déplaçait elle aussi lentement dans son dos. Dans un premier temps, Sara ne fut pas certaine de l'avoir réellement sentie : sa main avait vraiment bougé ? Elle tenta un nouveau mouvement sur son épaule et le phénomène se reproduisit. Aucun doute, il avait vraiment accentué la pression sur son dos. Elle effleura le duvet dans sa nuque. Elle sentait son jean qui frottait sur ses jambes, sa ceinture contre son ventre et les ténèbres chaudes qui se refermaient sur eux dès qu'elle fermait les yeux. Leurs corps se collèrent davantage l'un contre l'autre jusqu'à ce que les jambes de Sara se retrouvent entre les siennes et qu'elle soit plaquée contre ses cuisses. Elle ne put s'empêcher d'appuyer la tête sur son épaule.

Dans un lointain recoin de sa conscience, elle devinait que cette proximité inattendue rendrait la distance qui suivrait encore plus insupportable, mais elle n'y pouvait rien.

Elle savait que la réalité se trouvait quelque part à l'extérieur de leur seule danse, mais pour l'instant, la chanson se poursuivait comme par miracle et personne ne venait les interrompre. Pour la première fois, elle se demanda si cela lui paraîtrait pire ou mieux si lui aussi l'aimait.

Elle s'agrippa à son épaule de manière bien trop intense pour une danse décontractée entre amis. Elle sentit les muscles de son bras se tendre lorsqu'il serra plus fort, juste entre sa taille et ses omoplates. Elle se raccrochait à lui, ou alors ils se raccrochaient l'un à l'autre. Sa joue reposait sur son épaule, celle de Tom contre ses cheveux, et rien n'existait en dehors de la musique et de leurs corps.

La chanson approcha de sa fin. Son corps le perçut avant qu'elle n'en soit consciente. La chanson atteignit une forme de paroxysme avant de s'acheminer vers sa conclusion. Le refrain se répéta une nouvelle fois avec un peu plus d'emphase, comme pour signaler que le meilleur serait bientôt passé et qu'il serait temps de conclure.

Son corps réagit en se plaquant encore davantage contre lui. Il semblait chercher à mémoriser les sensations produites par le contact de ses cuisses, de son ventre, de ses épaules, de sa mâchoire et de la petite mèche derrière son oreille, l'odeur de son après-rasage, la douceur de sa chemise et ses yeux qui s'étaient fermés pendant la danse. Lui aussi le sentit apparemment, car son étreinte se resserra encore et il la pressa contre lui jusqu'à ce qu'elle ne puisse plus respirer.

C'est tragiquement simple, la fin d'une danse. Une main qui quitte une épaule ; une main qui se détache d'une taille ; deux mains qui s'ouvrent et se dénouent. Rien de plus.

Tom se racla la gorge. Elle l'observa, perdue. Il prit sa main d'un geste presque distant et la leva jusqu'à ses lèvres avant d'effleurer son poignet.

— Qui veut passer en premier ? s'enquit le policier.

Sara était bien trop troublée pour prendre une décision. Tom pressa donc légèrement sa main et la laissa seule et bouleversée dans la salle d'attente déroutante d'une administration déroutante.

Perdue. Elle se sentait perdue. Elle s'effondra sur la chaise la plus proche.

Le policier quitta le mur et s'appuya sur le bord du bureau.

— Alors, c'était vous la victime sacrificielle ? demanda-t-il.

Tom ne répondit rien.

Gavin prit le relais.

— Qui a eu l'idée de ce plan absurde ?

— Absurde ?

— Vous marier afin qu'elle puisse rester.

— Ah oui, cette absurdité-là.

Il les considéra.

— C'était tout simplement mon idée.

Gavin se pencha en avant.

— Alors, c'était un plan. Pour obtenir un titre de séjour ?

— Les autres ont dû vous le raconter.

— Ils... ont raconté beaucoup de choses inté-ressantes, oui.

Tom esquissa brièvement un sourire.

— J'imagine. En tout cas, c'était mon idée. Sara ne voulait pas le faire. J'ai dû l'en convaincre. Si quelqu'un doit en payer les conséquences, c'est moi.

— C'est évidemment un grave délit, déclara Gavin.

Il souriait presque.

— Mais je crois que nous devrions pouvoir régler ça. L'essentiel, c'est que vous reconnais-siez les faits.

— Et Sara ?

— Elle va être renvoyée chez elle, bien sûr. – Il haussa les épaules. – Si vous avouez, je peux sans doute faire en sorte qu'il n'y ait pas d'amende.

Il ajouta, telle une mise en garde :

— Ni de peine de prison. – Nouveau hausse-ment d'épaules. – Mais elle aura sans doute des difficultés à obtenir une nouvelle autorisation d'entrée sur le territoire, dans les prochains temps.

Tom acquiesça.

— Voire pour le restant de ses jours.

— Alors vous ne l'aimez pas ? demanda le policier.

Cette fois, Gavin ne fit rien pour l'empêcher de s'exprimer.

Tom les considéra avec étonnement.

— Bien sûr que je l'aime. Je voulais l'épouser.

— Et elle ?

— Je suppose qu'elle veut rester.

Le policier avait l'air déstabilisé. Gavin, lui, resta parfaitement serein.


Le souvenir de sa proximité avec Tom s'estompa sérieusement dans ce bureau vétuste. Elle ne se rappelait plus l'odeur exacte de son après-rasage et, dans un avenir bien trop proche, elle ne se souviendrait plus du contact de son bras sur sa taille. Son corps têtu s'apprêtait déjà à oublier leur contact.

Un jour, elle ne se souviendrait même plus de la couleur de ses yeux, ni de son sourire, ni de l'instant de panique aveuglante qu'elle avait traversé, assise tout au bord de cette chaise de bureau. Elle ferma les yeux, puis se força à les rouvrir.

L'homme gris était assis derrière le bureau. Il avait retiré sa veste et portait l'une de ces chemises bon marché sur lesquelles des auréoles de transpiration apparaissaient presque immédiatement sous les aisselles. Il ne semblait pas s'en préoccuper et observait Sara avec curiosité.

Le policier, en revanche, ne cachait pas sa désapprobation. Il n'avait pas prononcé un mot quand il était venu la chercher, ni lors du bref trajet depuis la salle d'attente. Une fois dans le bureau, il s'était installé sur une chaise et appliqué à la fixer. Son uniforme kaki formait un contraste saisissant avec l'impression de jeunesse qui se dégageait de lui, mais le regard qu'il lui lançait respirait l'hostilité institutionnelle.

Elle n'avait pas vu Tom. Elle supposait qu'il était parti, peut-être par une sortie à l'écart. Elle se demandait à quelle vitesse de telles décisions étaient exécutées. Ils ne pouvaient quand même pas la renvoyer chez elle sans lui laisser le temps de faire ses adieux ? pensait-elle, désespérée. D'un autre côté, qu'y avait-il à dire ?

— Alors, parlez-nous de ce plan de mariage blanc, lança Gavin.

— C'était mon idée, répondit Sara.

Ils ne la crurent ni l'un ni l'autre. Elle n'était pas très douée pour mentir.

— Tom y a quasiment été contraint.

Bizarrement, on aurait dit qu'elle disait la vérité à présent.

Elle détourna les yeux.

— Aucun des autres ne savait quoi que ce soit.

Le policier ne put réprimer un éclat de rire.

— Essayez-vous de nous faire croire qu'aucune des personnes que nous avons vues aujourd'hui n'avait découvert le pot aux roses ?

Sara esquissa une tentative de sourire.

— C'était mon idée, s'obstina-t-elle.

Elle paraissait nerveuse. Ses grands yeux la trahissaient. Ils étaient presque implorants.

— Ils ne vont quand même pas avoir de problème à cause de ce… ?

Le policier secoua légèrement la tête avant que Gavin n'ait le temps de répondre.

— Merci beaucoup, dit-elle et elle avait l'air sincère.

— Vous n'allez évidemment pas pouvoir rester, déclara Gavin.

Elle cessa de sourire.

— Alors vous vouliez juste vous marier pour obtenir un titre de séjour ? s'enquit le policier.

— Je...

Elle détourna à nouveau les yeux.

— Oui, dit-elle. Pour pouvoir rester.

— Pour travailler ?

Elle éclata de rire.

— Guère vraisemblable.

— Comment envisagiez-vous de subvenir à vos besoins dans ce cas ? Ou Tom Harris était-il censé être la bonne poire sur ce plan-là aussi ?

Le policier prenait apparemment tout ça de manière très personnelle. Sa voix exprimait un dégoût manifeste.

Elle rougit.

— Non, j'ai... J'ai un peu d'argent. Et personne ne me laisse vraiment payer ici. Vous savez bien comment ça fonctionne, non ? Ils s'entraident. Grace offre le café à tout le monde, Andy la bière et John laisse les gens emprunter des outils au lieu de les acheter. Si une réparation est nécessaire, Tom donne un coup de main. Ils sont amis. J'aurai encore de l'argent en repartant.

Son sourire était ironique cette fois-ci.

— Vous ne l'aimez donc pas ? insista le policier.

Elle le considéra avec étonnement.

— Bien sûr que je l'aime. Je les aime tous, mais particulièrement lui. Je n'aurais pas dû faire ça, je le sais. Et j'ai essayé de tout arrêter, pour lui. Il devrait trouver une femme agréable qu'il aurait réellement envie d'épouser et ne pas être obligé de vivre avec moi uniquement parce que je... Juste parce que je ne supportais pas l'idée d'être séparée de lui.

— Mais qu'est-ce que c'est que cette ville ? se demanda à nouveau le policier. Donc, en fait, vous ne vous mariez pas réellement pour un titre de séjour ?

Elle parut gênée.

— J'ai dit à tout le monde que c'était pour ça.

Elle ajouta, triste et comme si elle se parlait à elle-même :

— Je voulais tellement rester. Je... Je savais que Tom ne m'aimait pas, mais j'ai quand même accepté.

Même Gavin était crispé. Il n'aimait pas cette étape de la procédure, quoi qu'en pensent certains. Il aurait préféré se consacrer exclusivement aux enquêtes et laisser à d'autres le soin d'appliquer les sanctions le cas échéant.

— Rentrez chez vous, finit-il par dire.

Elle sursauta, mais s'efforça visiblement de le cacher.

— Chez moi ? s'étonna-t-elle, avant d'ajouter plus bas : Ah oui, en Suède.

— À Broken Wheel, je voulais dire.

Gavin était agacé par son propre manque de clarté.

— Pour le moment, ajouta-t-il sur un ton qui n'augurait rien de bon. Nous vous donnerons des nouvelles.

Sara se leva et quitta les lieux avec la dignité tranquille d'une personne vaincue depuis longtemps.

# Le prochain correspondant
# étranger de Broken Wheel

Lorsqu'elle sortit du bureau, la violente lumière du soleil l'obligea à s'arrêter pour cligner des yeux. Elle avait l'impression de tout voir en une projection de diapositives, comme si tout devait être divisé en fragments et figé l'espace d'un instant pour que son cerveau puisse l'appréhender. Elle vit le parking, les places vides, les lignes blanches les délimitant et l'ombre projetée par l'unique voiture. Le soleil qui frappait le capot poussiéreux. Les bâtiments de l'autre côté de la route, blancs, récemment repeints, entourés de pelouses si bien entretenues que le tout ressemblait à un décor de carton-pâte.

Puis Tom, juste les contours de son corps, comme si c'était le seul moyen d'intégrer sa présence. À contre-jour, sa posture aurait presque paru décontractée, si on ne le connaissait pas. Mais il était d'une immobilité artificielle, se dit Sara. Comme si ne pas bouger d'un cil était la seule solution pour tenir debout.

Puis les images s'accélérèrent sous ses yeux et se transformèrent en un mélange époustouflant de présent et d'histoire, d'avenir et de fantasme : une tourterelle figée sur la chaussée prit part à la scène ; Amy dans sa jeunesse ; elle et John assis sur un banc dans le parc ; Amy entourée de ses livres, mais Sara ignorait si c'était dans sa chambre ou dans la librairie ; sa librairie le matin, froide et plongée dans l'obscurité ; le fauteuil à bascule devant la maison d'Amy ; les deux paires de bottes en caoutchouc ; les rayonnages vides ; et puis Tom. Mais elle s'efforçait de repousser ces images-là. George, à la fois nerveux, perdu et gloussant à la lecture d'un roman ; Mlle Annie, juste une vague silhouette aux contours fantomatiques ; et Tom, à nouveau, dormant dans le fauteuil, son visage invraisemblablement détendu, qui attendait là qu'elle trouve la force de s'avancer et de lui parler.

Elle s'apprêtait à le faire. Pas de reproches ni de jérémiades quant à l'injustice du monde, ni de larmes inutiles. Surtout pas de larmes. Elle pouvait au moins lui donner ça. Elle ne se transformerait pas en problème insoluble pour lui. Avec un peu de chance, elle deviendrait un jour une anecdote dont il serait capable de rire. Cette lectrice folle. Tu te souviens d'elle ? De Suède, de Suisse peut-être ?

Elle s'interrompit. Mieux valait éviter que ses pensées n'aillent dans cette direction. Elle fut obligée de cligner plusieurs fois des yeux tandis qu'elle se dirigeait vers lui. Elle descendit l'escalier et traversa le large trottoir pour gagner le parking en cherchant désespérément ce qu'elle allait lui dire, mais elle ne trouvait rien qui mérite d'être énoncé.

Lorsqu'il l'aperçut, il sortit les mains de ses poches et écarta les bras dans un geste d'impuissance silencieux. Elle fit les derniers pas nécessaires pour s'y réfugier, comme si c'était un geste parfaitement naturel. Elle inspira son odeur, à nouveau familière, et fut soulagée de la reconnaître.

Elle tenta de rire, mais n'aboutit qu'à une espèce de sanglot étouffé. Il la serra plus fort.

— Tout va s'arranger, déclara-t-il, sans doute parce qu'il ne trouvait rien d'autre à dire. Tu pourras revenir.

Elle n'en aurait jamais le droit.

Il semblait également en être conscient, car il ajouta :

— Nous viendrons te voir. Je m'occupe de tout. George pourra nous conduire ; Jen pourra rédiger un article pour un guide de voyage et Caroline organisera la collecte.

Elle éclata de rire et il souffla de soulagement. Une petite larme entêtée se fraya quand même un chemin sur sa joue et elle essaya de détourner le visage. Il caressa délicatement son menton et essuya sa larme avec son pouce.

— Tout ce fiasco est ma faute, s'excusa-t-il.

— Je n'aurais pas dû laisser les choses aller si loin.

— À ton avis, commença-t-il sur un ton hésitant, si nous nous étions jetés dans une relation dès le départ, la situation n'aurait-elle pas pris une tournure différente ? En tout cas, ils n'auraient pas pu affirmer qu'on se mariait uniquement pour que tu obtiennes un titre de séjour.

— Je ne crois pas que tu m'aurais demandé ma main après quelques semaines. Je ne suis pas particulièrement douée pour les histoires de cœur. Absolument pas le genre qu'on veut épouser séance tenante. Les autres auraient sans doute quand même dû prendre les commandes.

Elle lui lança un regard incertain.

— Est-ce que tu aurais voulu qu'il se passe quelque chose entre nous ?

496

— Je crois que je t'aime depuis la première fois, quand tu m'as expliqué que tu me préférais les livres.

Il réfléchit.

— Ou alors, c'est quand tu as proposé de faire la vaisselle pour payer ta bière.

— C'était une proposition raisonnable ! protesta-t-elle, et c'est alors qu'il l'embrassa, comme pour prouver son argument.

Ni Gavin ni le policier ne virent ce baiser et il est possible que cela n'aurait rien changé. Mais un homme seul resté devant le bâtiment en fut témoin et cela changea vraiment les choses pour lui.

Grace croisa John à son retour à Broken Wheel. Son air affligé, bouleversé la força à s'arrêter. Elle s'abstint même de s'allumer une cigarette sur-le-champ.

— Je ne sais plus ce qu'Amy aurait voulu, déclara-t-il. – Il semblait autant se parler à lui-même qu'à Grace. – Elle voulait que Sara vienne ici, bien sûr. Ça, je l'ai toujours su, longtemps avant qu'elle ne se l'avoue elle-même. Mais maintenant ? Que veut-elle maintenant ?

Face à ce qui risquait d'être un long exposé, Grace se sentit cette fois contrainte d'allumer une cigarette. Son seul commentaire fut :

— Pour l'instant, elle ne veut évidemment rien.

Une remarque prosaïque que John ne parut même pas entendre.

— Je n'y croyais pas avant, mais à présent je me demande si d'une manière étrange et inconsciente, elle ne percevait pas que nous avions autant besoin de Sara qu'elle. Et que Sara avait besoin de nous. Mais ce n'est pas du tout la même chose que de forcer le fils de Jimmy à contracter un mariage sans amour. Ça, elle ne l'aurait jamais accepté. Mais est-ce vraiment sans amour ? Je suis perdu.

— Bon Dieu, John, les gens meurent. Tu as quand même vécu assez longtemps pour le savoir, non ? Si tu veux mon avis, tu réfléchis trop. En plus, ce n'est pas particulièrement difficile à deviner. Elle aurait voulu que Sara reste bien sûr, et elle aurait fait en sorte que ce bureaucrate regrette d'avoir jamais posé les pieds dans notre ville.

John ne paraissait pas encore totalement convaincu. Grace haussa les épaules.

— Il va sans doute falloir que tu appelles Caroline.

# Des comploteurs
## passent aux aveux

Pour Gavin Jones, recevoir des gens à différents stades d'irritation n'était pas totalement inédit. De plus, s'agissant de Broken Wheel, très peu de choses étaient de nature à le surprendre.

Mais Caroline Rohde paraissait d'un calme inquiétant pour une citoyenne préoccupée. Il ne put s'empêcher de penser à son très jeune amant et s'irrita contre lui-même lorsqu'il rougit. Elle, en revanche, demeurait imperturbable.

Il l'introduisit dans l'une des salles de réunion. Son bureau n'était qu'un espace aux fines cloisons basses, et il y avait pas mal d'éléments dans ce dossier qu'il n'avait pas envie de raconter à ses collègues. Il s'installa derrière le bureau et elle s'assit en face de lui, tranquillement, avant d'y avoir été invitée.

— Alors, en quoi puis-je vous être utile ?

Son ton indiquait – du moins l'espérait-il – qu'il ne pensait pas pouvoir lui être utile à quoi que ce soit.

Mais elle se contenta de lui sourire sans rien dire.

— Je dois avouer que cette affaire m'a beaucoup donné à réfléchir, déclara-t-il, ce qui ne parut pas du tout l'impressionner. L'élément collectif... un dossier intéressant.

Elle retira ses gants, les plia et les posa sur ses genoux.

— Vous ne comprenez pas, répondit-elle calmement. Ils s'aiment.

Gavin lui décocha un sourire froid.

— Si, ça, je l'ai compris.

Caroline parut presque décontenancée.

— Mais... quel est le problème, dans ce cas ?

— La loi..., commença Gavin, qui fut immédiatement interrompu.

— La loi doit précisément être faite afin que des citoyens américains puissent épouser des non-Américains et vivre avec eux lorsqu'il se trouve qu'ils les aiment.

— En effet, admit Gavin. Mais il y a également ce petit détail : tout ça ressemble à une machination organisée par une ville entière.

Caroline haussa les épaules.

— Arrêtez-nous dans ce cas. Jen, Andy, Carl, peut-être même George. – Elle comptait sur ses doigts. – Et puis, il y a Claire, Lacey et Jen, bien sûr.

— Et vous ?

Il se rendit compte qu'un regard noir ne servirait à rien et se contenta donc de hausser les sourcils.

— Moi aussi, évidemment. – Caroline parut pensive. – Les enfants de Jen étaient également présents au mariage, mais peut-être sont-ils trop jeunes, n'est-ce pas ? Sans doute, poursuivit-elle sans marquer de pause. En tout cas, pour la prison. Mais on pourrait éventuellement les envoyer en centre de redressement, non ? William, le pasteur, n'était pas impliqué, il faut le préciser. Vous pouvez le laisser tranquille. Mais toutes les autres personnes présentes pensaient que Sara et Tom allaient se marier uniquement pour qu'elle obtienne un titre de séjour. Nous étions tout à fait prêts à... Comment votre collègue a dit ?

— Ce n'est pas mon collègue.

— Le sacrifier, voilà ses mots. Nous ne les avons évidemment pas forcés à le faire, mais nous pouvons sans doute être jugés pour incitation au délit.

Elle sourit.

— Nous les y avons vraiment encouragés, vous comprenez.

— Et Tom et Sara ? s'enquit Gavin.

— Ils n'ont commis aucun délit, répondit Caroline sur un ton aimable. Ils voulaient se marier.

— Depuis le début ?

— Oui. Ils me l'ont raconté après coup.

Caroline lâcha un petit rire, comme pour elle-même. C'était un son d'une gaieté étonnante, mais cela n'améliora pas l'humeur de Gavin.

— Ils nous ont roulés dans la farine ! Nous ne nous doutions de rien. C'est dommage qu'ils ne se soient pas montrés plus ouverts, ajouta-t-elle.

Il était manifeste qu'elle cherchait à réprimer son rire, mais il s'infiltrait dans sa voix et dans ce regard compréhensif si irritant.

— Tant de gens se sont rendus coupables d'un délit, uniquement parce qu'ils estimaient que leurs sentiments étaient une affaire privée.

— La loi, répéta Gavin.

— Bien sûr. Vous êtes pieds et poings liés. Nous devons être jugés.

— C'est Tom et Sara qui ont avoué, protesta-t-il, désespéré. Tous les autres ont nié. Seuls Tom et Sara ont dit qu'ils étaient responsables.

Caroline parut douter et Gavin se détendit jusqu'à ce qu'elle reprenne la parole :

— Oui et, d'un point de vue moral, ils étaient probablement responsables. Je suppose que lorsqu'ils se sont rendu compte du nombre de personnes qui les croyaient coupables d'un délit, ils n'avaient plus d'autre choix que d'avouer.

— Cela ne paraît pas vous contrarier outre mesure, répliqua Gavin. – Cette conversation ne prenait pas du tout la tournure qu'il avait imaginée. – Quand on pense que vous faites partie des personnes qui ont commis un délit.

— La loi…, se contenta-t-elle de dire.

Gavin soupçonnait qu'au fond, elle savourait cette situation.

— Je suis tout à fait prête à me plier à mon châtiment. Les autres se montreront peut-être un peu plus retors, mais je suis certaine que vous n'aurez aucun mal à prouver les faits devant le tribunal. Même si Grace et Jen et, oui, peut-être Andy, ne se montreront pas aussi coopératifs que moi… Mais la loi doit être appliquée.

Elle se leva et renfila ses gants.

— Je le comprends très bien. Nul n'est aussi attaché à la légalité et à l'ordre que moi. Je suis sûre que nous sommes tout à fait semblables sur ce point.

Sur ces paroles aimables, elle prit congé, lui assura qu'elle trouverait le chemin de la sortie toute seule et lui tapota l'épaule, le tout avant qu'il n'ait trouvé une réponse appropriée.

Il détestait cette ville.

Un moment, il caressa l'idée de tous les arrêter. La perspective d'arrêter Caroline le fit sourire. Celle de devoir les interroger devant ses collègues et éventuellement devant une cour de justice mit fin à sa joie. Il imagina les rires de ses collègues et le désespoir du juge.

Il devait à tout prix parler de toute cette histoire à quelqu'un. Mais il fallait avoir vécu une telle situation pour comprendre. Il gagna son bureau avec ses doutes et décrocha son téléphone.

— Une ville pleine d'amour, fut le seul commentaire du policier.

Gavin lâcha un rire sec.

— Comment allez-vous vous dépatouiller de tout ça ? demanda le policier.

La voix exprimait une compassion aussi tangible qu'inutile.

— Je n'en sais vraiment rien.

Le policier fut assez aimable pour ne pas souligner à quel point Gavin allait se ridiculiser s'il poursuivait une ville entière. Au lieu de ça, il se contenta de demander :

— Voulez-vous faire quelque chose au sujet du fusil de chasse ?

Gavin lâcha un soupir. La menace armée était le cadet de ses soucis.

— Vous avez entendu la femme. Comme le 4 juillet. Laissons tomber, répondit-il.

— À votre guise, déclara le policier. Je ne peux évidemment pas faire grand-chose sans dépôt de plainte.

— On ne peut pas gagner à tous les coups, répliqua Gavin.

Il commençait à se sentir beaucoup plus philosophe vis-à-vis de toute cette histoire. Philosophe, au sens de très las...

— Pas contre de tels adversaires, répondit le policier.

Il éclata de rire.

— Et puis, ils sont en supériorité numérique.

Sara Lindqvist
7 Kornvägen, 1 tr
136 38 Haninge
Suède

Broken Wheel, Iowa, le 5 août 2011

Chère Sara,

Jimmie Coogan ! J'avais complètement oublié
que je t'avais promis de te parler de lui. Ah, ce
sacré Jimmie Coogan ! Là, c'est toute une histoire.
Jimmie fut le premier des Coogan à posséder un
costume, puis le premier à savoir lire, le premier à
posséder sa maison, le premier à se teindre les cheveux et le premier qui donna son nom à une rue.
Quand tu seras ici, je te raconterai comment c'est
arrivé. Ce sera notre première excursion ensemble.

Il est tout à fait possible de prendre un bus
Greyhound jusqu'à Hope. Cette ville se situe à une
petite heure de nous, alors ce n'est absolument
pas un problème de t'y récupérer. J'espère que je
pourrai le faire en personne, mais sinon quelqu'un
d'autre viendra te chercher. Si tu rencontrais la
moindre difficulté, tu n'as qu'à m'appeler.

Je suis impatiente de te rencontrer le 27.

Amitiés,

Amy

# *Épilogue*

## Et ils vécurent heureux
## (littérature 4 – vie 4,
## décision finale : match nul)

La vie regorgeait de happy ends.

Tandis que Sara se tenait dans l'église pour son second mariage, elle se disait que beaucoup de choses plaidaient en faveur de la vie. Pas une seule fois durant le prêche du pasteur, elle n'eut envie d'un livre, alors qu'elle l'avait déjà entendu une fois.

Elle n'était pas en blanc.

Jen avait évidemment protesté, mais Sara n'avait pas cédé.

— Personne ne gobera cette histoire de robe blanche, avait-elle expliqué avec détermination. C'est la seconde fois que je me marie en un mois.

— Mais avec la même personne ! avait objecté Jen.

Sara s'était contentée de sourire et de secouer la tête. Elle souriait souvent ces derniers temps, comme tant d'autres personnes à Broken Wheel. Elle avait fait un compromis en empruntant un

Stetson blanc à Claire, ce qui n'avait pas suffi à satisfaire Jen. Bien au contraire.

Il était possible que Broken Wheel prête plus attention au prêche du pasteur cette fois-ci, mais Sara n'en était pas convaincue. Caroline était là, avec Josh, et Grace, avec son fusil. Sara était presque certaine qu'elle ne tirerait pas à l'intérieur de l'église. Elle était également presque certaine que Grace était sobre cette fois-ci.

John avait commencé à fréquenter la librairie et à parler d'Amy avec elle. Ce n'était jamais planifié. Parfois, il débarquait, s'installait dans l'un des fauteuils et se mettait à raconter. Sa voix était toujours basse, presque distante, et il ne se donnait pas la peine de vérifier si elle l'écoutait. Il parlait simplement de ce qu'Amy avait dit, fait ou été. Ainsi, Sara avait l'impression qu'Amy n'avait pas vraiment disparu et elle espérait que John éprouvait le même sentiment. Pour l'instant, il était installé à la même place que la fois précédente, tout au fond, un peu à l'écart des autres. Si son expression ne révélait rien, Sara pensait néanmoins que ce mariage lui faisait plaisir.

Claire avait emménagé dans l'appartement de George. Ils n'avaient pas encore repeint les murs, mais Sara savait que George avait commandé de la peinture. Jen se demandait sans doute déjà si cet événement méritait un numéro spécial de la gazette. Peut-être plus tard, pensa Sara, lorsque le sujet du mariage serait épuisé.

Il y avait encore une certaine tristesse chez George. Sara la devinait dans son regard quand il pensait que personne ne le regardait. Mais il ne se plaignait pas. S'il était surpris de ne pas avoir renoncé, Sara, elle, ne s'en étonnait pas. Il possédait un côté stoïque : parfois, elle se demandait si les catastrophes ne se produisaient pas précisément parce qu'il s'y attendait. Elle sourit à cette pensée. Mais George avait Claire à présent et Sara pensait que les catastrophes n'avaient aucune chance contre Claire.

Elle jeta un coup d'œil vers Tom et s'aperçut qu'il la regardait. Il lui adressa un clin d'œil et elle dut lutter pour réprimer le rire qui voulait s'échapper d'elle. Un jour, elle trouverait un livre pour lui. Mais rien ne pressait. Elle avait le reste de la vie devant elle. Elle tendit la main et toucha la sienne, uniquement parce qu'elle le pouvait.

Broken Wheel était en bonne voie de devenir une ville vraiment heureuse. Une grande partie du bonheur de ses habitants semblait prendre racine dans leur fierté d'avoir réussi à duper les autorités. Presque comme au bon vieux temps, avait dit Grace, et Jen paraissait encline à partager son point de vue. Toute son attitude indiquait qu'elle n'avait jamais vraiment douté. Lorsqu'elle prenait les commandes, disait son regard satisfait, un détail aussi infime que les lois sur l'immigration américaine ne pouvait pas contrarier ses projets.

Jen allait sortir un numéro de la gazette spécial mariage, bien sûr. On avait entendu Caroline demander sèchement si Jen allait les accompagner lors de leur voyage de noces pour réaliser un photoreportage.

Et Sara avait changé d'avis.

La réalité était tout aussi bien que les livres.

La fin du prêche de William approchait. Sara ressentait encore une certaine nervosité à l'idée de devoir s'exprimer devant des gens, mais cette fois, elle n'aurait pas besoin de dire grand-chose.

Elle était aussi prête qu'on pouvait l'être, lorsque la porte derrière eux s'ouvrit à nouveau.

*Ah*, pensa Sara en voyant de qui il s'agissait. La seule personne qui manquait encore.

Près de l'entrée se tenait une frêle jeune fille à l'apparence banale, avec des cheveux bruns qui pendaient en paquets et une doudoune bleu marine. Elle dit :

— Papa ?

Au même instant, George se leva à moitié et lança :

— Sophy !

La jeune fille fit deux pas mal assurés vers le banc où ils étaient installés et Claire se déplaça calmement.

— Assieds-toi, ma puce, dit-elle en tapotant la place qu'elle venait de libérer.

Sara sourit intérieurement et adressa un clin d'œil à Claire. Elle avait joint le faire-part de mariage au deuxième tome de la saga Eragon.

Le monde était tout simplement truffé de fins heureuses, pensa Sara en se tournant à nouveau vers William. Cela aurait été du gaspillage de passer à côté.

Elle allait se marier avec Broken Wheel et ils seraient heureux jusqu'à la fin de leurs jours.

# Table des matières

11440

*Composition*
PCA à Rezé

*Achevé d'imprimer en Espagne*
*par* CPI IBERICA
*le 4 avril 2016*

Dépôt légal avril 2016
EAN 9782290110225
OTP L21EPLN001832N001

ÉDITIONS J'AI LU
87, quai Panhard-et-Levassor, 75013 Paris

*Diffusion France et étranger : Flammarion*